다섯
번째
감각

다섯 번째 감각

김보영 소설집

아작

차례

지구의
하늘에는
별이 빛나고 있다

✦ 2009년 세계 천문의 해 기념 작품집 《백만 광년의 고독》(오멜라스) 수록

2010년 개인 단편집 《진화신화》(행복한책읽기) 수록

2021년 개인 영문 단편집 《On the Origin of Species and Other Stories》(Kaya Press) 수록

아우에게.

편지는 잘 받아보았다. 답신이 늦어서 미안하구나.
내 건강은 염려하지 않아도 된다. 네 마음은 이해하지만 나는
치료를 받을 생각이 없단다. 나을 확률이 얼마가 되건 상관없다.
부작용이나 위험 때문만도 아니다. 내 상태는 나의 일부다. 바꿀
마음이 들지 않는구나.
부모님이 하시는 말씀은 신경 쓰지 마라. 그분들은 늘 내가 죽
을병에라도 걸린 사람처럼 말씀하시지. 서른 해를 살아낸 뒤에도
믿음을 바꿀 생각이 없으신 모양이다. 오히려 내가 하루 더 나이
를 먹을 때마다, 여기까지 왔으니 이제야말로 때가 되었다는 확
신만 커지는 것 같다.
물론 특수기면증 환자들이 오래 살지 못하는 것은 사실이다.
내가 다른 사람에 비해 쉽게 피로를 느끼는 것도 사실이고, 쉽게
신경이 날카로워지거나 판단력이 떨어지는 것도 사실이다. 하지

만 정기적으로 의식을 잃기만 하면 아무 문제 없이 지낼 수 있다. 다른 사람들과 생활주기를 맞추는 것이 다소 힘들 뿐이다.

이 섬에 온 뒤에도 나는 학교 기숙사에서 쓰던 것과 같은 상자를 제작했다. 나무를 잘라 사람 하나 딱 누울 만한 크기로 짜고, 창문과 숨구멍을 만들어두었다. 나는 시간이 되면 상자 안으로 들어가 문을 닫아건다. 의식을 잃은 동안 나 자신을 보호하기 위해, 그리고 다른 사람에게 방해받지 않기 위해 쓰는 방법이다.

다행히 이곳 사람들은 공부를 많이 한 사람의 기벽 정도로 생각하는 모양이다. 안에서 명상이라도 하는 줄 안다. 내가 그 안에서 의식을 잃고 쓰러져, 최소한 대여섯 시간은 깨어나지 못한다는 사실을 알면 다들 어떤 표정을 지을지 궁금하다. 기면증을 전염병이라고 믿는 사람도 많기에 굳이 말하지는 않는다. 물론 내 병은 전염되지 않는다. 그리고 아이들 중 천 명에 한 명은 이런 증상을 갖고 태어난다. 증상이 가벼운 아이들과 자신이 무슨 병인지도 모르고 사는 사람을 합치면 훨씬 많을 것이다.

부모님은 내가 기절할 때마다 영원히 다시 깨어나지 않을까봐 염려하신다. 기절하면 깨우고, 다시 쓰러지면 또 흔들어 깨우기를 반복하셨다. 어렸을 땐 더욱 심하셨고, 그럴수록 나는 더 자주 기절했다. 네가 태어나기 전에 나는 제대로 몸을 가눌 수도 없을 만큼 쇠약한 아이였다. 머릿속은 안개로 가득 찬 것 같았고 제대로 생각할 수도 없었다. 수시로 환각이 침범해 왔고 곧잘 신경이 예민해져서 제대로 된 판단을 할 수도 없었다.

내가 '기절하는' 의식을 시작한 것은 우리 집에서 잠시 머물렀던 밥하는 아주머니의 영향이다. 배운 것은 없지만 현명한 사람이었다. 그분은 어린 시절에 천식을 앓았고 병과 함께 사는 법을 아셨다. 병과 싸우지 말라고 하셨다. 병은 성질이 나쁜 친구니, 함께 살아갈 방법을 같이 찾아보자고 했다. 그분을 만나지 못했더라면 나도 다른 기면증 환자들처럼 일찍 죽었을 것이고, 이 나이까지 살았다 해도 정상적인 정신과 몸을 유지하지 못했을 것이다.

그분은 내가 기절하도록 내버려두셨다. 여섯 시간이고 여덟 시간이고 기절한 동안은 깨우지 않으셨다. 이 사실을 안 부모님은 난리가 나셨다. 아동학대로 신고하려고까지 했을 정도였다. 그렇게 몇 주가 지나자 나는 건강해졌고 밥도 먹을 수 있게 되었다. 이어서는 밖에 나가 운동할 수도 있게 되었고, 의식을 잃는 시간을 스스로 통제할 수도 있게 되었다. 내가 바보가 아니라는 것도 그즈음에야 알았다.

부모님은 지금도 내가 규칙적으로 의식을 잃는 것을 받아들이지 못하신다. 내가 상자에 들어갈 때마다 창피해하신다. 수시로 나를 붙들고 '포기하지 마라. 너는 나을 수 있다'라고 말씀하신다. 내가 집을 떠나와 사는 것은 그 때문이다. 그분들을 사랑하는 마음도 너를 사랑하는 마음도 변함이 없음을 알아주기 바란다.

내 방법을 다른 기면증 환자들에게도 추천하는데, 언제나 그들의 부모를 설득하기가 쉽지 않다. 아이들이 의식을 잃도록 내버려두라고 하면 대부분 경악한다. 하지만 내 방식을 따라 한 환자들은 대부분 건강해졌다고 답신을 보내온다. 효과가 없다고 말하는 사람은, 내 생각이지만, 아마 내 말을 믿지 않고 몰래 아이를 깨우곤 했을 것이다. 죽은 듯 보이는 아이를 몇 시간이고 참고 지켜볼 수 있는 부모는 그리 많지 않다.

내가 읽은 책에서는 기면증 환자의 대부분이 지능이 낮다고 한다. 헛소리다. 전문가라는 사람들이 몇 년을 연구해보았자 평생 기면증 환자로 산 사람이 더 많은 것을 알지 않겠느냐. 기면증 환자에게 나타나는 증상은 그들이 기면증에 저항하기에 생겨나는 것이다. 우리는 의식을 잃을 필요가 있는데, 치료는 늘 이를 막는 쪽에 집중되어 있기 때문이다.

기면증 환자가 정신분열 증세를 보인다고 소개하는 책도 있다. 기절하는 동안 나타나는 기괴한 환각 때문에 그런 해석이 나온 것 같다. 그에 관해서는 나도 딱히 설명할 방법이 없지만, 역시 깨어 있는 동안에는 나타나지 않고, 그 환각이 나에게도 타인에게도 해를 주지 않는다.

이런 이야기들이 네게는 생소할 것이다. 이전에는 이런 이야기를 한 적이 없으니까. 부모님도 원하지 않으셨다. 그분들은 네게 언제나 내 정상적인 부분, 다른 사람과 같은 부분만을 보여주고 말하기를 원하셨다. 내가 의식을 잃은 모습을 네게 보여주지 않으려 애쓰셨지. 그게 네게 도움이 되리라 믿으셨고, 어떤 면에서는 그분들이 옳을지도 모르겠다.

나 자신에 관한 문제는 내가 판단하고 결정할 수밖에 없다. 너는 자신을 닮은 사람들로 둘러싸인 세상에 살고 있고 그것을 당연하게 여기지. 하지만 우리 같은 사람들에게 세계는 완전히 다른 모습을 하고 있다. 우리에겐 스승도 제자도 없으며 동료도 소속할 곳도 없다. 일생 스스로를 가르치고 스스로 공부하며, 자신에게 맞는 제도와 환경을 만들어가야 한다. 그리고 '너는 나을 수 있어'라고 말하는 사람들과 싸우며 살아야 한다. 어려운 일이다. 얼마나 많은 아이들이 기면증과 싸우다가 몸과 뇌를 완전히 망가뜨리는지 상상도 못 할 것이다.

내 입장에서 '낫는다'는 것은 나와 다른 사람이 되는 것을 뜻한다. 다른 사람들 입장에서는 자신들과 같은 사람을 하나 더 만드는 것이니 아무 상관도 없겠지만, 내 입장에서는 나를 버리는 것이다. 내 모든 것을 버리는 것이다.

"병일 뿐이잖아요." 네 목소리가 들리는 것 같구나. "나으려고 하는 게 뭐가 이상하죠?"

낫세포에 관해 들어본 적이 있겠지. 적혈구 기형인 이 세포는 심각한 빈혈을 유발하지만, 이 병이 생겨난 지역의 열병에 대처하는 데에는 효과적이라고 한다. 나는 내 문제도 뭔가 이유가 있어서 생겨나지 않았을까 한다. 어떤 환경적인 문제에 적응하기 위해 만들어지지 않았을까 하고 말이다. 그러지 않고서야 이 증상을 가진 사람이 이토록 많을 리가 있겠느냐.

주기적으로 의식을 잃는 것이 살아가는 데 무슨 도움이 되느냐고 너는 물을 것이다. 어느 모로 보나 효율적이지 않다. 의식을 잃은 동안 나는 자신을 보호할 수도 없고 생산적인 일을 할 수도 없다. 남들이 공부를 하고 자기 개발을 하는 동안 나는 기절한 채로 보내야만 하니 말이다.

의식을 잃는 것은 고통스럽지만 한편으로는 좋기도 하다. 네가 그토록 두려워하는 환각도 좋아한다. 이상하게 생각하지 말아주었으면 좋겠구나.

어린 시절에 나는 늘 어딘가에는, 기면증 환자들로 가득 찬 세상이 있다고 믿었다. 그리고 그 사람들은 서로를 이상하게 생각하지 않으며, 자연스럽게 웃으며 기절하고, 기절하는 시간에는 서로에게 '잘 기절하라'라고 인사를 나누고, 깨어나면 '잘 기절했느냐'라며 안부를 물을 것이라 생각했다. 웃을지도 모르겠구나. 하지만 나는 지금도 진지하게 그리 생각한단다.

나는 이 섬에서 동굴을 연구하고 있다. 참으로 흥미로운 세상이다. 한 발짝 더 들어갈 때마다 다른 세계가 펼쳐진다. 침묵과 고독에 둘러싸여 있는 것처럼 보이는 이 어둠의 세계가 얼마나 생명력과 활기로 시끌벅적한지 알면 너도 놀랄 것이다.

얼마 전에 나는 눈도 색깔도 없는 도롱뇽을 발견했다. 무색투명해서 몸 안의 뼈와 내장이 들여다보인다. 이곳 사람들은 신묘한 생물이라고 여기는 모양이다. 눈이 없는 새도 한 종 찾아내었다. 눈처럼 보이는 부분은 검고 딱딱한 껍질뿐이다. 깜박이지도 않고 초점이 없어 가만히 있으면 죽은 것처럼 보인다.

내가 어둠을 사랑하는 줄을 너도 알 것이다. 아마도 내게 어둠이 필요해서일 것이다. 나는 의식을 잃었을 때 작은 빛만으로도 쉽게 깨어나기에, 필요한 시간 동안 방해받지 않고 기절하기 위해서는 어둠 속으로 들어갈 필요가 있다. 이 이야기는 부모님께는 하지 말아주렴. 내가 상자 속을 어둡게 해놓는다는 사실을 아시면 아마 부모님은 또 화를 내거나 우실 테니까.

내가 요즘 관심을 갖는 것은 동굴 입구 근처에 사는 동식물이다. 이곳에는 빛이 들어서 동굴 안쪽보다 훨씬 다양한 생물군이 산다. 그리고 여기서 나는 아주 특이한 생물군을 발견했다.

이곳의 식물은 하루의 절반은 꽃을 피웠다가 절반은 시든다. 잎도 만개했다가 접는다. 마치 하루의 반은 완전히 생명활동을 멈추는 것처럼 보인다. 나는 식물이 그토록 짧은 시간에 이토록 큰 움직임을 보이는 것을 본 적이 없다.

동물들도 마찬가지다. 최근 나는 동굴 입구에 사는 동물들의 거주지 근처에 카메라를 설치하는 데에 성공했고, 그들이 나처럼 기면증을 앓는다는 사실을 알아내었다.

그들은 모두 무리를 지어 살며 자신들만의 주거지가 있다. 작은 곤충에서부터 큰 박쥐까지, 구멍을 파고 잔가지를 모아 집을 지어 의식을 잃을 동안 자신을 보호할 공간을 만든다. 마치 내가 작은 나무 상자를 마련하는 것처럼.

나중에 안 사실이지만, 그곳은 아이들이나 외부인이 들어갔다가 길을 잃지 않도록, 안내인이 자리를 지키는 하루의 절반은 열어두고 나머지 절반은 문을 닫는다. 다시 말해 이곳은 하루의 절반은 빛이 들고 하루의 절반은 들지 않는다. 어둠이 주기적으로 존재하는 세계에서 아무것도 할 수 없는 시간을 보내는 데에, 의식을 잃는 것만큼 적절한 대응책이 어디 있겠느냐?

마뜩잖아 하는 네 얼굴이 보이는 것 같구나. 내가 하는 모든 말이 네게는 치료를 피하려는 핑계처럼 들리겠구나. 이야기를 조금 더 해야겠다. 문장을 하나 소개하겠다. 천문학에 관심이 없는 네게는 생소하겠지만 그쪽에서는 모르는 사람이 없는 문장이다.

지구의 하늘에는 별이 빛나고 있다.

천문학자들부터 언어학자, 서지학자들까지 오랜 세월 동안 이 문장을 해석하기 위해 노력해왔단다. 너는 아마 이렇게 말하겠지. "이 문장이 뭐가 어쨌다고요. 별이 빛나는 거야 당연하지 않습니까."

맞다. 그래서 이 문장은 아주 이상하다.

이 문장은 오랜 옛날 아득히 먼 우주에서 날아온 것이다. 언젠가 사라트산 천문대에서 한 무더기의 외계전파가 수신된 적이 있다. 인공적인 것임은 분명했다. 발원지는 은하의 가장 외곽 지점이었다. 무려 2만8천 광년을 넘어 날아온 전파였다.

그중에서 우리가 해석할 수 있었던 말은 이것뿐이었다. 정말로 이상한 문장이다. 별이 빛나지 않는 하늘이 어디 있단 말이냐. 대부분의 행성의 하늘에는 별이 빛난다. 물론 별을 볼 수 없는 행성도 있기는 하다. 대기권이 지나치게 두껍거나, 검은 구름으로 막혀 있거나, 두꺼운 얼음이나 지각 아래밖에는 생물이 살 수 없거나. 하지만 그런 행성에서야 어차피 외계로 전파를 보내는 복잡한 생물이 발현하기란 어려운 일이다.

누군가가 우주를 향해 전파를 보낸다면 좀 더 자신의 별을 잘 설명할 수 있는 문장을 보내야 한다고 생각지 않느냐. 왜 차라리 '지구는 놀랍게도 동그란 별이다'라든가, '지구는 우리 우주 안에 있다'라고 하지 않았을까?

하지만 만약 이것이 그들의 메시지라면, 어떤 이유에서인가 그들은 이 문장이 자신들의 별을 설명하기에 가장 적합한 표현이라고 생각한 것이다. 그게 아니라면 우리에게 보내야 할 가장 중요한 메시지라고 생각한 것이다. 하지만 별이 빛나는 것이 어째서 중요한 메시지가 될 수 있단 말이냐?

처음에 학자들은 이 문장이 어리석은 인류가 보낸 바보스러운 인사라고 여겼다. 지구인들은 아마 자기 행성 밖으로 한 발자국도 나가본 적이 없을 것이다. 그들은 다른 행성이라고는 가까운 별도 방문해본 적이 없을 것이다. 그들은 우주에 대한 지식이 없고 자신들의 하늘에만 별이 빛나는 줄 아는 것이다. 그래서 자랑스럽게 이런 인사를 한 것이다. '우리 하늘에는 이토록 많은 별이 있습니다'라고.

이 의견은 곧 사그라들었다. 외계의 별에 전파를 받을 수 있는 인류가 존재한다고 믿는 사람들이 그토록 어리석은 우주관을 가질 가능성은 적다. 그래서 '하늘에 별이 빛난다'는 표현은 그저 관습적인 표현이라는 해석이 나왔다. 먼 옛날에는 그들도 우주의 구조를 알지 못했고, 별이 자신의 하늘에 속한 것이라 믿었기에 그런 표현이 언어에 굳어졌을 것이다.

기록의 의미를 고민하는 과정에서 나온 문장이라는 의견도 있었다. 지구인들은 어떻게 해서인가, 은하의 중심에 다른 외계인류가 살고 있음을 알게 되었다. 하지만 그들의 전파가 우리에게 닿으려면, 아무리 빨라도 2만8천 년이 필요하다. 우리가 그들의 전파를 받아 분석하고 해석하고, 발원지를 찾아내어 답신을 보낸다고 해도, 그들이 전파를 수신하려면 또다시 2만8천 년이 필요하다. 5만6천 년의 시간을 견딜 수 있는 진실이 어디에 있겠는가?

나라 같은 것은 천 년을 가기 어렵다. 사람이 산다는 말 또한 의미가 없다. 우리의 역사기록도 1, 2만 년이 되지 않는다. 전파를 수신하는 기술을 갖게 된 지도 수십 년이 채 되지 않는다. 그 사이에 우리가 지구의 전파를 수신한 것은 기적과도 같은 우연일 뿐이다.

그래서 그들은 이런 문장을 선택한 것이다. 5만 년이 지나도, 10만 년이 지나도 진실인 것은 오직 '지구의 하늘에 별이 빛나고 있다'는 사실뿐이기 때문에.

이 문장이 일종의 답신일 것이라는 가설도 등장했다. 즉, 이미 수만 년 전에 우리는 그들과 통신을 시도했던 것이다. 지금은 사라진 고대의 초문명이 우주를 향해 전파를 쏘아 보냈을 것이다. 초문명에 대한 증거는 없지만 어쨌든 믿는 학자들도 있으니까 그 점은 넘어가기로 하자. 그들은 외우주를 향해 간단한 인사를 했다. 이를테면 "당신네 하늘에도 별이 보입니까?" 하는 식으로 말이다. 그래서 지구인은 "예, 우리도 별이 보입니다." 하고 정중하게 답했다. 하지만 답이 도착했을 때 그 초문명은 멸망해 사라져 버렸고 아무것도 모르는 우리에게 생뚱맞게 답이 도착한 것이다.

그런대로 가능성이 있는 가설이다. 우리가 답신으로 보낸 전파 역시, 마찬가지로 아무것도 알지 못하는 그들의 까마득한 후손에게 도달할 테니까. 물론 그들이 그때까지 남아 있다면 말이지만. 아마 그들도 "그런데, 하늘에 별이 빛난다는 말이 무슨 뜻입니까?"라는 밑도 끝도 없는 질문에 당황하며, 이게 대체 무슨 뜻이냐고 대대적인 논쟁을 벌일 것이다.

그로부터 꽤 시간이 지난 뒤에야 중요한 의문이 등장한다. 이 의문은 어느 천문학 시간에 한 학생이 교수에게 손을 번쩍 들고 질문하면서 시작된다.

"그 사람들은 왜 별이 빛난다고 했을까요?" 그는 이어서 물었다. "왜 하늘이 빛난다고 하지 않은 거죠?"

그래, 물론 우리는 하늘에 빛나는 것이 별인 줄을 안다. 지구인들도 알 테니 별이 빛난다고 말한 것은 조금도 이상하지 않다. 하지만 만약 '하늘에 별이 있다'는 말이 그들의 오랜 역사에서 관습적으로 굳어진 표현이라면, 대체 그들은 어떻게 알았을까?

빛나는 것이 하늘이 아니라, 별이라는 것을?

우리 행성에서, 옛날 사람들은 별의 존재를 알지 못했다. 그저 하늘이 빛난다고만 생각했다. 물론 자세히 보면 그 빛이 수많은 광원의 집합체라는 것은 알 수 있지만 인식하고 보지 않으면 그리 쉽게 눈치챌 수 없다. 우리에게는 어떤 지역에서도 별에 대한 신화는 존재하지 않는다. 오직 하늘에 대한 신화만이 있다. 그 신화는 대부분 어떻게 해서 하늘이 빛나는 몸을 갖게 되었는가로 시작한다.

우리의 하늘은 별로 가득 채워져 있다. 물론 별들은 서로 다른 거리에 있지만, 우리 눈에는 그들이 천구에 층층이 쌓여, 실제로는 멀리 떨어진 별들이 마치 하늘 전체를 가득 메운 것처럼 보인다. 망원경이 발명된 뒤에야 우리는 하늘이 무수한 별의 집합체라는 것을 알게 되었다.

그런데 지구인들은 하늘이 아니라 별을 언급했다. 무엇 때문이었을까? 혹시 그들은 별과 하늘을 구분해서 볼 수 있었을까? 천문학자들이 머리를 싸매며 수학적 계산을 하고 망원경으로 하늘을 들여다보지 않고도, 누구든 하늘을 보면 알 수 있었던 것이 아닐까? 그곳에 별이 있다는 것을.

그제야 우리는 깨달은 것이다. 지구의 하늘은 어둡다는 것을. 우리는 빛나는 하늘에 너무 익숙해져 있었고, 그것을 너무나 당연하게 여겼던 것이다.

처음에는 권위 있는 학자들마저 이 가설에 저항하고 나왔다. 별의 밀도가 아무리 낮아도 하늘은 밝을 수밖에 없다. 우주의 크기는 무한하며 별의 숫자도 무한하다. 그렇다면 아무리 별이 멀리 떨어져 있어도, 결국 그 숫자가 무한하므로 어느 방향을 보든 별이 보일 수밖에 없다. 지구가 어디에 붙어 있든 하늘이 어두울 리가 없다.

하지만 젊은 학자들을 중심으로 다시 이 문제를 다루기 시작했고, 이어서 은하의 중심을 제외하고는 하늘이 어둡다는 결론에 도달했다. 우주의 크기와 별의 숫자가 무한한지는 알 수 없는 일이며, 설사 그렇다고 해도, 우주는 팽창하고 있고, 어느 지점에서부터는 별이 빛의 속도로 멀어져가기 때문에 모든 별의 빛이 시간 내에 시야에 도달할 수가 없다. 우리의 하늘이 빛나는 까닭은 우리가 은하의 중심에 가까이 있고, 시간 내에 우리 별에 빛이 도달하는 별의 수가 하늘을 가득 채울 만큼 많고 오밀조밀하기 때문이다.

지구의 하늘은 어둡다. 그러자 또 다른 문제가 제기되었다.

하늘이 어둡다면, 빛이 지구에 거의 도달하지 않는다면, 대체 지구는 어디로부터 에너지를 얻는단 말인가? 누가 지구에 에너지를 주며, 생물이 살아갈 환경을 제공하는가?

그래서 학자들은 다시 머리를 싸매었다. 우리 행성은 은하의 중심을 축으로 회전하고 있다. 우리는 은하의 중심과 수많은 주위 별의 광원으로부터 에너지를 얻는다. 하지만 은하의 외곽은 중심부의 에너지가 도달하기에는 너무 멀지 않은가!

조심스럽게 한 가지 가능성이 제기되었다. 만약 지구 가까이에 적당히 큰 불타는 항성이 있고, 지구가 그 항성의 주위를 돌고 있으며, 그 항성으로부터 아주 적절한 거리에 떨어져 있고, 적당한 대기권을 갖추고 있으며 항성이 적절히 밝다면, 그리고 지구의 궤도와 자전축이 안정되어 있다면, 항성의 빛은 그 별의 생물이 살기에 충분한 에너지를 공급할 것이다.

다시 격렬한 반론이 이어졌다. 광원이 하나라면 빛이 비추는 면은 반밖에 되지 않는다. 대부분의 행성은 자전하며 또 우주의 유해한 방사선으로부터 별을 보호하기 위해 자전할 필요가 있다.

지구인이 그 행성의 어디에 살든 빛이 도달하는 시간은 하루의 반밖에 되지 않는다.

어둠의 시간 동안 그 별은 어떻게 되는가? 대기가 별이 얼지 않을 정도의 온실효과를 가질 수 있을 것인가? 만약 별의 궤도가 완전한 원이 아니라면, 그 항성에서의 거리가 최소일 때와 최대일 때의 기온변화는 어찌할 것인가? 그것마저도 대기층이 조절할 수 있을까? 그 별에 자기장을 낼 만큼 충분한 자성이 있을까? 이 모든 조건을 만족시키는 행성이 존재할 수 있단 말인가? 겨우 항성 하나에 의지하는 불안정한 환경에서 어떻게 생물이 번성하겠는가? 갑자기 항성이 수소폭발을 일으킨다면? 지구의 자전축이나 궤도가 미묘하게 흔들린다면?

설사 억만 분의 일의 확률로 그런 조건이 성립한다고 해도, 그 시기는 길지 않다. 별은 나이가 들면서 크기도 궤도도 온도도 변화한다. 생물이 살 수 있는 조건이 성립하는 시기는 극히 짧을 것이다. 그런 짧은 시간 동안 생물이 생겨나 번성할 수 있을까?

이 논쟁은 지금도 끝나지 않았다. 지구에 생물이 살 수 없다고 믿는 학자들은 이 전파 전체가 누군가의 장난이라고 주장한다.

분명히, 지구에 생물이 살 가능성은 극히 낮다. 하지만 불가능하지는 않다. 그리고 은하에는 가능한 모든 확률을 상쇄할 정도로 많은 별이 있다. 가능성이 있다면 존재한다고 보아야 할 것이다.

지구의 하늘에는 별이 빛나고 있다.

그들은 이 문장을 통해 별이 아니라 어둠을 표현한 것이다. 나는 이것이 일종의 답신이라는 가설이 옳다고 생각한다. 아득한 옛날에 우리 사이에는 교류가 있었던 것이다. 그들은 우리의 하늘이 어둡지 않다는 것을 알고 있었다. 그런 세상에 보내는 메시지로 이보다 더 적합한 문장이 어디 있겠느냐.

지금 나는 내 나무 상자 밖에 앉아 하늘을 바라보며 이 편지를 쓰고 있다. 언제나처럼 하늘은 찬란하게 빛나고 있다. 전체가 보석과 황금을 두른 듯이, 빈 공간 없이 빛으로 가득하다. 분명 아름다운 하늘이다.

하지만 지구의 하늘은 우리와는 다른 아름다움을 갖고 있을 것이다. 낮에 그들의 하늘에는 단 한 개의 항성만 떠 있을 것이다. 그 별은 너무나 가깝고 거대하여 다른 별의 빛을 모두 삼킬 테니까. 매 시간마다 지구에는 다른 빛이 뿌려질 것이다. 항성의 각도에 따라 기온도 풍경도 변할 것이다. 지구인은 감히 그 항성을 '별'이라고 부르지 않을 것이다. 그 별에는 가장 위대한 이름이 부여될 것이다.

지구의 위성은 우리의 위성처럼 빛 속에 숨어 있지 않을 것이다. 조수간만의 차이나 행성 궤도의 흔들림이나 자전축의 움직임 따위로 계산해서 찾아낼 필요가 없을 것이다. 밤이 찾아오면 그들의 위성은 하늘에 덩그러니 떠 있을 것이다. 눈을 들어 하늘을 보면 누구나 볼 수 있을 것이다. 표면의 그림자까지 손에 잡힐 듯이 그릴 수 있을 것이다.

그 위성도 항성과 함께 신의 이름을 갖고 있을 것이다. 사람들은 위성을 바라보며 기도하고, 노래하고, 춤을 출 것이다. 혹여 우주로 눈을 돌릴 시대가 되면 그들은 약속이라도 한 듯이 자신의 위성을 향해 여행을 떠날 것이다. 공기도 생명도 아무것도 없는 그 작은 별에 발을 디디며 소중히 흙을 감싸 안을 것이다.

그리고 그들은 하늘에서 별을 볼 수 있을 것이다.

손가락으로 짚으며 별 하나하나를 헤아릴 수도 있을 것이다. 별 하나하나의 색깔과 크기와 밝기를 구분할 수 있을 것이다. 천문학자가 아닌 사람들도 별들에 이름을 붙일 것이다. 별의 위치를 기억하고, 별과 별을 이어 그림을 그릴 수도 있을 것이다. 그 그림을 보며 다시 이야기를 붙일 것이다. 지구에서는 별 하나하나가 신의 이름을 가질 것이다. 하늘의 별만큼이나 다양한 신들이 있을 것이다.

나는 늘 의식을 잃을 때면 지구에 대해 생각한다. 밤과 낮이 주기적으로 바뀌는 세상. 더위와 추위, 활동과 휴식이 매일 자리를 바꾸는 세상.

네가 이미 눈치챘는지 모르겠구나. 지구에 빛을 주는 별이 단 하나뿐이라면, 그리고 지구가 자전한다면, 지구에는 매일 주기적인 어둠이 찾아오게 된다. 내가 발견한 그 동굴 입구처럼 말이다. 그 별은 시간에 따라 빛의 세기가 다른 별이다. 빛과 어둠이 공존하는 세상이다.

나는 그 별의 생물들 대부분이 기면증을 갖고 있으리라고 믿는다. 그들 중에는 낮에 활동하는 생물도 있고 밤에 활동하는 생물도 있을 것이다. 그들은 어느 한쪽에 신체를 적응한 뒤 다른 주기에는 신체의 활동을 중지할 것이다.

어쩌면 우리들의 선조 역시 그런 세상에서 왔을지도 모른다. 우리와 지구 사이에 과거에 교류가 있었다면, 우리들의 선조도 은하의 외곽에서 이주해 왔을지도 모른다. 그리고 그들이 주기적인 어둠 속에서 살았다면, 저 동굴 생물들처럼 기면증을 갖고 있었을 것이다. 그렇다면 내가 가진 기면증은 선조로부터 물려받은 것이다. 환경에 자연스럽게 적응한 현상이었던 것이다.

생각하면 할수록 이상한 풍경이다! 지구의 사람들은 어둠이 찾아오면 자연스럽게 각자의 방에 들어가 의식을 잃는 시간을 가질 것이다. 누구도 이를 놀리지 않을 것이다. 그런 사람들을 붙잡고 "너는 나을 수 있어."라고 말하지도 않을 것이다. 부모님이 의식을 잃은 아이를 깨우며 눈물을 흘리는 일도 없을 것이다. 아이들이 기면증과 싸우며 자신을 창피해하는 일도 없을 것이다. 치료해야 한다는 생각도 하지 않을 것이다. 밤이 찾아오고 하늘에 별이 빛나면, 사람들은 서로에게 "잘 기절해." 하고 인사할 것이다. 아침이 찾아오면 어젯밤은 잘 기절했느냐고 안부를 물을 것이다. 그곳의 사람들은 아무에게도 방해받지 않고, 자연스러운 일을 하듯 행복하게 잠이 들 것이다. ……잠이라는 말은 내가 쓰는 용어다. 좀 덜 부정적인 표현이 필요할 것 같아서 만들어보았다.

아우야.

네가 나를 생각하는 마음은 잘 안다. 나도 이 별에 살고 있고 다른 사람과 같아지고 싶은 마음이 없지는 않다. 하지만 한편으로는 그게 그렇게 대단한 일이라는 생각이 들지 않는구나.

시간이 많이 늦었구나. 나도 지구인처럼 자러 가야겠구나. 언젠가 네가 내 생각을 받아들여줄 날이 온다면, 부디 너도 내게 잘 자라고 인사해주렴.

사랑하는 누나가.

땅
밑에

+ 2006년 웹진 〈크로스로드〉 발표

2007년 공동 단편집 《얼터너티브 드림》(황금가지) 수록

2010년 개인 단편집 《진화신화》(행복한책읽기) 수록

지국(地國)은 땅 밑에 있다. 그 이름이 뜻하는 바 그대로.

유사 이래로, 어쩌면 유사 이전부터 인간은 땅을 내려다보며 기도를 드렸다. 땅속도 하늘과 마찬가지로 별다른 것이 없다는 것이 알려진 후에도, 사람들은 지국이 어디에 있느냐고 물으면 무슨 그런 당연한 질문을 하느냐는 얼굴로 땅을 가리킨다. 지국은 어느 시대에든 땅 밑에 있었다. 천옥(天獄)이 어느 시대에든 하늘에 있었던 것처럼.

모든 태어나는 이는 땅에서 태어난다. 모든 살아가는 이는 땅에서 살아간다. 모든 죽은 이도 땅으로 돌아간다. 땅은 삶의 근원이며 터전이며 종착지다. 어머니들은 아이가 조금이라도 땅에서 가까운 곳에서 태어나도록 깊은 지하실에서 해산을 하고, 죽은 자를 보내는 이는 사랑하는 이가 조금이라도 더 지국에 가까이 갈 수 있도록 가능한 한 무덤을 깊게 판다. 일상에 지친 사람들은 지하로 여행을 떠난다. 그들은 토굴 속으로 깊이 들어가 어두운 땅속을 몇 시간이나 바라보다 올라오곤 한다.

왜 우리가 지하를 동경하는지에 대해 의문하는 사람은 많지 않다. 그건 왜 우리가 사랑을 하는지, 미워하는지, 외로움을 타는지, 싸우는지, 전쟁을 하는지 묻는 것과 같이 어리석은 질문이다. 옛날에 한 하강전문가가 그 질문에 명쾌한 대답을 내놓았고 아직 누구도 그보다 현명한 대답을 하지 못했다.

"땅이 그곳에 있으니까."

내게 물어봐도 그 이상 좋은 대답은 할 수 없을 것이다.

나는 하강자(下降者)다. 여러분들이 익히 아시다시피, 하강자란 지하미로를 탐사하는 사람들을 말한다.

지하미로를 처음 발견한 사람은 백 년 전쯤 살았던 어느 이름 없는 광부였다. 한때는 지하미로가 흙에 파묻혀 있지 않았던 시대도 있었을 것이고 그 전에는 직접 미로를 팠던 사람도 있었겠지만 기록에 남아 있기로는 그렇다. 그 광부는 굴을 파다가 지하로 통하는 오래된 길을 발견했다. 그는 처음에 고대 왕의 무덤이라도 찾았나 보다 생각했다. 왕들은 곧잘 그런 짓을 하니까. 그는 패물을 파낼 꿈에 부풀어 흙과 돌을 들어내며 안을 샅샅이 뒤졌지만 결국 아무것도 발견하지 못했다. 그것은 그저 길일 뿐이었다.

그 뒤로도 그와 비슷한 '길'이 여기저기에서 발견되었다. 길은 긴 것에서부터 짧은 것, 좁은 것에서부터 넓은 것, 수직으로 떨어지는 것에서부터 완만하게 내려가는 것, 수십 갈로 갈라지는 것에서부터 한 길로 이어진 것까지 제각기다. 어느 한 시대에 만들어진 것도 아니고 어느 한 나라에서 만든 것도 아니다. 대부분

미완성이며 파다가 지쳐 포기한 듯한 지점에서 끝난다. 하나같이 그 안에는 '아무것도' 없으며 어디로도 이어지지 않는다.

지하미로가 왜 만들어졌는지 정확히 아는 사람은 없다. 박해받던 종교인들의 은신처였다는 설도 있고, 방공호였다는 설이 있는가 하면, 무덤이었는데 도굴꾼이 이미 안에 있는 것을 모조리 훔쳐 갔다는 설도 있다. 혹자는 그것이 전 세계에 유행처럼 번진 일종의 종교 의식이었을 거라고도 한다. 사람들은 저 깊은 지하 어딘가에 살고 계실 신께 조금이라도 더 가까이 가고 싶어 땅을 파 내려갔을 것이다. 지국(地國)을 향해서.

그 길은 '나락(奈落)'이라고 불린다. 사람들은 새 길을 발견할 때마다 가장 깊어 보이는 이름을 붙이고 싶어 한다. 어떤 길의 이름은 '세상에서 가장 깊은 길'이다(물론 그게 가장 깊은 길은 아니다). '세상에서 가장 깊은 길보다 더 깊은 길' 같은 이름도 있다. '나락'은 그나마 잘 지은 축에 속한다.

'나락'을 처음 발견한 사람은 이 길이 지금까지 발견된 것 중에 가장 깊은 길일 거라고 했다. 모두가 새 길을 발견할 때마다 같은 말을 하기에 아무도 신경 쓰지 않았다. 하지만 '나락'에 갔다 온 사람들은 간혹 치를 떨며 이렇게 말하곤 한다.

"이 길이 세상에서 가장 깊은 길인지는 나도 모르겠다. 그리고 아무도 모를 거다."

'나락'은 아직 아무도 끝까지 내려가본 적이 없는 길이다. 깊이도 깊이거니와 지나치게 험난하다. 어느 시점에서는 변화무쌍함이 커져서 실상 자연굴이나 다름없어진다. 어떤 루트는 한 사람이 겨우 빠져나갈 만큼 좁다. 어떤 루트는 사방으로 갈라지는데

한 번만 잘못 들면 길을 잃는다. 결이 칼처럼 날카로운 수직통로
도 있다. 나도 여러 번 도전해보았지만 결국 천장과 바닥이 칼처
럼 삐죽삐죽 솟은 15루트에서 포기하고 말았다.

그 길은 두 번의 작업으로 만들어졌다. 누군가 길을 팠고 후에
누군가 길을 막았다. 이 또한 길에서 흔히 나타나는 패턴이다. 파
는 자와 막는 자가 있다. 아마도 그들은 같은 믿음으로 다른 일을
했을 것이다. 저 아래 어딘가에 지국이 있으리니. 그러므로 동경
하여 내려갔고 그러므로 경외하여 막았으리라. 행여라도 누군가
그 길을 따라가다 지국에 이를까 싶어. 지국에 이르러 인간에게
허락되지 않은 신비를 찾아낼까 두려워하며.

"그러니까 내 말 알아들었지?"

민석은 잔뜩 흥분해서 떠들었다.

"새 경로가 발견됐어. 왜 '나락' 14루트 끝에 있던 호수 있잖아.
대학 발굴팀이 호수 바닥에서 동전 부스러기라도 건질까 해서 잠
수해봤더니 안에 17루트로 통하는 길이 있더라는 거야. 그 길로
가면 그 끔찍한 15루트와 16루트를 지나지 않아도 돼. 드디어 길
이 열린 거라고. 발굴협회에서 초하*를 할 하강자를 모집하고 있
어. 흔치 않은 기회라고. 이윤형…….."

민석은 애원했다.

"내려가자."

아내가 찌개를 들고 와서 조용히 상에 앉았다. 아내는 의자에
앉아 내가 전화를 끊기를 기다렸다. 전화기 저편에서 잠시 침묵

* 初下, 처음 내려가는 것

이 감돌다가 목소리가 이어졌다.

"왜 그래?"

왜 그래. 온갖 의미가 담긴 말이었다. 하강자끼리는 소식이 어두운 경우가 많다. 지상에 붙어 있지를 않으니까. 민석은 그런 친구 중 하나였다.

"너 왜 그래? 저번 하강 때도 안 가겠다더니. 요새 무슨 일 있어? 예전 같으면 네가 더 난리였을 텐데. 이제 하강 안 해? 은퇴한 거야?"

아냐, 이따 다시 전화할게, 하고 답하고 나는 수화기를 내려놓았다. 아내의 시선이 불편하게 내 손에 꽂혔다.

"갈 거지?"

아내가 물었다. 솔직히 말하면 아내가 입을 열기 전까지는 망설이던 참이었다. 나는 고개를 끄덕였다. 아내는 아무 말도 않고 밥을 먹었다. 나도 죄 지은 사람처럼 조용히 밥을 먹었다. 아내는 차를 내왔고 내가 다 마신 뒤에야 입을 열었다.

"왜들 그렇게 내려가는 거지?"

나는 대답하지 않았다. 다시 말하지만 그런 질문에는 대답할 말이 없다.

"땅속에는 아무것도 없어."

하늘에 아무것도 없는 것처럼. 나도 안다. 나는 세상이 둥글다는 것도 안다. 지금은 간단한 계산만으로도 알 수 있는 사실이지만 옛날 사람들은 그 사실을 밝혀내기 위해 세상을 한 바퀴 돌아야 했다. 그들은 세상의 반대쪽에서는 사람들이 거꾸로 매달려 산다는 사실도 알게 되었다. 구름 너머 멀리 보이는 흐릿한 풍경이 신기루나 우리 자신의 거울상이 아니라 진짜 세계라는 사실도.

사람들이 그런 괴상한 사실을 믿는 데에는 오랜 시간이 걸렸다.

"다들 아래에 뭐가 있다고 그렇게 내려가는 거야? 땅속에 지사 (地使)라도 살아?"

나는 창밖을 내다보며 시선을 피했다. 그리고 반쯤은 반항심에서, 반쯤은 생각 없이 대답했다.

"……응."

"봤어?"

"응."

아내는 적당히 해, 라든가 드디어 미쳤구나, 라든가 농담은 집어치워, 따위의 말은 하지 않았다. 대신 고개를 끄덕였다.

"그렇겠지. 지사가 땅속이 아니면 어디에 살겠어."

땅속에서 지사를 본 하강자는 많다. 낚시꾼들이 인어를 낚았느니 하는 말이나 비슷하다. 바람이 좁은 굴을 지나며 내는 피리소리, 동굴박쥐 그림자, 저산소증과 탈수증에 피로가 겹쳐 보이는 환각과 환청. 땅속에서 지사를 보는 방법은 많고도 많다. 내가 본 것은 그저 평범한 종류였다.

동료들과 떨어져 혼자 하강하던 날이었다. 나는 최근 지진으로 반쯤 내려앉은 길을 헤매고 있었다. 관리청에서는 길을 폐쇄한다는 결정을 내렸고 나는 다시는 이 길에 올 수 없다는 생각에 초조해져 있었다. 게다가 나는 막 흙에 묻혀 있던 새 길을 발견한 참이었다. 좁은 길을 얼마나 내려갔을까. 저 아래에서 흔들리는 흰 물체가 눈에 들어왔다. 사람처럼 보였다. 손에는 지팡이를 들고 머리에는 다섯 개의 탑이 솟은 관을 쓰고 기장이 긴 천 옷을 입고 있었다. 내게 손짓하는 듯했다. 나는 뭣에 홀린 사람처럼 이리 부딪치고 저리 부딪치며 구르다시피 내려갔다.

가까이서 보니 그건 사람이 아니었다. 물론 지사도 아니었다. 누군가 벽에 횟가루를 발라 그린 그림이었을 뿐이었다. 그게 내 헤드랜턴 불빛에 비쳐 움직이는 것처럼 보인 것이다.

"그래, 지사가 당신보고 뭐래?"

그림 앞에는 거기까지 내려가다 지쳐 죽은 듯한 하강자의 유골이 있었다. 유골 위에는 하강자의 기호로 이렇게 쓰여 있었다.
— 내려가라.

"당연히 그렇게 말하겠지. 유령이 산 사람에게 원하는 게 달리 뭐겠어? 얼른 죽으라는 거지. 저승으로 내려와서 죽으라는 거잖아."

아내는 말이 끝나자마자 내게 달려들어 주먹을 날렸다. 다행히 딱히 아프지 않은 주먹이었다. 아내는 내 머리, 가슴, 어깨 할 것 없이 한참을 마구잡이로 패더니 내 품에 쓰러져 울기 시작했다.

"가, 어서 가버려. 부탁이니 이젠 다시는 돌아오지 마."

나는 거기서 병을 얻었다. 올라오다 헤드랜턴이 꺼졌고 길을 잃었다. 동료들이 내가 먼저 돌아갔다고 생각한 바람에 구조가 늦었다. 나는 사흘 만에 구조되었고 발견되었을 때는 폐수종으로 죽기 직전이었다. 올라온 뒤에도 폐는 낫지 않았다. 의사는 다시는 지하에 내려가지 말라고 했다. 그랬다간 금방 죽을 거라고 했다. 그리고 내려가지 않으면 그보다는 조금 더 살다 죽을 거라고 했다.

그림을 보러 내려간 것을 후회해본 적은 없다. 그때부터 내가 후회하는 것은 하나뿐이었다. 어차피 다시는 내려갈 수 없는 몸이 될 바에야, 왜 그때 더 내려가지 않았을까. 왜 구조를 기다리며 사흘을 낭비했을까. 그게 마지막 하강인 줄 알았다면.

'나락' 주변에는 눈도 제대로 뜨기 힘든 모래바람이 분다. 강풍 지대인 이 지역에서도 가장 바람이 거친 곳이다. 바람 때문에 이 곳은 지표가 다져질 틈이 없다. 모래산이 오늘 여기 나타났나 싶 으면 다음 날 저기 나타난다. 이곳 주민들은 건물을 지어보았자 곧 모래에 묻힐 것을 알기에 단단한 건물을 짓지 않는다. 그들은 모래바람을 따라 오늘은 이쪽에 천막을 치고 내일은 저쪽에 치며 흘러다닌다.

바람이 부는 까닭은 세상이 돌기 때문이다. 높이 올라가면 중 력이 낮아지는 것과 같은 이유다. 높은 곳일수록 지표에서 멀어 서 원심력이 약해지기 때문이다. 그런 괴상한 사실을 사람들이 받아들이는 데에도 역시 오랜 시간이 필요했다.

나락은 우리가 발을 들여놓자 허한 소리를 내며 울었다. 바람 이 길을 통과하며 내는 소리였다. 얼음처럼 차가운 습기가 몰려 오고 동굴박쥐와 물이끼가 첫인사를 했다.

그 단계가 지나자 고요가 찾아왔다. 땅속에는 빛도 소리도 시 간도 없다. 적막에 잠겨 있노라면 영혼에도 고요가 찾아든다. 번 잡스러운 지상으로부터 멀리 떨어졌다는 해방감. 어머니의 품에 안긴 듯한 안락함. 이 길이 영원히 이어졌으면 하는, 세상에서 가 장 깊은 곳까지 이어지기를 바라는 소망. 언제든 지반이 무너져 고립되거나 가스가 새어 나와 목숨을 앗아갈지도 모른다는 생각 은 떠오르지도 않는다. 지하낙원처럼 평화롭다.

그 고요 속에서도 가끔 살아 있는 것들이 모습을 드러낸다. 헤 드랜턴을 비추면 눈도 색깔도 없는 하얀 동물들이 인간의 기척을 느끼고 돌과 돌 사이로 숨어 들어간다. 적막 속에서 만나는 반가운 움직임은 수면에 떨어진 돌처럼 영혼을 일깨운다.

호수와 17루트가 만나는 곳에 베이스캠프를 설치하고 다 같이 하룻밤을 보냈다. 우리는 잠에서 깨자마자 최소인원만을 남기고 하강을 시작했다.

초하를 하며 다시금 나는 '나락'과 사랑에 빠졌다. 모든 길에는 고유한 목소리가 있다. 어떤 길은 오만하고 어떤 길은 성깔이 있다. 어떤 길은 허영심이 강하고 어떤 길은 수줍어한다. 그러나 이 길이 내는 소리는 하나뿐이었다.

'깊이, 더 깊이.'

이 길을 판 사람은 어떻게 해야 더 깊이 내려갈까 하는 생각밖에는 하지 않은 것 같았다. 길은 중간중간 인부나 장비가 쉬기 위한 공간을 제하면 대부분 극히 좁고, 수직으로 파여 있었다. 수평으로 이어지는 길은 단순히 더 아래로 파 들어갈 만한 지점을 찾아 헤맨 흔적에 불과했다. 줄사다리를 쓰거나 밧줄을 박아 확보하지 않고는 갈 수 없는 길이 많았다. 고작 반나절 왔을 뿐인데 내려온 깊이가 다른 루트와 확연히 달랐다. 산소가 빠르게 희박해져 숨이 가빠왔고 중력이 커져서 몸이 무거워졌다. 원심력이 커진 탓에 줄사다리마저 수직으로 낙하하지 않았다.

베이스캠프를 떠난 지 네 시간 만에 승준이 사고를 당했다. 줄사다리를 고정시킨 핀이 빠지면서 사다리가 아래에서 불어온 돌풍에 활처럼 휘며 솟구쳤다. 드르륵 하며 벽을 긁는 소리가 나더니 쿵 소리가 뒤를 이었다. 바삐 내려가보니 승준이 발목을 잡고 끙끙거리고 있었다.

"내려가."

응급처치를 마친 승준이 말했다.

"여기서 얌전히 기다릴 테니 다들 다녀와. 나중에 나 때문에 하강을 망쳤느니 뭐니 하면 가만 안 두겠어."

하강자에게 필요한 능력은 체력이 아니라 계산력이다. 하강에서 가장 힘든 부분은 하강할 때가 아니라 끝내고 돌아갈 때다. 하강자는 자신이 지나온 길을 머릿속에서 역순으로 그려볼 줄 알아야 한다. 자칫 부상이라도 입으면 올라가는 과정에서 상처가 더 악화된다. 체력의 한계까지 내려간다는 것은 올라가지 않겠다는 뜻이다. 자신의 체력의 한계를 계산하고, 여력이 남아 있을 때 하강을 끝내야 한다. 유적을 훼손하지 않는 범위 내에서 로프를 걸고 발판을 만들며, 내려가는 길보다 돌아갈 길을 더 꼼꼼히 닦으며 전진해야 한다. 자신을 자제하며 정복보다 귀환을 최우선 목표에 두어야 한다.

승준을 데리고 돌아가기 위해 두 명이 남았다. 두 시간 후에 또 한 명이 길 사이에 끼어 전신타박상을 입는 바람에 다시 두 명이 남아야 했다. 누가 남을지 서로 눈치를 보는데 민석이 내게 슬쩍 말을 건넸다.

"네가 남는 게 어때?"

"왜?"

나는 날카롭게 물었다.

"윤형이 너 아까부터 기침이 심해. 오랜만에 하강하는데 무리하지 말고 이 정도에서 중단하는 게……."

"싫어."

나는 민석의 말이 끝나기도 전에 대답했다. 어린애가 식탁 앞에서 엄마한테 '싫어. 난 양파는 안 먹어.' 하는 말이나 비슷하게 들렸을 것이다. 나는 더는 말하지 않겠다는 태도로 딴청을 피웠다. 동료들이 어이없어했다.

"내려가고 싶은 건 누구나 마찬가지야. 누군 부상자 업고 올라가는 게 편한……."

한 명이 나서서 막 싸움이 일어나려는 것을 말렸다.

"좋아, 좋아. 양보해주자고. 이 친구 오랜만이잖아. 내가 기권하겠어. 솔직히 올라갈 생각을 하니 정신이 아득해."

결국 나와 민석과 문혁이 남아서 하강을 계속했다.

지하는 산소가 희박하고, 춥고 어두운 곳이다. 단련이 된 하강자들도 내려가다 보면 지하병(地下病)이라 불리는 각종 증상을 일으킨다. 내 기침은 그리 이상한 현상이 아니었다. 아무리 정복보다 귀환이 중요하다고 말은 하지만, 다들 조금씩은 안다. 하강을 자제하기는 쉽지 않다. 우리는 많이 죽는다. 넷에 하나는 지하에서 죽는다.

어느덧 하강을 한 지 열다섯 시간이 지나고 있었다. 우리는 거의 쉬지도 먹지도 않았다. 산소가 희박해져 쉬기에도 위험해졌고, 올라갈 생각을 하면 먹을 것을 낭비할 수도 없었다.

"너무 많이 내려왔어."

문혁이 기침을 하며 말했다.

"아무래도 이 길은 끝나지 않을 모양이야. 정말로 세상에서 제일 깊은 길인가 봐. 기쁘기는 한데 돌아갈 생각을 하면 이제 멈춰야 해. 실은 멈출 때를 한참 지났어."

민석도 콜록거리며 마찬가지로 콜록거리는 나를 돌아보았다. 민석은 산소통을 열고 산소를 한번 들이마셨다.

"어떻게 생각해? 내 계산으로도 우린 이미 한계 이상 내려왔어. 어려운 길도 너무 많이 지났어. 확보도 많이 안 했고. 올라가는 데 평상시보다 시간이 더 걸릴 거야. 더 가다보면 산소통도 모자랄 거야."

나는 위를 올려다보았다. 지금까지 내려온 길이 막막한 어둠속에 떠올라 있었다. 현기증이 이는 바람에 나는 얼른 아래를 보았다.

"둘이 올라가. 난 좀 더 내려가볼 테니까."

작은 소요가 일었다. 민석과 문혁이 얼굴을 마주 보았다. 민석이 말했다.

"혼자서는 못 내려가."

"전에도 많이 해봤어."

"그야 닦인 길일 때지. 초하를 혼자 시킬 수는 없어."

나는 아래를 보았다. 올려다보다가는 현기증으로 기절할 것 같았기 때문이었다. 검은 길이 죽음처럼 입을 벌리고 있었다. 금세라도 하얀 이빨을 들이대고 나를 집어삼킬 것만 같았다.

"어쨌든 난 내려가겠어. 올라갈 생각이면 둘이 올라가."

민석과 문혁이 불만스러운 얼굴로 서로를 보았다. 문혁이 어처구니가 없다는 얼굴로 말했다.

"돌아가는 시간을 짧게 계산해도 이틀은 걸릴 거야. 지형이나 깊이를 생각하면 중간에 자는 것도 위험해. 만 사흘을 새우는 건데, 자신 있어?"

"어쨌든 난 내려가겠어."

나는 거의 듣지도 않고 대답했다. 민석이 어깨를 들썩하며 말했다.

"조금만 더 가보자. 여기까지 왔는데 설마 길이 더 이어질 것 같지는 않아. 우리 다음에 온 놈들에게 최저 하강 타이틀을 넘길 수는 없잖아?"

땅은 내려갈수록 단단해진다. 무거워진 중력이 만든 지압이 땅을 강철보다 단단하게 만든다. 우리 기술로는, 당연히 고대의 기술로도 어느 이상 내려가지는 못했을 것이다. 길에는 늘 한계가 있다.

"괴물 같은 자식들. 힘이 남아도나 보군."

문혁이 고개를 설레설레 젓고 말했다.

"나중에 죽겠느니 어쩌니 하기만 해봐."

"안 해."

'그러니까, 양파는 안 먹는다고.' 나는 또 그 비슷한 말투로 말했다.

얼마 내려가지 않았을 때 베이스캠프에서 무전이 왔다. 우리는 문혁이 올라가고 싶어서 농담을 한다고 생각했다.

"설마."

"농담이 아냐. 위에서 방금 약한 지진이 감지되었다고 연락이 왔대."

나는 본능적으로 아래를 보았다. 헤드랜턴의 불빛만으로는 앞으로 길이 얼마나 이어지는지 알 수가 없었다. 문혁은 비장하게 말했다.

"여기는 지표가 무른 지역이야. 이 길이 무사하리란 보장이 없어."

민석이 나를 돌아보며 말했다.

"올라가자."

"둘이 올라가."

"너 왜 이러는 거야?"

민석이 내 멱살을 잡았다.

"너 혼자만 영웅이 되고 싶어서 이래? 누군 내려갈 줄 몰라서 안 내려가는 줄 알아?"

나는 심하게 콜록거렸다. 민석이 눈살을 찌푸리며 나를 놓았다.

"합당한 이유를 대봐. 그럼 같이 가줄 테니까."

"약진(弱震)은 흔히 있는 일이야. 지진을 겁내면 하강 못 해."

"다른 이유."

"위험하긴 마찬가지야(기침). 올라가는 데 사흘은 걸릴 거고 지진이 다시 오면 어차피 우리가 이 안에 있는 동안에 올 거야. 그러느니 내려가겠어. 우리는 지금 세상에서 가장 깊은 길에 와 있어. 역사에 남을 길이라고. 지진 때문에 암반이 약해져서 다시는 내려오지 못하게 되느니, 무슨 일이 있어도 끝까지 내려가겠어."

입에서 나오는 대로 한 말이었다.

그래도 대충 '합당한 이유'로 들린 모양이었다. 민석이 고민하다가 문혁에게 말했다.

"내려가자."

"농담하지 마."

"정말로 길은 금방 끝날 거야. 거의 다 왔어. 초하를 혼자 시킬 순 없어."

"죽을 거면 혼자 죽으라고 해. 난 올라가겠어."

민석이 뭐라고 말하기도 전에 문혁은 랜턴을 물고 장비를 나누기 시작했다.

"됐어. 길은 다 닦아놨으니까. 캠프에 연락해서 사람을 내려 보내라고 하겠어. 시간이 남아돌면 너희를 구조하라고 일러둘게."

문혁은 배낭을 메고 로프에 매달리며 말했다.

"누가 여기까지 오려 할지는 모르겠지만."

민석은 문혁이 올라가는 것을 보고, 녀석이 다 풀어놓은 짐을 배낭이 무거워지지 않을 배치로 꼼꼼히 쌌다. 민석이 하나 남은 무전기를 내게 내밀었다.

"갖고 있겠어?"

나는 고개를 저었다.

"무거워서 싫어."

민석은 무전기를 자기 허리에 찼다. 다시 기침이 몸을 뒤흔들었다. 내가 뭘 하는지 나도 알고 싶었다.

우리는 두 시간을 더 내려갔다. 예상대로 그즈음에서 '나락'은 끝났다. 하지만 실제로 끝난 것은 아니었다. 나락이 끝나는 길에는 새 길이 있었다.

우리는 새로 발견한 길 앞에서 어안이 벙벙해졌다. 더 잘 보기 위해 우리는 잠시 멈추고 꼬마전구를 여기저기 달아 앞을 밝혔고, 다시금 어리둥절해졌다.

그 길은 지금까지 내려온 길과 완전히 달랐다. 그뿐 아니라 내가 지금까지 보아왔던 그 어떤 길과도 달랐다. 보통은, 길의 폭, 벽을 다진 방법, 파 내려간 방법, 지지대를 세운 방법이나 동물의 배설물, 화석 따위를 보면 길을 만든 시대와 나라를 파악할 수 있다. 하지만 나는 그 길이 언제 만들어진 것인지 짐작도 할 수가 없었다. 길은 높이와 폭이 각각 1미터 20센티미터 정도의 매끈한 아치형 통로였고, 너무나 매끈해서 길이라기보다는 애초에 땅이 그렇게 생겨 먹었던 것처럼 보였다. 벽은 벽돌로 메워져 있었는데 벽돌은 기계로 끊어낸 것처럼 정확히 같은 크기였다. 벽돌과 벽돌 사이는 결이 고운 진흙으로 메워져 있었다.

민석은 흥분으로 제정신이 아니었다. 계속 가자고 해줘서 고맙다고 나를 몇 번이고 끌어안았다. 민석은 바닥에 떨어진 마른 낙엽 같은 것을 주워 들고 기어 와 내게 보여주었다.

"뭐야?"

"식물 화석. 식물이 어디에 살지?"

"땅 위에."

내가 대답했다. 민석이 기쁨으로 피로도 잊은 채 바닥에서 한 바퀴 굴렀다.

"봐, 봐. 옛날에는 이 길이 지상까지 이어져 있었을 거야. 그러다 윗부분은 무너지거나 토사에 묻혀 없어지고 지하 깊은 곳의 길은 그대로 보존되어 있었는데, '나락'이 내려오다가 이 길과 이어진 거야. 놀랍지 않아? 대체 그 옛날에 어떻게 이렇게 멋진 길을 만들 수 있었을까? 어떻게 이렇게 깊이 팔 수 있었던 거지?"

나는 문득 모래바람이 계속 부는 지역에 전해지는 오랜 전설 하나를 떠올렸다. 전설로만 알려진 지하 도시가 진짜 있었다는 것을 증명하기 위해 한 부자가 무턱대고 땅을 파 내려갔다고 한다. 그는 땅속에서 양파 껍질처럼 층층이 쌓인 도시를 발견했다. 도시 아래에 도시가 있었고 또 그 아래에 도시가 있었다. 도시와 도시의 시간 간격은 겨우 수백 년에 불과했다.

"지금까지 내려온 게 원시 토굴이라면 이건 건축예술이라고 불러도 되겠는데. 굉장해. 길이 매끈하고 쭉 고르잖아. 세상에, 이것 봐. 아치 양쪽이 정확히 비율이 같아."

42

한참 벽을 더듬으며 기록하던 민석은 문득 고개를 갸웃했다.

"그런데 이해가 안 되네."

민석이 말했다.

"사람이 지나기에는 폭이 넓고 천장이 낮아. 허리를 계속 굽히고 가야 하잖아. 폭을 넓게 만들 기술이 있었다면 차라리 천장을 높이는 편이 작업하거나 내려오기에는 편하지 않았을까?"

내 머릿속에 괴상한 생각이 떠올랐지만 말했다간 비웃음을 당할까 봐 입을 다물었다. 그러니까, 기계를 써서 작업했다면 얼마든지 가능했겠지. 원래부터 가로 세로 1미터 20센티미터인 길을 다른 데서 만들었다가 기중기로 땅속에 집어넣는다면. 2, 3천 년 전에 말이지. 그리고 이동이야 뭐, 작은 자동차 같은 것에 앉아서 내려가면 이 정도 높이도 상관없겠지. 2, 3천 년 전에 말이지.

민석은 문득 감흥에 젖은 얼굴로 한숨을 쉬었다.

"인간이란 참 어리석은 것 같아."

"왜?"

내가 물었다.

"이건 개인이나 가문 하나가 판 게 아냐. 이 정도면 국책 사업이었을 거야. 이런 대단한 것을 만들 수 있는 문명이 아무것도 없는 지하에 내려오는 데 국고를 탕진했겠구나 싶어서."

그렇기는 했다.

우리는 기록을 남기기 위해 좀 더 머물렀다. 랜턴 불빛을 비추며 안으로 더 기어간 나는 벽의 흙먼지 안쪽에 뭔가 있는 듯한 흔적을 발견하고 발을 멈췄다. 나는 일단 수기와 그림으로 기록하고 벽을 손으로 문질러보았다.

그림이 먼지 뒤에서 모습을 드러내었다. 나는 멍하니 벽을 응시했다. 다섯 개의 탑이 있는 금관을 쓰고, 한 손에 지팡이를 들고 하얀 천옷을 입은 사람의 그림이었다.

내가 지하에 갇혀 있던 사흘 동안, 꿈에서도 보고 눈을 뜨면 보고, 잠이 들기 전에 보았던 바로 그 그림이었다. 내가 눈을 떼지 못한 것은 그 그림이 그저 비슷해서만이 아니었다. 이곳은 그곳과 다른 시대의 유적이다. 이 그림은 완전히 다른 시대에서, 다른 사람이 그린 똑같은 그림이었다. 이게 무슨 뜻일까? 누군가가 이 그림의 모델이 될 만한 무엇인가를 보고 그린 것이란 말인가? 설마 이 그림을 닮은 어떤 것이, 세상에 실제로 존재한단 말인가? 이게 말이 되는 생각일까?

"뭐야?"

민석이 다가와서 물었다. 내 옆에서 그림을 보던 민석이 흥미로운 얼굴로 말했다.

"굉장한데, 길을 만든 사람이 그린 걸까, 아니면 아득한 옛날에 우리보다 먼저 왔던 하강자였을까? 그런데 옆에 그려진 이 조그만 파란 동그라미는 뭐지? 뭘 상징하는 걸까?"

민석은 지사의 손 가까이에 있는 동그라미를 가리켰다. 파란색이 남아 있어서 눈에 띄었다. 나는 흙을 더 걷어냈다. 벽에는 어느 나라의 것인지, 혹은 어느 시대의 것인지 모를 문자가 씌어 있었다. 나는 그 가운데에서 고대 하강자의 기호를 찾아냈다.

— 내려가라.

내려가라. 그 말이 내 안에서 메아리쳤다. 이건 비겁한 일이다. 그림에게는 왜요, 하고 묻거나 싫은데요, 하고 대답할 도리가 없다.

"내려가자."

내가 말했다. 민석이 나를 쳐다보았다.

"농담하지 마. 올라가서 새 길을 발견했다고 알리는 게 먼저야."

"새 길을 눈앞에 두고 돌아가자는 거야?"

"네가 뭐라고 하든 지금 더 내려가는 건 무리야. 팀을 다시 정비해서 와야 해."

"조금만 더."

나는 떼를 썼다.

"이 길은 경사가 얕아. 되돌아가기 어렵지 않을 거야. 이 길을 만든 사람들도 설마 여기보다 더 깊이 파지는 못했을 거야."

"다시 말하지만 돌아가야 해. 오래전에 돌아갔어야 했고."

"뒤에 다시 내려와봤더니 정하*가 눈앞이었다면? 정하를 코앞에 두고 돌아가서 최초의 정복을 다른 팀에게 빼앗겼다고 놀림 받고 싶어?"

민석은 한참 나를 노려보다가 대답했다.

"조금만이다."

천장이 낮은 단조로운 길을 네발 짐승처럼 기어가는 것은 변화무쌍한 거친 길을 탐사하는 것과는 다른 의미로 힘겨웠다. 한 시간쯤 갔을까, 미세한 진동이 땅을 훑었다.

"돌아가야 해."

민석이 뒤에서 헉헉거리며 말했다.

"내 말 들려? 이 깊이에서는 언제 생매장될지 몰라."

"조금만 더."

내가 콜록거리며 말했다.

"너 상태가 정상이 아니야. 아무래도 지하병인 것 같아. 더 있

---

* 頂下, 가장 낮은 곳

다간 위험해. 내 말 듣고 있어?"

"조금만 더."

"아까부터 대체 왜 이래? 너 올라갈 생각이 있긴 해?"

나는 그만 퍼뜩 놀라 민석을 돌아보았다. 민석이 당황하는 내 눈을 보았고 동시에 내 눈 속에 잠겨 있는 것을 보고 말았다. 민석은 한참 믿을 수 없다는 표정으로 나를 보더니, 얼굴이 불처럼 달아올랐다.

"이 미친 자식, 어서 나와!"

민석은 내 다리를 잡아당겼고 나는 거칠게 민석을 발로 찼다. 발로 찬 뒤에야 정신이 들어 친구를 돌아보았다. 민석은 피가 흐르는 입술을 붙잡고 어처구니가 없다는 얼굴로 나를 보았다.

"맘대로 해, 이 미치광이. 내려가고 싶으면 혼자 내려가!"

민석은 돌아서 나가기 시작했다. 따라 나가야 했다. 나가서 미안하다고 해야 했다. 이성은 그렇게 말하고 있었다. 하지만 한편으로, 몇 걸음쯤 더 가는 게 뭐 그리 큰일은 아니라고 생각했다. 10분 정도야 따라잡을 수 있을 거고, 되돌아가서 사과하면 될 것이다. 몇 걸음을 더 간 뒤에는 또 몇 걸음을 더 갔다. 15분 정도는 따라잡을 수 있을 것이다. 20분 정도는……. 그러다 보니 이젠 어차피 늦었다는 생각이 들었다.

사방에서 굉음이 들린 것은 그때였다.

벽과 천장과 바닥이 다 흔들렸다. 천장에서 벽돌이 흙먼지와 함께 머리 위로 쏟아져 내렸다. 나는 있는 힘을 다해 몸을 굴렸다. 한참 뒤에 정신을 차려 보니 내 몸은 흙무더기 밖으로 나와 있었다. 나는 한참 기침을 한 뒤에 고개를 들었다. 살아 있었다. 하지만 의문이 생겼다. 민석도 그렇게 생각할까? 내가 무사하다고?

나는 흙을 손으로 파보았다. 소용이 없었다. 판 만큼 다시 흙 무더기가 쏟아졌다.

저쪽에서 벽을 두드리는 소리가 났다. 모스부호였다.

— 살아 있어? 이봐!

민석이었다.

— 살아 있어.

나는 좀 확신하지 못한 상태로 대답했다. 침묵이 이어졌다. 민석도 나처럼 지금 가진 도구로 벽을 파낼 수 없다는 사실을 받아들이는 데 시간이 좀 걸렸다. 다시 민석이 벽을 두드렸다.

— 무전이 닿지 않아.

다시 침묵이 이어졌다.

— 올라가서 구조대를 데리고 다시 올게. 꼼짝 말고 있어야 해. 알았어?

— ……

— 대답해!

— ……그래.

민석이 사라지는 소리가 들렸다. 억눌려 있던 피로가 덮쳐 왔다. 나는 벽에 등을 기대고 앉아 조금 쉬었다. 조금 있자니 웃음이 나왔다. 동시에 기침이 같이 터졌다. 나는 한참 기침을 한 뒤에 산소통을 입에 대고 몇 번 호흡했다. 그리고 다시 웃었다.

나는 어느 쪽으로 방향을 틀어야 할지 알고 있었다. 방향을 틀 시간도 상황을 판단할 시간도 있었다. 그리고 나는 있는 힘을 다해 '안쪽으로' 뛰어들었다. 위로 올라갈 수 있는 바깥이 아니라 안쪽으로.

사람이 죽으려고 이미 작정했는데 의식하지 못하는 수도 있는 모양이다. 아니, 나는 의식하고 있었다. 나는 **올라갈 수가 없었다.** 하강자는 자신이 내려온 길을 역순으로 계산할 수 있다. 올라가는 데 얼마나 시간이 걸릴지, 내 체력이 얼마나 버텨줄지. 나는 하강한 지 서너 시간 만에 내가 올라갈 수 없는 지점을 지나버렸음을 깨달았다. 그래서 나는 내려가겠다고밖에 말할 수가 없었다. 올라갈 수가 없었기 때문에.

나는 얼굴을 감쌌다. 나는 사기꾼이다. 올라가지 못할 줄 알면서도 여기까지 왔다. 동료들 모두를 속이고.

나는 잠시 쉬며 지금까지 내려온 길을 머릿속으로 다시 되돌아갔다. 하강자들이 흔히 하는 놀이다. 민석이 캠프까지 갔다가 오려면 빨라도 사흘은 걸릴 것이다. 이 길을 뚫는 데는 또 하루가 걸릴 것이다. 배낭에 남은 식량은 둘째치고라도, 내가 이 안에서 나흘을 버틸 수 있을까? 지하병은 갑자기 위독해진다. 나는 한순간에 사망할 수도 있었다.

나는 랜턴을 비춰 안쪽을 들여다보았다. 벽이 웃으며 속삭였다.

'이제야 우리 둘이네.'

'그래.'

'이제 방해하는 사람은 아무도 없어. 어서 와. 오랫동안 기다리고 있었어. 자, 어서.'

길이 요염하게 유혹했다. 사람들이 흔히 보았다고 하는 지사란, 혹시 이런 것이 아닐까 싶었다. 나는 마음속으로 동료들에게 미안한 마음을 전했다. 아마 지금도 울고 있을 아내에게도.

하지만,

— 그때부터 내가 후회하는 것은 하나뿐이었다.

그때 그것이 마지막 하강인 줄 알았더라면, 왜 더 내려가지 않왔을까. 왜 구조를 기다리며 시간을 낭비했을까.

내려갈수록 땅이 무겁게 몸을 끌어당겼다. 발을 하나 떼어놓을 때마다 등에 바윗덩이가 하나씩 더 얹히는 듯했다. 나는 한 걸음에 한 번씩 멈추고 쉬었다. 숨쉬기가 점점 힘들어졌다. 헛구역질이 났다. 나는 계속 토했다.

머리 위에서 돌이 툭툭 떨어졌다. 아까의 일이 생각난 나는 겁에 질려 헤드랜턴으로 천장을 살폈다. 벽돌이 떨어져나가 있었다. 손으로 만지자 흙이 우수수 떨어졌다. 나는 벽이 얼마나 단단한지 확인하려고 두드려보며 안을 자세히 살폈다.

문득 이상한 기분이 들었다. 나는 유적을 훼손하고 있다는 사실도 잊고 부서지는 벽돌을 손으로 뜯어내었다. 낡은 벽돌은 힘을 조금 쓰자 쉽게 떨어져나갔다. 먼지가 하얗게 일었고 나는 다시 산소호흡기를 썼다. 안개가 가라앉고 벽돌 뒤에 숨겨진 진짜 길의 모습이 드러났다.

길은 금속으로 만들어져 있었다.

나는 현기증을 일으키며 주저앉았다. 납땜 자국이 길을 따라 매끈하게 드러나 있었다. 벽돌은 길을 덮은 장식에 불과했다. 나는 얼어붙어 한동안 아무 생각도 못했다. 내가 언제부터 미친 걸까? 미친 것까지는 상관없었다. 내가 정말로 하강하고 있기는 한 걸까? 혹시 꿈을 꾸고 있는 건 아닐까? 아내와 싸우고 나서 집을 뛰쳐나와 술을 진탕 먹고, 어디 하수구에 들어와 헤매고 있는 건 아닐까? 지하병이 도져 세상에서 가장 깊은 길을 내려가는 환각에 빠져 있는 건 아닐까?

나는 벽을 손으로 쓸어보았다. 벽돌이 위로하며 내 손에 따듯한 몸을 맞대었다. 나는 금속 벽에도 손을 대어보았다. 차가운 반향이 손에서 내장까지 전해졌다. 벽이 웃으며 나를 내려다보았다. 지독한 현실감이었다. 문득 벽이 뭐라고 속삭였다. 나는 한참 뒤에야 벽이 말을 거는 소리를 듣고 주위를 둘러보았다. 벽 한 귀퉁이에 조그맣게 글씨가 쓰여 있었다. 옛 하강자의 기호였다.

누군가 이곳까지 왔었다. 이렇게 깊은 곳까지. 먼 옛날에 나보다 먼저 저 아래에 내려갔다. 그가 세심하게 그린 화살표가 아래쪽을 향했다. 그 기호가 내게 속삭였다.

— 내려가라.

내려가라. 그 말이 내 머리를 채우고 내 몸을 음파처럼 뒤흔들었다.

내려가라. 나는 웃고 말았다. 달리 지금 내가 무엇을 할 수 있겠는가. 살날도 얼마 남지 않은 실패한 하강자. 길 한가운데서 뭐가 나타났든 고민할 일이 뭐가 있겠는가. 올라갈 수도 없는 주제에. 나는 다시 허리를 굽히고 기어가기 시작했다.

나는 내려갈 것이다. 길이 끝나는 곳까지. 모든 길에는 끝이 있으니까. 내려가는 모든 길에는 바닥이 있다. 그게 길의 운명이다. 아무리 간절히 원해도 사람은 결국 어느 이상은 내려갈 수가 없다.

한 걸음 내디딜 때마다 땀이 비 오듯 쏟아졌다. 나는 매 걸음마다 다음 걸음에서 실신하기로 마음먹으며 움직였다. 공기는 숨쉬기에는 너무 탁했다. 산소통은 잔량이 다해가고 있었다. 배터리가 걱정되어 헤드랜턴도 끄고 전진했다. 나는 무엇에 홀린 듯 칠흑 같은 어둠 속에서 계속 앞으로 나아갔다. 폐소 공포가 수시로 영혼을 덮쳤다가 물러갔다. 죽음이 기침과 함께 흥건히 쏟아졌다.

한없이 내려가다가 퍼뜩 잠에서 깨기도 했다. 내가 정말로 내려가는 것인지, 꿈을 꾸는 것인지, 아니면 이미 오래전에 죽었는데 유령이 되어 이 동굴을 헤매는 것인지 알 수가 없었다.

그리고 마침내 막다른 길이 나타났다. 베이스캠프에서 행군을 시작한 지 이틀이 지난 무렵이었다.

나는 랜턴을 켜지 않았다. 도저히 내 눈으로 막다른 길을 볼 용기가 나지 않았다. 전신에서 물처럼 기력이 빠져나갔다. 이제야 끝났구나. 이제야 끝난 거야. 나는 조금이라도 더 몸을 아래에 두려는 생각으로 바닥에 엎드렸다.

뒤로는 내가 기어온 길이 깔깔거리며 나를 조롱했다. 나는 산소 호흡기에 입을 대고 남은 산소를 조금 마셨다. 그 밖에 내가 즐길 수 있는 게 조금이라도 남아 있는지 생각해보았다. 배낭에 실신했을 때를 대비한 포도주팩이 있었다. 하지만 꺼낼 기운이 없었다. 나는 그대로 길에 모든 것을 내맡기며 누워 있었다. 길이 내 목숨을 가져가는 데에 그리 오래 걸리지는 않으리라.

어렸을 때 인류가 다른 세계에서 왔을지도 모른다는 이야기를 들은 적이 있다. 먼 옛날 전쟁이나 재해를 피해 이곳으로 이주해 왔고, 몇 번의 천재지변 이후로 모든 역사를 잊어버렸다는 식의 이야기. 우리의 몸은 이곳보다 좀 더 중력이 큰 세상에 맞춰져 있다든가. 우리의 신체주기가 이 세상의 신체주기와는 미묘하게 다르다든가. 흔한 이야기다. 하지만 '다른 세상'이 어디에 존재할 수 있다는 건가? 저 좁은 하늘에? 이 좁은 땅속에?

어쩌면 그들은 저 아래에서부터 이 길을 따라 지상으로 올라갔을 것이다. 그래. 그러면 말이 된다. 그러면 길을 팔 이유가 생긴다. 그들은 우리와 달리 오르기를 좋아했다. 그들은 땅 밑에 살았고 지상으로 길을 내었다.

하지만 그들은 흙과 물이 살아 있으며, 자연이 왕성하게 변화할 줄을 몰랐다. 비가 산을 깎고 지하로 흘러들어 땅을 변형시키고, 태풍이 불고 산사태가 나고 지진이 나리라고는 생각하지 못했다. 그리고 바람을 몰랐다. 언제나 불어대는 바람을. 바람은 모든 것을 바꾸어놓았다. 산을 옮기고 땅을 깎고 호수를 메웠다. 바람은 진흙과 자갈로 길을 막았다. 세월이 흐르고 사람들은 길의 존재를 잊었다. 단지 아련하게 남은 기억으로 그리워할 뿐이다.

슬슬 내가 무슨 생각을 하는지도 알 수가 없었다. 어디선가 바람이 불었다. 역시 내가 미친 모양이었다. 이곳은 바람이 불 만한 곳이 아니다. 나는 힘없이 주위를 둘러보았다. 길이 아까보다 밝아 보인다는 생각이 들었다. 이곳은 빛이 들 만한 곳이 아니다. 내가 제정신인지 확신할 수가 없었지만 달리 믿을 것도 없었기에 나는 주변을 더듬었다. 바람은 바닥에서 불었다. 아래로 더 내려가는 길이 있었다.

헤드랜턴을 켜려고 했지만 힘이 없어 손이 헬멧 위에서 그대로 미끄러졌다. 몸이 휘청하고 기울었다. 나는 아래로 떨어졌다.

그리고 기억이 나지 않는 걸 보면 중도에 기절한 것 같았다. 아니면 잠이 든 것 같기도 했다.

— 왜 이제야.

누군가가 이유를 묻고 있다. 누굴까? 벌써 동료들이 내 뒤를 쫓아온 걸까? 이상하군. 문혁이 아무도 내려오지 않을 거라고 화를 내며 올라갔는데. 민석이 나보다 먼저 내려왔을 리도 없는데. 누가.

— 왜 이제야.

무슨 소리지? 내가 꿈을 꾸는 건가? 그게 아니면 이건 저승에서 통하는 인사법인가? '왜 이제야.' 그런데 그런 질문에는 뭐라고 대답해야 하지? '날씨 좋군요.' '안녕히 주무셨어요?'

— 왜 이제야 오신 거죠.

나는 눈을 떴다. 밝았다. 오랫동안 어둠 속에 있다가 보니 믿을 수 없을 정도로 눈부셨다. 숨을 쉬어보았다. 신선한 산소가 폐로 들어왔다. 나는 눈을 깜박이며 주위를 돌아보았다. 거대한 불타는 구체가 내 머리 위를 유영하고 있었다.

나는 정신을 차리지 못하고 눈의 초점을 잡으려 애를 썼다.

구체?

나는 곧 단어를 잘못 골랐다고 느꼈다. 저런 것을 감히 '구체'라고 불러도 좋은 것일까? 불타는 빛의 화신이라고 봐야 하지 않을까? 왜 저런 것이 내 머리 위에 있는 거지?

……하고 생각하며 나는 '아래'를 보려고 했다……. 그리고 나는 혼란에 빠지고 말았다. 어디가 '아래'인지 알 수가 없었기 때문이었다.

한참 뒤에야 내가 유리처럼 보이는 투명한 바닥에 누워 있다는 것을 깨달았다. 불타는 구체는 그 바닥 너머에서 유영하고 있었다. 나는 내가 '위'라고 생각한 방향이 '아래'였다는 것을 깨달았다. 그리고 그 구체보다 가까이에 훨씬 더 거대한 짙푸른 구체가 있었다. 어떻게 여기보다 더 '아래'가 있단 말인가? 공간감이 한참 뒤에야 되돌아왔다. 위와 아래가 한 바퀴 돌았다. 일어나고 싶었지만 몸이 물에 푹 젖은 것처럼 무거웠다. 꼼짝할 수가 없었다.

— 왜 이제야 오신 거죠.

나는 완전히 혼미해져 고개를 들었고 상대를 보자 더욱 혼미해졌다. 흰옷을 입은 사람이 머리 위에 떠 있었다. 하얀 지팡이를 손에 들고 머리에는 다섯 개의 기둥이 있는 하얀 왕관을 쓴 사람이었다. 남자인지 여자인지 분간할 수 없는 외모에 은발의 머리카락을 늘어뜨리고 있었다. 그림 속에서 본 바로 그 사람이었다. 투명해서 그의 뒤로 반대편의 벽이 비쳐 보였다.

맙소사. 정말로 있었군. 정말 있을 줄은 몰랐는데.

— 너무나 오랫동안.

'지사'는 눈도 깜박이지 않고 말했다. 그의 목소리는(물론 인간이 아니라서 그렇겠지만) 정말로 이상했다. 목소리가 물처럼 흘러내렸다가 도로 솟구치는 듯했다. 다른 말로 하면, 스피커가 고장나서 소리가 커졌다 작아졌다 하며 지직거리는 것 같았다.

— 너무나 오랫동안 기다렸습니다.

나는 망연자실했다. 왜 이제야 왔느냐고? 이봐요. 당신 보기에는 굼벵이처럼 느려 보였는지 모르겠지만, 난 죽을힘을 다해 내려왔다고요. 그게 내 최선이었어요.

— 왜 연락이 끊어졌지요? 다른 사람들은 어떻게 되었습니까? 왜 다시 연락하지 않으셨죠?

그는 질문했고 나는 답할 말이 없었다. 뭔가 엄청나게 잘못한 모양이라고 생각했지만 뭘 잘못했는지 알 수가 없었다.

— 왜 ㅇㄹㅂㅇㅌ＊를 쓰지 않았지요? 왜 걸어 내려오셨죠? 어느 ㅁㄷ＊에서 오셨습니까? 당신이 오신 경로는 걸어 내려올 만한 길이 아닙니다. 어째서 혼자 내려오셨습니까? 다른 사람들은

어떻게 되었습니까?

미리 말해두지만, 그의 말은 내가 편의상 여러분이 알아들을 수 있도록 고친 것이다. 그는 뭐라 표현하기도 힘든 고어를 쓰고 있었다. 사극 말투에 정체불명의 외계어를 섞은 것 같았다. 나는 거의 모든 명사를 알아들을 수가 없었다.

나는 간신히 힘을 내어 주위를 둘러보았다. 내가 있는 곳은 조그만 운동장만 한 공간이었다. 머리 위로는 내가 내려온 길인 듯한 아치형의 구멍이 보였다. 벽은 금속으로 만들어져 있었다. 모니터라든가 버튼 같은 기계 부속들이 얼핏 눈에 들어왔다. 격납고처럼 보였다. 배나 비행기를 집어넣는. 하지만 비행기라니. 땅속에?

"여기가 어디지?"

생각이 입을 뚫고 나오고 말았다. 질문한 것이 아니었는데 지사가 입을 열었다.

— 무슨 뜻으로 하시는 말씀입니까?

내가 무슨 뜻으로 한 말일까?

"당신은 누구죠?"

그는 잠시 대답하지 않았다. 표정이 바뀌지 않아 그의 침묵을 이해하기는 힘들었지만, 인간의 입장에서 말하자면 '당황하는 것' 같았다.

— 저는 이 ㅅㅍㅇㅅ* ㅋㄹㄴ*의 ㅁㅇ* ㅋㅍㅌ*입니다.

여전히 명사는 하나도 알아들을 수가 없었다.

"스페이스콜로니*는 뭐고 메인컴퓨터*는 뭐지? 그게 이름인가?"

그는 다시 한동안 입을 다물었다.

— 어디서 오셨습니까?

현명한 질문이었다. 나는 어디서 왔을까?

나는 다시 아래를 내려다보았다. 그리고 창밖에 있는 웅장한 푸른 구체를 보았다. 흰 소용돌이가 거품처럼 감싸고 있는 구체를, 물체라고 부르기에는 너무나 거대하여 차마 이름을 붙이기도 뭣한 것을. 익숙하지 않은 곡선이었다. 내가 사는 이 세계는 나를 중심으로 안쪽으로 폐곡선을 그린다. 하지만 저것은 마치 공처럼 바깥쪽으로 굽어져 있었다. 마치 역전된 세계처럼, 모든 것이 거꾸로 된 세상처럼. 나는 어디에서 왔을까?

"나는 땅 밑으로 내려왔어."

지사라고 해도 내가 그 사실을 부정하도록 하지는 못하리라.

"여긴 땅 밑인가?"

그는 잠시 생각하는 것 같았다.

— 중력이 향하는 곳을 아래라고 부르신다면 그렇게 말씀하셔도 좋겠습니다만,

— 제 입장에선,

지사가 조용히 말했다.

— 당신이 땅 밑에서 오셨습니다.

모든 것에는 반작용이 있다. 한쪽 극으로 치닫고 나면 다음에는 다른 쪽 극으로 떨어진다. 미칠 듯 혼란스러운 상황을 겪고 나니 오히려 무서울 정도로 머리가 맑아졌다. 아무것도 이해할 수 없는 동시에 거의 모든 것을 이해할 수 있었다.

생각을 정리해보자. 이곳의 중력은 분명히 지상보다 크다. 그러면 내가 '지하'에 있는 건 분명하다. 중력은 내려갈수록 커지지

작아지지는 않으니까. 하지만 산소. 원래 지하에는 빛이 비치지 않는다. 빛이 비치지 않는 이상 식물은 자라지 않고 식물이 자라지 않는 한 산소는 생기지 않는다. 하지만 이곳은 밝다. 실은 내가 살던 어떤 곳보다도 밝게 느껴졌다. 그러면 여기는 지상……. 뭐가 뭔지 알 수가 없었다.

나는 다시 아래를 내려다보았다. 구체라고 부르기에는 너무나 커서 뭐라고 불러야 할지 모를 것을. 그것을 볼 때마다 숨이 막혔다. 이유 모를 진한 그리움이 솟구쳤다.

"저건 뭐지?"

내가 물었다. 지사는 ㅈㄱ * 라고 답했다. 여전히 명사는 알아들을 수가 없었다.

사람이 처음 망원경으로 하늘을 보았을 때 이런 기분을 느꼈을까.

망원경이 발명된 뒤에 사람들은 하늘을 올려다보았다. 구름 너머에 희미하게 어른거리는 다른 세상을 좀 더 자세히 보려고. 하지만 사람들이 구름 너머로 본 것은 반대편의 '지상'이었다. 뒤집힌 땅이 우리의 머리 위에 있었고 사람들이 그곳에 뒤집어져 살고 있었다. 그곳의 사람들도 마찬가지로 자신들의 머리 위에 거꾸로 매달려 사는 우리들을 볼 수 있었다. 사람들은 혼란에 빠졌고, 꽤 오랜 시간이 지난 뒤에야 사실을 받아들일 수 있었다. 세상은 안쪽으로 휘어져 있고, 우리는 그 내벽에 붙어서 살고 있다는 것을. 하늘은 단지 땅과 땅 사이에 놓인 텅 빈 공간에 불과하다는 것을.

여러분이 아시다시피, 우리가 사는 세계는 거대한 원기둥 모양이며 가운데 축을 중심으로 고속으로 회전한다. 덕분에 사람은 땅에서 떨어지지 않고 살 수 있다. 절벽에서 사다리가 수직으로 떨어지지 않고, 지표에서 끊임없이 바람이 부는 것도 원심력 탓이다. 땅이 회전하면서 공기도 같이 회전하니까. 지하로 내려갈수록 중력이 커지는 이유도, 회전축으로부터 멀어지면서 원심력이 커지기 때문이다. 이것이 내가 아는 세상의 모습이다.

학자들은 하늘에 아무것도 없는 것처럼 땅 밑에도 아무것도 없을 거라고 말했다. 내려갈수록 점점 중력이 커진다면, 어느 이상 내려가면 결국 중력이 너무 커져서 사람은 물론 그 무엇도 아래에선 살 수 없을 거라고. 중력이 모든 것을 찌부러트리고 말 거라고. 그것이 세상의 끝이요 한계이며, 인간이 내려갈 수 있는 하한선이라고. 하지만 지금은 모든 상식이 뒤집어지고 있었다.

"난 도무지 뭐가 뭔지 모르겠어. 땅 밑으로 내려오면 대지의 여신의 배꼽 위로 떨어진다든가, 거대한 거북이나 코끼리가 판을 돌리고 있을 거란 상상은 해봤지만. 아냐. 그거야 어렸을 때 해봤던 상상이지. 난 땅 밑에 뭐가 있을 거라고도 생각해본 적이 없……."

나는 다시 아래를 보았다. 계속 심장이 뛰었다.

묻고 싶은 것이 있었다.

아주 어렸을 때부터 묻고 싶었던 것이었다. 어쩌면 그건 내가 아니라, 내가 태어나기 전부터 있었던, 수천 년의 생과 죽음을 겪고 내 안에 정착한 유전자가 지닌 의문일지도 모른다. 나는 오랫동안 그 질문의 해답을 찾고 있었다. 내 목숨과 영혼을 다해서.

내가 물었다.

"이 아래에 무엇이 있지?"

스 페 이 스 콜 로 니 의 메 인 컴 퓨 터라는 긴 이름의 지사는 고민하는 듯했다. 흔히 들을 수 없는 질문인 듯했다.

"ㅇㅈ＊를 말씀하시는 겁니까?"

지사는 대답했지만 여전히 명사는 알아들을 수가 없었다. 나는 다시 질문했다.

"우주＊가 뭐지?"

— 무한한 시간과 공간을 포함하며 만물을 포함하는 전체를 의미합니다.

나는 웃고 말았다.

"무슨 선문답인가? 철학적인 개념인가?"

— '모든 것'을 의미하는 단어입니다. 저 자신도 그에 관한 정보가 부족하여 충분히 설명해드릴 수가 없습니다.

생각지도 못한 답이었다. 나는 더듬거리며 물었다.

"땅 밑에, '모든 것'이 있다고?"

— 그렇습니다.

"눈으로 볼 수 없는 건가? 무슨…… 정신세계에 속한 건가?"

— 볼 수 있습니다. 인간의 시력과 기술로 조망하기에는 너무 거대하지만 시야가 허락하는 한은 보실 수 있을 겁니다.

"그럼 왜 보이지 않는 거지? 난 자격이 없는 건가? 뭔가 시험을 통과해야 하는 거야?"

지사는 다시 당황하는 듯했다.

— 그렇지 않습니다.

"그럼 왜 볼 수 없는 거지?"

— 간단히 말씀드리면.

— 이 안이 더 밝아 창에 빛이 반사되어 바깥의 풍경이 잘 보이지 않는 겁니다.

나는 말을 알아듣지 못했고, 그는 한참 생각한 후에야 설명할 수 있는 방법을 알아내었다.

— 불을 꺼드리겠습니다.

그리고 지사가 사라졌다. 동시에 어둠이 세상을 덮었다. 나는 다시 방향감각을 잃고 위와 아래와 좌우와 사방을 잃어버렸다. 나는 반쯤은 공포에 사로잡히고 반쯤은 심장이 터질 듯한 흥분에 사로잡힌 채 일어날 일을 기다렸다.

서서히, '바깥'이, '모든 것'이, '만물과 무한한 시간과 공간을 의미하는 것'이 모습을 드러내었다.

나는 말을 잃었다. 그리고 아래에 끝없이 펼쳐진 공간을 내려다보았다. 정신을 잃을 듯 깊고 넓고 검은 공간이 아래에 펼쳐져 있었다. 그 공간 가득히 무수히 많은 빛나는 것들이 흩뿌려져 있었다. 공간은 천천히 회전했다. 하지만 이내, 회전하는 것은 공간이 아니라 내가 사는 이 세계라는 것을 알 수 있었다. 빨려들 듯이 그 광대한 깊이를 느낄 수 있었다. 경이와 두려움이 전신을 휘어잡았다. 나는 일생 그렇게 깊고 넓은 공간을 본 적이 없었다. 너머에 저쪽 편의 지상조차도 보이지 않았다. '모든 것'이라고 이름 붙여도 좋을 법한 세계였다.

쳐다볼 수 없을 정도로 빛나는 것이 시야에서 사라졌다가, 다시 그 '지구'라는 이름의 구체 뒤에서 모습을 드러내었다. '지구'의 등에 황금색 띠가 드리워지더니, 보라색으로, 붉은색으로, 다시 하얀색으로, 다시 노란색으로, 다시 파란색으로 빛을 바꾸었다.

얼마나 잤을까. 꿈속에서 나는 끝도 없는 공간을 흘러 다녔다.

그리고 다시 눈을 떴을 때도 그 검고 광대하고 찬란한 공간은 내 눈앞에 펼쳐져 있었다. 꿈이 아니라는 것을 확인한 뒤 나는 다시 눈을 감았다. 지사는 조용히 떠 있었다. 나는 그가 얼마나 오랫동안 인류가 다시 내려올 날을 기다려왔는지 생각해보았다.

역사상 얼마나 많은 이들이 땅 밑에 무엇이 있는지 알아내었고, 또 얼마나 여러 번 두려움에 도로 덮어버렸을까? 그리고 또 덮은 채로 잊어버렸을까? 우리에겐 기회가 있을까? 나는 이 지혜를 지상으로 전할 수 있을까?

나는 최후의 물 한 방울을 마시며 생각했다. 그리고 위를 올려다보았다. 헤드랜턴의 배터리도 다 되었다. 얼마나 오래 암흑 속을 헤매야 할지 알 수 없다. 잠깐 정신을 놓는 것만으로도 방향감각을 잃어버릴 것이다. 내 한계는 분명했다. 나는 많이 올라갈 수 없을 것이다. 애초에 예상했던 것처럼.

그래도 나는 올라갈 생각이었다. 틀림없이 구조대가 오고 있을 것이다. 어쩌면 거의 다 내려왔을지도 모른다. 그리고 구조대가 오고 있다면 조금이라도 거리를 좁히는 편이 좋을 것이다. 설령 구조대가 오지 않는다고 해도 나는 올라갈 것이다. 그래서 가능한 한 지상과 가까운 곳까지 올라가 메시지를 남길 것이다. 언젠가 나를 뒤따라 내려올 사람들이 볼 수 있도록. 내 이전에 내려왔던 하강자가 나에게 알려주었던 것처럼.

— 내려가라.

라고.
땅 밑에, '모든 것'이, '만물과 무한한 시간과 공간'이 있다고.
그러니까 우리는 더 내려갈 수 있다고.

촉각의
경험

✦ 2002년 웹사이트 JunkSF 게재

2004년 제1회 과학기술 창작문예 중편 부문 수상

2004년 《2004 과학기술 창작문예 수상작품집》(동아엠앤비) 수록

2005년 전자책 《멀리 가는 이야기》(북토피아) 수록

2008년 거울 개인 동인지 《멀리 가는 이야기》(거울) 수록

2010년 개인 단편집 《멀리 가는 이야기》(행복한책읽기) 수록

나는 눈을 깜박이며 상대를 멍하니 쳐다보았다.

"그러니까⋯⋯."

나는 말을 더듬으며 눈앞에 앉은 어린 사장 녀석의 얼굴을 살폈다. 그는 거리낌 없이 입을 열었다.

"뇌파공명기 구입 동의서에 사인해드리겠습니다. 대신 내가 첫 번째 피험자가 되겠다고 했습니다."

나는 잠시 무엇 때문에 멍해졌는지 헷갈리고 말았다.

"아니, 그 전에 뭐라고 말씀하셨는데⋯⋯ 그게⋯⋯."

"배양기에서 자고 있는 내 클론과 연결되어보고 싶다고 했습니다."

그는 소년처럼 흥분으로 볼이 빨갛게 되어 또박또박 말했다. 유시헌의 발음은 조금 전에도 명확하고도 똑똑했고 나 역시 딴 생각을 하지 않았다. 잘못 들었다고 생각한 것은 순전히 제안의 황당함 때문이었다.

"그러니까……."

나는 간신히 머리를 굴려 상대의 말을 다시 조립했다.

"클론의 꿈을 보고 싶으시다고요."

"네."

유시헌은 웃으며 답했다.

유시헌이 황당한 제안을 하는 것이 어제오늘의 일은 아니었다. 그는 아이디어를 내는 것이 자기 본업이기라도 한 것처럼 연구소로 와서 항상 엉뚱한 실험을 제안하곤 했다. 대부분은 조용히 타일러 되돌려 보내야 하는 쓰레기 같은 제안들이었지만, 천성적인 열정이 가라앉기에는 아직 너무 혈기에 넘치는 나이인지, 지치지도 않고 끊임없이 새로운 아이디어를 들고 오곤 했다. 어쨌든 이 뇌신경학 연구소를 소유한 제약회사 사장이다 보니 엉덩이를 차서 내쫓기만 할 수는 없는 노릇이지만, 이번 제안은 좀 지나치다 싶었다.

나는 한참 만에 간신히 두 마디를 내뱉었다.

"무엇 때문에요?"

"그야, 소장님이 제안하신 그 턱도 없이 비싼 애물단지를 조금이나마 쓸모 있는 물건으로 만들기 위해서지요."

뇌파공명기는 사람의 뇌파를 다른 사람의 뇌파에 전달하여 그 사람의 생각을 읽는 기계다. 나는 뇌파의 의미에 관해 오래 연구해왔고, 이를 위해 여러 번 이 뇌파공명기 구입을 신청했지만, 워낙 천문학적인 돈이 들어가는 장비라 그때마다 거절당했었다.

나는 입맛을 다시며, 예, 알겠습니다. 상감마마, 하고 오랫동안 원했던 장비를 조용히 손에 넣고 싶은 유혹과, 이 정신머리 없는 놈을 한 대 툭 친 다음에 소리 질러 내쫓고 싶은 유혹 사이에서 잠시 갈등했다.

"뭔가 크게 잘못 알고 계시군요. 사장님."

"뭘 말입니까?"

"뇌파공명기는 뇌의 파형을 연구하기 위한 장비입니다. 수면 기계가 아니라고요."

"그건 나도 알아요, 이진우 박사님. 박사님께서 매년 예산안 편성 때마다 내 책상 앞에 서류를 쌓아놓는 바람에, 나도 그 괴물 딱지 같은 돈 먹는 기계가 뭐에 쓰는 물건인지 아주 잘 알고 있습니다. 뇌파공명기는 두 사람의 뇌파를 일치시키는 기계입니다. 이 방법으로 한쪽의 두뇌에서 일어나는 현상을 다른 쪽 두뇌에 전달할 수 있지요. 성공 확률은 반반이지만 가족 간에는, 특히 쌍둥이 사이에는 성공률이 높습니다. 그렇지요?"

"예, 그렇습니다만."

나는 '참 잘했어요'라고 속으로 중얼거리며 정중하게 대답했다.

"한쪽이 배가 고프면 다른 쪽도 배가 고파지고, 한쪽이 화가 나면 다른 쪽도 화가 납니다. 한쪽이 즐거우면 다른 쪽도 즐겁고요. 한쪽이 잠이 들면 다른 쪽도 잠이 듭니다."

"성공했을 경우에 한해서지요."

"그건 제쳐두고 이야기해봅시다, 박사님. 이 기계를 이용하면, 한쪽이 꿈을 꾸면 다른 쪽도 꿈을 꿉니다. 그것도 '같은' 꿈을요."

그는 보물을 찾아 항해를 떠나자고 설득하는 겁 없는 선원처럼 얼굴이 상기되어 말했다.

"클론은행에 있는 내 클론은 나와 유전자와 신체구조가 동일

합니다. 공명 성공률도 상당히 높지요. 그리고 그놈은 계속 잠들어 있습니다. 그러니 내가 그놈과 연결되면, 나는 클론의 꿈을 볼 수 있게 됩니다."

나는 묵묵히 그가 지껄이도록 내버려두다가, 안경을 꺼내 한 번 훅 불고 다시 쓰며 정중하게 말했다.

"하지만 아주 근본적이고 결정적인 문제가 있습니다."

"뭡니까?"

"클론은 꿈을 꾸지 않습니다."

나는 말이 끝나고 입을 굳게 다물며 상대의 우울한 반응을 기다렸다.

'아, 그렇습니까…….'

'그걸 몰랐군요.'

'진작에 말씀해주시지…….'

"왜 그렇게 생각하시죠?"

유시헌은 내 예상답안을 슬쩍 비껴가며 물었다.

"왜 그렇게 생각하냐니요."

나는 의학도 신경학도 약학도 아무것도 모르면서 귀족 집안에서 태어난 이유만으로 자연스럽게 내 위에 올라앉아버린 이 조그맣고 건방진 꼬마 녀석을 잠시 깔아 보며 되물었다.

"엄마 배 속에 있는 아기도 꿈은 꾸잖습니까."

"검증되지 않은 이론입니다만 그 문제는 넘어가도록 하지요. 아무튼 태아는 꿈을 꿀지 모르지만 클론은 꾸지 않습니다."

"어째서요?"

유시헌은 흥미로운 얼굴로 물었다. 나는 그 녀석이 그런 얼굴을 할 때마다 면상을 한 대 패주고 싶은 유혹에 시달린다.

"태아는 어머니를 통해 정보를 얻습니다. 어머니의 심장박동을 느끼고 체온변화와 감정변화를 느낍니다. 엄밀히 말해서 태아는 어머니와 반쯤은 섞여 있는 상태니까요. 어머니는 변화하는 환경에 노출되어 있고 그에 맞추어 신체 상태가 계속 변하지요. 그 변화가 태아에게는 자극이자 정보입니다. 하지만 클론은 다릅니다."

"뭐가 다르지요?"

"클론은 시험관 속에서 수정되고 감각기관이 발달하기 전에 이미 배양기 속에 들어갑니다. 배양기는 외부와 완벽하게 차단되어 있습니다. 링거를 통해 늘 일정한 영양이 공급되고 같은 온도가 유지됩니다. 클론은 움직이거나 눈을 뜰 수도 없고 안에서는 아무 소리도 들리지 않습니다. 다시 말해서, 클론에게는 아무런, 일체의, 정보가 제공되지 않아요."

20년 전에 제정된 법에 의해, 클론은 정부의 승인을 얻은 기관에서만 배양된다. 그리고 유시헌처럼 돈이 썩어나는 사람은 일종의 의료보험으로 클론을 하나씩 키운다. 그의 클론은 유시헌이 태어난 순간 은행에 맡겨져서 그와 함께 자라나고 있다. 본체가 사고가 나거나 병에 걸렸을 때 언제든지 그 장기를 대체해주기 위해서. 물론 이 참을 수 없이 건강한 놈에게 감기 바이러스 하나라도 침범할 수 있을지는 의문이지만.

"그래도 꿈은 꿀 수 있지 않습니까?"

나는 다시 한숨을 쉬었다.

"이해가 안 가신다면 다시 설명해보지요. 선천적인 맹인이 시각적인 꿈을 꾸리라고 생각하십니까?"

유시헌은 그 문제에 관해 생각해보려는 듯이 눈을 위로 올렸지만 여전히 입가에 띤 미소는 지우지 않았다.

"아니면 선천적인 청각장애자가 꿈속에서 소리를 들을까요?"

"생각해봐야 할 문제로군요."

"생각하고 말 것도 없습니다. 선천적인 맹인은 시각이라는 감각 자체에 대해 알지 못하니까요. 당연히 그런 꿈은 꾸지 않습니다. 후천적인 시각장애자만이 시각적인 꿈을 꾸지요. 자신의 기억에 의존해서요. 자, 그럼, 클론은 대체 무엇에 관한 꿈을 꾸겠습니까?"

유시헌은 잠깐 턱을 괴었다가 말했다.

"생각을 통해서요."

"생각이라고요?"

나는 어이가 없어 물었다.

"지금 클론이 생각을 한다고 말씀하시는 겁니까?"

"왜 못하겠습니까? 그 녀석의 두뇌는 건강하고 흠집도 없고 치매에도 걸리지 않았습니다. 설령 아무런 정보를 얻지 못했다 해도, 만물의 영장인 사람의 뛰어난 두뇌를 가지고 있는데, 28년간 아무것도 상상하지 못하겠습니까?"

아무래도 자신이 천재라고 믿고 있는 이 꼬마, 자신의 복제 역시 무(無)에서 유(有)를 창조해내는 천재라고 믿는 모양이다.

"클론이 깨어 있는 시간을 생각하면 4년이 채 되지 않습니다."

"나도 깨어 있는 시간만 생각하면 스무 살이 채 되지 않았지요."

나는 부글부글 끓기 시작했다.

"상상도 정보를 통해서 만들어지는 겁니다. 아무것도 본 적이 없고 아무런 정보도 받은 적이 없는 클론이 대체 무슨 상상을 한다는 겁니까?"

"그럼, 이건 어떨까요?"

유시헌은 책상 위에 손가락을 놓고 까닥거렸다.

"어떤 사람을 태어났을 때부터 아무것도 없고 아무 소리도 들리지 않고, 아무것도 보이지 않는 광 속에 가두어서 28년 동안 키웠다고 합시다. 그 사람의 행동이 갓 태어난 아이와 완전히 똑같을까요? 28년 뒤에도 그 사람은 웅크리고 누워서 아기처럼 울고만 있을까요?"

"아주 재미있는 예시로군요. 하지만 그것도 클론의 상태와 같지 않습니다."

나는 조용히 말했다.

"아무리 깜깜한 곳에 가둬놓아도 그 사람은 공복을 느끼고, 추위와 더위를 느끼고, 자신의 신체가 커가는 것도, 근육의 움직임도 느낍니다. 밥을 먹어서 얻는 미각에 의한 경험이 있고, 손으로 자기 몸과 벽을 만져서 얻는 경험도 있습니다. 아무리 외부로부터 차단시켜도, 그 사람은 어디선가 뭔가를 배우게 됩니다. 하지만 클론은 무엇을 만져본 적도 없고, 미각도 느낀 적이 없으며, 추위와 더위도 모릅니다. 근육 역시 움직여본 적이 없어요. 클론에게는 아무 정보도 없습니다. 아무것도, 일절! 태어난 순간부터 지금까지 모든 외부 정보와 자극으로부터 차단되어 있어요."

"정말로, 박사님께서는 외부 정보와 완전히 차단된 사람의 머릿속에는 아무것도 없다고 생각하시는 겁니까?"

"물론이지요."

"그렇다면 인간에게서 후천적인 것을 제하고 나면 아무것도 남지 않는, 그야말로 '무(無)', 그저 텅 빈 인형 대가리에 불과하다고 생각하시는 겁니까?"

"그렇다고는 말하지 않았습니다."

"아니, 지금 그렇게 말씀하고 계십니다."

나는 대체 이놈이 무슨 말을 하고 싶은 건지 알 수가 없었다.

"생각해보세요. 내가 한 번도 부모님을 만나지 못하고 태어나자마자 다른 곳에 버려져서 자라났다고 해도, 내게는 부모님의 유전적 특징이 그대로 나타날 겁니다. 성격이나 천성을 포함해서요. 쌍둥이가 서로 한 번도 만나지 못하고 자랐는데도 둘이 비슷한 취미와 직업을 갖는 사례도 있고요."

"그것과 클론의 꿈이 무슨 상관이 있다는 겁니까?"

"난 지금 인간이 선천적으로 가진 정보에 대해 말하는 겁니다."

유시헌은 엄숙하게 말했다.

"세계와 접촉하지 못한 정자와 난자의 유전자 다발에 들어 있는 몇십억 년에 걸친 생물의 진화정보에 대해서요."

나는 입을 떡 벌리고 말았다. 유시헌은 말을 이었다.

"사람은 태어나면서부터 문명과 접촉합니다. 나만 해도 그렇지요. 나는 경영학을 전공했고 사업자가 되었지만, 그게 내가 자라온 환경 탓인지, 아니면 내 선천적인 기질 탓인지, 아버지로부터 받은 유전자 탓인지는 무슨 수를 써서도 알아낼 수 없겠지요. 모든 원인이 뒤섞여 있을 테니까요. 남자와 여자만 해도 보십시오. 아직도 두 집단의 차이에 대해, 어디서부터 어디까지가 선천적인 원인에서고 어디까지가 후천적인 원인에서인지 알아내지 못하고 있습니다. 구별할 방법이 없지요! 어떤 남자든 여자든 이미 문명의 관습으로부터 영향을 받아버렸으니까요. 다시 말해서, 우리는 선천적인 정보를 갖고 있지만 그것이 무엇인지, 그 영역이 어디까지인지에 대해서는 알지 못한단 말입니다. 하지만 클론은 다릅니다."

유시헌은 가벼운 흥분으로 빨라진 숨을 고르며 계속했다.

"박사님께서 말씀하셨다시피, 클론은 외부의 정보로부터 완전히 차단된 인간입니다. 그러니 우리가 클론의 꿈을 보게 되면, '오직 선천적인 정보' 이외에는 없는, 사회적인 정보는 아무것도 없는, 순수 무결하게 '선천적인 정보만 있는' 사람의 꿈을 보는 겁니다. 어때요, 이래도 흥미가 동하지 않습니까?"

나는 안경을 내려놓으며 그를 찬찬히 살폈다.

"아까부터 '선천적인 정보', '정보' 하는데, 그런 것은 없습니다."

"이거 재미있어지는데요. 그러니까, 인간은 후천적인 교육으로만 만들어지는 것이다, 선천적인 요소는 아무것도 없다, 그렇게 주장하시는 거로군요."

"그렇게 말한 적은 없습니다. 하지만 그 선천적인 요소란 너무나 미미하여……."

"꿈을 만들어낼 수 없을 것이다. 하지만 실험해보기 전에는 알수 없지 않습니까?"

"상식적으로 생각해볼 때……."

"언제부터 과학자들이 실험과 관찰을 버리고 상식을 택했습니까?"

나는 슬슬 화가 나기 시작했다.

"만약 실험해서 클론의 머릿속에 아무것도 없다는 게 밝혀지면 어쩌실 생각입니까? 그런 데 시간과 돈을 낭비한 책임은 어떻게 지실 겁니까?"

"올해 연구소 예산을 두 배로 늘려드리지요."

"좋습니다!"

"대신 뭐라도 있는 것이 밝혀지면 어쩌실 겁니까?"

"1년간 사장님 방 청소를 해드리지요."

나는 투지를 불태우며 답했다.

"그거 좋군요. 그럼 계약은 성립한 겁니다."

유시헌도 즐거운 얼굴을 했다.

클론은 일주일 뒤에 클론은행에서 배달되어 왔다. 연구실의 형광등 빛과 직원들의 말소리가 클론에게 추가 정보를 주지 않도록, 클론의 머리에 전선을 붙이고 인큐베이터에 소형 카메라를 설치하는 작업은 완전한 어둠과 침묵 속에서 진행되었다. 인큐베이터는 이내 클론보관소와 똑같은 밀폐 상자 속에 넣어졌다.

유시헌도 자신의 클론을 직접 보는 것은 처음인 듯, 모니터에 비치는 자신과 꼭 닮은 남자를 흥미롭게 관찰했다. 클론은 산소호흡기를 쓰고 산소와 단백질과 효소가 적절히 녹아 있는 배양액 속에 잠들어 있었다. 클론의 피부는 햇빛을 받지 못해서 죽은 물고기처럼 희멀건 빛이었고 머리는 모발억제처리를 해서 대머리였다. 어느 모로 보나, 그는 생물과 시체의 중간쯤에 놓인 것처럼 보였다.

"자고 있는 겁니까?"

유시헌의 질문에 나는 뇌파를 그리는 계기판을 힐끗 보았다.

"깨어 있습니다. 큰 차이는 없습니다만…… 손을 움직이는 것이 보입니까?"

"예, 그렇군요."

유시헌은 모니터에서 눈을 떼지 않고 말했다. 클론은 주먹을 쥐었다가 폈다가, 손가락을 서로 비비거나, 때로는 피아노를 치듯이 부드럽게 움직이기도 했다.

"왜 손을 움직이지요?"

"뚜렷한 이유는 알려지지 않았습니다만 아기들이 주먹을 쥐었다 폈다 하는 것과 비슷한 행동으로 해석되고 있습니다. 공식적인 명칭으로 잭슨 반사운동이라고 하지요. 대부분의 클론에게서 나타나는 현상입니다."

유시헌은 흥미로운 표정으로 클론의 손가락을 유심히 살폈다.

클론이 잠이 든 시각(클론은 하루 21시간 이상 잠을 잔다), 유시헌은 배양기 옆에 나란히 누웠다. 실험을 시작하기 전에, 그는 자신의 논리로 꿈을 재해석하는 것을 막기 위해 일주일간 자유연상 훈련을 받았다. 클론의 뇌파가 공명기를 통해 전기신호로 바뀌어, 연결된 전선을 따라 유시헌의 머리에 전기자극을 주기 시작했다. 10여 분이 지나자 유시헌의 뇌파가 클론과 같은 파형을 그리기 시작했다. 일단, 공명은 성공이었다.

7월 20일

(잠시 침묵. 무엇을 말해야 할지 모르는 표정이다. 기록원은 "아무것이나 생각나는 대로 말하라"는 짧은 언질을 한다.)

"아무것도 없었어요. 어두운 색…… 아니, 탁한 색으로 둘러싸여 있었던 것 같습니다. 아무것도 보지 못했습니다……. 아무일도(여기서 피험자는 얼굴을 조금 찡그린다) 없었어요. 그저 지루하게 가만히 있었죠. 나는 존재하기는 했지만……(여기서 다시 피험자는 입을 다물고 생각에 잠긴다. 연구원은 잠시 펜을 놓고 피험자의 얼굴을 쳐다본다). 이런, 안 되겠어요. 내 상상이 뒤섞이고 있어요. 생각나는 것이 없군요. 아무 일도 없었어요."

실험 첫날이라 연구소 전 직원뿐 아니라 다른 연구소 사람들도 입회해 있었고 옆자리에는 작은 다과회까지 준비되어 있었다. 샴페인은 침묵 속에서 조용히 터졌다.

7월 22일
생각나지 않는다. 꿈은 꾸지 않았다.

7월 26일
아무 꿈도 꾸지 않았다.

8월 1일
아무 일도 없었음. 꿈을 꾸지 않은 것은 아니다. 어딘가에 있었다는 느낌은 있다. 이를테면…… 눈을 감았다 바로 뜬 것은 아니고, 그사이에 시간이 지났다고 느낄 정도의 의식은 있었다. 그렇지만…… 아무것도 없었다. 그저 적막하고 조용한 꿈이었다.

8월 6일
아무것도 보지 못했다. 아니, 본다는 감각은 없다. 그런 개념 따위는 없다……. 아니, 실수, 또 해석하려고 했다. 기억나지 않는다. 의식이 있었는가? 잘 모르겠다……. 소리? 아니. 듣는 것은 불가능하다……. 그런 일이 가능할 리가 없다…….

유시헌은 소파에 두 팔을 큰대자로 걸치고 앉아 있었다.

"무슨 말을 하고 싶은지는 알아요. 박사님."

"그렇습니까?"

나는 어떻게 유시헌의 입에서 그 '내가 하고 싶은 말'이 나오게 만들지 즐겁게 상상했다. 그는 자세를 바로잡았다.

"하지만 누구나 그런 꿈은 꾸지 않습니까. 아니, 꿈을 꾸지 않는 날은 얼마든지 있어요."

"실제로 사람은 다 꿈을 꿉니다. 기억하지 못할 뿐이지요."

유시헌은 곤란한 얼굴을 했고 나는 사악한 기분으로 그 표정을 비웃어주었다. 유시헌은 항변했다.

"내가 본 것은 클론이 꾸는 몇십 년간의 꿈에서 겨우 십여 분 정도에 불과합니다."

"그럼 다음에는 24시간 분량의 실험을 해볼까요?"

"한번 시간을 내어보지요."

나는 보고서로 얼굴을 가리고 '어지간히 좀 해라'라고 입 모양으로 중얼거렸다.

"그만두십시오. 사람이 기억할 수 있는 꿈은 어차피 깨어나기 전의 몇 분간에 불과합니다."

그는 생각에 잠긴 얼굴이 되었다.

"예상과 일치하는 결과입니다. 사장님은 볼 수도 들을 수도 말할 수도 느낄 수도 없는 사람의 꿈을 꾸신 겁니다. 그러니 아무것도 없는 것이 당연하지요."

"……"

"제가 분명히 말씀드렸잖습니까. 클론의 두뇌에는 아무런 정보도 없다고요. 바다에 사는 단세포동물만큼의 지능도 지식도 없습니다. 어쨌든 이제 클론이 꿈을 꾸지 않는다는 사실을 믿으시겠습니까?"

내 머리는 막힌 봇물 터지듯 술술 생산되는 말을 걸러내고 막느라 정신이 없었다.

'주 예수께서 말씀하셨습니다, 보지 않고 믿는 자는 행복하나니! 쯧쯧. 이번 일이 교훈이 되었기를 바랍니다. 적어도 기업을 운영하는 분이라면 이곳이 국내 최고 석학들이 잠을 잊으며 연구에 몰두하는 곳이라는 사실을 조금이나마 자각하시기 바랍니다. 사장님의 철없는 호기심에 시간을 뺏길 틈이 없는…….'

"바보같이."

"지금 뭐라고 했습니까?"

나는 놀라 들고 있던 보고서를 떨어뜨릴 뻔했다. 유시헌은 아까운 표정을 지으며 자기 이마 앞에서 주먹을 흔들었다.

"아닙니다. 뭔가 생각났어요."

그는 골똘히 생각에 잠기더니 벌떡 일어났다.

"기록방법을 바꿔보겠습니다. 이번에는 제대로 될 겁니다."

나는 불길한 기분으로 그를 쳐다보았다.

8월 14일

춥지도 덥지도 않다. 따뜻하고 안락한 곳이다. 나는 나를 인식하고 있지 않다. 나는 아메바처럼 흘러 다니고 바다 같은 물질에 둘러싸여 있다. 우리가 생각하는 바다와는 다르다. 좀 더 점성이 있고 나른한 곳…… 이 바다는 느린 회오리처럼 천천히 내 주위를 회전한다. 무의미한 것이 계속 나타났다가 사라진다. 동그라미, 회전하는 동그라미, 나선, 큰 동그라미, 작은 동그라미, 동그라미는 서로 교차하며 회전한다. 무한하고도 작은 공간. 세상에는 나 혼자뿐이다. 무슨 일이든 일어났으면 좋겠다고 생각한다.

나는 보고서를 네 번쯤 다시 읽다가 탁자 위에 내리쳤다. 파일은 요란한 소리를 내며 탁자에 부딪쳤다. 그 순간 타이밍도 적절하게 우리 귀여운 사장님께서 문을 열고 들어왔다. 그는 책상 위에 흩어진 보고서를 힐끗 내려다보았다.

"무슨 일입니까?"

'무슨 일은 네놈이 이 연구실에 얼굴을 들이밀던 그날부터 있었지.'

나는 녀석을 노려보며 머릿속으로 또박또박 말했다. 보통 그러면 상대방도 대충 머릿속의 언어를 읽어낸다. 뇌파공명기를 쓰지 않고도 상대의 마음을 읽을 수 있는 이 오묘한 인간의 신비를 보라!

유시헌은 뚜벅뚜벅 걸어오더니 내 앞 소파에 걸터앉았다.

"보고서에 문제라도 있습니까?"

"예. 이 실험의 맹점을 하나 발견했습니다."

"그게 뭡니까?"

나는 슬픈 눈으로 그 녀석을 쳐다보았다.

"이 실험 기록을 전적으로 피험자에게 의존할 수밖에 없다는 사실입니다."

"그래서요?"

"피험자가 거짓말을 할 경우의 대처방안을 세워놓지 않았습니다."

나는 유시헌의 입이 조용히 닫히는 것을 보았다. 그는 의아한 얼굴에서 뭔가 깨달은 얼굴로, 다시 조금 화가 난 얼굴로, 다시 머리를 굴리는 얼굴로 차근차근 표정을 변화시켰다.

"그러니까."

유시헌은 조용히 입을 열었다.

"내가 거짓 보고서를 올렸다는 겁니까?"

나는 대답 대신 굳은 얼굴로 침묵했다.

"왜 내가 거짓말을 했다고 생각하시죠?"

"이 실험이 아무 의미 없이 끝나는 것이 자존심 상해서겠지요. 사장 체면도 있고, 실험을 계속하고 싶은 욕심도 있으실 테고."

"좋아요."

유시헌은 입가에 미소를 띠었다.

"동기는 충분하군요. 그러면 증거는 어디 있습니까, 형사님?"

나는 그 가증스러운 얼굴에 대고 똑바로 말했다.

"지금 이 보고서가 클론의 꿈이라고 말씀하시는 겁니까?"

"네."

그는 조금도 주저하지 않고 답했다.

"언제부터 자신의 상상과 현실을 구분하지 못하셨습니까?"

"그런 적은 없습니다만."

"하룻밤 새 클론이 어디서 바다를 보고 왔다고 하던가요?"

"그런 말은 못 들었습니다만."

"클론이 아메바를 알고, 바다를 알고, 머릿속에서 나선과 동그라미를 그린다고요. 동그라미에 회전하는 바다, 게다가 아메바 같은 몸으로 바다를 흘러 다닌다, 아주 그럴듯하군요. 시적이에요. 꼭 클론이 꿀 것 같은 꿈입니다. 클론이 '세상에는 나 하나뿐이다', 이런 도시적인 상상을 한다고요. 그래, 이 바보 같은 보고서가 사장님의 머릿속에서 나온 것이 아니라고 계속 주장하실 겁니까? 사장님 취향을 문장마다 그대로 묻혀놓고서요?"

그는 잠시 침묵한 뒤에 대답했다.

"보고서에 내 생각이 섞였다는 사실은 부정하지 않겠어요."

내가 벌떡 일어나려 하자 유시헌은 차분히 말했다.

"생각해보세요."

"뭘 생각하라는 겁니까?"

나는 흥분으로 거의 미칠 지경이었다.

"전에 클론은 아무것도 알지 못하는 생물이라고 하셨죠."

"제가 말해야 아는 사실입니까?"

"그럼, 언어를 모르는 클론이 무슨 수로 자신의 꿈을 설명합니까?"

"그러니까 전에도 말하지 않았습니까, 클론은…….."

"하지만 나는 언어를 알아요. 바다도 알고 아메바도 압니다."

"그래서요?"

"그러니 그런 단어를 써서 표현할 수밖에요. 아니면, 언어가 아닌 다른 수단으로 보고서를 작성할 방법이라도 있나요? 지금 박사님은 표현방법을 갖고 보고서가 사실이 아니라고 하시는군요. 누구의 기억이든 내가 설명하는 이상, 어느 정도는 내 입장에서 설명할 수밖에 없어요. 실험도 그 점은 전제하고 들어갑니다."

"그래서, 누가 보고서에 사장님 생각을 넣어달라고 부탁하던가요?"

"내가 나에게 요구했지요. 꿈을 더 명확하게 묘사하기 위해서요."

유시헌은 당당하게 말했다.

"내 생각이 섞였다는 말이 내가 꾸며내었다는 뜻은 아닙니다.

나는 틀림없이 내가 본 클론의 꿈에 대해 설명했습니다. 단지 내 느낌대로 기억을 되살렸을 뿐입니다. 클론의 입장에서 설명하려면 아기처럼 옹알이하는 수밖에요. 이 실험의 목적은 어떤 방법으로든 클론의 꿈에 대해 조사하는 것입니다. 클론이 그것을 어떻게 생각하는지는 두 번째 문제지요. 그렇지 않은가요?"

"예에, 좋습니다."

나는 거침없이 혀를 놀려대는 뻔뻔스러운 사기꾼을 기막힌 기분으로 쳐다보며 온 힘을 다해 보고서를 탁자에 내리쳤다.

"그럼, 어제까지만 해도 백지상태였던 클론의 머릿속에 갑자기 영상이 들어앉은 이유는 뭡니까? 밤새 교육이라도 시키셨습니까, 아니면 갑자기 클론의 지능이 높아지기라도 했습니까?"

"클론의 꿈은 변하지 않았어요."

나는 입을 딱 벌렸다.

"지금까지 내가 알아차리지 못했던 것뿐입니다."

내가 소리를 지르며 일어나려는 순간, 유시헌은 갑자기 책상을 팔로 확 훑었다. 그 바람에 책상 위에 있던 보고서 파일과 연필과 종이가 바닥으로 후드득 떨어졌다.

"지금 뭘 하는 겁니까?"

"이 책상 위에 뭐가 있습니까?"

그는 책상 끄트머리를 양손으로 붙잡고 나를 똑바로 보며 말했다. 나는 분노로 얼굴이 벌겋게 달아올랐다.

"퀴즈 놀이 할 기분이 아닙니다."

"나도 아닙니다."

유시헌은 냉정한 목소리로 말했다.

"지금 내가 장난할 기분이겠습니까? 내 명예에다 이 연구소가 바친 시간과 돈이 걸려 있고, 이 실험이 성공하느냐, 광대 짓으로 끝나느냐의 기로에 서 있는데요. 대답해주세요. 중요한 문제입니다. 이 책상 위에 뭐가 있습니까?"

"아무것도 없잖습니까."

나는 높아지는 언성을 겨우 한 단계 정도만 참으며 말했다.

"그게 내 첫날 답변이었지요."

내 내부 혈압계가 올라가다 딸깍 소리를 내며 멈췄다.

"하지만 실제로는 그렇지 않습니다. 이 책상 위에는 먼지가 있고 제 지문이 있어요. 유리가 덮여 있고 나뭇결무늬가 있고, 좀 더 분석하면 화학안료도 있겠지요. 갈색이기도 하고요. 무심결에 박사님은 눈앞에 보이는 이 모든 정보를 무시하신 겁니다."

나는 여전히 의심이 풀리지 않은 눈으로 그를 쳐다보았다.

"박사님, 나는 처음에 클론의 꿈에 아무것도 없다고 생각했어요. 하지만 내가 착각했던 겁니다. 그렇게 자유연상 훈련을 받았는데도 여전히 현실의 고정관념에 사로잡혀 있었어요. 나도 모르게 우리가 흔히 꾸는 화려하고 극적인 꿈을 기대했던 겁니다. 하지만 생각해보면 공기가 미세하게 움직이는 꿈도 틀림없이 꿈은 꿈이지요. 그리고 그것만 해도 엄청난 의미가 있다고 봅니다."

내 혈압계가 점점 하강곡선을 그렸다.

"눈을 감으면 아무것도 보이지 않는 것 같지만 실제로는 그렇지 않아요. 눈꺼풀 안쪽이 보이고, 너머의 빛이 느껴지고, 잔상도 있죠. 단지 그런 자극이 눈을 떴을 때에 비해 너무나 미미하기 때문에, 우리는 보통 '아무것도 보이지 않는다'고 생각하는 거죠. 하지만 고정관념을 버리고 잘 관찰하면 틀림없이 뭔가는 보입니다."

나는 한참 그대로 앉아 있다가 떨어진 보고서를 집어 들었다.

유시헌은 판결을 기다리는 죄수처럼, 아니, 죄수라기에는 아주 당당한 태도로 나를 응시했다.

"아뇨, 그럴 리가 없어요."

나는 고개를 저었다.

"어떤 가설과도 맞지 않아요. 이런 꿈이 나올 리 없습니다."

"가설은 검증되지 않은 명제지요. 그렇지 않은가요?"

나는 입을 다물었다. 유시헌은 말을 이었다.

"내가 피험자로 부적합하다면 다른 사람을 써도 좋습니다. 하지만 박사님, 진심으로 내가 거짓말을 한다고 생각하는 건 아니시겠죠. 우리 머리 위 형광등 전기세도 내 회사 예산에서 나갑니다. 그런 내가 연구소 예산을 낭비하면서, 내 시간을 뺏겨 가면서, 금방 밝혀질 것이 뻔한 거짓말을 하고 있다고요."

나는 그를 뚫어지게 보다가 포기하고 말했다.

"클론이 있는 피험자 구하기도 만만치 않죠."

"좋습니다. 한번 이대로 계속 진행해봅시다."

그제야 유시헌은 미소를 지으며 내게 악수를 청했다.

9월 8일

클론의 꿈에 주로 나타나는 것은 원이다. 그러니까, 둥근 물체, 원운동, 나선, 이런 것들이다. 내 주위를 소용돌이의 구름이 빙글거리며 돈다. 그렇게 빠르지는 않다…… 나중에 돌이켜보면 움직였다는 것을 알 수 있을 정도다. 자주 나타나는 것은 큰 원과 그 주위를 빙글거리며 도는 더 작은 원. 이들은 끊임없이 회전하고 있다. (중략)

9월 15일

회전. 회오리. 그리고 적막…… 이 꿈은 때로 아무것도 없는 듯하다. 길고 적막하다. 때로는 숨이 막힐 정도다. 빙글거리며 도는 것이 느껴진다. 처음에는 안개와 같았지만 나중에는 나선을 이루고 시계방향으로 천천히 돈다. 그 주위에 비슷한 나선이 몇 개 더 생겨나 회전한다.

"어떻게 생각하십니까?"

유시헌의 얼굴에는 함박웃음이 떠올라 있었다. 귀밑까지 올라간 입이 찢어질 정도였다.

"성급한 판단은 금물입니다."

나는 안경을 탁자 위에 놓으며 말했다.

"통계적으로 유의미한 결과가 나오려면 좀더 많은 데이터가 필요합니다."

"자신의 눈으로 본 것에도 통계학이 필요합니까?"

"사장님, 다시 말씀드리지만 성급한 판단은 금물입니다."

나는 헛기침을 했다. 사실 말하면 나 역시 조금은 흥분하고 있었지만, 그 기분을 이 꼬마 사장에게 들키느니 차라리 겨울 바다에 뛰어드는 편이 나을 것이다.

'소용돌이의 구름'

'큰 원과 그 주위를 빙글거리며 도는 더 작은 원'

'나선을 이루고 시계방향으로 천천히 돈다.'

"이게 뭘 뜻할까요?"

"모르겠습니다."

나는 애써 태연함을 가장하며 고개를 저었다.

"아무것도 일생 본 적이 없고, 들은 적이 없는 클론의 꿈속에 어째서 이런 파형이 존재할까요?"

"사장님. 저는 과학자입니다. 현상을 기록할 뿐 해석하지는 않습니다."

"하늘 한번 올려다본 적 없는 클론이 우주의 모양을 알고 있습니다."

나는 마른 입술을 축이며 우선 저항했다.

"뇌의 무의미한 전기자극이 만들어낸 우연한 형상일 수도 있어요."

"그 우연한 형상이 왜 하필 우주의 모양을 택했을까요?"

나는 더 크게 헛기침을 했고 유시헌은 들떠서 계속했다.

"전자는 핵의 주위를 돕니다. 지구는 태양의 주위를 돌고 태양은 은하의 주위를 돌지요. 은하는 나선형으로 회전하고 그 은하는 다시 더 큰 은하를 돌지요. 중심이 되는 물체의 주위를 회전하는 더 작은 물체의 원운동, 이것은 모든 사물의 근원적인 형태이며 움직임입니다."

"아주 재미있군요."

"아니, 어쩌면 어떤 사람들이 주장하듯이 우리의 영혼은 우주에서 오는지도 모릅니다. 그게 사실이라면, 우리의 영혼에는 우주를 여행한 기억이 남아 있는 것이 아닐까요?"

"상상은 제발 그만하십시오. 일단은 원운동 외에는 별다른 것이 없으니까요."

"곧 다른 것도 나타날 겁니다."

유시헌은 볼을 잔뜩 붉히며 말했다.

"실험을 더 많이 해보아야겠어요. 아예 내 스케줄에 이 시간을 따로 빼놓겠습니다. 예산도 더 세워야겠어요."

나는 계속 헛기침을 했지만 다른 때와는 달리 딱히 반박하지 않았다. 이미 내 머리에는 '외부와 접촉하지 않은 인간의 뇌 속에 존재하는 파형'이라는 제목으로 쓸 몇 편의 논문의 서두가 줄줄 흘러나오고 있었다.

이어서 우리는 클론의 꿈에서 반복되는 현상을 추려낼 수 있었다. 소용돌이, 터널 통과, 중력 우물처럼 푹 들어간 모양, 그 외의 것들. 우리는 흥분에 차서 실험을 계속해나갔다.

11월 20일

따뜻한 느낌이었다. 이상한 기분이다. 익숙하고 친숙한…… 아니…… 이상한……. 아니, 뭔가 잘못되었다. 깨어난 뒤에 뭔가 다른 것을 생각해버린 것 같다. (생각에 잠긴다) 기억이 잘 나지 않는다. 피로가 쌓인 것 같다. 실험을 잠시 쉬어야겠다.

12월 2일

이전에 가본 적이 있는 곳이다. 가본 적이 있다니, 그런 일이 가능한가? 뭔가 있긴 했지만 잘 기억나지 않는다. 그것이 맞다면…… 아니, 말도 안 된다. 여전히 피로가 풀리지 않은 것 같다. 휴가를 좀 낼 필요가 있을 것 같다. 깊이 잠들었다가 억지로 깨어나는 일에 지쳐간다. 이대로는 제대로 연상해낼 수가 없다.

12월 10일

아무것도 기억나지 않는다(여기서 기록원이 피험자를 쳐다보자, 이마를 짚고 있다가 볼펜을 내던지고 밖으로 뚜벅뚜벅 나가버린다).

12월 20일

(피험자의 거부로 기록되지 않음.)

그날 저녁, 일과가 끝나고 나는 본사로 찾아가 사장실 문을 두드렸다.

안에서는 답이 없었다. 나는 벌컥 문을 열었다. 유시헌은 책상에 두 다리를 올려놓고 두 손을 깍지 껴 무릎에 올려놓은 채 앉아 있었다. 여느 때처럼 시건방진 자세였지만, 그 얼굴을 본 순간 나는 뭔가 불길한 일이 일어나고 있음을 예감했다. 우리가 모르는 곳에서 실험이 틀어지고 있었다.

유시헌은 정신이 나가 보였다. 얼굴은 귀신이라도 본 듯 창백했고 멍하니 허공을 보는 눈에는 온갖 생각이 정신없이 돌아가고 있었다. 내가 들어온 것을 눈치 못 챘는지, 알면서도 모른 체하는지 꿈쩍도 하지 않았다.

"뭔가 숨기고 있으면 빨리 말씀하십시오, 사장님."

나는 그 녀석의 지저분한 발 앞에 서서 말했다. 유시헌은 아무 반응도 보이지 않았다.

"이 프로젝트에 가장 열성적이었던 사람은 사장님입니다. 왜 이러시는 겁니까? 어디 다른 연구소하고 계약이라도 맺었습니까?"

유시헌은 내 말을 듣지 않고 멍하니 전화기만 노려보았다.

"실험 보고서가 맨 처음으로 되돌아갔어요. '아무것도 기억나지 않는다'? 이런 보고서를 받으려고 열다섯 명의 직원이 밤을 새운 것이 아닙니다."

"……."

"틀림없이 뭔가를 본 겁니다. 지금까지 없었던 새로운 것을요. 대체 뭘 봤습니까? 왜 말하지 않는 겁니까? 아무리 엉뚱한 것을 봤어도, 해석은 우리가 내리는 것이지 사장님이 내리는 게 아닙니다. 실험을 엉망으로 만들고 싶어요? 이 실험은 더 이상 사장님 개인의 취미활동이 아닙니다!"

"……없어요."

"네?"

나는 눈썹을 찡그렸다.

"……그럴 리가 없어요."

유시헌은 달팽이고기를 삶아 먹은 사람처럼 느릿느릿 중얼거렸다. 유령이라도 본 얼굴이었다.

"하지만 틀림없어요. 몇 번이나 같은 꿈을 꾸었어. 내가 잘못 느낀 것이 아냐. 하지만…… 그럴 리가 없어!"

뭔가가 분명히 잘못되고 있었다. 나는 불길한 기분에 휩싸여 그의 안색을 살폈다.

"사장님."

나는 목소리를 죽이며 아이를 달래듯이 차분하게 말했다.

"뭘 봤는지 말씀해주십시오. 그럴 리가 없다는 게 무슨 뜻입니까?"

유시헌은 두 손으로 얼굴을 감쌌다.

"사장님."

나는 말을 골라보았다. 그러다가 선택한 질문은 나중에 생각해도 우스꽝스럽기 그지없는 것이었다.

"악몽이라도 꾸신 겁니까?"

그는 얼굴에서 손을 떼고 나를 쳐다보았다. 눈에 절망이 깊이 깃들어서 마치 사형선고라도 받은 사람처럼 보였다.

"악몽이라고요? 예, 맞아요. 악몽입니다. 끔찍한 악몽이에요."

"그러니까, 우리의 클론이…… 나쁜 꿈을 꾸었다고요."

나는 불합리하다는 것을 알면서도 질문했다.

"아니에요, 아닙니다! 그런 게 아니에요!"

그는 아무래도 미친 것 같았다. 나는 뇌파공명기에 부작용이 있는 것이 아닌지 걱정되기 시작했다.

"어머니를 만났어요."

"예?"

"어머니의 꿈을 꾸었다고요."

나는 유시헌이 꾼 꿈을 말하는가 생각했다가 조금 뒤에야 말 뜻을 이해했다. 다리에 힘이 쭉 빠졌다.

"열 살 때 돌아가신 어머니의 꿈을 꾸었단 말입니다. 내가 아니라요!"

유시헌은 버럭 소리를 지르다가 다시 믿을 수 없다는 얼굴로 입을 다물었다.

"내 클론이 꾸고 있었단 말입니다……."

나는 잠시 말문이 막혔다.

"사장님."

"내가 잘못 봤다고요? 잘못 기억했다고? 지금 그렇게 말하고 싶은 거죠? 나도 그렇게 생각했어요, 이 한 달 내내!"

"정확히 어떤 꿈이었습니까? 그러니까, 어머니를 만났다고요? 확실합니까? 클론이 사장님 어머니를 안다는 말씀입니까? 정말로 어머니였나요?"

"자기 어머니를 못 알아보는 사람도 있습니까?"

"좀 더 자세히 설명해보세요. 이해가 가지 않아요. 클론의 꿈은 시각적인 자극이 뚜렷하지 않습니다. 지금까지 그렇게까지 분명하고 복잡한 형태가 나온 적이 없지 않습니까. 그게 어머니라는 근거가 있습니까?"

"수천 가지는 되지요. 움직이는 방식, 몸에 닿을 때의 피부의 감촉, 체온, 손가락의 길이, 안을 때의 힘……."

"그것만으론 확실하지 않습니다."

"당신이나 확실하지 않겠지요."

유시헌은 폭발하는 감정을 삼켰다. 그러더니 뭔가 결심한 듯 다리를 책상에서 내리고 공격적으로 전화기를 들었다. 연결이 잘 안 되는 듯 끊고 다시 걸기를 반복했다. 어디에 거는지 몰라도 웬만한 회사의 퇴근시간은 한참 지난 시각이었다.

"어디에 거시는 겁니까?"

눈앞에 있는 나를 무시하고 이상한 짓을 하는 꼬락서니를 참지 못하고 내가 물었다.

"내가 태어난 병원이요."

"거기는 왜요?"

"확인해봐야겠습니다. 그 미친 영감탱이가 내 쌍둥이 형제를 클론이랍시고 보관해놓은 게 아닌지 말입니다."

(여기서 '그 미친 영감탱이'란 회장님을 말하는 것이리라.)

나는 입을 쩍 벌렸다. 유시헌은 불안하게 책상을 두드리다가 낮은 욕을 뱉으며 수화기를 내동댕이쳤다. 그 서슬에 전화기가 요란하게 책상 밑으로 떨어졌다.

"지금 제정신입니까?"

"당연히 제정신입니다."

"회장님께서, 그러니까 사장님의 쌍둥이 형제를 클론보관소에 맡겨놓았을 거라고요? 지금이 무슨 중세시대인 줄 아십니까? 후계자가 둘이 될까 봐 한쪽을 폐기라도 시켰다는 겁니까?"

"그게 아니면요."

유시헌은 원수라도 진 듯 나를 노려보았다.

"설명해보시겠습니까? 어떻게 내 클론이 우리 어머니를 알고 있지요? 그 자식이 언제 우리 어머니를 봤다고? 대체 언제 봤다고 말이야!"

나는 숨을 고르며 그의 흥분에 휩쓸리지 않기 위해 최선을 다했다.

"실험을 좀 더 해봐야 합니다. 클론은 나선과 터널 모양을 알고 있지요. 그랬듯이 클론이 인간에 대해 알고 있을 가능성도……."

"은하 모양은 아무것도 아네요. 그딴 것이야 우연히 만들 수도 있겠지요! 사람은 달라요!"

나는 입을 다물었고 유시헌은 숨을 몰아쉬었다. 전화기의 무기력한 신호음만이 적막한 방 안에 울렸다. 그는 벌떡 일어나 문으로 향했다.

"어디 가는 겁니까?"

"내 클론의 상판대기를 보러 갑니다."

"가서 뭐 하려고요."

"왜요? 5개월 동안 지겹게도 본 놈인데 지금 보면 안 될 이유라도 있습니까? 가서 그 녀석이 무슨 빌어먹을 꿈을 꾸는지 보고 와야겠습니다."

유시헌은 문을 쾅 닫고 밖으로 나갔다.

나중에 당직 연구원에게 들은 바에 의하면, 유시헌은 연구소 문을 박차고 전차처럼 안으로 밀고 들어왔다고 했다. 그는 인큐베이터가 들어 있는 밀폐상자를 오랫동안 보다가 상자를 치워달라고 부탁했다. 연구원은 완강하게 거절했고 유시헌은 한참 실랑이를 벌이다가 포기하고 모니터 앞에 앉았다. 그러고는 몇 시간이나 모니터를 보며 앉아 있었다. 마치 친구나 형제가 그 안에 들어 있는 듯한 얼굴로.

연구원은 덧붙여서, 유시헌이 들어온 순간 클론이 잠을 깼고, 그가 앉아 있는 내내 깨어 있었다고 보고했다.

실험은 틀어지고 있었다. 유시헌은 포기한 사람처럼 보고서를 작성하기 시작했다. 나는 그가 마침내 미쳤거나, 이제 우리가 꼴 보기 싫어졌거나, 실험을 이쯤에서 망쳐놓기 위해서 아무 말이나 나오는 대로 쓴다고 생각했다. 내가 보고서를 읽고 그를 멍한 눈으로 쳐다보면 그는,

"거짓말은 한 줄도 없습니다."

하고 피곤한 목소리로 말하고 밖으로 나갈 뿐이었다.

클론은 이제 유시헌의 여자 친구를 알고 있었고 가족과 만난 적도 있었다. 어느 날은 바로 이 실험실에 앉아서 뇌파연결실험을 하는 꿈을 꾸기도 했다. 어느 날의 꿈에는 바로 내가 등장하고 있었다!

이제는 가장 열성적이었던 연구원조차 이 실험의 결과를 믿지 않았다. 하루에도 몇 번씩 나는 '언제까지 이 실험을 계속해야 합

니까?' 하는 말을 듣고 있었다.

"역전도 현상입니다."

나는 조용히 입을 떼었다. 거두절미하고 말하는 것이 좋겠다고 생각했다. 나 역시 기분은 영 착잡했지만, 그래도 아직 평정을 유지할 여력은 남아 있었다. 유시헌은 몇 달간의 피로가 한꺼번에 몰려와버린 모습으로 초췌하게 소파에 앉아 있었다.

"좀 더 자세히 설명해주시겠습니까?"

그가 띄엄띄엄 질문했다.

"플러스(+) 전자가 한 방향으로 이동할 때는 반대방향으로도 미세한 양의 전자가 이동합니다. 클론의 뇌파가 사장님의 뇌로 흘러 들어갈 때 사장님의 머리에서도 미세한 전파가 나와 반대쪽에 전달된 것입니다."

"그러니까……."

유시헌은 나직하게 말했다.

"클론이 내 꿈을 꾸고 있었다는 말입니까?"

나는 잠시 입을 다물었다. 깊은 허탈감이 우리 둘의 표정을 통해 서로에게 전해졌다.

"한두 번으로는 영향을 미치지 않았을 겁니다. 그래서 지금까지 이런 현상에 관해 보고된 사례가 없었던 겁니다. 하지만 우리는 6개월이나 실험을 했습니다. 지나치게 많은 자극이 전달되어버린 겁니다."

"……."

"클론이 꿈을 꾸는 동안 사장님의 뇌는 활발하게 움직이고 있었습니다. 클론의 꿈을 관찰하기 위해서요. 클론은 그런 사장님의 생각을 읽었고, 그것이 클론의 경험에 더해졌고, 클론은 다시 그 정보를 토대로 꿈을 꾸었습니다. 그 꿈을 다시 사장님이 읽으신 것입니다."

"그 현상이 언제부터 일어난 것인지 알 수 있을까요? 그러니까……."

유시헌은 지친 목소리로 물었다.

"……어디서부터 클론의 꿈이 '오염'되었는지?"

"지금으로서는 확인할 바가 없습니다."

유시헌은 한동안 침묵하다가 말을 이었다.

"하지만 만약 그게 다 내 기억에서 가져간 것이라면, 어째서 클론은 하필 앞의 4개월 동안에는 원이나 터널이나 나선 같은 원초적인 영상만 받아들였을까요? 내 머릿속에는 더 많은 것이 돌아다니고 있었을 텐데요. 우연이라기엔 너무 지나치지 않습니까?"

"사장님께서 그런 꿈을 보기를 원하셨으니까요."

유시헌은 나를 쳐다보았다.

"처음 보고서가 바뀌던 때를 기억하십니까? 그때 제가 의심했던 이유는, 그 꿈이 너무나 그럴듯했기 때문이었죠. 마치 클론의 꿈을 사장님이 상상한다면 나올 법한 그런 꿈이었으니까요. 접속할 때 그런 생각이 사장님의 머릿속에 가득 차 있었던 겁니다. 그러다 어머니의 꿈이 나타난 것은, 그런 원초적인 영상의 끝에 '어머니'라는 개념이 자연스럽게 사장님의 머릿속에 떠올랐기 때문이지요. 친구들과 여자 친구와 이 연구실이 나타난 이유는, 어머니가 나타났으니 다른 사람들도 나타나리라는 사장님의 기대가 다시 클론에게 읽혔기 때문입니다."

유시헌은 어이없다는 듯이 웃었다. 그는 웃다가 중얼거렸다.

"이런 것이군요. 사람은 자신이 원하는 꿈을 꾼다."

그는 천장을 쳐다보았다.

"결국 박사님이 옳았군요. 클론의 머릿속에는 아무것도 없었어요."

"그건 이미 알 수 없게 되었습니다."

"실험을 처음부터 다시 해야겠군요. 다른 피험자를 골라서요."

"그럴 생각은 없습니다. 한쪽의 정보를 완전히 차단시킬 방법이 없다면 누구를 피험자로 쓰든 마찬가지입니다. 시간 낭비일 뿐이에요."

"그래요. 그렇군요……."

유시헌은 우울하게 고개를 숙이고 일어나 밖으로 나갔다. 나역시 긴 한숨을 내쉬며 그동안 준비해왔던 논문을 쓰레기통에 털어 넣었다.

실험실의 폐쇄를 알렸을 때 누구도 이의를 제기하지 않았다. 연구원들은 이미 오래전에 결정 났어야 할 일이었다고 말하듯이 조용히 실험실을 정리하고 각자의 자리로 되돌아갔다. 6개월은 긴 시간이었고 그만큼 실망과 고통도 컸지만, 동료들은 겸허하게 결과를 받아들였다.

유시헌은 그 이후로 몇 달 동안 연구소에 얼굴을 들이밀지 않았다. 잠시 휴가를 내고 산속에 있는 별장으로 요양을 떠났다는 소문이 들리더니, 돌아온 뒤에도 영 일하는 것 같지 않다는 말도 들렸다. 실험 결과 때문에 상당히 정신적인 충격을 받은 모양이었다.

문제는 또 다른 곳에서 발생했다. 클론의 상태가 실험이 끝난 뒤 급속도로 나빠진 것이다. 처음에는 뇌파공명기의 전기 자극 때문이라 보고 모든 장비를 떼어놓았지만, 시간이 지날수록 뇌파가 점점 더 불안정해지기만 했다. 근육도 지나치게 긴장되었고, 체온도 낮았고 소화상태도 나빠져갔다. 영양제와 진정제를 투여해보았지만 소용이 없었다. 이런 상태로는 반품도 할 수 없었다. 아무리 들여다봐도 원인을 알 수가 없었다. 뇌파공명실험을 했던 외국의 연구자들에게 메일을 보내보았지만 이런 부작용에 관해 아는 사람은 없었다. 클론의 신체 상태를 기록한 차트를 의과대학에 보냈더니 '우울증'이라는 진단이 돌아왔다. 우울증이라니, 이게 무슨 바보 같은 진단이람.

내가 클론의 원인 모를 병으로 골머리를 앓으면서 방에 처박혀 있는데, 문이 열리면서 유시헌이 얼굴을 들이밀었다. 어디 길게 여행이라도 다녀왔는지 푸석한 모습이었다.

"오랜만이군요. 그동안 잘 계셨습니까?"

"전혀 그렇지 못합니다."

그렇게 보였다. 유시헌은 피곤한 얼굴로 이 연구소를 나간 그날보다 더 피로해 보였다.

"좀 쉬시는 게 좋겠습니다."

"충분히 쉬었어요. 더 쉬다가는 뇌가 정지해버릴 겁니다."

유시헌은 내 앞 소파에 털썩 주저앉았다.

"살도 많이 빠지셨습니다."

"요즘에는 제대로 식사 한번 해본 적이 없어요."

나는 읽던 보고서를 옆으로 밀어놓았다.

"두통은 끊이지 않고요, 밤에 잠도 못 잡니다. 소화도 안 되고요."

"언제부터 그랬습니까?"

"이 연구소를 나간 이후로요."

"일을 좀 쉬시는 것이 좋겠습니다."

"말했잖습니까, 쉬고 있다고요."

그는 약간 신경질을 내었다. 은근슬쩍 걱정이 되기 시작했다. 아무리 본인의 부탁으로 시작한 실험이라 한들, 무슨 후유증이라도 남으면 내가 책임을 져야 할지도 모른다.

"렘수면 상태에서 강제로 깨어나는 것은 몸에 극히 좋지 않습니다. 그걸 6개월이나 계속했으니 몸이 상할 만도 합니다. 이러나저러나 위험한 실험이었어요."

"실험을 하는 동안에는 아무 문제 없었어요. 오히려 평상시보다 너무 정력적이어서 탈이었죠."

"긴장이 풀어지면서 피로가 한꺼번에 몰려드는 겁니다. 병원에는 가보셨습니까?"

"물론 가봤지요. 눈꺼풀 몇 번 열어보더니 과로라고 하더군요. 신경성 스트레스래요. 몇 군데 찾아가봤는데 똑같은 말뿐이었어요. 일을 쉬라더군요. 하지만 나는 그동안 전혀 일하지 않았어요. 스트레스를 받을 일이 없었단 말입니다."

잠시 무거운 침묵이 흘렀다.

"실은 부탁이 있어서 왔습니다."

나는 의아해져서 유시헌을 쳐다보았다. 유시헌은 어색하게 웃었다. 눈은 슬픔에 싸인 채 억지로 입 끝만 간신히 올려붙인 미소였다.

"한 번 더 연결시켜 주시지 않겠습니까?"

"지금 뭐라고 하셨습니까?"

나는 뒤로 넘어갈 뻔했다.

"클론과 연결시켜주세요. 그러면 기분이 좀 나아질 것 같습니다."

"정신 나갔습니까?"

"농담이 아닙니다. 왜, 육감이라는 것 있잖습니까. 어떻게 해야 병이 나을지 본인이 느낄 때가 있잖아요. 의학 지식 따위는 아무것도 없는 사람도……."

여전히 미소를 띤 채 말을 늘어놓던 유시헌은 갑자기 자신의 말에 스스로 불신감을 느꼈는지 입을 다물었다. 한참 땅을 내려다보던 그는 고개를 들더니 처연하게 말했다. 이제까지 그가 그런 식으로 말하는 것은 한 번도 들어본 적이 없었다.

"부탁합니다. 이건 육감 따위가 아니에요. 나는 그 클론과 연결되어야 해요. 그러지 않으면 잠을 잘 수가 없습니다. 나는 저 기계를 원하고 있어요."

실험은 몰래 진행되었다. 한밤중에 나와 유시헌 둘이서 행한 일종의 도둑 실험이었다. 연결이 끝나고 전원이 꺼지는 순간 클론의 뇌파는 마치 떨어져 나가는 유시헌을 붙들려는 듯 짧고 격렬하게 반응했다가 다시 포기한 듯 사그라들었다. 하지만 놀랍게도, 실험이 끝난 후 클론의 상태는 상당히 좋아져 있었다. 나는 기계를 점검하다가 한참 뒤에야 너무 조용한 느낌에 놀라 유시헌을 돌아보았다. 그는 죽은 듯 움직이지 않았다. 나는 소름이 바싹 돋아 달려가 뺨을 두드렸다.

"사장님?"

유시헌은 천천히 눈을 떴다.

"괜찮으십니까?"

그는 손을 들어 괜찮다는 시늉을 하며 몸을 일으켰다. 몸이 쓰러질 듯이 한 번 크게 흔들렸기 때문에 부축해야 했다.

"내가 아닙니다."

유시헌은 조용히 말했다.

"내 기분이 아닙니다. 틀림없어요. 이건 그 녀석의 기분이야. 그 녀석이 내 꿈을 꾸고 싶어 하고 있어요."

나는 냉정을 유지하려고 애썼다. 그리고 그의 얼굴을 살피며 생각했다. 이 실험의 맹점, 피험자가 거짓말을 할 가능성에 대해.

유시헌은 반쯤 넋이 나가 있었다. 지능이 절반 이하로 깎였거나 15년쯤은 어려진 것처럼 보였다.

"눈에 보이지 않는 선이 그 녀석의 머리에서부터 내 머리까지 연결되어 있어요. 점성이 있는 전기 자극이 전선을 떼어낸 다음에도 공기를 통해서 내 머릿속까지 이어지고 있어요. 녀석은 지금도 나와 연결되어 있습니다."

나는 생각에 잠겼다가 말했다.

"아무래도 너무 뇌를 혹사시킨 모양입니다. 전기 자극이 아직도 사장님의 뇌에 남아서 영향을 끼치는 거예요. 시간이 지나면 회복될 겁니다. 다시는 이런 연결을 시도하지 마세요."

유시헌은 고개를 설레설레 저었다.

"잠시 여기서 떨어진 곳에 계시는 것이 좋겠습니다. 해외여행이라도 다녀오시는 것이 어떨까요?"

"그래봐야겠습니다."

그는 별로 효과를 기대하지 않는다는 말투로 대꾸했다.

침묵이 감도는 사무실에서 나는 어색하게 찻잔을 만졌다.

"하지만."

나는 한참 만에 물었다.

"클론이 왜 사장님의 꿈을 꾸고 싶어 하는 걸까요?"

그때의 나는 깨닫지 못했지만, 나는 어리석게도 그가 클론의 마음과 연결되어 있다는 가정 하에서 질문을 하고 있었다.

"뻔하지 않습니까. 내 꿈이 재미있으니까요."

그는 절망스럽게 말했다.

"스펙터클하고 화려하고, 이야기도 있고, 새로운 것이 많지요. 처음 영화를 본 어린아이같이 된 겁니다."

유시헌은 소파 등받이에 기대어 벌렁 뒤로 누워버리더니 멍하니 천장을 보았다.

"그놈의 세계에는 그런 것이 없었거든요. 탄생하기 전의 우주와 같아요. 무정형적이고, 움직이지 않고, 아무것도 일어나지 않고……."

그는 잠시 입을 다물었다.

"그놈에게는…… 나와 연결되는 시간만이 유일하게 '무엇인가' 가 일어나는 시간이었던 겁니다. 아무것도 없는 삶에 갑자기 새로운 것이 나타난 거죠. 그놈은 꿈을 꾸고 싶어 해요. 나에 관한 꿈을, 내 기억을 보고 싶어 해요. 그래서 내가 접속하지 않는 동안 내내 불안해하고 슬퍼했던 겁니다. 그게 나한테까지 영향을 미친 거예요."

그는 문득 무슨 생각이 들었는지 허탈하게 웃었다.

"전에는 내가 그 녀석의 꿈을 보고 싶어 했는데, 지금은 완전히 뒤바뀌어버렸군요. 그때는 그 녀석이 날 위해 꿈을 꾸어줄 수밖에 없었는데 이제는 반대로 내가 그 역할을 하게 생겼어요."

"일시적인 현상입니다."

나는 급히 말을 막았다.

"잊으세요. 실험은 끝났어요. 클론은 곧 반품될 겁니다. 클론 보관소에서 영원히 잠들어서 다시는 깨어나지 않을 겁니다."

"……."

"앞으로 행여라도 클론과 연결하겠다는 말도 꺼내지 마십시오. 계속하다가는 정말 위험해지겠습니다. 아셨지요? 두 번 다시 이 실험은 없는 겁니다."

"안 그래도 그럴 생각입니다."

유시헌은 슬픈 목소리로 중얼거렸다. 나는 조심스럽게 말했다.

"이제껏 사장님을 봐왔지만, 이렇게 기운 빠진 모습은 처음 보는군요. 완전히 다른 사람 같습니다."

"그놈과 감정이 연결되어 있어서 그럽니다."

그는 무감각하게 말했다.

"……지독해요."

"착각이에요. 보이지 않는 전선 따위는 없습니다. 그렇게 생각하니까 그렇게 느껴지는 것뿐입니다."

"죽어버릴 정도로 적막해요. 아무것도 없고 어둡고 답답하고…… 끔찍한 감옥이에요."

그는 내 말이 들리지 않는 듯 계속 중얼거렸다.

"세상에는 나밖에 없어요. 외로워서…… 죽어버릴 것 같아요."

나는 한밤중에 전화벨 소리에 잠을 깼다. 당직 근무를 서던 연구원이 다급하게 나를 불렀고 나는 새벽 거리를 차를 몰아 연구소로 향했다.

우리 실험의 동반자였던 클론의 상태가 급격히 나빠지고 있었다. 심장 박동수와 맥박은 한계까지 치솟았다. 이미 진정제와 수면제는 위험수치 이상으로 투여되어 있었다. 연구원은 왜 그럴 수밖에 없었는지 변명하느라 여념이 없었다. 클론은 수면제 영향으로 자고 있었지만, 오히려 자는 동안 감정이 더욱 격렬하게 날뛰는 듯했다.

나는 포기하고 말했다.

"원래 있던 곳으로 돌려보내야겠어."

"이 시간에 말입니까?"

연구원이 시계를 보았다. 새벽 1시가 다 되어가고 있었다.

"여기서 이 장비를 갖고 우리가 할 수 있는 일은 없네. 이러다 죽게 하는 것보다는 낫지. 자네는 클론보관소에 연락해서 사람을 대기시켜놓으라고 해주게."

연구원은 후다닥 문으로 달려가다가 멈춰 섰다. 내가 뭘 하느냐고 소리치려고 돌아봤을 때, 인큐베이터 속의 클론이 문 밖에 빠져나와 있는 것이 눈에 들어왔다.

유시헌이 머리를 부여잡고 문설주에 기대 서 있었다. 방금 자다가 막 아무 옷이나 주워 입고 나왔는지 차림이 가관이었다. 다 헝클어진 머리에 와이셔츠 단추는 반은 풀어지고 반은 잘못 끼워져 있었다. 술이라도 단단히 취한 몰골이었다.

"무슨 일인지 말하지 않아도 돼요. 알고 있으니까."

그는 머리를 단단히 붙들고 비틀거리며 걸어왔다. 연구원은 당황해서 계속 나와 유시헌을 번갈아 보았다.

"나를 원하고 있어. 그렇죠? 머리가 깨질 것 같아서 잠을 잘 수가 없어."

나는 사장의 이런 모습을 직원에게 보여주고 싶지 않았다. 아니, 앞으로 일어날 모든 일을 숨겨야만 하겠다는 불합리한 예감이 치솟았다.

"자네는 돌아가 있게."

나는 연구원에게 말했다.

"클론보관소에는 내일 아침에 내가 연락하지. 자네 말이 맞아. 이렇게 늦게 연락하는 건 예의가 아닐세. 오늘은 수고했으니 일단 퇴근하게."

연구원은 내 말의 의도를 대충 파악했는지, '그럼 수고하세요.' '안녕히 주무세요.' 같은 상황에도 맞지 않는 인사를 하며 자리를 떴다. 유시헌은 밖으로 나가는 연구원은 아랑곳하지 않고, 터벅터벅 내 앞으로 걸어와 낮게 말했다.

"연결해요."

"그만두는 것이 좋겠습니다."

나는 진지하게 말했다.

"여기서 클론과의 연결을 끊어버려야 합니다. 이런 식으로 가다가는 평생 이 망령에게 붙들려 아무것도 못할 겁니다."

"한가한 소리 집어치워요."

유시헌은 자제심을 발휘하며 말했다. 그의 눈은 오랫동안 못 잔 듯 벌겋게 충혈되어 있었다. 정상적인 사고를 할 수 있는 상태인지조차 의심스러웠다.

"당신은 하나도 몰라. 지금 이 녀석이 어떤 상황인지 상상도 못 해요. 이 녀석은 죽을 정도로 절박해요. 잔말 말고 어서 연결해요."

유시헌은 잠에 빠져들기 전에 클론을 한참 동안 보았다. 다정한 눈이었다. 마치 '괜찮다. 이제 내가 왔어. 진정해.' 하고 말을 거는 것처럼 보였다.

연결 경로는 지금까지와는 달랐다. 전선이 유시헌의 머리에서 나와 클론의 뇌 속으로 거꾸로 들어가게 했다. 이번에는 분명하게, 클론이 유시헌의 꿈을 꾸게 될 것이다. 외부 자극을 차단하기 위한 밀폐상자도 열어놓았다. 연결 시간은 유시헌이 잠이 들었다가 자연스레 깰 때까지의 여덟 시간으로 맞춰놓았다. 내가 기계를 작동시키자 클론의 상태는 거짓말처럼 정상궤도로 돌아왔다.

나는 밤새도록 연구실에 남아 기계를 체크했다. 클론은 행복한 꿈에 빠져든 것처럼 조용하고 평화롭게 잠들었다.

의자에 앉아 졸다가 설핏 잠이 들었는데, 이상한 꿈을 꾸었다. 두 명의 유시헌이 부유물질로 들어찬 공간에 같이 있는 꿈이었다. 한쪽이 다른 쪽에게 뭔가 이야기를 하는 듯했다. 그는 중간중간 손을 휘저으며 무엇인가를 허공에 그렸다. 그때마다 그의 손끝에서 집, 건물, 자동차, 나무, 사람들 같은 것이 나타났다가 사라졌다. 그러다 그림을 그리던 쪽이 상대에게 가까이 다가갔는데, 두 명의 손이 어긋나 지나쳐 갔다. 그때 갑자기 화면이 엉클어졌다. TV전파가 방해를 받은 것처럼 공간이 무섭게 일그러졌다. 이야기하던 쪽의 유시헌이 뭐라고 소리를 질렀다. 다른 쪽은 인간의 형태를 잃고 아메바처럼 움츠러들었다. 그 부정형의 물질은 폭발하듯 요동치며 울부짖었다. 붉은 빛이 온 세상에 들어찼다가 사라졌다가 했다. 나는 퍼뜩 눈을 떴다.

비상벨이 시끄럽게 울렸다. 붉은 경고등이 번쩍였다. 나는 벌떡 일어났다. 두 사람의 뇌파가 미친 듯이 요동쳤다. 스위치를 끄려 달려가는 내 몸보다 내 생각이 더 빨리 돌아갔다. 나는 유시헌의 머리에서 전선을 강제로 뜯어내었다. 모니터에서 격렬하게 요동치던 파형이 대상을 잃고 직선을 그렸다. 그 뒤에야 나는 전원 스위치를 찾아 눌렀다. 기계는 조용히 흥분을 가라앉혔다.

유시헌은 비틀거리며 몸을 일으켰다.

"사장님?"

답이 없었다.

"사장님?"

내 말은 그의 귀에서 튕겨 나가는 듯했다. 그는 정신을 차리지 못했다. 눈은 격렬한 충격으로 크게 떠져 있었고 이마에서는 땀이 줄줄 흘러내렸다. 그는 어깨를 들썩이며 숨을 몰아쉬었다. 우는 것 같았다.

"사장님!"

유시헌은 벌떡 일어났다. 뭔가를 찾아 정신없이 주위를 돌아보더니 사물함으로 달려가 안에 있는 것을 다 뒤집어엎었다. 그는 그 안에서 비상용 도끼를 찾아 손에 쥐더니 인큐베이터 쪽으로 달려갔다. 나는 마지막 순간까지도 그가 무엇을 하려는지 알지 못했다.

산산이 부서져 나간 유리파편이 내 발밑에 튀었다. 그와 함께 인큐베이터의 배양용액이 실험실 바닥에 폭포처럼 흘러내렸다. 유시헌은 자신이 해버린 짓에 스스로 놀랐는지 잠시 멍하니 클론을 보았지만 금세 다시 정신을 놓았다. 유시헌은 도끼를 내던지고 클론의 얼굴에서 산소호흡기를 떼어내었다. 그리고 늘어진 부대 같은 클론의 상체를 일으켜 미친 듯이 그를 껴안았다…….

나는 이 엄청난 상황에 대응하지 못한 채 그 자리에 못 박혀 있었다. 유시헌과 똑같이 생긴 남자는 죽은 듯이 늘어져 있다가, 죽은 물체가 살아나듯 조금씩 손을 들어 올렸다. 자궁에서 갓 태어난 듯 힘겨운 움직임이었다. 천천히 유시헌의 팔에서 등으로 더듬어 가더니, 다시 힘을 잃고 축 늘어졌다.

그날은 마치 아무 일도 없었던 것처럼 지나갔다. 과학자들보다 먼저 연구소에 출근한 청소부들이 투덜거리며 실험실을 치웠다. 직원들은 '단순한 사고'라는 내 설명에 대해 별다른 질문도 하지 않았다. 이 실험이 우리에게 주었던 절망이 워낙 컸기에, 다들 그 클론이 그런 방식으로 '사라져'버려서 잘 되었다고 생각하는 듯했다. 클론은 바로 다시 배양액에 넣어졌지만 일주일 뒤에 조용히 사망했다. 클론은행에서 유시헌 앞으로 두 번째 클론배양에 대한 팸플릿과 서약문 같은 것을 한 아름 보냈지만, 그는 쳐다보지도 않았다.

유시헌은 정력적이고 유능한 사장으로 다시 돌아온 듯했다. 그는 잠을 잊고 일에 전념했고 나 역시 평상시 일상으로 되돌아갔다. 그 후 사업상 얼굴을 마주칠 일이 몇 번 있었지만 나도 그도 그 일에 관해서는 입을 열지 않았다.

그 이야기를 다시 꺼낸 것은 1년쯤 지난 어느 날이었다.
나는 오랜만에 사장실에서 유시헌과 잡담을 나누며, 커피 향을 맡으며 오후 시간을 때우고 있었다. 그는 커피잔을 들고 창을 내다보며 목련꽃을 감상하는 체했다. 나는 신문을 보는 척했지만 읽지는 않았다. 우리 둘 다 각자의 머리에 같은 생각이 맴돌고 있음을 느끼고 있었다.

"내 클론은 왜 죽은 겁니까?"

햇빛이 창문으로 아늑하게 쏟아졌다. 마치 방금 전까지 그 이야기를 하고 있었던 것처럼, 그 일이 바로 어제 일어난 것처럼, 그 말은 자연스럽게 흘러나왔다.

"인큐베이터 밖의 무거운 공기의 압력을 견디지 못했나요? 아니면 갑자기 늘어난 중력 때문에 전신의 뼈가 부서지기라도 했나요?"

나는 차분히 대답했다. 마찬가지로 바로 어제 일에 대해 말하는 것처럼.

"바이러스 때문이었습니다."

"……바이러스라고요?"

유시헌은 별로 놀라지도 않고 되물었다.

"클론은 모든 알려진 병에 대한 예방주사를 맞고 있습니다만, 세상에는 매일같이 변종 바이러스가 새로 생겨나고 있습니다. 바이러스는 셀 수도 없이 많은 변이를 일으키고요. 늘 바이러스에 노출된 인간의 몸에는 자연스럽게 항체가 형성되지만 클론에게는 그에 대한 면역력이 없었던 겁니다."

"장기이식에도 쓸모가 없었겠군."

"그렇지는 않습니다. 장기이식 때에는 멸균실에서 꺼내질 테니까요. 하지만 그때에는 전신이 모두 소독이 안 된 공기에 노출되었어요."

그는 생각에 잠겼다.

"그랬군요. 역시 내가 죽인 거군요."

나는 답하지 않았다. 내게는 그 사실이 그렇게 대단하게 느껴지지 않았고 유시헌 역시 마찬가지인 듯했다. 어차피 클론은 죽기 위해 배양되는 생물이었다.

"그때, 무슨 일이 일어났던 겁니까?"

나는 마침내 질문했다.

유시헌은 한참 어딘가를 쳐다보더니 커피잔을 들고 오디오를 향해 걸어갔다. 그가 음악을 틀자 한 소프라노 가수의 노래가 흘러나왔다. 막 노래가 끝나고 다음 노래가 시작되는 참이었는데, 들어보니 같은 노래였다. 한 노래만 연이어 녹음한 테이프인 듯했다.

"어때요? 노래 좋지 않습니까?"

유시헌은 나를 보면서 싱긋 웃었다. 나는 어깨를 들썩했다.

"성악은 별로 좋아하지 않아서요."

"나도 그래요. 하지만 이 노래는 좋아하죠."

노래가 방 안에 맑게 울려 퍼졌다. 아름다운 목소리였지만 역시 관심은 가지 않았다.

"길거리를 지나다 한 번 들었을 뿐이에요. 한참 그 자리에 못 박혀 있다가 노래가 끝나자마자 음반 가게로 달려가 샀어요. 테이프가 늘어지도록 들었는데 여전히 들을 때마다 마음이 가라앉아요. 목에 무슨 마법이라도 걸어놓은 사람 같아요."

그는 음악을 뒤로 하고 내 앞으로 와서 앉았다.

"태어나 처음 음악을 듣는다면 어떤 기분일 것 같습니까?"

"글쎄요, 상상이 가지 않는군요."

"그때 그 노래가 내가 세상에 태어나 처음 들은 노래였다면, 그때까지 내가 음악이라는 개념 자체를 몰랐다면 저는 어떻게 되었을까요? 그 기쁨을 주체할 수 있었을까요?"

"모르겠군요."

"……."

"사장님의 클론이 그와 같았다고 말씀하시는 겁니까?"

"……."

그는 답할 필요가 없다는 듯 입을 다물었다.

"한 가지 묻고 싶은 것이 있습니다."

나는 지금까지 내내 의문스러워했던 것에 대해 입을 열었다.

"사장님의 보고서를 몇 번씩 다시 살펴보았습니다. 몇 가지 제가 잘못 생각한 점이 있더군요."

유시헌은 별 흥미 없다는 눈을 했다.

"저는 지금까지 클론의 꿈에 영상이 있다고 생각했었어요. 하지만 보고서를 다시 살펴보니 그렇지 않더군요. 보고서 어디에도 '보았다'는 말도, '들었다'는 말도 없었어요. 그저 '있다'는 말뿐이었어요."

"……."

"그 꿈은 여전히 암흑과 적막으로 가득 찬 꿈이었어요, 그렇죠? 클론은 꿈속에서 아무것도 '보거나' '듣지' 못했습니다."

그는 묵묵히 고개를 끄덕였다.

"클론의 꿈에 감각정보가 없으리라는 제 가설은 틀리지 않았다고 생각합니다. 확인해보기 위해 선천적인 시각장애인에게 앞이 보이는 사람의 생각을 읽도록 해보았습니다만, 역시 시각정보는 받아들이지 못하더군요. 이유는 다양하겠습니다만……."

"……."

"제가 알고 싶은 것은, 클론이 대체 어떻게 해서 사장님의 꿈을 받아들일 수 있었는가 하는 겁니다."

유시헌은 생각에 잠긴 얼굴로 허공을 보았다.

"사장님이 거짓말을 하지 않았다는 전제하에서 묻겠습니다.

사실 그랬다고는 생각하지 않아요. 하지만 이야기하지 않으신 점은 있으시지요."

"……."

"그 보고서는 사장님께서 클론의 꿈을 체험한 뒤에 자신의 느낌을 쓴 것이지요. 정확히 말하면 클론이 느낀 것과는 다릅니다. 클론은 대체 어떤 방식으로 사장님의 꿈을 꾼 겁니까? 어떻게 사장님의 꿈을 '아름답다'고 느낄 수 있었던 거죠?"

유시헌은 침묵하다가 입을 열었다.

"이것, 기억합니까?"

나는 눈을 깜박였다. 그는 손가락을 쥐었다 폈다 해보였다. 마치 공기를 쥐었다 놓았다 하듯이.

"뭘 말입니까?"

그는 손가락을 서로 약하게, 부드럽게, 또 때로는 강하게 비비거나 문질러 보였다.

"왜, 전에 내가 물어보았을 때 대답해주셨지요. 대부분의 클론에게서 일어난다는 손가락 반사현상 말입니다."

나는 고개를 끄덕였지만 그가 무슨 말을 하려는지는 알 수가 없었다.

"이 행동이 무엇을 뜻하는지 아십니까?"

뜻밖의 질문이었다. 나는 대답하지 못했다.

"이 행동에 대해 혹시 학계에서 밝혀진 것이 있습니까? 무슨…… 이론이라도 있나요?"

"아니요, 그때도 말했지만 이유는 알려지지 않았습니다."

"……."

"그 행동이 제 질문과 무슨 관계가 있습니까?"

"클론이 어떤 식으로 내 꿈을 꾸었는지 설명하는 겁니다."

"그러니까……."

"……촉각입니다."

유시헌은 짧게 답했다.

"촉각이라뇨?"

나는 여전히 이해하지 못한 채 되물었다.

"그것이 클론이 갖고 있었던 유일한 감각입니다."

나는 입을 다물었고 그는 피곤한 표정으로 말을 이었다.

"이것이, 그러니까, 자신의 손가락과 배양액을 만지작거리는 것, 그것이 클론이 알고 있었던 유일한 '감각'이고 '놀이'이며 '지식'이며 '경험'이자 '정보'였던 겁니다. 이런 별것 아닌 작은 움직임이 말입니다. 이해하시겠어요?"

그는 입술을 깨물며 주먹을 꽉 쥐었다.

"클론의 감각이 모두 차단되었다는 것은 사실과 다릅니다. 촉각만은 차단되지 않았어요."

"……."

"그리고 그것이 클론의 세상 전부였어요. 손가락 사이에서 움직이는 배양액의 움직임, 손가락을 부드럽게 비빌 때, 강하게 쥘 때, 손톱으로 긁을 때, 그 감각의 미세한 차이. 그것이 그가 세상을 인식하는 유일한 방법이었던 겁니다."

유시헌은 힘든 표정으로 한숨을 길게 쉬었다. 나는 정신을 차릴 수가 없었다.

"그는 감각을 원했어요."

그는 자신의 손을 내려다보았다.

"더…… 깊은…… 감각을 원했어요."

그는 힘겹게 말을 계속했다.

"하지만 그가 만질 수 있었던 것은 언제나 점성이 있는 액체뿐이었어요. 그의 고독한 세계에는 그가 접촉할 수 있는 것이 없었어요. 하지만 내가 그의 꿈에 들어갔을 때,"

그는 혀끝으로 입술을 축였다.

"그는 공기의 흐름을 느꼈어요. 따듯함, 부드러움, 주위를 감싼 배양액의 색다른 흐름, 피부를 타고 전해지는 가벼운 압박감,"

그는 자신의 손에서 눈을 떼지 않고 말을 이었다.

"세계에 자신 이외에 다른 무엇이 존재한다는 사실을 알게 된 겁니다. 새로운 것이 그의 세계로 들어왔다는 것을요. 그는 이어서 내 어머니를 느끼고, 내 친구들과 내 세계를 인식했지요……. 내 생각을 통해서."

"……."

"마지막으로 접촉했을 때, 그는 꿈에서 나와 만났어요. 그건 물론 내 꿈이었지만, 그 친구도 나와 같은 꿈을 꾸었지요. 그는 내 손을 잡고 싶어 했어요. 하지만 꿈이었기에 그는 나를 제대로 만질 수가 없었어요. 미쳐버릴 것만 같았지요. 마치 세상에서 가장 아름다운 음악이 연주되는데, 그 음색만 멀리서 잡을 뿐 도저히 제대로 들을 수 없는 것처럼, 세상에서 가장 아름다운 그림이 눈앞에 있는데, 자꾸 안개가 끼어 눈앞을 가리는 것처럼……."

그는 숨을 몰아쉬었다. 그리고 진정할 때까지 잠시 소파에 몸을 파묻었다.

"죄송합니다. 제발 웃지 마세요. 아직도 그 녀석과 연결된 것 같은 착각에 빠져요. 그놈은 죽었는데 말이죠. 그 친구의 감정은 원초적이고 격렬해요. 나와는 좀 다르죠."

나는 웃지 않았다.

내 머릿속에서는, 그날 잠시 꾸었던 꿈, 유시헌과 클론의 사이를 오가던 전기자극의 파장이 내게까지 전달되어버린 듯한 꿈이 맴돌고 있었다. 유시헌, 그리고 그와 똑같은 사람. 그 사람의 몸짓과 표정에서 풍겨 나오던 풍부한 감성의 느낌, 천부적인 예술가만이 가지고 있는 '감각'에 대한 뿌리 깊은 열망의 느낌이 끊임없이 떠올랐다가 사라졌다.

"그 짓을 내 의지로 했는지, 아니면 나와 연결되어 있었던 클론의 의지로 했는지는 지금도 모르겠어요. 아무래도 반쯤은 그녀석의 감정이 시켰다 싶어요. 그리고……."

유시헌은 피곤한 듯 목소리를 삭였다가 조용히 내뱉었다.

"그는 나와 접촉했어요."

그것은 세상에서 가장 중요한 일이 일어났다는 말처럼 들렸다. 천지가 그때 개벽했다든가, 세상에 음악이 처음 태어났다든가, 천재적인 화가가 마지막 작품의 마지막 점을 그려 넣고 수명이 다해 죽었다든가 하는 말과 비슷하게 들렸다.

"그건 말로 표현할 수 없는 감각이었어요."

그는 소파에 파묻히며 목소리를 죽였다. 오디오에서는 맑고 낭랑한 노래가 막 정점으로 치닫고 있었다. 가수는 아무 힘도 들이지 않고 고음을 처리했고 시기적절한 코러스가 부드럽게 그녀의 목소리를 감싸 안았다.

"꿈이 아니었어요. 최초의 현실이었지요. 일생 처음 접하는 강렬한 색채와 화음의 감각이었어요. 감각의 홍수 속에서 살아가는 우리는 생애에 경험하지도 못할 감정입니다. 마치 폭풍이 몰아치는 것 같았지요. 태어나 처음 만지는 것, 처음 접하는…… 다른 사람의…… 감촉이었던 겁니다."

유시헌은 오랫동안 말이 없었다. 몹시 피곤해 보였다. 한참만에야 그는 낮은 웃음소리를 내며 조용히 입을 열었다.

"내…… 머릿속으로…….."

유시헌은 억지로 웃음을 지으며, 마치 이렇게 바보 같은 일은 세상에 없을 것이라는 듯한 표정을 하며 자신의 머리를 떨리는 손으로 가리켰다.

"그의 감정이 전해 들어왔어요. 아주 똑똑히 느낄 수 있었지요. 그는…….."

유시헌은 숨을 가다듬었다.

"주체할 수 없을 정도로 기뻐했어요. 생애에 이런 강렬한 감각을 접할 수 있다는 사실에 감격했어요. 견딜 수 없을 정도로 행복해하며…….."

그의 얼굴에서 웃음이 사라졌다.

"살아 있다는 것에 감사하며…… 의식을 잃어갔습니다…….. 그게 마지막이었어요."

그는 말을 끝내고 피곤한 듯이 소파에 등을 기대었다.

다섯

번째

감각

+ 2002년 웹사이트 JunkSF 게재

2005년 전자책 《멀리 가는 이야기》(북토피아) 수록

2008년 거울 개인 동인지 《멀리 가는 이야기》(거울) 수록

2009년 공동 단편집 《U, ROBOT》(황금가지) 수록

2010년 개인 단편집 《멀리 가는 이야기》(행복한책읽기) 수록

1

나는 한 손에 고양이 사료 봉투를 들고 서서, 하숙집 현관 앞 우편함 뚜껑을 닫았다가 방 번호를 확인하고 다시 열었다. 우편함에는 술집 광고 스티커 몇 개와 함께 언니 이름이 적힌 종이봉투가 한 장 들어 있었다.

언니에게 편지가 온 것은 처음이었다. 다시 말하면, 그 우편함에 광고 스티커 외에 뭔가 다른 것이 들어 있는 일도 처음이었다. 내게도 언니에게도 편지를 보낼 만한 친구가 없었다. 언니는 마을 문화원에서 잡역부로 일했는데, 매일 밤늦게 집에 들어왔다가 새벽같이 일터로 나갔다. 부모님이 돌아가신 이후로 빚쟁이를 피해 무작정 이 도시 저 도시를 떠돌아다니며 살아온 처지라 연락이 되는 친척도 없었다.

봉투에는 발신인 주소도 보낸 사람도 없었다. 열어보니 마찬가지로 글씨도 그림도 없는 카드가 나왔다. 카드라고 말하기에도 민망한, 그저 반으로 접은 마분지에 불과한 것이었다. 나는 점점 놀림받는 기분이 되었다.

마분지 구석에는 글씨가 작게 쓰여 있었는데 내용은 다음과 같았다.

세연 씨에게.
당신은 이미 받아볼 수 없겠지만 약속한 바가 있으니 이것을 전해드립니다.
당신의 친구들로부터.

나는 종이를 몇 번 뒤집어본 뒤 봉투를 거꾸로 들고 흔들어보았다. 빵가루 하나 떨어지지 않았다. 선물을 어디에 감춰놓았으니 어느 곳의 몇 번째 서랍을 열어보라는 말도 없었다. 나는 눈썹을 가지런히 모으며 이 괴상한 편지를 한참 노려보다가, 별놈의 경우를 다 보겠네 싶어 다시 봉투에 집어넣었다.

그때, (나중에야 그 순간을 돌이켜 생각해보게 되었다) 나는 문득 뒤를 돌아보았다. 무엇인가가 내 주위를 둘러싸고 있다가 연기처럼 사라져버린 듯했다. 조그만 아이들이 웃으며 지나간 것도 같고, 부드러운 바람이 스치고 지나간 것 같기도 했다. 하지만 내 뒤에는 아무것도 없었다. 집이 빽빽하게 들어선 마을이 저녁 어스름에 어두침침하게 내려앉아 있을 뿐이었다.

하숙집 복도를 지나 방문을 열자마자, 패치가 펄쩍 튀어 오르는 바람에 들고 있던 사료 봉투를 떨어뜨릴 뻔했다. 나는 엉덩방아를 찧으며 주저앉았다. 패치는 내 무릎 위에 우아한 몸짓으로 올라오더니 교만스럽게 입을 벌리며 지껄였다.

'왜 이제 왔어? 종일 어디 처박혀 있다가 이제야 오는 거야, 이 쓸모 없는 주인 같으니라고!'

정말이다. 고양이가 사람의 말을 알아먹기 전에 사람이 먼저 고양이의 말을 이해한다.

'오늘 저녁 메뉴는 뭐야? 저번에 사 온 회사 제품은 너무 달았어! 또 같은 사료를 사 왔으면 차라리 굶어 죽고 말겠어! 뭘 멍하니 쳐다보는 거야? 빨리 못 들어와?'

패치는 여기까지 지껄이고(!) 고개와 꼬리를 빳빳이 들고 방 안으로 우아하게 걸어 들어갔다. 나는 엉덩방아를 찧은 내 꼴을 창피해하며 주위를 돌아보았다. 혹시 옆방 사람들이 보았을까 싶어서였지만 딱히 열려 있는 문은 없었다.

패치는 언니가 올 때는 항상 문 앞으로 뛰어가서, 언니가 문을 여는 순간 뛰어 올랐다. 언니는 패치가 어디로 뛰어 오를지 정확히 아는 것 같았다. 언니는 늘 놀란 표정 한번 짓지 않고 솜씨 좋게 패치를 잡아내었다. 하긴, 언니는 워낙 감이 좋은 사람이었다. 감이 좋다기보다는 지나칠 정도로 예민한 편이었다. 언니는 밤에도 잠을 잘 이루지 못했다. 옆방에서 무슨 일이 있으면 귀신같이 알아채고 일어나 밖을 내다보곤 했다. 패치를 발견한 사람도 언니였다. 비가 쏟아지던 날 도랑 물속에 잠겨 반쯤 죽어가는 것을. 언니는 대체 어떻게 알았는지 그 어두컴컴한 구멍 속에서 젖은 솜뭉치가 되어 있는 이 녀석을 찾아내어 데려왔었다.

나는 옷매무새를 가다듬고 방으로 들어갔다. 방은 오래전부터 패치의 것이었다. 패치가 주인이고 내가 식객이다. 나는 광고 스티커를 패치의 장난감 상자(쓰레기통)에 집어넣고, 카드는 패치의 휴게실(신문 상자)에 넣고, 가방은 패치의 침대(옷장) 속에 넣었다. 마지막으로 사료를 패치의 식탁(사과 궤짝)에 놓으려 걸어갔다. 패치가 졸랑졸랑 내 뒤를 따라왔다.

「자, 패치님. 앉으세요. 얌전히 앉아야 식사를 대령합니다.」

내가 공손하게 말했지만 패치는 신경도 쓰지 않고 내 손에 들린 그릇을 향해 팔짝팔짝 뛰며 발버둥을 쳤다. 패치는 한 번도 내가 불렀을 때 달려온 일이 없다. 언니가 부를 때는 그러지 않았다. 언니가 손짓 한 번만 하면 밖에 나가 있다가도, 창문턱에서 자다가도 바람처럼 달려오곤 했다.

— 당신은 이미 받아볼 수 없겠지만.

마지막까지도. 언니가 죽은 것도 그 '감' 때문이었다.

언니와 장을 보고 돌아오는 길이었다. 나는 발을 멈추고 가게에 전시된 비싼 옷을 구경하던 중이었다. 한 번이라도 저런 것을 입어보았으면 하며 속으로는 내심 언니의 무능함을 탓하던 참이었다. 문득 내 옆을 지나가던 사람이 걸음을 멈췄다. 사람들이 놀란 얼굴로 한 방향을 향해 움직였다. 내가 차도 쪽을 보았을 때, 언니는 막 차에서 튕겨 나가 인형처럼 바닥을 구르고 있었다.

내가 뭘 보고 있는지 알 수가 없었다. 차는 사람을 치고 놀랐는지 당황했는지, 머뭇머뭇하다가 총알같이 달아났다.

나는 그 자리에 털썩 주저앉았다. 바닥이 노랗게 흔들렸다. 사람들이 흐느적거리며 언니 주위로 모여들었다. 언니 아래로 피가 바다처럼 넘쳐흘러 내 발을 적시고, 내 굳어버린 손가락과 꽉 막혀버린 목구멍과 눈으로 흘러 들어왔다.

나중에야 나는 저 멀리 주저앉아 우는 아이를 볼 수 있었다.

언니는 대체 어떻게 알았는지, 막 차에 치이려는 아이를 밀어내고 대신 치여버린 것이다.

언니는 내 쪽을 보려고 애를 썼다. 손 하나 까닥하지 못하고 누워 있었지만…… 언니는…… 무엇인가 말하고 싶어 했다. 숨이 끊어져가는 와중에도, 무엇인가를…….

문에 달린 인식기(사람이 문 앞에 서 있으면 붉은색으로 깜박이는 기계)가 붉게 반짝였다. 문을 열어보니 밖에 다섯 명의 남자들이 서 있었다. 쌍둥이처럼 나이대와 인상이 비슷비슷한 사람들이었다. 한 사람만 조금 특이한 편이었는데, 부스스한 머리를 어깨에 드리우고 수염을 텁수룩하게 기른 모습이었다. 정장 와이셔츠 단추를 풀면 안에서 한복 저고리라도 한 겹 더 있을 법했다. 어디 산에 틀어박혀 수행이라도 하고 왔다고 해도 믿을 인상이었다.

「늦은 시간에 미안합니다. 아…….」

맨 앞에 있던 체격이 좋은 남자가 지갑을 꺼내 들었다.

「경찰입니다.」

나는 지갑에 붙은 경찰 배지를 살펴보려고 했지만, 그 사람은 1초 정도 눈앞에 들이대었다가 도로 닫았다. 나는 요즘 내 주민등록증이 들어 있는 분홍색 지갑을 아무한테나 들이대고 '경찰입니다.' 하고 말하고 싶은 충동을 느끼곤 한다.

「무슨 일이죠?」

지금까지 뺑소니 사범이 이렇게 복잡한 절차를 걸쳐 처리되는 줄은 상상도 못했다. 경찰서, 보험회사 직원, 군청 직원, 또 이름도 기억나지 않는 인권복지재단, 최소한 여섯 개가 넘는 기관에서 나를 찾아왔다. 그리고 하나같이 내 생각에는 교통사고와 아무 관계 없는 질문만 산더미처럼 늘어놓고는 사라졌다.

「채세연 씨 동생 채연주 씨 맞습니까?」

알고 찾아온 것 아닌가요?

「그런데요.」

「세연 씨 일로 몇 가지 질문해도 되겠습니까?」

「상관없긴 하지만, 안에 다 못 들어올 것 같은데요.」

경찰은 방 안을 들여다보더니, 한 명만 들어와도 안이 꽉 찰 것 같은 덩치 큰 부하들을 곤란한 듯 보다가 말했다.

「두 명은 밖에서 기다리게.」

「교통사고가 난 것이 한 달 전이지요?」

「두 분이 이 방에서 같이 사신 모양이군요.」

「조사해보니 언니가 다니던 문화원에 대신 다니고 계시다고요.」

「세연 씨 교우관계는 어땠습니까?」

「교우관계요?」

나는 '남자친구는 있습니까?' '허리 사이즈는?' '잠버릇이 고약하진 않았나요?' 하는 다음 질문을 예상하며 얼굴을 일그러뜨렸다.

「예. 친구들 말입니다. 친구들이 많았나요?」

「모르겠어요. 그야 언니 사정이잖아요?」

나는 예의 바르게 대답하며 참을성 있게 앉아 있었다. 경찰은 계속 쓸데없는 질문만 반복했다. 나는 하품이 나오는 것을 참았다. 그러다가…… 고개를 돌리던 중, 문득 오른쪽에 앉은 사람이 눈에 띄었다.

아까 그, 산에서 수행하고 온 듯한 인상의 사람이었는데, 쳐다보는 순간 기분이 나빠졌다. 꼭 먹이를 노리는 짐승처럼 나를 뚫어지게 쳐다보며, 뭘 먹는 것처럼 입술과 혀를 교묘한 방식으로 움직이고 있었다. 경찰이 정신병자 한 명을 연행해 가는 중에 우리 집에 들른 게 아닌가 싶었다.

경찰이 내 앞으로 손을 흔드는 바람에 나는 그 사람에게서 눈을 떼고 도로 경찰을 돌아보았다.

「왜 그쪽을 보고 있습니까?」

「그저……, 입을 이상하게 움직이시길래.」

그때 나는 경찰의 얼굴에서 일어난 미묘한 변화를 알아차렸다. 그는 옆자리에 앉은 경찰과 눈짓을 교환하면서 뭔가를 손가락으로 속삭였다. 점점 불쾌해지기 시작했다. 며칠 전에 안전운전위원회인가 뭔가 하는 곳에서 왔을 때 뺑소니 차량을 언제 찾을 것 같냐고 물었는데, '포기하시는 편이 좋아요'라는 대답을 받았다. '외부에서 온 차량이면 이런 시골 동네에서는 조사할 방법이 없어요'.

애초에 해결할 생각도 없다면 왜 계속 사람을 찾아와 귀찮게 하는지 모를 일이다.

「이야기할 때는 이쪽을 봐주시지요.」

「예. (분부대로 하지요.)」

「여기 자료사진이 있는데…….」

경찰은 주머니에서 사진을 꺼내 한 장 한 장 내 앞에 늘어놓았다. 사고현장 사진이라도 보여주는 줄 알았는데 이번에도 뜬금없는 사진이었다. 무슨 추상 조각가의 작품처럼 보였다. 하나는 나무를 납작한 원통형으로 잘라 속을 파낸 듯한 물건이었는데, 긴 손잡이가 달려 있었고 손잡이에는 줄 같은 것이 늘어서 있었다. 또 하나는 나무통 양옆에 가죽을 대서 밧줄로 묶어놓은 물건이었다. 또 다른 것은 대나무처럼 보였고 여기저기 구멍이 나 있었다.

하나같이 기괴하기 짝이 없는 것들이었다.

「본 적이 있는 물건이 있습니까?」

「예?」

「본 적이 있는 물건이 있으시냐고요.」

나는 고개를 저었지만 경찰은 내 대답에는 관심이 없어 보였다. 단지 사진을 보았을 때의 내 반응만 주시할 뿐이었다.

「한 번도요.」

경찰이 나 대신 답했다.

「당시 정황을 기억하십니까?」

그 질문을 몇 번째 받는지 알 수 없었다.

「지금은 잘 기억 안 나요.」

「저희에게 당시 쓰셨던 진술서가 있으니 반복하실 필요는 없습니다.」

「예. (그거 다행이군요.)」

「하지만 진술서에 기록되지 않은 부분이 있어서 확인하러 왔습니다.」

「예?」

나는 눈을 깜박였다. 그 사람들 사이에는 이상하리만치 음침한 공기가 내려앉아 있었다. 눈빛과 표정이 어둡고 칙칙했다. 너무 많은 죽음을 접하고 살아온 바람에 긴 낫을 든 사신이 아예 주위에 자리를 펴고 앉은 느낌이었다. 이런 일을 하는 사람들은 다 이런 걸까?

「채세연 씨가 달려오는 차에 치였을 때, 연주 씨는 길 건너에서 가게 안을 들여다보고 있었다고요. 그리고 사람들이 멈춰 서는 바람에 돌아보셨을 때, 이미 세연 씨는 차에 치여 쓰러져 있었다……..」

마치 '언니가 죽어가는 동안에 동생은 쇼핑이나 하다니 가족으로서 책임감이 있는 겁니까, 없는 겁니까?' 하는 듯한 말투였다.

「그때 어떤 행동을 했는지 기억나십니까?」

「네?」

「자신이 어떤 상태였는지 기억나시나요?」

「기억날 리가 없잖아요?」

「기억하셔야 합니다.」

그의 동작은 기계처럼 딱딱하고 건조했다. 나는 감정이 철저하게 배제된 그 얼굴에 짜증이 나기 시작했다.

「한참을 꼼짝도 못하고 앉아 있었어요.」

「그것만은 아닐 텐데요.」

「무슨 말을 하고 싶은지 모르겠군요. 내가 미쳐서 흙이라도 파먹었나요? 아니면 그 혼란을 틈타 소매치기라도 했다는 건가요?」

「당시 목격자들의 증언에 의하면,」

그는 조용히 숨을 끌어당겼다.

「연주 씨가 이런 행동을 했다고 하더군요.」

그는 천천히 두 손을 들어 올렸다. 그러고는 머리 양쪽에 대고 입을 크게 벌렸다. 개그맨이 애들을 놀라게 하려고 짓는 표정 같았다. 어안이 벙벙해졌다. 무표정한 얼굴로 그런 꼴을 하고 있으니 웃고 싶었지만, 워낙 방 안의 공기가 음침해서 그럴 수도 없었다.

「제가 그랬나요?」

「그랬습니다.」

그가 팔을 내리고 말했다.

「그 추한 모습을 누구 아는 사람이 보지 않았던 게 다행이군요.」

「기억나지 않으십니까?」

「이것 봐요.」

나는 신경질이 나서 두 손을 허리에 얹었다.

「댁은 댁 엄마나 형이 바로 1분 전까지 자기와 같이 길을 가다가, 잠시 한눈파는 사이에 돌아보니 시체가 되어 길바닥에 누워 있는데, 몇 분 몇 초에 당신이 쓰러졌다가 몇 분 몇 초에 일어나 탄식하고 어느 방향으로 어떻게 달려갔는지 꼬박꼬박 기억할 건가요?」

「문제가 그렇게 단순하지 않습니다.」

경찰은 여전히 음침한 얼굴로 말했다.

「우리는 지금 거대한 사이비 종교집단을 조사하고 있습니다.」

「네?」

나는 잘 이해하지 못하고 되물었다.

「전국적인 규모의 비밀 단체입니다. 가입자만도 수만 명에 이릅니다. 중독성이 워낙 강렬해서 한번 빠지면 갱생은 거의 불가능합니다. 이름도 없고, 리더가 누군지도 불분명하고, 조직이 어떤 형태인지도 아직 알려져 있지 않습니다. 방금 보여드린 사진은 그들의 제기죠.」

「제…… 뭐라고요?」

「제사 때에 쓰는 물건이라는 말입니다.」

「잠깐만요, 그러니까, 우리 언니가.」

나는 혼란스러운 머리를 정리하며 말했다.

「사이비 종교집단에 빠져 있었다고요.」

「그럴 가능성이 있습니다.」

「뭘 근거로 그런 말을 하는 거죠?」

「당시 목격자들의 증언에 의하여…….」

「죽기 전에 언니가 주문이라도 외우더라는 말인가요?」

「입을 움직였습니다.」

「입을 움직여요?」

나는 그만 팔을 크게 움직이고 말았다.

「누구나 입은 움직이잖아요? 밥을 먹을 때도, 숨을 쉴 때도 입은 움직여요!」

「특이하고 규칙성 있게 움직입니다. 그들은 입을 사용해서 어떤 특별한 능력을 발휘할 수 있다고 믿지요.」

나는 아까 입을 움직이던 사람을 돌아보았다. 내가 도로 경찰을 보자 그가 고개를 끄덕였다.

「확인해본 겁니다. 연주 씨가 저런 행동에 반응하는지.」

「시험 결과는요?」

「글쎄요. 분명치는 않군요.」

그야말로 분명치 않은 대답이었다.

「기독교 계열인가요?」

「아니요, 완전히 신종 단체예요. 신도들은 자신이 평범한 사람들과 다른 존재라고 생각합니다. 특별한 능력을 가진 인간이라고 생각하죠. 그 믿음이 워낙 강렬해서 갱생단체에서도 애를 먹습니다.」

「특별히 다르다면?」

「간단하게 말씀드리면,」

경찰은 여전히 음울하고 진지하게 말했다.

「초능력자죠.」

2

그 사람이 그렇게 근엄한 표정만 짓지 않았더라면, 나는 한바탕 웃음을 터뜨리고 어딘가에 숨겨진 몰래카메라를 찾았을 것이다. 하지만 그들은 바늘도 안 들어갈 정도로 진지했고, 나도 목구멍까지 나온 웃음을 삼켜야 했다.

「그 신도들은 자신들이 초능력자라고 생각하고 있습니다.」

「어이없는 일이군요.」

「어이없는 일이죠.」

경찰은 동의한다는 듯이 고개를 끄덕였다.

「언니에게서 뭔가 이상한 점은 없었습니까?」

「이상한 점이요?」

「집에 유난히 늦게 들어온다든가, 이상한 친구들과 어울린다든가, 뭔가 남들과 다른 행동을 하지는 않던가요?」

「언니는 야근 때문에 매일 늦게 들어왔어요.」

경찰은 주머니에서 수첩을 꺼내어 힐끗 보더니 다시 집어넣었다.

「문화원 수위실에 물어보니 세연 씨는 늘 정시에 퇴근하셨다고 하더군요.」

나는 동작을 멈추었다.

「어디에서 시간을 보내고 왔는지 짐작 가는 곳은 없습니까?」

언니는 늘 내가 잘 때 들어왔다. 방을 더듬으며 내가 이불을 제대로 덮고 있는지 확인할 때쯤 나는 부스스 잠을 깨곤 했다. 언니는 늘 지쳐 옷도 못 갈아입고 그대로 내 옆에 누워 잠이 들었다. 가끔 눈을 뜨면 행복한 듯이 미소 짓는 언니의 얼굴이 달빛에 희미하게 보였다.

「가끔 늦게 올 때도 있었다는 말이에요.」

「매일 늦게 왔다고 하셨지요.」

나는 대답하지 못했다. 경찰은 얻어낼 것이 없다고 생각했는지 더 추궁하지 않았다.

「다른 이상한 점은 없었습니까?」

「그렇게 말하면, 딱히……」

내가 고개를 가로젓는 사이, 짧은 영상이 머리를 스치고 지나갔다. 언니는 입을 움직이는 것을 좋아했다. 먹지 않을 때도 늘 밥상 앞에 앉아 입을 움직였다. 그럴 때면 종종 창문밖을 내다보면서 행복한 기분에 잠기는 듯했다.

심장이 얼어붙는 듯했지만 내색하지 않고 다른 '이상한' 점을 찾아보았다. 생각해보니 언니에게서 이상한 점을 찾는 것은 어렵지 않았다. 비가 몹시도 쏟아지던 날, 언니는 한밤중에 잠에서 깨어 밖으로 나가더니 물이 개울처럼 흐르는 길가에 서서 배수로를 이리저리 살폈다. 내가 우산을 쓰고 하품을 하며 뒤를 쫓아 나가자, 언니는 시커먼 진흙탕에 빠져 있던 고양이를 들어 올리고는 나를 보며 환하게 웃고 있었다.

「감이 좋은 사람이기는 했지요.」

「감이 좋았다.」

경찰은 그 말을 음미했다. 나는 말을 꺼내자마자 후회했다.

「감이 좋은 사람은 세상에 널렸어요.」

「하지만 그놈들이 그 점을 노려서 접근했을 가능성은 있지요. 네가 가진 것은 평범한 능력이 아니다. 너는 특별한 존재다. 보통 사람과 다른 능력이 있다.」

경찰은 집 안을 잠시 둘러보며 말했다.

「어려운 환경에 있는 사람들일수록 그런 말에 잘 넘어가지요.」

나는 얼굴이 붉어지는 것을 느꼈다. 부끄러워서가 아니라 모욕감 때문이었다.

「증거도 없으면서 범죄자 취급을 하는군요.」

「다양한 가능성을 고려해보는 것뿐이지요.」

경찰은 근엄하게 말했다.

「그들은 감정이 격해질수록 그 능력이 커진다고 믿고 있지요. 이를테면…… 연주 씨 같은 경우에요.」

나는 힐끗 오른쪽의 사람을 돌아보았다. 그는 내 시선이 닿자 갑자기 움직이던 입을 다물었다.

「그때 했던 행동에 대해 여전히 기억나는 점이 없으십니까?」

기억을 짜내려고 애써보았지만, 죽어가던 언니의 모습, 굳어 움직이지 않던 다리. 이쪽으로 고개를 돌리려 애쓰던 언니의 마지막 순간만 떠오를 뿐이었다.

「나도 의심받는 건가요?」

「형식상 질문하는 겁니다.」

「내가 그 난리 와중에, 무슨 사교의 비밀주문이라도 외우고 있었냐고 묻는 건가요?」

「그렇게 믿는지 확인하는 것이 우리 일이지요.」

「만약에, 내가 초능력자라면,」

내 손끝이 가늘게 떨리기 시작했다.

「정말로, 정말로 그런 능력이 있다면.」

나는 숨을 길게 내뱉었다.

「언니가 죽게 내버려두지 않았을 거예요.」

나는 두 주먹을 쥐어 무릎 위에 올려놓았다. 경찰은 처음으로 얼굴에 당황한 빛을 띠었다. 내 눈에 눈물이 그렁그렁 맺혔다.

「야근을 한 게 아니었다니 충격이야.」

나는 안 치운 쓰레기 더미와 함께 바닥에 널브러져 중얼거렸다.

「남자가 있었으면 말을 했어야지. 어쩐지 일한 것치고는 기분 좋은 얼굴로 돌아온다 했어.」

패치는 입을 벌리며 대꾸했다.

'밥 더 줘! 배고파!'

기분 전환이라도 하려고 지껄인 말이었지만 오히려 더 우울해질 뿐이었다. 언니가 괴상한 사이비 종교에 심취해 있었을지도 모른다는 사실보다, 내게 뭔가 감추고 있었다는 것, 그 사실을 언니가 죽은 뒤에야 엉뚱한 사람한테서 알게 되었다는 사실이 못내 나를 우울하게 했다.

'밥 내놔!'

패치는 내 뺨에 솜털투성이의 얼굴을 부비며 지껄였다.

「가만 좀 있어봐. 지금 그럴 상황이 아냐.」

친구들.

나는 발가락으로 바닥을 기며 배를 축으로 빙그르르 한 바퀴 돌았다. 손끝에 상자가 만져졌다. 나는 손을 뻗어 신문 상자 속에 넣어둔 발신인 불명의 편지를 꺼내들었다. 왜 하필 이 괴상한 편지는 이런 싱숭생숭한 날 왔는지 모를 일이다.

세연 씨에게.

당신은 이미 받아볼 수 없겠지만 약속한 바가 있으니 이것을 전해드립니다.
당신의 친구들로부터.

— 당신의 친구들로부터
— 약속한 바가 있으니
— 이미 받아볼 수 없겠지만
— 세연 씨에게

나는 모든 문장마다 의문을 가지며 메시지에 숨은 내용을 해독하기 위해 잘 안 돌아가는 머리를 굴렸다. 자세히 보니 마분지 한가운데에 작은 금속 조각이 하나 붙어 있었다. 뜯어보려 했지만 워낙 단단하게 붙어 있어 잘 떼어지지 않았다. 나는 옆에서 보고 불빛에 비추어보면서 조사했지만 뭔지 알아낼 수가 없었다. 무늬도 없는 그저 평범한 금속일 뿐이었다(내가 보기에는 그랬다는 말이다).

다음 날 집에 돌아온 나는 무심코 우편함에 손을 넣었다. 우편함 안에는 피자집 스티커와 분식집 스티커가 하나씩 더 들어 있었다. 스티커를 아무렇게나 주머니 속에 넣다가, 머릿속에 섬광처럼 어떤 생각이 스쳐 지나갔다.

방으로 올라간 나는 '오늘은 일찍 왔네?' 하고 있는 패치를 내버려두고 쓰레기통을 뒤집어엎었다. 집에 들어앉아 있는 시간이 없어서 쓰레기통 안에는 구겨진 전단지와 스티커뿐이었다. 나는 스티커를 바닥에 늘어놓았다. 피자집과 치킨집과 슈퍼가 가게별로 하나둘씩 있었고, 근처 분식집이 네 개쯤 있었다. 나는 아까

카드와 함께 들어 있던 술집 스티커를 내려다보았다. 모두 열두 개였다.

호프 자주잠자리, 칵테일 전문점. 지금까지 경험하지 못했던 신비한 공간으로 안내합니다. 167번지.

나는 스티커를 들고 앞뒤로 살폈다. 섹시한 여자 사진도, 야식을 판다는 광고도 없었다.

나는 다시 현관으로 뛰어 내려가 다른 방 우편함을 하나하나 살폈다. 분식집과 밥집 스티커가 집마다 한가득 있었지만 칵테일집 스티커가 들어 있는 우편함은 없었다.

스티커 뒷면에는 약도가 그려져 있었다.

3

나는 촘촘하게 늘어선 집 사이의 좁은 골목을 지나갔다. 땅값이 점점 오르는 바람에 이 마을 집들은 대개 평수는 좁고 위로는 3, 4층씩 올라간 장난감 같은 모양을 하고 있다. 대부분 벽과 벽을 붙인 채 한 줄로 이어져 있다. 오랜 옛날 큰 전쟁이 난 뒤에 바다의 수위가 높아지면서, 해일이 해안 마을을 온통 삼켜버렸다고 했다. 도시를 거미줄처럼 가로지르는 운하가 생겨난 것도 그때쯤이라고 한다.

나는 다리 두 개를 건너고 경사진 골목을 빠져나가, 두 사람이 겨우 지나갈 법한 좁은 계단을 올라갔다.

호프 자주잠자리는 건물 사이에 우묵하게 들어간 곳에 자리하고 있었다. 간판은 문 위에 조그맣게 붙어 있었는데, 간판도 가게도 너무 작아서 이전에 근처를 지나갔어도 발견하기 쉽지 않았을 듯했다.

　조금쯤은 각오를 하고 들어갔지만 별다른 이상한 점은 없어 보였다. 하긴 뭘 기대했는지 모를 일이었다. 칵테일 바는 처음이었지만 내 눈에는 그저 평범한 술집처럼 보였다. 열 명이 앉으면 좌석이 다 찰 만큼 작은 가게였고 탁자와 의자도 수수한 편이었다. 기둥과 서까래는 나무로 만들어져 있었고 벽은 수수한 크림색이었다. 아늑한 분위기였다. 구석에 앉을 작정이었지만 딱히 빈자리가 없어서 바에 자리를 잡았다.
　「어서 오세요.」
　꽃무늬 티셔츠를 입고 칵테일 잔을 돌리던 바텐더가 인사를 했다.
　「처음 오신 분이군요.」
　이상한 점 하나. 이 집 주인은 손님 얼굴을 다 외우는 모양이다. 메뉴판을 열어본 나는 기가 죽었다. 온갖 칵테일 이름이 다 무슨 말인지 하나도 알 수 없어서였다. 내가 조심스럽게 아무거나 골라서 읽자, 바텐더는 그 긴 이름을 다시 되풀이해서 말해준 뒤 물러갔다. 엉뚱한 것을 시키지는 않았는지 조마조마했지만 다행히 평범해 보이는 빨간색 칵테일이 나왔다. 얼얼한 맛이라 한 모금 입에 대고 그만두었다.
　나는 안을 한 바퀴 둘러보았다. 그런 눈으로 봐서인지, 그곳은 뭔가 다른 세계에 속한 것처럼 보였다. 손님들은 다들 뭔가 깊은 생각에 빠진 듯, 자기만의 세계에 심취한 듯 턱을 괴거나 눈을 감고 있었다. 이유는 모르겠지만 어쩐지 모두들 아는 사이라는 느낌이 들었다. 단골손님이 꽤 많은 집인 것 같았다.

그러다 어떤 사람에게 눈이 멈추었다. 특별히 시선을 끌 만한 사람도 아니었는데도 눈을 떼지 못했다. 스물두세 살 정도 되어 보이는, 넥타이를 매지 않은 회색 양복 차림의 남자였다. 혼자인 듯했는데 누구를 기다리는 것 같지도 않으면서 꽤 즐거워 보였다. 가끔 고개를 까닥거리거나 발바닥으로 바닥을 치면서 혼자 노는 듯했다. 그리고 무엇보다 이상한 점은…….

입을 움직이고 있었다.

규칙적이고 특이한 방식으로. 나는 눈을 크게 뜨고 그를 지켜보았다.

눈에 띄게 움직이는 것은 아니었지만, 살짝살짝 이빨을 보이거나 입을 동그랗게 하거나, 다물었다가 열었다 했다. 내가 계속 쳐다보자 그 사람은 시선을 느꼈는지 눈을 들어 이쪽을 보았다. 나는 황급히 고개를 숙였다.

나는 바짝 긴장하기 시작했다. 맛도 없는 칵테일을 홀짝거리며 뒤돌아보지도 못하고 안절부절못했다. 그 사람을 살펴볼 용기는 나지 않았지만 그렇다고 놓칠 수도 없었다.

문득 어떤 생각이 머리를 스쳤다. 나는 손가방에서 카드를 꺼내 뒤에서 보일 만한 위치에 놓았다. 마분지로밖에 보이지 않는 그 카드가 그 사람 자리에서 눈에 뜨일 것 같지는 않았지만, 그래도 애써 잘 보이도록 폈다.

가능한 한 의미 없는 행동인 척했지만 아무래도 꽤 이상해 보였던 모양이었다. 바텐더가 칵테일 만드는 것을 멈추었고, 내 뒤에 앉아 있던 노부부가 고개를 들어 내 쪽을 보았다. 조심스럽게 남자를 살폈지만 여전히 자신만의 세계에 빠져 있는지 허공만 볼 뿐이었다. 턱을 괴고 있어서 입이 움직이는지도 더 볼 수가 없었다.

내 칵테일이 바닥을 드러냈을 무렵 갑자기 남자가 자리에서 일어났다. 나는 당황했다. 그는 곧장 일어나서 뒷문으로 나갔다. 술값을 치르지 않았으니 잠시 담배라도 태우러 나가는지도 몰랐지만, 이미 치렀을지도 모르는 일이었다. 나는 누가 옆에서 조언이라도 해주지 않을까 살피는 꼴로 주위를 두리번거렸다. 그가 문을 나서려는 순간, 나는 정신없이 술값을 치르고, 거스름돈을 받는 둥 마는 둥 하고 뒤쫓아 나갔다.

문을 열고 쓰레기봉투가 널린 뒷골목으로 들어섰을 때 나는 놀라 걸음을 멈추고 말았다. 그 사람이 벽에 한 손을 대고 내 앞을 막고 서 있었다. 그는 허둥거리는 나를 재미있다는 듯이 쳐다보았다.

「화장실은 이쪽이 아닌데요.」

나는 어떻게 말해야 할지 몰라 주위를 두리번거리며 어색하게 웃었다.

「기…… 길을 잘못 들었나 봐요. 화장실이 어디죠?」

「안에 있어요.」

「감사합니다.」

내가 돌아서려고 하자, 남자가 벽에서 팔을 떼고 내 앞으로 성큼 걸어왔다. 그림자가 내 앞에 드리워지는 바람에 나는 움찔하고 멈춰섰다. 내가 다시 돌아보자 그가 말했다.

「화장실 가는 게 아니잖아요?」

남자는 웃으며 말했다.

「계산하고 나오셨잖아요.」

뭐라고 해야 할지 알 수가 없었다.

「아까부터 날 지켜보던 분 맞죠?」

그가 다가왔다. 나는 물러날 생각도 못 하고 얼어붙어 있었다.

「제가 마음에 드시나요? 싸게 서비스해드릴 수도 있는데.」

나는 그만 얼굴이 확 붉어졌다. 대체 나는 이런 위험한 데서 무슨 바보짓을 하고 있었던 걸까. 속으로 바보 멍청이라고 자신을 욕하면서 나는 정신없이 고개를 숙였다.

「뭔가 착각이 있었나 봐요. 이만 가보겠습니다.」

나는 황급히 돌아섰지만 발을 떼지 못했다. 그 사람이 내 손을 잡아 끌어당겼기 때문이었다. 나는 돌처럼 굳어서 뒤를 돌아보았다.

「미안해요. 농담한 거예요. 놀라게 할 생각은 아니었어요.」

정말로 사과하는 표정이었다. 그 얼굴을 본 나는 그 남자가 별로 나쁜 사람 같지는 않다고 또 바보 같은 상상을 했다.

「잠깐 이야기라도 하지 않겠어요? 나, 당신이 갖고 있는 그 물건에 관심이 있어요.」

나는 깜짝 놀랐다. 그가 눈으로 내 손가방을 가리켰다. 나는 내 열린 손가방에 삐죽이 나와 있는 카드를 내려다보았다.

그 사람은 옆에 커터 칼과 손톱깎이와 성냥을 늘어놓고(남자들은 보통 그런 것을 주머니에 넣고 다니는 걸까?) 한참 카드에 붙은 금속 조각을 조사했다.

「뭔지 알아냈어요?」

나는 다시 시킨 칵테일을 옆에 제쳐 두고 물었다. 그는 카드를 조금 젖혀 금속에 새겨진 먼지만 한 글씨를 보여주었다. 무슨무슨 전자라는 글씨가 조그맣게 새겨져 있었다.

「'매직브레인'의 부품이에요.」

「매직…… 뭐요?」

「피로 회복 기구 같은 거예요. 왜 한때 꽤 유행했었잖아요? TV광고도 했었는데요. '기' 같은 것이 나와서, 머리맡에 놓고 자면 잠이 잘 오고, 공부할 때 옆에 두면 머리에 쏙쏙 들어오고, 평상시에 사용하면 스트레스가 풀리고…….」

남자는 광고에 나오는 사람처럼 무용을 하듯 몸을 움직이며 말했다. 나는 멍한 기분이 되었다.

「하긴 효과는 별로 없다고 증명되었다지요. 요새는 생산되지도 않을 거예요.」

「확실한가요?」

「효과가 없다는 게요?」

「아뇨. 그 매직 뭔가의 부품이라는 게…….」

「믿어도 좋아요. 이래 보여도 기계과 나왔거든요.」

나는 이해가 가지 않아서 우울하게 시선을 떨어뜨렸다. 죽은 사람에게 보내는 선물이 피로 회복 기구라니. 꽃도 아니고 제삿밥도 아니고, 대체 그런 것을 죽은 사람이 뭐에 쓴다는 거지?

「기대한 물건이 아니었나 봐요.」

내가 실망한 것을 눈치챘는지 그가 말했다.

「예. 뭔가 좀 더 특별한 물건이라고 생각했어요.」

「그렇게 생각할 만한 이유가 있었나 봐요.」

나는 망설였다.

「죽은 언니에게 온 편지거든요. 죽은 줄 알면서도 보낸 거예요.」

그는 잠시 생각하는 듯한 표정을 지었다.

「그거 이상한 일이군요.」

「그래요. 죽은 사람에게 보내는 선물치고는 너무 우습지 않아요?」

「난 하나도 우습지 않은데요.」

그때 나는 고개를 숙이고 있느라 그의 말을 잘 알아보지 못했다. 잠시 후에 눈가에 남은 기억에 의해 말의 의미가 머릿속에 들어온 뒤에야 놀라 그를 쳐다보았다. 그는 정말로 우습지 않은 표정이었다. 내 동의를 구하려는 듯이, 더해서 내 눈에 비치는 내 본질이라도 파악하려는 듯이 나를 뚫어지게 볼 뿐이었다.

「나라면 내가 죽은 뒤에 이런 선물이 날아온다면 굉장히 기뻐했을 거예요.」

그는 잠깐 웃었지만 말을 끝낸 뒤에는 얼굴에 우울한 빛이 스쳐갔다. 나는 그 사람이 우울할 이유를 알 수 없었기에 잘못 봤다고 생각했다.

「어째서요?」

「스트레스를 날아가게 해주고, 잠이 잘 오고 집중력이 높아지게 한다는 건, 종합해서 말하면…….」

그는 단어를 고르는 듯이 손가락을 이리저리 움직였다.

「사람을 행복하게 해주는 물건이라는 말이잖아요?」

나는 그의 말에 공감해보려 했지만 그 시적인 표현에 동의할 만큼 행복한 기분이 아니었다.

「그럴지도 모르겠군요.」

꽤나 낙천적인 사람이라고 생각하면서 나는 카드를 내 앞으로 돌리고 그 손톱만 한 금속을 살폈다.

「회사가 망할 만하네요. 피로 회복제라면서 아무것도 못 느끼겠는데요.」

그가 내 앞에 손가락을 두드렸고 나는 고개를 들었다.

「마음을 열지 않아서 그래요.」

나는 그를 뚱한 기분으로 보았다.

「그쪽은 뭔가 느껴지나 봐요.」

남자는 대답하지 않고 카드를 자기 쪽으로 가져갔다. 그가 카드를 가져가려고 잠시 접는 순간 나는 다시 뒤를 돌아보았다. 또 그때의 느낌. 무엇인가가 내 주위를 둘러싸고 있다가 카드가 접히는 순간 사라져버리는 느낌. 그제야 나는 술집 안에 있는 사람들이 암암리에 이쪽에 시선을 두고 있다는 것을 깨달았다. 그들은 나와 시선이 부딪치자 슬쩍 미소를 던졌다. 불현듯 이 카드에서 나오는 '기'인지 뭔지를 느끼지 못하는 사람이 나뿐인 것 같은 기분이 들었다.

그는 카드를 열고 가만히 있었다.

「뭐가 느껴져요?」

묻던 나는 말을 멈추고 말았다. 그의 눈이 젖어서 반짝이고 있었다. 급히 눈을 닦고 고개를 돌렸지만 이미 눈가가 붉어져 있었다. 나는 어이가 없어 입을 벌렸다. 그는 카드를 내게 돌려주며 변명하듯이 말했다.

「전 좀 예민한 편이라서요.」

「그런 것 같네요.」

나는 약간 굳어진 손으로 카드를 받았다.

— 그들은 자신이 특별하다고 생각하지요.

아까 그가 입을 조그맣게 움직이던 모습이 잠시 머리를 스쳐 갔다.

「언니는…….」

나는 바짝 긴장해서 그의 반응을 살피며 말했다.

「……예민한 사람이었어요.」

「그랬군요.」

남자는 담담하게 말했다.

「언니는 느낄 수 있었을까요?」

그는 잠시 말이 없다가 답했다.

「이걸 보낸 사람들은 그럴 수 있다고 생각하고 보내지 않았을 까요?」

나는 그 사람이 하고 싶은 말의 반도 하지 않았다고 느꼈다.

「슬픈 느낌인가요?」

그는 다시 잠시 말이 없다가 두 손을 쫙 펴서 양쪽으로 들어 보였다. 나는 눈을 깜박였다.

「따라 해보시겠어요?」

그가 손을 내렸다가 다시 쫙 펴서 양쪽으로 들어 보였다. 그리고 어서 해보라는 듯이 눈을 반짝였다. 나는 그를 원숭이 보듯 하다가 마지못해 따라서 손을 올렸다.

그는 내가 손을 올리자 두 손을 마주치기 시작했다. 나는 작동 스위치라도 누른 것처럼 그를 따라 했다. 그는 그게 아니라는 듯 고개를 젓고 더 세게 두 손을 마주쳤다. 내가 손바닥이 아프도록 힘껏 두 손을 마주치자, 그는 다시 고개를 저었다. 그는 뒤로 젖힌 내 손바닥을 조금 오므리고 두 손을 살짝 어긋나게 해서 마주치게 했다. 내가 그대로 몇 번 해보이자 그가 마침내 고개를 끄덕였다.

「잘했어요.」

칭찬을 받았지만 뭘 잘했는지 알 수 없어서 하나도 기쁘지 않았다.

「그 손 모양을 기억해둬요.」

나는 우스꽝스럽게 맞붙은 내 두 손을 물끄러미 보았다.

「이게 뭐죠?」

「일종의 훈련이죠.」

「무슨 훈련인데요?」

「그 카드에서 행복한 기분을 느끼기 위한 훈련이죠.」

나는 기계적으로 두 손을 부딪쳐보았다. 그가 고개를 젓고 더 세게 부딪치라는 시늉을 했다. 나는 더 이상 그 바보 같은 짓을 하고 싶지 않아 몇 번 시늉만 하고 손을 탁자 위에 내렸다.

「여럿이서 같이 하면 굉장히 멋있게 ＊＊요. 천지가 진동하는 기분이죠.」

「그럴지도 모르겠군요.」

나는 거의 보이지 않게 말했다. 나는 그가 손가락을 잘못 움직였다고 생각했다. 내 초등학교 때 담임 선생님은 어렸을 때의 사고로 엄지손가락이 제대로 움직이지 않았기 때문에, 항상 'ㅂ'을 'ㅁ'처럼 말했다. 덕분에 그분은 본의 아닌 언어장애자로 살아가셔야 했다.

「가끔 생각날 때마다 손을 마주쳐봐요. 그리고 가끔 그 카드를 열어봐요. 그러면 당신도 알 수 있을지 몰라요.」

「뭘 말이죠?」

나는 그를 똑바로 쳐다보며 물었다.

「다섯 번째 감각.」

그는 부드럽게 손을 움직이며 말했다. 그때 나는 문득 알 수 있었다. 그 술집은 다른 세계에 속해 있었다. 그 역시 다른 세계에 속한 사람이었고 이곳에 모인 사람들도 그랬다. 그들은 이 공간 안에 감도는 내가 모르는 무엇인가를 느끼고, 받아들이고, 공유하고 있었다.

「'**청각**'에 대해서.」

그는 덧붙였다.

「그리고.」

그는 아주 신중하게 손을 움직였다.

「'**음악**'에 대해서.」

그는 자리에서 일어나며 내 칵테일 잔을 가리키며 말했다.

「다음에는 '알레그로'보단 '안단테'나 '아다지오' 계열을 시켜요. 그쪽이 좀 더 약하거든요.」

4

「오늘도 수고 많았다.」

문화원을 나설 때쯤에 수위 할아버지가 말했다.

「너무 언니처럼 하려고 애쓸 필요 없어요. 세연이는 너무 잘했던 게지. 창틀이나 의자는 일주일에 한 번만 닦아도 돼요.」

나는 그러겠노라고 건성으로 답했다.

「참말로 그런 애는 다시없을 거다. 정말 눈치가 빨랐지. 감이 기막히게 좋았어. 그래, 맞아. 문화원 사람들은 들키지 않게 그

애 뒤로 다가갈 수 있는 사람에게 상품까지 건 적이 있어요. 결국 아무도 성공하지 못했단다. 꼭 눈이 네 개쯤 달린 애 같았지.」

할아버지는 손가락을 까닥까닥 움직이며 말했다. 그분은 손가락을 크게 움직이지 않아서 자세히 보지 않으면 무슨 말인지 잘 알 수 없었다. 나이가 들어 손가락을 빠르게 움직일 수 없게 된 분들은 보통 글씨를 썼다 지웠다 할 수 있는 휴대용 흑판을 갖고 다니는데, 할아버지는 장애인 취급받기 싫다며 끝까지 손가락으로 대화하신다.

할아버지 말대로였다. 초능력인지 뭔지를 연구하는 사람들이 있다면 제일 먼저 차를 끌고 언니부터 찾아왔을지도 모른다.

문득 그 남자가 지껄인 이상한 단어들이 머릿속에 떠올랐다. 그 괴상한 말.

'다섯 번째 감각'.

'청각'.

「할아버지, 혹시…….」

나는 무심함을 가장하며 질문했다. 할아버지는 문화원에서 30년간 수위 일을 하신 분이다. 여기 도서관 책을 반쯤은 읽었다고 버릇처럼 자랑하시기도 했다. 잡다한 지식만으로 따지면 웬만한 교수님에 버금갈 거라고 언니가 말한 적도 있었다.

「'음악'에 대해 아세요?」

그 순간 할아버지는 상념에서 깨어났다. 그분은 고약한 냄새라도 맡은 듯 얼굴이 험악해지셨다.

「누가 그런 말을 하든?」

할아버지의 손가락이 흥분으로 거칠게 움직였다. 나는 뭔가 말을 잘못했나 싶어 손가락을 움츠렸다.

「그게 뭔지 아세요?」

「누가 네게 그걸 권하든? 어떤 나쁜 놈이?」

「책에서요.」

나는 더듬거렸다.

「책에서 봤어요.」

할아버지는 의심하는 눈으로 나를 흘겨보더니 손가락에 담지 못할 말을 하는 것처럼 휙 내던졌다.

「그건 마약이란다.」

「마약이요?」

이번에는 내가 더 기겁을 했다.

「그래. 너도 JAZZ나 ROCK이나 METAL 같은 말은 들어보았 겠지. 그런 것을 뭉뚱그려서 '음악'이라고 부르는 거다. 아주 상스 러운 말이에요. 질 나쁜 애들이나 쓰는 말이다.」

들어본 적이 있었다. 옛날에는 어떤 종류의 마약을 국가에서 허용했다고 한다. 의식을 행할 때, 종교제의를 할 때, 심지어는 모여 놀 때도 그 마약을 즐겼다. 사람들은 광란에 빠져 날뛰고, 울고, 쓰러지고, 실신하고, 옷을 벗어 던졌고, 심하면 자살하고, 의식을 주관하는 사람을 살해하기도 했다. 사람들은 길거리에서 도 집에서도 그 마약을 즐겼다. 문명사회에서는 있을 수도 없는 일이다.

「어떤 나쁜 놈이 너한테 그런 걸 권했는지 몰라도 절대 응해선 안 된다. 여자 혼자 사니 온갖 나쁜 놈들이 접근할 가능성이 커요.」

할아버지는 단단히 덧붙였다.

「그놈이 누군지 몰라도 절대 다시 만나지 마라.」

할아버지는 내 말은 보지도 않고 다짐시켰다. 문득 나는 할아버지의 표정에서 뭔가 다른 것을 읽었다. 필사적으로 하고 싶은 말을 감추려는 얼굴이었다. 할아버지는 어디에서 '음악'이라는 말을 알게 되었을까? 할아버지는 뭔가 더 덧붙이고 싶은 표정으로 손가락을 움직였다가 다시 책상 아래로 내렸다.

'빠져들어선 안 돼요.'

'네 언니처럼.'

나는 집으로 돌아오는 길에 가방 깊숙이 넣어둔 카드를 꺼내어 열어보았다.

— 가끔 그 카드를 열어봐요. 그러면 당신도 알 수 있을지 몰라요.

— 음악에 대해서.

카드에 적힌 언니 이름 때문인지 계속 언니가 생각났다. 발걸음을 뗄 때마다 언니가 옆에서 웃는 기분이었다.

문득 '실버'가 떠올랐다. 그는 이 마을 나루터에 자리 잡고 지내던 다리가 없는 거지였다.

물론 '실버'가 그의 진짜 이름은 아니었다. 한쪽 다리가 없는 점이 비슷하다며 자신을 동화에 나오는 해적 이름을 따서 그렇게 불러달라고 했다. 말하자면 그런 사람이었다. 아무 희망도 없는 인생일 것이 분명해 보이는데도, 기묘한 '삶'의 향취가 주변에 감도는 사람.

나는 그것이 그의 유리컵 때문이라고 생각했다. 실버는 늘 여덟 개의 유리컵을 앞에 늘어놓고 지냈다. 안에는 늘 뭔가를 담아두었는데, 동전을 넣어둘 때도, 가끔은 물을 담아둘 때도 있었다. 그것도 모양이라도 맞추듯 각기 다른 양을 넣어두었다. 그는 온종일 그 컵을 두드렸다.

아이들이 돌을 던져 컵을 깨뜨려도 실버는 어디서 사 오는지 다음 날이면 비슷한 크기의 컵을 다시 진열해놓았다. 말하자면 미친 사람인데…… 생각해보면, 더 이상했던 사람은 언니였다.

사실 우리는 이곳을 들러 대도시로 상경할 계획을 짜고 있었다. 그런데 언니는 배가 왔다고 잡아끄는 나를 무시하고, 못 박힌 듯 서서 그를 보고 있었다. 다음 날도 그다음 날도 언니는 이 마을을 떠나지 않았다. 나는 지금도 언니가 이곳에 정착한 것은 실버 때문이었다고 생각한다.

언니는 어디 갈 때면 꼭 늘 실버의 앞을 지나갔다. 어느 때는 오랫동안 앞에 앉아 그가 컵을 두드리는 것을 구경하다 돌아오곤 했다. 실버는 1년쯤 전에 행방불명이 되었는데, 언니는 실버가 사라진 뒤에도 계속 아쉬운 듯 그 자리를 돌아보고 오곤 했다. 언니가 그의 무엇을 좋아했는지, 나는 전혀 이해할 수 없었다.

언니는 늘 이상한 동작을 하기를 좋아했다. 단발머리를 이리 저리 휘날리면서 빙글빙글 돌며 걷거나, 뭐가 그렇게 즐거운지 양팔을 벌리고 하늘거리며 움직이곤 했다. 사람들이 이상한 눈으로 쳐다봐도 전혀 신경 쓰지 않았다.

언니가 내 앞에서 춤을 추고 있었다. 금방이라도 날개를 펴고 어디론가 날아갈 것처럼. 거리의 사람들은 거북이처럼 느릿느릿 집을 향해 가고 있었고, 이 회색빛 도시에서 언니만 혼자 행복하게 움직이고 있었다. 불현듯 나는 밤거리를 헤매고 싶다는 충동에 빠졌다.

나는 우연히 어떤 골목 앞에서 멈춰 섰다. 아니, 돌이켜 보면

'우연'은 아니었다. 이상한 공기가 그 골목 안에 흘렀다. 언니가 안에서 날 부르는 듯했다. 길고양이 한 마리가 나와 같은 방향을 물끄러미 보다가 지나갔다. 나는 이해 못할 충동에 이끌려 안으로 들어갔고, 또 이해 못할 이유로 어떤 집 앞에서 멈춰 섰다.

오래된 집이었다. 두 삼층집 사이에 단단히 끼어 있어서, 전의 그 술집처럼 이 골목을 여러 번 지나갔어도 눈에 들어오지 않았을 집이었다. 한 사람이 문 앞에 걸터앉아 있었다. 안면이 있는 사람이었다.

그 사람은 나를 보더니 놀라지도 않고 말했다.

「다시 만났군요.」

그는 미소를 지었고 나는 기가 막힌 표정을 지었다. 술집에서 만난 그 남자였다. 그의 옆에는 빵 봉지며 우유팩 같은 것이 아무렇게나 굴러다니고 있었는데, 현관 앞을 소풍 장소로 잘못 생각한 것이 아니라면 꽤 오랫동안 그곳에 있었던 모양이었다. 나는 예기치 못한 상황에 적응하지 못하다가 '정말 우연한 만남이군요.' 하는 시늉을 하며 손가락을 움직였다.

「여기서 뭘 하고 있어요?」

나는 그러면서 속으로 무슨 놈의 운명이 이 모양이냐고 한탄했다.

「그쪽을 기다리고 있었어요.」

나는 동작을 멈추었다. 그는 온화한 시선으로(그게 더 무서웠다) 나를 보았다. 나는 간신히 정신을 추슬렀다. 왜 나를 기다리고 앉았느냐는 질문은 제쳐 두고 급한 것부터 물었다.

「왜 이런 곳에서 기다리죠? 내가 올 줄 어떻게 알고요?」

「글쎄요.」

그는 어깨를 으쓱했다. 갑자기 어떤 생각이 뇌리를 스쳤다. 머리가 쭈뼛이 섰다. 나는 지금까지와는 다른 눈빛으로 그를 보았다.

「당신이 날 끌어들인 건가요?」

그가 멈칫했다. 나는 재차 물었다.

「당신, ……초능력자인가요?」

다른 때라면 농담으로 할 만한 질문이었지만 지금은 농담할 기분이 아니었다. 그는 한참 나를 뚫어지게 보았다.

「그 전에 나도 한 가지 묻지요.」

그의 손동작은 정말로 특이했다. 파도가 모래사장에 쓸려 왔다가 일정한 간격으로 다시 쓸려 가듯이, 물결치듯이, 춤을 추듯이 움직였다. 나는 그런 식으로 말하는 사람을 이전에 한 명밖에는 본 적이 없었다……. 우리 언니.

「그 술집에서 왜 나를 보고 있었지요?」

거짓말을 해야 한다고 생각했지만 상황이 상황이니만큼 좋은 생각이 떠오르지 않았다. 그리고 어쩐지 그는 거짓말이 통할 사람 같지 않았다. 그는 언니와 비슷한 분위기를 풍겼다. 감당하지 못할 정도로 사람의 속내를 파악해내는 그 특별한 분위기를.

「입을 움직이고 있어서요.」

나는 침을 꿀꺽 삼키고 덧붙였다.

「경찰이 와서 입을 움직이는 사이비 종교단체가 있다고 말해 줬어요.」

「그리고 당신 언니가 그 신도였다고 하던가요?」

나는 고개를 끄덕였다. 그는 생각에 잠긴 얼굴을 했다.

「나는 입을 아주 작게 움직이고 있었는데 어떻게 알아보았죠?」

「하지만 눈에 띄었는걸요. 굉장히…… 특이하게 움직였기 때문에…….」

「그것뿐이라면 어떻게 이곳을 찾아내었죠?」

나는 대답할 수가 없었다. 내가 해야 할 질문을 역으로 받은 기분이었다.

「난 그때 눈에 띌 만큼 입을 움직이지 않았어요. 날 일부러 관찰하지 않았다면 들켰을 것 같지 않군요.」

「대체 무슨 요술로 날 여기로 부른 거죠?」

「부른 적 없어요.」

그는 자리를 툭툭 털고 일어났다.

「사실은 그쪽이 오게 될 줄도 몰랐어요. 나는 여기 앉아 망을 보고 있었을 뿐이에요. 굳이 설명해보자면.」

그는 손가락을 멈췄다가 부드럽게 다시 움직였다.

「'음악'이 당신을 부른 것 같군요.」

그는 보통 사람들과 다른 언어체계를 사용하는 것 같았다. 말하는 한 동작 한 동작을 이해하기 위해 매번 머리를 달궈야 했다.

「음악.」

나는 일단 이해할 수 있는 단어부터 따라 했다.

「그래요, 음악.」

「음악이 나를 불렀다고요.」

「아마도.」

「그게 무슨 뜻이죠?」

그는 잠시 어두컴컴한 골목으로 눈을 돌렸다.

「이 골목이 다른 골목과 다르다고 느꼈나요?」

언젠가 받은 '왜 귀를 막고 있었습니까?'와 비슷한 질문을 받은 기분이었다.

「내 뒤에 있는 집이 다른 집과는 다르게 느껴지나요?」

심장이 쪼그라들었다. 나는 그의 주위에 흐르는 이(異)세계의 공기, 이 주변이 붕 뜬 기분, 골목 바깥과 다른 공간인 느낌, 그리고 그 집에서 흘러나오는 기묘한 느낌에 대해 말해볼까 했다. 하지만 내가 아는 언어로는 설명하기가 힘들었다.

「사람들이…….」

나는 반쯤은 거짓말을 섞고, 반쯤은 그의 시선에 강요되어 아무 말이나 꺼냈다.

「저 집 안에 많은 것 같아요.」

무슨 바보 같은 말이람. 하지만 그는 비웃는 대신에 감탄한 얼굴로 고개를 끄덕였다.

「훌륭해요.」

그는 또 내가 뭘 잘했는지 모를 칭찬을 했다.

「그 정도면 아주 훌륭해요. 재능이 있는데요.」

나는 이해하기를 포기하고 질문을 계속했다.

「저 안에서 '음악'을 먹고 있는 거죠. 그런가요?」

「음악을 먹어요?」

그가 처음으로 어리둥절한 얼굴을 했다.

「그럼…… 마시나요?」

그의 입가에 웃음이 번졌다.

「'음악'이 뭐라고 생각하고 그렇게 말하는 거죠?」

「환각제죠. 중독성이 강한, 일종의 마약이죠. 맞나요?」

그는 별로 화를 내지 않았다. 대신 머리를 긁으며 생각에 잠겼다.

「마약이라, 중독성이 강한…… 그렇게 틀린 말도 아니군요.

하지만 정확한 표현은 아니에요. 최소한 그쪽이 생각하는 그런 식은 아닐 거예요.」

「그러면요?」

「설명하려면 오래 걸리겠군요.」

그는 오랫동안 말이 없었다. 나를 살펴보며 뭔가 가능성을 타진하다가 중대한 결심을 하는 것처럼 보였다.

「알고 싶어요?」

마침내 그가 손을 움직였다. 긴장으로 심장이 뛰었다. 그는 내게 한 손을 내밀며 말했다.

「정말로 알고 싶어요?」

머릿속에 도망치라는 글씨가 몇 번이고 나타났다. TV에서 내가 모자이크 처리되어 '처음에는 호기심에 시작했어요.' 하고 말하는 모습이 떠올랐다. 경찰이 기자들의 접근을 막는 동안 내가 머리를 숙이고 수갑을 찬 채 경찰차로 들어가는 모습과, 저녁 뉴스에 '20대 문화원 청소부 마약중독으로 체포'라는 자막이 나오는 모습도 떠올랐다. 하지만 어이없게도 이 사람은 너무나 정상적으로 보였고, 마약중독자 같지도 않았다. 모르는 사람이 보면 독서회라도 오라고 권유하는 줄 알 것 같았다.

「위험할지도 몰라요.」

그는 손을 내민 채로 말했다. 이 손을 잡을지 말지 결정하라는 듯이. 자신의 세계로 들어올지 말지 결정하라는 듯이.

「관계하지 않으려면 지금 돌아가요. 어설픈 호기심에 우리에게 접근해선 안 돼요. 한번 들어오면 우리 쪽에서 놓아주지 않을 수도 있어요.」

나는 침을 삼켰다. 이대로 돌아가면 다시는 그를 만날 수 없으리라는 것을 깨달았다. 그는 장소를 옮길 것이고 내게 들킨 모든 것을 정리하고 모습을 숨길 것이다. 그편이 백 번 나은 길이었다. 이성적으로 아무리 생각해봐도 나는 어리석은 짓을 하려들고 있다.

돌이켜보면 그때 수많은 질문을 해야 했는데도, 나는 겨우 한 가지만 물었을 뿐이었다.

「우리 언니를 알죠?」

「그래요.」

그는 분명하고 강렬한 손동작으로 말했다.

나는 숨을 크게 들이쉬고 눈을 감았다가 떴다.

「뭘 하면 되죠?」

5

문에는 놋젓가락이 발처럼 걸려 있었다. 문을 열고 지나가니 내 머리에 닿아 부딪혔다. 나는 무슨 부적인 모양이라고 생각하며 놋젓가락이 반짝이며 흔들리는 모습을 올려다보았다. 집 안은 온통 커튼이 쳐 있어 어두컴컴했다. 바로 앞에 선 사람의 말도 잘 보이지 않을 정도였다. 그는 놋젓가락을 일부러 몇 번 흔들어 서로 부딪치게 하며(일종의 의식이 아닐까 생각했다) 자신의 이름을 밝혔다.

「인사가 좀 늦었지만 내 이름은 윤성입니다. 하윤성이라고 해요.」

「채연주예요.」

내가 말했지만 그는 눈여겨보지 않고 안으로 들어갔다. 나는 그가 이미 내 이름을 안다는 것을 깨달았다.

어두운 거실에는 몇 사람이 모여 있었다. 한 사람은 인상이 강인한 키 큰 여자였고, 한 사람은 안경을 쓰고 단정한 차림새인 것이 어디 학교 선생쯤으로 보였다. 또 한 사람은 수염과 머리를 덥수룩하게 기른 모습이 꼭 부랑자 같았다. 열다섯 살쯤 되어 보이는 어린 소년도 있었다. 공통점이라고는 조금도 없는 집단이었다.

그들은 눈을 감은 채 탁자 위에 턱을 괴고 앉아 '입'을 움직이고 있었다. 문득 소년이 무릎 위에 올려놓고 두드리는 물건이 눈에 들어왔다. 나는 곧 그것이 이전에 경찰들이 내게 보여주었던 '제기' 중 하나라는 것을 알아차렸다. 작은 나무통 양쪽에 가죽을 씌워 놓은 물건. 그러고 보니 방 안에는 그런 물건이 더 있었다. 구멍을 뚫어놓은 대나무도, 솥뚜껑 같은 것을 여럿 이어놓은 거대한 장치도 있었다. 사실 거품을 물고 환각에 빠져 있는 마약 중독자들을 각오했었지만, 그들은 겉보기에는 극히 평온해 보였다. 뭔가 다른 세계에 빠져 있는 듯 보이는 점만 제외하면.

여자가 눈을 뜨고 이쪽을 돌아보다가, 나와 눈이 마주치더니 벌떡 일어났다. 동시에 다른 사람들도 일제히 눈을 뜨고 이쪽을 보았다. 놀라는 모습들을 보니 윤성이 들어오는 것은 알았지만 내가 오는 것까지는 몰랐던 모양이었다. 하지만 어떻게 여자가 눈을 뜬 순간 다른 사람들까지 알아차렸는지는 알 수가 없었다.

소년은 들고 있던 물건을 감추며 뒤로 숨었고, 여자가 화난 얼굴로 다가오며 입을 움직이기 시작했다. 윤성이 내 앞을 막아섰다. 나는 그들이 무슨 말을 하는지 전혀 알아볼 수가 없었다. 갑자기 눈이 멀어버린 기분이었다. 나는 완전히 혼란에 빠졌다.

사람들의 움직임이 잦아들었다. 무슨 방식으로 정보를 교환했는지 모르겠지만 표정이 부드러워졌다. 그들은 잠시 당황하다가 이내 곤란한 표정과 미소를 같이 지어 보였다.

여자가 별수 없다는 듯이 숨을 푹 내쉬더니 내게 걸어와 입을 움직였다. 내가 물러나면서 고개를 가로젓자 여자는 입을 다물고 깜박했다는 표정을 지었다. 뒤에 있던 세 사람이 놀리는 표정을 지었고, 그 여자는 어떻게 그들이 놀리는 줄 알았는지 쑥스러운 몸짓으로 뒤를 돌아보았다. 내 눈으로 보지 않았다면 믿을 수 없었을 것이다. 그들은 틀림없이, '손'이 아닌 다른 방식으로 대화를 나누고 있었다.

「우리의 언어를 모른다는 것을 깜박했군요. '청각'의 세계에 오신 것을 환영해요, 아가씨.」

여자는 말을 마치고 내게 손을 내밀었다. 겁나서 견딜 수가 없었지만 정신을 가다듬었다. 아무리 상대가 초능력자라고 해도 잘못한 것이 없는 이상 겁먹을 것 없다고 자신을 타일렀다. 나는 여자가 내민 손을 잡지 않고 두 눈을 치켜뜨며 똑똑히 말했다.

「나, '청각' 같은 것에 관심 없어요.」

여자는 내민 손끝을 오므렸다. 윤성은 놀란 눈으로 나를 보았다. 여자는 부드럽게 물었다.

「그러면 무엇을 찾아 오셨지요, 아가씨?」

「내가 알고 싶은 건 언니에 대한 것뿐이에요.」

여자는 고개를 끄덕였다.

「좋아요.」

「그 의자가 세연 씨 자리였어요.」

여자는 내가 앉은 상석을 가리키며 말했다. 네 사람은 각자 자기 자리에 앉았고 윤성도 자리를 잡고 앉았다. 언니의 의자라는 자리 바로 오른쪽이었다. 언니 이야기가 나오자 윤성은 우울한 빛을 띠었다. 다른 사람도 마찬가지로 아쉬운 얼굴을 했다.

「늘 그 자리에 앉았죠.」

여자가 말했다.

「늘?」

「거의 매일 왔어요. 동생 생일이나 동생이 아플 때를 빼면 언제나.」

아무리 각오를 단단히 했어도 진실은 가혹한 것이다. 마약상들에게 팔려 가게 될지도 모르는 상황에서 나는 쏟아질 것만 같은 눈물을 꾹 참아야 했다.

「말해주었다면 좋았을 텐데.」

나는 손가락 끝으로 중얼거렸다.

「말해주었더라면…… 바보같이…….」

여자는 내 눈앞에 손가락을 가져다 대었다. 자신 쪽을 보라는 신호였다.

「말할 수 없었을 거예요.」

나는 여자를 쳐다보았다.

「동생을 위험하게 하고 싶지 않았을 테니까.」

속에서 무엇인가 솟구쳐 올랐지만 나는 간신히 자제했다.

「언니는 여기서 뭘 했지요?」

「ㄴ*를 불렀어요.」

이상한 나무통을 끌어안은 소년이 대답했다. 이곳 사람들은 계속 처음 보는 단어를 남발하는 바람에 제대로 알아볼 수가 없었다.

「우리가 했던 것처럼요.」

「그게 뭐죠?」

나는 침착하게 물었다.

「일종의 '음악'이죠.」

여자는 앞뒤 설명을 빼고 말했다. 나는 반쯤 포기한 심정으로, 그리고 단단히 각오를 하고 손가락을 움직였다.

「보여줄 수 있나요?」

「불가능해요.」

여자는 침착하게 말했다. 나는 신입에게는 보여줄 수 없어요…… 라고 덧붙일 줄 알았다. 그런데 여자의 손에서 나온 말은 완전히 엉뚱한 것이었다.

「'음악'은 눈으로 볼 수 없으니까.」

「눈으로 볼 수…….」

나는 이해하지 못하고 물었다.

「없다고요?」

「귀로 * ㄷ지요.」

여자의 뒷말은 알아볼 수가 없었다.

만약 내가 방금 그 폭풍 같던 대화를 '엿보지' 못했던들, 나는 이들을 미친 사람이라고 생각하며 웃음을 터뜨렸을 것이다. 하지만 웃을 수가 없었다.

「귀로?」

「예. 귀로.」

배꼽으로 밥을 먹는다는 말이 이보다는 덜 우스꽝스럽게 보일 것이다.

「귀로 무엇을 할 수 있지요?」

나는 '맹장으로 무엇을 할 수 있지요?' 하는 기분으로 물었다.

「설명하기 어려워요. 평범한 사람들에게는.」

'평범한 사람'인 나는 자존심이 팍 상했다.

「그래서 아쉬워요.」

「어떤 점이요?」

「우리가 하는 일이 위험하지 않다는 것을 설명할 수가 없어서요.」

여자는 정말 아쉬운 얼굴이었다. 어쩐지 거짓말 같지는 않았다.

「오히려 사람을 행복하게 해준다는 사실을.」

「마약이 보여주는 환각도 사람을 행복하게 해주기는 하죠.」

여자는 내 예상과는 달리 화를 내지 않았다.

「환각이 아니에요.」

여자는 덧붙였다.

「'청각'＊은 숨겨져 있던 이 세계의 단면을 보여주는 것에 불과해요. 오랫동안 인류가 잊고 있었던 제5의 감각이죠.」

나는 점점 사이비 교리강좌 같아지는 이야기에 황당한 표정을 내비치지 않도록 애썼다.

「짐승들은 홍수나 지진과 같은 재해를 미리 알고, 사람들이 보지 못하고 냄새 맡지 못하는 것을 느끼지요. 칠흑처럼 어두운 밤에도 낯선 사람이 접근하는 것을 알아차려요. 그런 것을 환각이라고 부를 수 있을까요? 왜 흔히들 '오감이 뛰어나다'라는 말을 하잖아요. 연주 씨도 뒤에 누군가 서 있으면, 돌아보지 않아도 왠지 누가 있다는 느낌을 받지 않나요?」

「그건…… 그저 '느낌'일 뿐이죠.」

「우리는 그 '느낌'을 확실하게 아는 거라고 보면 돼요.」

「개나 고양이처럼요?」

나는 패치를 떠올리며 물었다.

「고양이가 실제로 어떻게 느끼는지는 모르지요. 우리가 고양이는 아니니까. 하지만 일반 사람과 다른 것은 확실해요.」

「술래잡기 놀이를 잘한다든가, 그런 거죠.」

소년이 대화에 끼어들었다. 그 말에 부랑자처럼 보이는 사람이 쿡쿡 웃었다.

「술래 눈을 가리고 서로를 찾아내는 놀이. 난 항상 일등이었어요.」

「나도 그랬지.」

학교 선생인 듯한 안경을 쓴 남자가 맞받아쳤다. 나는 화기애애해지는 분위기에 휩쓸리지 않으려 애썼다. 대신 여자의 눈을 똑바로 응시하며, 그리고 한 사람 한 사람을 돌아보며 물었다.

「당신들은 누구죠?」

주위의 동작이 멎었다. 열 개의 눈이 나를 일제히 응시했다.

「이상하게 보는 건 이해해요. 그럴 수밖에 없겠지요.」

여자는 머릿속으로 쉬운 말을 고르는 듯했다.

「우리는 당신이 생각하는 그런…… 무슨 생각을 하는지는 대충 짐작이 가요. 하지만 우리는 종교단체도 혁명가도 아니에요. 굳이 말하자면 뭐랄까…….」

여자는 주위를 돌아보며 동의를 구하는 얼굴을 했다.

「밴드(band)죠.」

「밴드요?」

「문학클럽 같은 거예요. 그러니까 우리는 일종의 예술가죠. 우리 입으로 말하기는 뭐하지만.」

여자는 멋쩍은 듯 입맛을 다셨다.

「음악＊을 즐기기 위해 모임을 결성한 거예요.」

나는 무슨 말인지 이해하지 못하고 멍해졌다. 여자는 자리에서 일어났다.

「한번 관람해보시겠어요?」

「눈으로 볼 수 없다고 했잖아요.」

「하지만 느낄 수 있을지도 모르죠. 최소한 우리가 즐기는 모습은 볼 수 있을 거예요.」

사람들은 잠시 입을 움직이며 뭔가 의논하는 듯했다. 여자가 제안하자 윤성은 곤란해했고, 다른 사람들은 웃거나 재미있다는 얼굴을 했다. 손을 거의 움직이지 않았기 때문에 대화를 대부분 이해할 수 없었다.

「조금 자극이…….」

「어차피 ㄷ＊을 수 없다면 마찬가지잖아.」

「하지만…….」

「오랜만인…… 그런…….」

나는 어떤 일이 일어나도 받아들이겠다는 심정으로 마음을 편안히 먹었다. 사람들은 합의를 끝냈는지 자리에서 일어났다. 부랑자처럼 생긴 남자가 솥뚜껑 같은 것이 여러 개 달린 이상한 물건 앞에 앉았다. 직접 손으로 만든 것인 듯 철제 프레임 여기저기에 구부리고 이은 자국이 보였다. 남자는 젓가락 같은 막대기를 들더니 휘휘 돌리기 시작했다. 남자아이는 나무통을 들고 그 옆에 섰고 다른 사람들도 동그랗게 주위에 섰다. 신이라도 불러내려는 것처럼 보였다. 남자는 숨을 후후 내쉬더니 들고 있던 막대기로 온 힘을 다해 솥뚜껑을 내리쳤다.

그 순간 심장이 뭔가에 얻어맞은 것처럼 펄쩍 뛰었다. 숨이 멎는 것 같았다. 지진이라도 난 듯 공기가 진동하고 방이 진동했다. 파도가 해일처럼 나를 뒤덮어 빠뜨려놓고 한 번 물러가더니 다시 폭풍처럼 몰아쳐대었다. 머릿속이 망치로 두들기듯이 진동했다. 내 귀로 뭔지 알 수 없는 것이 정신없이 몰아쳐 들어왔다. 나는 공포에 질려 귀를 막고 쓰러졌다. 사람들은 일제히 동작을 멈추었다.

윤성이 놀라 내게로 달려와 어깨를 붙들었지만, 나는 완전히 비이성적인 공포에 휘말려 도망칠 곳을 찾아 벽을 파고 있을 뿐이었다. 귀를 막고, 입을 벌린 채로.

갑자기 공기가 바뀌었다. 평온하고 부드럽고 따듯한 것이 귓속으로 흘러 들어왔다. 심장의 뒤흔들림이 잦아들었다. 나는 차츰 진정하고, 눈을 뜨고 귀에서 손을 떼었다.

처음에 나를 붙든 윤성이 눈에 들어왔다. 그 뒤에 놀라 다가온 여자가, 그리고 무엇인가를 입에 문 안경을 쓴 남자가 눈에 들어왔다. 입에 문 것은 하얀 소라처럼 보였는데, 남자는 다섯 손가락을 써서 소라 껍데기에 뚫린 구멍을 천천히 막았다가 떼었다가 하고 있었다. 상황은 알 수 없었지만 그가 나를 진정시킨 것 같았다.

안경을 쓴 남자는 소라를 입에서 떼더니 난처한 얼굴을 했다. 여자가 말했다.

「미안해요. 놀라게 할 생각은 아니었어요. 당신이 들*을 수 있다고는 생각도…….」

나는 더 말을 보지 않고 일어났다. 부글부글 끓어오른 분노가 이성을 마비시키고 있었다. 이 사람들이 날 어떻게 할지도 모른다는 생각은 떠오르지도 않았다. 내가 뒤도 돌아보지 않고 나가려 하자, 윤성이 달려와 급히 내 앞을 가로막았다. 나는 윤성을 밀치려 했지만 힘에 부쳐 물러났다.

「보내줘요. 난 가겠어요.」

난 윤성과 눈을 마주치지 않으려고 노력하며 말했다. 그의 손
가락이 내 눈을 따라 움직였다.

「잠깐만 기다려요.」

윤성이 나를 두 팔로 붙잡았다. 그는 뭔가 말하려다가 두 팔
다 쓰면 내가 알아볼 수 있는 말을 할 수 없다는 사실을 깨닫고
손을 뗐다.

「가지 말아요. 연주 씨는 우리와 같은 사람이에요. 지금 증명
해줬어요.」

웃기지 마. 나는 속으로 중얼거렸다.

「들*을 수 있어요. 우리처럼요.」

잘못 본 것이 아니었다. 이 사람들은 '본다'는 말 대신 '듣는다'
는 말을 쓴다. 그 말이 무슨 뜻인지는 알 수 없었지만 알고 싶
지도 않았다. 어서 여기를 빠져나가고 싶을 뿐이었다. 남의 감정을
멋대로 농락하고 갖고 논 사람들과 한순간이라도 더 같이 있고
싶지 않았다.

「내게 방금 무슨 짓을 한 거죠? 날 세뇌시킬 작정이었나요?」

「너무 큰 소리*를 들*어서 놀란 거예요. 연주 씨가 이렇게
완벽하게 들을* 수 있는 줄 알았다면 하지 않았을 거예요.」

「충분해요.」

나는 공포에 쓰러지지 않기 위해 안간힘을 썼다.

「한순간도 더 여기 있고 싶지 않아요. 예술가? 웃기지 말아요.
사람을 패닉에 빠뜨려 놓고 조종하는 것이 당신들이 말하는 예술
인가요?」

「내 말 좀 봐요.」

「무슨 목적으로 내게 이런 짓을 했는지 모르겠지만 더 이상 당

164

신들과 관계하지 않겠어요.」

「자신이 느낀 감정이 무엇인지 모르겠어요? 왜 그렇게 놀랐는지 알고 싶지 않아요?」

'싫어!'

나는 그 순간 나도 모르게 입을 움직였다.

갑자기 생각이 났다. 언니는 화가 날 때나 거부할 때, 그런 방식으로 입을 움직였다. 짧고 강렬하게. 윤성은 소스라치게 놀라 물러났다. 그가 왜 놀랐는지는 몰랐지만 분노로 가득 찬 머릿속에서는 이미 아무 생각도 돌아가지 않았다. 그저 그가 물러나준 것만 고마울 뿐이었다.

윤성은 어째야 좋을지 모를 표정이었다. 얼핏 주위를 돌아보니 다른 사람들도 마찬가지로 놀란 눈을 휘둥그레 뜨고 있었다. 상황은 알 수 없었지만 더 생각하지 않고 그곳을 빠져나가……려 했을 때였다.

6

사람들이 모두 움직였다. 윤성은 나를 잡아 끌어당겼다. 소년은 창가로 뛰어갔고 부랑자 같은 사람은 달려가 문에 귀를 대었다. 선생 같은 사람은 괴상한 물건들 위에 천을 뒤집어씌웠다. 나는 잠시 저항했지만 이내 심상치 않은 일이 일어났다는 것을 깨달았다.

그들은 순식간에 눈빛을 교환했고 내가 읽을 수 없는 방식으로 '밖'에서 일어나는 무슨 일인가에 대해 번개처럼 대화를 나눴다. 윤성은 정신을 못 차리는 내 등을 떠밀었다.

「뒷문으로 도망쳐요.」

나는 설명을 요구하는 눈으로 윤성을 쳐다보았지만 그는 단호하고 짧게 말했다.

「어서! 설명할 시간이 없어요. 어서!」

윤성은 나를 거칠게 밖으로 내몰고 문을 닫아걸었다. 나는 골목에 괴상하고 어수선한 무언가가 내려앉는 것을 느꼈다. 수많은 사람이 일사불란하게 움직이고 있었다. 문이 부서지고 구둣발이 벽을 찼다. 나는 혼란에 빠져 멍하니 서 있다가, 갑자기 밀어닥친 까닭 없는 공포에 쫓겨 뒤돌아 도망쳤다.

나는 몇 번씩 깨었다가 도로 잠들기를 반복하며 뒤척였다. 사람이 왔음을 알리는 붉은 인식등이 어둠 속에서 계속 반짝였다. 머리맡에 놓인 시계를 보니 새벽 세 시였다. 누가 술에 취해서 내 방문 앞에 쓰러지기라도 한 모양이었다. 패치도 깨어 서성이고 있었다.

도로 잠들려 애쓰며 이불 속으로 파고들던 나는, 끊임없이 깜박거리는 인식등 때문에 별수 없이 눈을 비비며 일어났다. 깨는 순간 어제 일이 방금 일어난 듯이 머릿속을 스쳐갔다.

'나쁜 꿈이야…….'

그렇게 생각하자마자 꿈이 아니었다는 사실이 떠올랐다. 나를 내보내고 뒷문을 닫던 윤성의 얼굴이 떠올랐다. 골목에 깔리던 스산하고 부산한 공기의 흐름이 떠올랐다.

어두웠기 때문에 나는 조금 열린 문 사이로 손가락이 튀어나오는 것을 볼 수 없었다. 문에 힘이 붙는 것을 느끼며 어둠 속을 멍하니 바라보는 사이, 희미하게 문틈으로 사람의 그림자가 보였다. 나는 물이라도 끼얹은 듯 퍼뜩 잠에서 깨어났다. 윤성이 문틈에 손가락을 끼우고 천천히 문을 열고 있었다.

심장이 멎을 것 같았다. 나는 펄쩍 뛰어 물러나 뒷걸음치며 벽에 바싹 붙었다.

「나, 나가요, 나가요!」

나는 정신없이 손을 움직였다. 어둠 때문에 내 손동작이 보이지 않으리라는 절망적인 생각이 휘몰아쳤다.

「나가요! 경찰을 부르겠어요!」

옆방과 이어진 벽을 두드리며 애처롭게 도움을 청해보았지만 하숙집은 평화롭게 잠에 빠져 있을 뿐이었다. 언니 같은 사람은 세상에 많지 않은 법이다.

그는 문설주에 몸을 기대며 방에 반쯤 들어온 채로 말없이 앉아 있었다. 패치가 (놀랍게도!) 내 앞을 막아서며 꼬리를 크게 부풀리고 털을 잔뜩 곤두세웠다. 윤성은 고양이 말이라도 알아보는 듯 패치를 물끄러미 바라보았다.

그는 주머니를 뒤져 야전 손전등을 꺼내어 앞에 얌전히 내려놓았다. 밤에 대화를 나누기 위해 들고 다니는 휴대용 손전등이다. 방 안이 조금 밝아지자 그의 손이 움직이는 모양이 눈에 들어왔다. 그는 천천히 손을 움직여 말했다.

「놀 라 게 해 서 미 안 해 요.」

윤성은 말을 마치고 긴 숨을 내쉬었다. 지친 듯이 몸을 숙이던 그는 다시 손가락을 움직였다.

「들어가지 않겠어요. 약속해요.」

윤성은 잠이라도 자는 것처럼 고개를 떨구고 앉아 있었다. 옷은 군데군데 찢어지고 흙투성이였다. 밤새 도망쳐 다닌 모양이었다. 무슨 일이 있었는지 알 수 있었다. 스스로 생각해도 이상하리만치, 나는 완전히 상황을 이해하고 있었다. 눈으로 보지 않은 장면이 기억에 남아 있었다. 집 앞에 선 경찰차, 문을 부수고 들어간 사람들, 얻어맞던 사람들. 나는 아직 꿈에서 덜 깼다고 생각하며, 여전히 공격본능을 드러내는 패치를 두 팔로 안고 가능한 한 그에게서 멀리 떨어져 앉아 다리를 오므렸다.

「다른 사람들은……?」

나는 한참 만에 손을 움직였다. 윤성은 말할 때 사람을 쳐다보지 않는 버릇이 있었다. 내가 손바닥을 마주치자 그가 바로 고개를 들었다. 이제는 놀랍지도 않았다.

내가 같은 질문을 반복하자 그는 떠올리기 힘든 기억을 되살리는 듯 괴로운 표정을 지었다.

「모르겠어요. 도망친 사람도 있는 것 같은데…….」

나는 유감을 표시해야 할지 위로를 해야 할지 결정하지 못하고 중얼거렸다.

「당신들의 초능력이라는 것도 그럴 땐 별 도움이 안 되는 모양이군요.」

그는 대답하지 않았다.

「당신은 어떻게 도망쳤어요?」

「초능력을 써서 탈출했다고 말하면 만족하겠어요?」

진담일 텐데도 농담처럼 보였다.

윤성은 계속 어두운 복도 저쪽을 응시했다. 누가 오는지 감시하는 듯했다. 그에게는 어둠이 사물을 파악하는 데 별로 장애가

되지 않는 모양이었다. 나는 다시 손을 마주치고 그를 돌아보게
했다.

「자수해요.」

「자수요…….」

그는 그 말을 손가락으로 따라 해보다가 씁쓸하게 웃었다.

「자수해요. 평생 도망자로 사는 것보다는 낫잖아요? 경찰서에
가서 자수하고 죗값을 치러요. 혹시 도움이 필요하면 제가 잘 말
해주겠어요.」

「문제가 그렇게 단순하면 나도 좋겠어요.」

평범한 사람인 나는 문제를 단순하게밖에는 파악할 수가 없
었다.

「그럼 뭐가 문제지요?」

「짓지 않은 죄의 값을 무슨 수로 치를까요?」

나는 '마약을 하잖아요?' 하고 말하려다가 손가락을 오므렸다.

「죄를 짓지 않았다면 더욱 도망칠 필요가 없어요. 사실대로 설
명하면 되잖아요?」

「뭘 어떻게 설명하라는 거죠?」

그는 주먹을 꽉 쥐고 바닥을 내리치려다가 중간에 힘을 빼고
내려놓았다.

「평범한 사람이 이해할 수 있는 차원을 넘어선 것을 무슨 수로
설명해요? 듣지 못하는 사람들에게, 음악＊이 뭔지, 소리＊가 뭔
지 무슨 수로 설명하겠어요? 우리가 범죄자가 아니고, 미치지 않
았고, 괴물이 아니고, 지구를 침략하러 온 외계인이 아니라는 걸?」

그는 얼굴을 반쯤 감싸고 다시 입을 움직이기 시작했다. 그 행
동은 무슨 의식 같기도 했고, 기도 같기도 했고, 한편으로는 그

저 '중얼거리는 것' 같기도 했다.

「그래서…… 이제 어떻게 할 건가요?」

내가 물었다.

「내가 도와주고 싶어도, 사정은 안됐지만 난 숨을 만한 곳도 모르고…… 가진 돈도 없어요. 아는 사람도…….」

말을 하다 보니 참으로 어쩌다가 이런 사람을 골라 찾아왔을까 싶었다.

「핑계를 대려는 게 아니라, 정말로…….」

「그래서 온 게 아니에요.」

그가 몸을 일으키며 내 쪽을 똑바로 보았다.

「아무래도 그냥 갈 수가 없었어요.」

「무슨 뜻이죠?」

「여긴 위험해요. 지금 나와 같이 도망쳐야 해요.」

「어째서요?」

나는 정신을 차리지 못하고 물었다.

「놈들이 여기에도 밀어닥칠 거예요.」

나는 벌떡 일어났다. 그 바람에 패치가 내 품에서 미끄러져 떨어져서 바닥에 착지했다. 아까 잠깐 대치하느라 전투력을 다 썼는지, 내 다리를 꼬리로 감으며 조그매져서 내 뒤에 몸을 웅크리며 숨었다.

「난 당신들과 아무 관계도 없어요! 겨우 한 번 모임에 갔다고…….」

「그런 게 아녜요.」

윤성은 침착하게 손가락을 움직였다.

「경찰이 찾아 왔다고 했죠? 그 전에 다른 사람들은 오지 않왔나요? 세연 씨가 죽은 이후로?」

보험회사 직원, 군청 직원, 또 이름도 기억나지 않는 인권복지 재단.

「그놈들은 경찰이 아니에요. 특수수사본부 사람들입니다. 우리들을 전담해서 수사하는 곳이죠. 옷을 바꿔 입고 와서 이름도 잘 기억할 수 없는 이런저런 기관의 이름을 대죠. 와서 무슨 질문을 하던가요?」

나는 손가락을 더듬거리며 말했다.

「언니 교통사고 때문에 온 사람들이에요.」

「교통사고에 대해 묻던가요, 아니면 연주 씨를 조사하던가요?」

나는 대답할 수가 없었다. 처음에 보험회사 직원이 왔을 때, 아무래도 이상한 기분이 들어 문을 열고 밖을 내다보았더니 같이 온 직원이 복도에서 쓰레기통을 뒤엎고 있었다. 내가 멍하니 보자 그 사람은 허둥거리며 쓰레기를 치웠다.

「난 아무 짓도 하지 않았어요!」

「내가 설명해주겠어요. 세연 씨가 사고를 당했을 때, 세연 씨가 소리 내어 * 입으로 말을 했고 연주 씨가 귀를 막고 비명 * 을 지른 것 같아요. 그 때문에 그쪽에서 수사에 착수하기 시작했죠.」

「무슨 말인지 모르겠어요.」

「이해할 필요 없어요. 이해시킬 시간도 없고요. 그들이 아는 것도 사실 그렇게 많지 않아요. 귀에 손을 댄다, 입을 사용한다. 그런 정도죠. 연주 씨가 그런 행동을 한 거예요.」

그 부분은 이전에 경찰이 한 말과 같았다.

「연주 씨가 들을 수 없는 사람이라면 아무 상관없어요. 하지만 우리가 본 대로라면 이미 그들도 눈치챘을 겁니다. 언제가 될지 모르지만 찾아올 거예요. 우리를 덮쳤으니 여기도 오래 끌지 않을 거예요.」

「난 당신들 신도가 아니에요!」

「물론 나도 아니에요.」

「난 듣＊지 못해요!」

「그렇지 않아요.」

「대체 내게 왜 이러는 거예요?」

나는 벽에 있는 힘껏 몸을 붙였다.

「난 당신들이 지껄이는 말도 알아보지 못하겠고, 당신들이 어둠 속에서 뭘 보는지도 몰라요. 왜 나를 자꾸 끌어들이는 거예요? 난 언니와는 달라요! 당신들과도 다르다고요! 난 들을 수 없어요. 내겐 그런 능력이 없다고요!」

「같이 가지 않으면 나도 편해요.」

윤성은 잠시 말없이 있다가 손을 내밀었다.

「들어가지 않겠다고 했으니 들어가지 않겠어요.」

그는 말을 이었다.

「당신이 나와요.」

윤성은 손을 내민 채로 한참을 서 있었다. 나는 그가 초능력으로 나를 끌어내지 않도록 귀를 꼭 막으며 벽에 붙었다.

「나와요, 어서.」

나는 눈을 감았다. 속으로 아는 모든 신의 이름을 부르고, 누군가 나를 이 자리에서 구해달라고만 애원했다. 내가 한참 만에 눈을 떴을 때에도 그는 여전히 그 자리에 서 있었다.

「날 믿지 않는군요.」

그는 체념과 질책이 반쯤 섞인 눈으로 나를 노려보았다.

「좋아요. 그 대신 한 가지만 말하고 가겠어요.」

내가 움직이지 않자 그는 동의한 것으로 받아들였는지 계속했다.

「눈을 감지 말고 봐요. 지금부터 하는 말을 기억해요. 이해할 수 없어도 내 말을 기억해야만 해요. 이게 내가 할 수 있는 최대한의 배려예요.」

그는 천천히, 분명하게 손가락을 움직였다.

「내가 지금부터 하는 말을 잘 봐요.」

나는 두려움에 눈을 크게 뜬 채로 움직이지 않았다.

「당신 주위는 소리로 가득 차 있어요.」

나는 그를 멍하니 쳐다보았다.

「소리를 들어요. 귀를 기울이면 알 수 있을 거예요. 그게 길을 인도해줄 거예요. 위험한 일이 생기면 이 말을 떠올려요. 연주 씨는 소리를 들을 수 있어요. 당신 주위는 소리로 가득 차 있어요.」

윤성은 나를 똑바로 보며 말했다.

「소리가 길을 인도해줄 거예요. ……행운을 빌어요.」

7

다음 날 저녁이었다. 자고 싶었지만 잘 수가 없었다. 근래 일어난 갖가지 일 때문에 머리가 깨질 듯이 아팠다. 종일 식은땀이 나고 오한이 나서 일찍 조퇴하고 누워 있던 참이었다. 몇 번을 기절이나 다름없는 잠에 빠졌다가 깨었다가를 반복했다. 해가 넘어간 뒤에야 패치가 배고프다고 손등을 핥아대는 바람에 간신히 몸을 일으켜서 사료봉투를 찾던 중이었다.

당시 일어났던 일, 그리고 그때 느꼈던 기분을 지금도 잘 표현할 수가 없다. 나는 아파서 몽롱해 있었고, 잠이 반쯤 깬 채로 꿈과 현실을 오락가락하고 있었다.

나는 무엇인가에 놀라 문 쪽을 보았는데, 점점 그 느낌이 분명해져왔다. 공기가 흔들리고 있었다. 밖에서 사람들이 크게 움직이는 것 같았다. 새 한 마리가 무엇인가에 놀란 듯 창문 아래에서 위로 바삐 날아올랐다. 패치는 나를 따라오다가 발을 멈추고 문을 응시했다.

나는 꼼짝도 않고 문을 노려보았다. 질서 정연하게 발이 움직이고 있었다. 많은 사람이 계단으로 올라왔다. 묵직한 걸음걸이였다. 그들은 복도를 지나 내 방문 앞으로 왔다. 5미터, 2미터, 1미터. 나는 드디어 내가 미쳐버린 모양이라고 생각했다. 그 순간 인식등이 깜박였다.

숨이 멎는 것 같았다.

내가 문을 열지 않자 눈 위치에 난 작은 미닫이문이 열리면서 지난번에 왔던 경찰이 얼굴을 들이밀었다.

「안녕하십니까?」

경찰은 미닫이문에 얼굴과 손가락을 올려놓고 말했다.

「예.」

나는 움직이지 않았다.

「이 시간에 무슨 일이죠?」

「세연 씨 사건에 대해 알려드릴 것이 있어서 왔습니다.」

「무슨 일인데요?」

「일단 문부터 열어주십시오. 중요한 정보입니다.」

문밖에 있는 수많은 사람이 느껴지기 시작했다. 전에 그 방에서 들＊은 '음악' 때문이다. 그 빌어먹을 환각제가 내 머릿속을 뒤집어놓았다. 나는 현실과 환상을 구분하지 못하게 되어버렸다.

「뭐 하고 있습니까? 어서 열어요.」

「예.」

나는 이 환상을 이겨내고 문을 열어야 한다고 자신을 다그쳤다. 발바닥에 끈끈이라도 붙인 듯 힘겹게 발을 떼었다. 이성과 상관없이 참을 수 없는 공포가 밀어닥쳤다. 심장이 고동쳤다. 이마에서 식은땀이 났다.

그때 누군가가 밖에서 문을 부서져라 **내리쳤다.** 문에서 전해지는 공기의 파동이 온몸으로, 귓속으로 파고들었다. 누군가가 문을 부수려 하고 있었다. 이성을 거역하는 감정에 이끌려 나는 정신없이 돌아섰다.

나는 이런 일이 일어났을 때, 이를테면 불이 났을 때나 가스관이 터졌을 때, 제일 먼저 챙겨야 할 물품에 대해 늘 생각하고 있었다. 통장, 지갑, 엄마가 물려주신 벽걸이 장식. 하지만 나는 그중에서도 가장 쓸모없는 것을 골라 들고 말았다. 나는 문을 향해 연신 입을 벌리는 패치를 품에 꽉 껴안고 창으로 뛰어내렸다.

어떻게 땅에 부딪쳤는지, 몸을 굴렸는지 꼬꾸라졌는지도 모르는 채 나는 벌떡 일어났다. 잠깐 뒤돌아보았을 때 내 방 창문으로 얼굴을 내미는 사람들이 보였다. 그들이 계단으로 내려가려 다시 사라졌다. 나는 버둥대는 패치를 부둥켜안고 있는 힘을 다해 달렸다.

저녁 공기가 무겁게 골목에 내려앉아 있었다. 마을은 무슨 일이 일어나는지도 모르는 채 깊이 잠들어 있었다.

나는 언덕을 올라가는 계단 옆에서 더 달리지 못하고 주저앉았다. 숨이 턱까지 올라왔다. 내 품에 안긴 패치는 상황을 이해하지 못하고 '이거 놔, 이 빌어먹을 주인아!' 하며 발버둥치고 있었다. 나는 패치와 요동치는 폐를 부여잡고 어둠 속을 쳐다보았다.

윤성의 환상이 반쯤 질책하는 눈을 하고 내 앞에 서 있었다.

'살려줘요!'

나는 마음속으로 애원했다.

'당신 초능력자잖아? 와서 나 좀 구해줘요!'

윤성이 내게 손을 내밀었다.

「위험한 일이 생기면…….」

'당신들만 만나지 않았으면 이런 일은 없었어! 다 당신 때문이야!'

「소리를 들어요.」

'못 해요! 그게 대체 뭐야? 그게 대체 어디에 있느냐고!'

「연주 씨는 소리를 들을 수 있어요.」

'당신이나 할 수 있겠죠!'

「기억해요. 내 말을 기억해야만 해요.」

윤성은 포기하지 않고 말했다. 그의 말이 머릿속에서 끊이지 않고 되풀이되었다. 촛불이 흔들거리는 어두침침한 거실에서 키 큰 여자가 가만가만 손가락을 움직이며 말했었다.

'당신은 세계의 일부만을 인식하고 있는 거예요.'

'숨겨져 있던 이 세계의 단면.'

'오랫동안 인류가 잊고 있었던 제5의 감각.'

「소리가 길을 인도해줄 거예요. 귀를 기울이면 알 수 있을 거예요.」

「당신 주위는 소리로 가득 차 있어요.」

그 말은 마치 윤성이 내 앞에서 하는 것처럼 똑똑히 보였다. 마치 그날 그의 방에서 들＊려 왔던 거대한 공기의 폭풍처럼, 장엄하게, 또 충격적으로 몰아쳐 왔다.

'내 주위는 소리로 가득 차 있다.'

나는 주위를 돌아보았다. 여느 때와 다름없는 골목, 여느 때와 다름없는 돌과 나무와 집들, 흙과 공기와 강물 냄새. 대체 시각과 후각과 촉각 이외에 다른 무엇으로 세상을 인식할 수 있다는 말인가? 보이지 않는데, 어떻게 있다는 것을 알 수 있단 말인가?
'난 못 해요. 난 들을 수 없어!'

「연주 씨는 소리를 들을 수 있어요. 소리가 길을 인도해줄 거예요.」

그의 말이 수없이 머릿속에서 반복되어 재생되었다.
소리, 소리. 귀, 귀로 본다. 아니, 들＊는다.
나는 눈을 감았다. 눈을 감고 무엇을 볼 수 있다고? 습기 찬 먼지 냄새만 코를 간지럽힐 뿐이었다. 저녁의 찬바람만 피부에 와 부딪칠 뿐이었다. 내 품 안에서 버둥대는 폭신한 패치의 살결만 손에 느껴질 뿐이었다.

소리?

그런 것이 있을 리가 없잖아. 그런 말도 안 되는 일이 가능할 리 없어. 나는 정상인이야. 평범한 사람이고, 특별한 능력 따위는 없는…….

갑자기 나는 눈을 번쩍 떴다. 사람들이 내가 숨은 계단을 달려 내려오는 것을 본 것 같았다. 아니, 느낀 것 같았다. 나는 황급히 계단 뒤로 몸을 붙여 숨었다. 몇 사람들이 계단을 내려와 나를 지나쳐 달려갔다. 그러나 내가 그들을 실제로 눈으로 본 것은 그들이 계단을 지나쳐 가는 짧은 순간에 불과했다. 틀림없었다. 나는 그들이 땅을 밟는 진동을 느낄 수 있었다.

나는 그늘 속에서 부들부들 떨었다. 오한이 든 것처럼 이빨이 딱딱 부딪쳤다. 나는 잠시 숨을 몰아쉰 뒤에 정신없이 계단을 달려 올라갔다. 그 사람들이 완전히 사라졌는지 확인하지 않았다는 기분이 들었지만, 신경 쓸 겨를이 없었다.

나는 골목으로 들어가 아무 집 문이나 당기고 밀다가 잠기지 않은 문을 찾아 열어 젖혔다. 문이 크게 흔들리며 벽이 부서지도록 부딪쳤다. 주방에서 앞치마를 두른 아주머니가 막 아침을 차리고 있었다. 아주머니는 내가 들어온 줄도 모르고 수저를 코에 대고 냄새를 맡으며 된장국이 끓기를 기다리고 있었다. 돌아서 있으니 당연한 일인데도, 갑자기 그 아주머니가 끔찍하도록 답답하게 느껴졌다. 등 뒤에 있는 사람도 알아차리지 못하다니! 몇 초

뒤에 바람이 한 줄기 지나갔을 때에야 아주머니는 찬바람을 느끼고 돌아보다가 숨이 멎을 듯이 놀라 물러났다.

「누구야! 어서 나가요!」

「제발 숨겨주세요, 아주머니. 나쁜 사람들에게 쫓기고 있어요.」

나는 한 팔로 패치를 안은 채 사정했다. 여자는 국자를 휘두르며 말했다. (덕분에 말이 꼬여 보였다.)

「내 지베서 뭘 하는 꺼야! 따람을 부르겠어요! 어떠 나가지 못⋯⋯.」

나는 뒤를 돌아보느라 아주머니가 하는 말을 더 보지 못했다.

심장이 두근거렸다. 지금까지와는 다른 리듬으로 뛰었다. 패치는 무슨 말이라도 본 것처럼 발버둥을 멈추고 주위를 두리번거렸다. 귀를 까닥이며 가벼운 하품을 하듯 입을 벌렸다.

나는 방문 앞에서 백지 카드를 열었다. 무엇인가가 주위에 나타났지만 볼 수가 없었다. 노란 전등빛이 비추는 아늑한 술집에서 사람들은 뭔가에 열중하고 있었다. 색바랜 회색 양복을 입은 남자가 보이지 않는 무엇인가를 혀에서 굴렸다. 어둑한 밤거리, 어두컴컴한 골목에서 나는 누군가가 나를 부르는 느낌에 골목으로 들어갔다. 나는 낯선 집 안에 있었다. 사람들이 예배라도 하듯이 모여 있었다. 하나같이 이상한 물건을 들고. 그들은 부드럽게 손을 들어 말했다.

「청각의 세계에 오신 것을 환영합니다.」

무엇인가가 낮은 곳에서 두 번, 세 번 짧게. 다시 두 번, 그 조금 아래에서 한 번 길게.

나는 밖으로 나갔다. 아주머니는 밖으로 나와 뭐라고 손을 마구 휘젓더니 채팅 전화로 경찰을 부르려는지 안으로 다시 들어갔다. 나는 눈을 감았다. 다시 머릿속이 울렸다.

길게 세 번, 높고 낮게 두 번, 흐르는 듯이 한 번. 온 도시가 진동하고 있었다. 공기가 떨려왔다. 길바닥이 파도처럼 한쪽 끝에서부터 다른 쪽 끝으로 쓸려 갔다 쓸려 왔다. 태풍이 불어와도 꼼짝도 않을 단단한 벽이 살아 있듯이 움찔거렸다. 둔탁하고 길게 한 번, 짧게 세 번. 다시 낮게 한 번.

나는 눈을 떴다.

나는 길을 아는 사람처럼 뛰기 시작했다. 패치도 무엇인가를 느꼈는지 내가 가려는 방향을 보며 연신 입을 벌렸다. 발을 옮길수록 진동은 커져갔다.

나는 다 쓰러져가는 허름한 건물 앞에 멈춰 섰다. 오래전에 문을 닫은 가게 같았다. 지붕을 기와로 이은 낡은 집이었다. 간판은 좀이 슬어 있었고 벽은 칠이 벗겨져 지저분했다.

나는 무엇에 이끌리듯이, 아무 거리낌 없이 문을 열었다. 어둠 속에서 희미하게 누가 움직이는 것이 보였다. 나는 패치를 팔에 안은 채 그를 쳐다보았다. 그는 예상하고 있었던 것처럼 놀라지도 않고 다가왔다.

우리는 한참 동안 말없이 있었다. 그는 약간 숨을 몰아쉬었고 나는 겁을 먹은 채 서 있었다.

「역시 왔군요.」

윤성이 손을 움직였다. 그 말 한마디가 기폭제가 되어 나는 울음을 터뜨리며 주저앉았다.

8

윤성은 주저앉은 내게 물이 담긴 컵을 건네주었다. 어두워서 그의 말이 잘 보이지 않았다. 물 표면이 부들부들 떨렸다. 나는 몇 모금 마시다가 도저히 들고 있을 수가 없어 옆에 내려놓았다.

「불을 켜요.」

내가 말했다. 그는 내 손에 눈을 가까이 대어보고는 고개를 저었다.

「불을 켜요. 당신이야 어둠 속에서도 뭐가 보이겠지만…….」

윤성의 어깨가 한숨을 쉬듯 움직였다. 그는 주머니에서 야전 손전등을 꺼내 바닥에 놓았다. 손전등이 켜지자 희미하게 주위의 모습이 눈에 들어왔다. 벽에는 오래된 포스터가 붙어 있었고 반쯤 찢긴 벽지에는 여름 장마 때 비가 샜는지 퍼렇게 곰팡이가 피어 있었다.

그가 가까이 오자 나는 후다닥 뒤로 물러났다. 패치가 내 품에서 빠져나가 '새로 이사 온 집인가?' 하는 몸짓으로 바닥에 몸을 비볐다. 몸이 부들부들 떨렸다. 나는 간신히 손가락을 움직였다.

「내게…….」

손가락이 부들거려 제대로 말을 할 수가 없었다.

「대체…… 무슨 짓을 한 거예요?」

「아무 짓도 하지 않았어요.」

「내가 미치지 않았다고 말해봐요. 문을 열지도 않았는데 밖에 있는 사람들이 보였어요. 창문을 열고 미친년처럼 2층에서 뛰어내리고……. 그래, 그건 그렇다 쳐요, 난 도시가 진동하는 걸 봤어요. 당신이 공기를 통해서 내 머리에다 직접 명령을 내리는 걸 느꼈어요. 대체 내게 무슨 일이 일어난 거죠?」

「아무래도 그냥 갈 수가 없었어요. 느낌이 안 좋아서요.」

그래. 느낌.

「당신 집에 갔다가 놈들이 집을 에워싸고 있는 걸 봤어요. 하지만 분위기를 보고 아직 연주 씨를 잡지 못했다는 걸 알았죠. 연주 씨를 찾을 수가 없어서 내 쪽에서 연주 씨를 부른 거예요.」

그래, 그렇겠지. 언제 어디서든 넌 내 머리에 명령을 내릴 수 있겠지.

「날 조종하고 있는 건가요?」

「그렇지 않아요.」

「이제 날 어떻게 할 셈이죠?」

윤성은 잠시 손가락을 멈추고 기분이 상한 표정을 짓더니, 포기한 듯이 대답했다.

「여긴 비상 연락소예요. 크고 시끄러운 소리를 내는 기계가 있어요. 우리끼리는 사이렌*이라고 부르죠. 옛 신화에 나오는 생물의 이름을 딴 거예요. 그 생물은 아름다운 소리로 바다를 항해하는 여행자들을 유혹했다고 하죠.」

'초능력 증폭기……'

나는 머릿속으로 중얼거렸다.

「우리 동료들은 이 소리가 무슨 뜻인지 아니까 오지 않았겠지만, 당신이라면 소리를 듣고 찾아올 거라고 생각했어요.」

나는 숨을 몰아쉬며 이 남자가 하는 말을 이해하려고 애를 썼다.

「무슨 뜻인데요?」

「'위험하니 오지 마라.'」

이해하기를 포기했다.

「대체 무슨 일이 일어난 거예요? 그 사람들은 누구죠? 왜 날 습격한 거죠? 남의 집 문을 부수고…… 어떻게 이럴 수가 있어요? 민주사회에서, 선량한 시민을 영장도 없이!」

「이 나라는 당신을 선량한 시민이라고 생각하지 않아요.」

윤성은 내가 진정하기를 기다렸다가 말했다.

「어째서요?」

「당신은 들을 수 있는 사람이니까.」

「그렇지 않아요.」

나는 필사적으로 저항했다.

「그렇지 않다면 이곳을 찾아낼 수 없어요.」

정신을 차릴 수가 없었다.

「대체 왜 내게 이런 일이 일어난 거예요? 그저께까지만 해도 평화로운 일상을 보내고 있었는데, 행복하고 평범한 나날들이었는데, 당신들이 모든 걸 망쳐놨어요! 당신들만 만나지 않았더라면!」

한참 혼자서 떠들다가 고개를 들었을 때, 가만히 나를 보는 그의 눈과 마주쳤다. 갑자기 윤성이 입을 움직이기 시작했다. 그는 입의 움직임에 맞춰 손가락을 움직였다. 나는 그의 입술이 만들어내는 기묘한 형태를 겁에 질려 쳐다보았다.

「만약 당신이 좀 더 일찍 들을 수 있었다면.」

귀가 울렸다. 이상한 것이 머릿속으로 파고들었다.

「이 도시의 평화라는 것이 얼마나 거짓된 것인지, 얼마나 많은 사람이 이유도 없이 잡혀가고, 또 이유도 없이 사라지는지 알았을 텐데요. 어둠 속에서 들려오는 비명소리, 살려달라고 애원하며 문을 두드리는 소리, 군홧발 소리. 통금시간이 지난 밤, 어둠 속에서 무슨 일이 일어나는지…….」

나는 공포에 사로잡혔다.

「하지만 사람들의 귀는 막혀 있고, 잠이 든 사람들은 벽 너머에서 무슨 일이 일어나는지 알지 못해요.」

「당신은 미쳤어요.」

나는 두 손을 부딪치며 말하고는, 바닥을 핥으며 먹을 것을 찾는 패치를 찰 뻔하며 뒤로 물러났다.

「정말로 미쳤어요.」

나는 문에 몸을 붙였다.

「집에 돌아가겠어요!」

갑자기 윤성의 표정이 변했다. 그는 내가 돌아서려는 순간 달려와서 내 손을 붙잡았다. 나는 무의식중에 입을 벌렸다. 목구멍 안에서 불꽃같은 것이 솟구쳐 터져 나왔다. 그는 내 얼굴을 돌려 자신을 쳐다보게 하고는 무서운 눈으로 나를 노려보았다.

「들리지 않는다고요.」

그가 내 눈앞에 손가락을 갖다 대며 말했다. 나는 두 손이 잡힌 바람에 제대로 말할 수가 없었다.

「지금 자기가 내뱉는 소리도 들리지 않는다고 말하고 싶은 겁니까? 언제까지 내 앞에서 보통 사람인 척할 거예요!」

「난 보통 사람이에요, 날 내버려둬요! 난 당신 같은 괴물이 아냐!」

나는 한 손을 빼내며 무의식중에 말해버렸고 말을 마치자마자 덜컥 겁이 났다. 그가 초능력을 써서 내 영혼이든 심장이든 뭐든 빼앗아버릴 거라는 생각이 들었다. 내가 두려움에 떨며 눈을 꾹 감자, 내 손을 붙잡은 힘이 빠져나가는 것이 느껴졌다. 다시 눈을 뜨고 보니 그가 슬픈 얼굴로 나를 내려다보고 있었다.

「일단 안전한 곳으로 피해야 해요.」

맞는 말이었다. 그리고 나는 그 어딘지 모를 곳으로 이 '괴물'과 함께 가야 한다는 사실을 인정할 수밖에 없었다.

「좀 쉬어요. 밤새 뛰어다녀야 할 테니까.」

윤성의 시선이 천장으로 향했다. 나는 곧 그가 천장을 보는 것이 아니라는 것을 깨달았다. 천장 너머에 있는 뭔가를 보는 것이었다. 여기까지 생각하고 나니 정말 내가 미쳤구나 싶었다.

「비가 오겠군요.」

나는 그가 너무도 담담하게 자신의 예지능력을 드러내는 것에 놀랐다.

「어떻게 알죠?」

「천둥소리 * 가 들려요.」

괜히 물었다는 기분이 들었다.

그의 말씀대로 비가 내리기 시작했다. 그는 빗발이 거세질 거라고 했고 또 말씀대로 비는 폭포처럼 쏟아붓기 시작했다. 반짝이는 작은 송곳들이 안개를 피우며 무수히 바닥에 꽂혔다.

우리는 밤새 빗발이 가늘어지기를 기다렸다. 그는 마을을 빠져나가기엔 좋은 날이라고 했고 나 역시 동의할 수밖에 없었다. 달빛도 없는 이런 밤에 밖으로 나오는 사람은 거의 없다. 학교에서도 그런 날에는 꼼짝 말고 집 안에 있으라고 가르친다. 비는 몇 시간이 지나자 잦아들었고(윤성은 창밖을 내다보지 않고도 그 사실을 알아내었다), 우리는 조심스럽게 건물을 나섰다. 나는 옷을 찢어 신발을 만들었고 윤성은 패치를 넣은 가방을 어깨에 멨다. 패치는 푹신한 가방이 마음에 들었는지 얌전해졌다. 윤성은 가끔

가방 뚜껑을 열어주었는데 그때마다 패치가 얼굴을 내밀고 숨을 내쉬었다. 나는 그가 언니처럼 패치와 대화를 나누고 있음을 알 수 있었다.

우리는 미로처럼 이어진 어두운 골목을 걸어갔다. 가끔씩 윤성은 내 머리를 지그시 누르며 몸을 숨기라는 신호를 보냈고 그때마다 차가 우리 앞을 지나가거나 순찰 중인 야경꾼이 곤봉을 손에 두드리면서 나타나곤 했다. 이젠 그가 두 팔을 뻗고 하늘로 날아올라도 별로 놀라지 않을 것 같았다.

「잡히면 어떻게 되죠?」

나는 각오를 해둘 요량으로 물었다.

「보통은 정신병원으로 간다고 하더군요.」

「그런 뒤에는요?」

「청각이 모두 환상이고 자신이 들을 수 없다는 확신을 갖도록 교육시킨다더군요. '정상인'으로 돌아온 게 확실하면 풀려나기도 한다고 들었어요. 보통 그 과정에서 다들 미치고 말죠.」

「나로서는 다행이군요. 난 정말로 들을 수 없으니까.」

「실험실로 간다는 소문도 있어요.」

「실험실요?」

「조금은 진보적인 기관에서 데려가는 거죠. 이를테면…… 청각이 있다고 생각하는 기관이죠.」

「실험실로 가면 어떻게 되죠?」

「별로 생각하고 싶지 않군요.」

윤성은 쓸쓸하게 웃었다.

우리는 마을을 빠져나와 갈대숲으로 들어섰다. 짙은 어둠 때문에 방향을 알 수 없었지만 윤성은 '강물 소리'인지 뭔지가 나는 곳으로 나를 끌고 갔다. 강가에서 동료들이 기다릴 거라고 했다. 이런 상황이 아니었으면 이런 어두운 날 가로등 빛조차 없는 들판을 걸을 생각은 꿈에도 못 했을 것이다.

한참 가던 윤성이 걸음을 멈췄다. 그는 잠시 허공을 응시했고 내가 어리둥절해하는 사이에 내 손을 단단히 잡았다. 그의 손가락이 속삭였다.

「뛰어요.」

미처 상황을 파악하기도 전에 윤성은 달리기 시작했다.

그때 천지가 진동했다. 나는 황급히 뒤를 돌아보았다. 멀리서 검은 양복의 사내들이 쫓아오는 모습이 눈에 들어왔다. 윤성은 돌아보지 말라는 듯이 나를 더 강하게 끌어당겼다. 지진이 난 것처럼 세상이 여러 번 더 흔들렸다. 새들이 숲에서 까맣게 날아올랐고 나뭇가지가 스산하게 움직였다. 윤성과 같은 초능력이 없다고 해도 남자들이 총을 쏘고 있다는 것을 알 수 있었다. 비현실감과 현실감이 동시에 엄습해왔다. 그들은 정말로 날 죽이려 하고 있었다. 내가 문 너머로 보았던 모든 환상이 현실이었다는 사실을 그때서야 알 수 있었다.

불어난 강물이 게걸스럽게 땅을 삼키며 앞을 가로막았다. 윤성은 주위를 돌아보더니 다리를 향해 뛰었다. 우리는 반쯤 물에 잠긴 나무다리로 올라섰다.

출렁거리는 강물이 아가리를 벌리며 발목을 덮쳐 왔다. 내가 중심을 잡느라 난간 밧줄을 잡자 윤성은 내 손을 잡아떼어 다른 쪽 밧줄을 붙잡게 했다. 그 바람에 나는 거의 강물 속으로 빠질 뻔했다. 무슨 짓이냐고 따지고 싶었지만 균형을 잡느라 남은 손이 없었다.

그때 나는 윤성의 표정이 변하는 것을 보았다. 그는 발을 멈추고 뒤를 돌아보았다. 나도 같이 돌아보았지만 사람들이 뒤쫓아 올 뿐이었다. 당황해서 윤성을 잡아끌었지만 무슨 생각을 하는지 움직이지 않았다.

쫓아오던 사람들은 우리가 포기했다고 생각했는지 걸음을 늦췄다. 윤성이 미적거리는 바람에 우리는 그들이 다리에 다 올라섰을 때에나 겨우 강을 건널 수 있었다. 나는 이미 늦었다고 생각하고 포기하려 했다…….

다리가 무너지는 것을 본 것은 그때였다.

그들은 몸이 반 이상 물에 빠졌을 때에야 사태를 알아차렸고, 놀라 밧줄을 붙잡았지만 다음 순간에는 이미 강물이 머리까지 삼켜버리고 말았다. 몇몇은 버텼지만 공포 때문에 제대로 몸을 가누지 못했다. 남은 다리가 마저 무너졌고 마지막 사람이 입을 크게 벌린 채 불어난 물속으로 사라져갔다.

나는 꼿꼿이 선 채로 그 모습을 다 눈에 담고 말았다. 나는 나무토막처럼 뻣뻣해져서 윤성을 돌아보았다. 그는 조금 창백해졌을 뿐 침착하고 담담했다.

소름이 쫙 끼쳤다. 혐오감이 전신을 훑었다. 나는 있는 힘을 다해 그의 손을 뿌리치고 뒤로 물러났다.

「왜 그래요?」

윤성이 뻔뻔스럽게도 물었다. 나는 부들부들 떨며 말했다.

「당신이 한 일이죠?」

그는 고개를 저었다.

「그렇지 않아요.」

「거짓말. 알고 있었어요. 그렇죠? 다리가 무너질 줄 알고 있었어.」

「소리를 들었어요.」

나는 한참 동안 멍한 얼굴로 그를 쳐다보았다.

「소리라고요. 아하, 소리라고요!」

나는 한 발짝 물러났다. 그가 내게 다가왔고 나는 다시 물러났다.

「다리가 심하게 삐걱* 거리고 있었어요. 아까 연주 씨가 난간을 잡았을 때 벌써 밧줄이 끊어지는 소리가 났어요. 나무가 썩어서 디딜 때마다 우지끈* 내려앉는 소리가 났어요. 사람들이 많이 올라서면 무너질 것 같…….」

「당신이 죽였어.」

심장이 정신없이 뛰었다. 내 목 안에서 뜨거운 것이 끓어올랐다.

「내가 한 게 아녜요, 연주 씨. 난 그런 능력이 없어요.」

「당신이 죽였어!」

형체가 없는 것이 목구멍을 강하게 치고 터져 나왔다. 그는 무엇에 얻어맞은 것 같은 얼굴을 했고 이내 표정이 파리해졌다. 내 손이 말한 것보다 내 목에서 터져 나온 '무엇인가' 때문에 더 상처를 받은 것 같았다. 그는 귀에 손을 얹었다가 떼며 힘없이 말했다.

「그 사람들이 죽는 것을 방관한 건 사실이에요. 하지만 어쩔 수가 없었어요.」

우리는 계속 갈대밭을 걸었다. 나는 말없이(그가 앞에서 걷고 있어서 말을 할 수도 없었지만) 윤성의 뒤를 따라갔다. 머리까지 자란 갈대가 연신 팔에 걸리고 쓸리며 반응할 기력도 없는 몸에 생채기를 냈다. 무거워진 발이 몸에 눌릴 때마다 젤리처럼 찐득거렸다.

왜 일이 이렇게 되어버렸는지 생각해보려 애썼지만, 왜 이 길을 걷는지, 어디로 가는지 점점 알 수가 없었다.

윤성이 앞에서 걸어가면서 손을 들어 말했다.

「조금만 더 가면 접선 장소예요. 조금만 참아요.」

나는 걸음을 멈췄다. 나는 그 괴물을, 그 초능력자를, 그 살인마를 부들부들 떨며 쳐다보았다. 그는 한참을 더 가다가 뒤에 달린 눈으로 내가 따라오지 않는 것을 깨닫고는 걸음을 멈추고 돌아보았다.

「왜 그래요?」

나는 뒷걸음질쳤다.

「집에 돌아가겠어요.」

「연주 씨.」

「난 당신과 같이 갈 수 없어요.」

나는 뒤돌아서 달리기 시작했지만 몇 걸음 못 가 잡히고 말았다. 나는 몸부림쳤고 그는 나를 붙잡아 자신을 보게 했다.

「그 상황에서 내가 뭘 할 수 있었다고 생각해요?」

윤성이 입과 손을 같이 움직였다. 그의 입에서 나오는 것이 또다시 귀로 밀려 들어왔다. 뇌가 아프도록 울렸다.

「내가 당신 말대로 진짜 초능력자라면, 배짱 튕기면서 적선이라도 베풀듯이 놈들을 구할 수도 있었겠지요! 내가 어떻게 했으면 좋았겠어요? 살고 싶으면 피하라고 경고라도 했어야 할까요? 내가 대체 뭐라고 생각해요?」

나는 이미 윤성의 말을 보지 않고 있었다. 나는 이를 악물고 그를 쏘아보았다.

「또 뭘 할 수 있죠?」

윤성은 동작을 멈췄다.

「사람을 살리거나 죽게 할 수도 있어요?」

그는 말없이 나를 보았다.

「이전에는 얼마나 죽였어요?」

윤성은 내 어깨에서 손을 떼고 몸을 일으켰다.

갑자기 그의 눈이 커졌다. 내가 무슨 일인지 파악하기도 전에 그가 나를 감싸 안고 뒹굴었다. 뭔가가 머릿속에서 폭발했다. 진동이 땅을 타고 퍼져 나갔다. 무슨 일이냐고 묻고 싶었지만 움직일 수가 없었다. 나는 간신히 손을 빼내어 말했다.

「그 사람들이죠? 어디 있어요?」

팔 위로 물이 떨어졌다. 물을 닦으려 했지만 윤성이 내 몸을 꾹 눌렀다. 그는 느릿느릿 내 등에 글씨를 썼다.

「가까운 곳이에요. 한 명…… 움직이지 말…….」

나는 꼼짝도 할 수 없었고 그도 움직이지 않았다. 상황을 더 알려주면 좋으련만, 윤성은 무엇에 집중하는지 아무 말도 하지 않았다.

「아직 있어요?」

그는 여전히 말이 없었다.

「이봐요, 대답 좀…….」

윤성은 뭔가 말을 하려다가 손가락을 멈췄다. 멈췄다기보다는 손가락이 미끄러져 내린 것 같았다. 나는 계속 팔 위로 떨어지는 물을 닦으려고 손을 빼내었다. 무심코 손바닥을 본 나는, 손이 피로 물든 것을 보고 깜짝 놀라 손을 문질러 닦았다. 상처가 없었다. 내 피가 아니었다. 나는 돌아누웠다.

그는 나를 내려다보는 자세로 엎드린 채 간신히 고통을 참고 있었다. 팔과 옆구리는 찢겨 나가 있었고 내 몸 위로 피가 빗방울처럼 떨어지고 있었다.

「왜…… 어째서…… 피하지 못했어요?」

그는 웃고 말았고, 뭐라고 말하려다가 그만두었다.

「도망칠 수 있죠, 그렇죠? 여기서 사라져버릴 수 있죠?」

그는 피 묻은 손가락을 느릿느릿 움직였다.

「잘됐군요. 드디어…….」

그는 반쯤 원망하는 눈으로 나를 보면서 말했다.

「내가 초능력자가 아니라는 걸…… 밝힐 수 있게 되었으니…….」

나는 손가락을 멈췄다. 차가운 바람이 풀숲을 휘젓고 지나갔다.

윤성은 풀숲 저쪽, 칠흑 같은 어둠의 장막을 보았다. 몇 초가 지났는지 아니면 몇 분이 지났는지, 아니면 몇 시간이 지났는지도 알 수 없었다. 그는 내게서 몸을 떼고 풀밭에 앉았다. 피투성이가 된 팔을 움직이더니 천천히 손가락을 움직였다.

「……가요.」

「네?」

「어서 가요. 이쪽으로 오고 있어요……. 난 움직일 수 없…….」

다시 한 번 머릿속이 정신이 나갈 정도로 흔들렸다. 풀숲이 소스라치게 놀라며 몸을 떨었다.

나는 멍하니 윤성을 보았다. 그는 난처한 얼굴이었다. 팔을 다쳤기 때문에 충분히 설명할 수가 없는 모양이었다. 나는 그에게 매달렸다.

「괜찮은 거죠? 뭐든 할 수 있잖아요? 저 사람을 쫓아낼 수 있죠, 그렇죠?」

그는 잠시 생각하더니 손가락을 움직였다.

「……그래요.」

그가 말했다.

「……난 안전해요……. 그러니까 가요.」

나는 그때 그가 처음으로 거짓말을 했다는 것을 알았다.

우리 옆으로 강이 흘러가고 있었다. 어째서 이럴 때 강 따위를 떠올렸는지 모를 일이었다. 물살이 잦아들어 있었다. 왜 또 그런 생각이 들었는지 알 수가 없었다. 윤성은 가방을 내 어깨에 걸쳤다. 패치가 안에서 계속 무엇엔가 놀라 펄쩍펄쩍 뛰었다. 패치는 누군가가 우리를 향해 접근하고 있다는 사실을 아는 듯했다. 안에 있어서 밖은 보이지도 않을 텐데도.

「해봐요. 뭐든 해요! 날아보라고요. 여기서 사라져버려요! 왜 가만히 있어요!」

윤성은 웃었고 다시 찡그렸다. 그는 몇 마디 단어로 수천 개의 문장을 전하려고 온 힘을 다하고 있었다.

「가요……. 죽지 말아요.」

그가 덧붙였다.

「세연 씨처럼.」

내 눈이 크게 떠졌다.

— 세연 씨처럼.

머릿속이 하얗게 되었다. 나는 반쯤 무의식중에 몸을 일으켰다. 그는 체념한 얼굴로 어둠 속을 보았다.

나는 가방을 옆구리에 끼고 갈대숲을 기어갔다. 별빛도 없는 검은 하늘이 강가에 내려앉아 있었다. 바람에 갈대가 강물처럼 쓸렸다가 일어났다. 보이지 않는데도 윤성의 존재를 느낄 수 있었다. 그의 숨이 거칠어진 것을 알 수 있었다. 갈대 숲을 헤치며 누군가가 윤성을 향해 다가갔다. 그 환상이 어찌나 생생했는지 발걸음을 하나하나 셀 수 있을 정도였다.

나는 몇 걸음 가지 못하고 멈추고 말았다. 다리에서 힘이 풀려나갔다.

— 언니는 왜 입을 오물거리는 거지?

내가 언니가 해준 밥을 먹고 있노라면, 언니는 젓가락을 톡톡 두드리며 눈을 지그시 감은 채 입을 움직였다. 사람들이 볼을 긁거나 코를 만지거나 발가락을 만지작거리듯이, 언니는 버릇처럼 입을 움직였다. 이상하게도 나는 언니가 입을 오물거리는 모습을 좋아했다. 심장이 들뜨고 머릿속이 멍해지면서, 나도 모르게 슬프거나 기쁜 마음에 눈물이 날 것 같은…….

나는 고개를 들었다. 한 치 앞도 보이지 않는 깊은 어둠이 장막처럼 앞을 가로막고 있었다.

그런데도 우리를 쫓아온 사람이 가까워지는 것을 알 수 있었다. 그 사람이 움직일 때마다 갈대가 양쪽으로 기울어졌다가 다시 일어났다. 그는 신중히 주위를 살피며 접근했다. 그 역시 우리와 마찬가지로 겁에 질려 있었다. 패치가 무엇에 얻어맞은 것처럼 다시 펄쩍 뛰었다. 무엇인가가 다시 갈대숲 사이로 폭풍처럼 휩쓸고 지나갔다. 나는 귀를 막고 입을 벌렸다.

그때, 언니는 마지막 힘을 다해서 입을 움직였다.

나는 다리가 풀려 주저앉아 언니의 입에서 흘러나오는 소리를 든 * 고 있었다. 언니가 밥을 먹을 때, 길을 걸을 때, 바느질할 때, TV를 볼 때 늘 든 * 던 그 소리 * 였다. 나는 그 소리 * 를 알고 있었다. 나는 귀를 막았다. 소리 * 가 귀로 흘러들어오지 못하도록 귀를 막고 비명을 질렀다…….

나는 입을 움직였다. 무엇인가 말해야만 했다. 그만두라고 해야 했다. 손이 아니라 입으로. 손이 아니라 입으로.

나는 울기 시작했다. 평상시와는 다른 방법으로. 내가 지금까지 한 번도 해보지 못했던 방법으로.

얼마나 시간이 지났을까.

격한 감정이 진정되자 주위에서 일어나는 일들이 내 머릿속으로 여과 없이 흘러들어 왔다. 공기가 멈춰 있었다. 접근하던 사람이 사라졌다는 것을 알 수 있었다. 강물이 속삭이며 내 옆을 흘러갔다. 바람이 갈대숲을 쓸고 지나갔다. 새 한 마리가 날아올랐고 멀리 있는 도로에서 차 한 대가 빠른 속도로 지나갔다. 눈을 감고 있는데도 이 모든 것을 느낄 수가 있었다. 감각이 멀리 밖으로 확장되고 있었다. 나는 너무 무서워서 어깨를 감싸 안았다.

누군가가 내 앞으로 걸어왔다. 고개를 들지 않아도 그가 어디에서 걸어오는지, 어느 지점에서 발을 멈추는지 알 수 있었다. 나는 눈물범벅이 된 얼굴로 고개를 들었다. 윤성이 멍한 얼굴로 나를 내려다보고 있었다. 주위에는 아무도 없었다. 윤성과 나뿐이었다.

「그 사람…… 갔군요.」

그가 고개를 끄덕였다.

「내가 무슨 짓을 한 거죠?」

그는 파리해진 입가에 미소를 띠었다.

「사람을 해쳤어요. 그렇죠……?」

나는 부들부들 떨며 말했다.

「사람을 해치고 말았어.」

윤성은 계속 고개만 저었다.

9

나와 윤성은 그날 밤 강을 따라 마을을 떠났다. 강에서 우리를 기다리던 사람들은 나를 보더니 언니의 이름을 말했다. 그 후에도 몇 사람을 만났는데 모두 나를 잘 안다는 느낌을 받았다.

일주일쯤 지나서야 나는 다시 윤성과 재회했다. 윤성은 팔과 허리에 붕대를 감고 있었지만 건강해 보였다. 한 손을 쓸 수 없어 불편했기 때문에 그는 흑판에 적어서 그때의 이야기를 해주었다.

「소리를 내었어요.」

윤성은 간단하게 설명했다. 나는 침을 삼키고 물었다.

「무서웠나요?」

「예?」

「얼마나 무서웠죠?」

나는 단단히 각오하고 물었다. 윤성은 잠시 나를 쳐다보다가 써 내려갔다.

「무섭지 않았어요.」

「거짓말 하지 말아요. 그럼 그 사람은 왜 도망갔죠?」

「무슨 일이 일어나는지 알 수 없었던 거예요. 머릿속이 울리는 것을 느꼈고 감정이 움직이는 것을 느꼈지만 그게 뭔지는 이해하지 못했죠. 그는 연주 씨가 초능력을 쓴다고 생각하고 겁을 먹었어요. 우리가 초능력자라고 믿고 있으니까요.」

「하지만 난 초능력자예요.」

그는 내 절망적인 표정을 보더니 뭐가 우스운지 한참을 웃었다.

「그들이 생각하는 의미로는 아니지요.」

「내가 무슨 짓을 한 거죠?」

나는 두려움을 삭이며 물었다. 그는 잠시 내 얼굴을 들여다보더니 어떤 단어를 썼다.

「ㄴ＊를 불렀어요.」

나는 그 단어를 가만히 읽어보았다. 본 적이 있는 단어였다.

— 언니는 여기서 뭘 했지요?

— ㄴ＊를 불렀어요.

노래.

나는 그 단어를 손가락으로 음미했다.

「그게 뭐죠? 그것도 음악＊인가요?」

그는 고개를 끄덕였다.

「우리가 입을 움직이는 건 노래를 부르기 때문이죠. 사람의 혀와 입술과, 목과 폐가 만들어내는 음악을 말해요. 악기도 도구도 필요 없는 음악이죠.」

「에…….」

나는 억지로 이해하며 건성으로 대답했다.

「연주 씨는 뭔가를 말하고 싶었을 거예요. 입으로 말이죠. 아마 그게 가장 처음 떠오른 말이었을 거예요.」

「어떻게 내가 노래(인지 뭔지)를 할 수 있었죠? 난 노래를 부를 줄 몰라요.」

「세연 씨는 늘 노래하고 있었고, 연주 씨는 듣고 있었을 테니까요. 무의식중에 외웠을 거예요. 그 지하실에서도. 기억나지 않아요? 연주 씨는 분명히 우리의 언어로 말했어요.」

나는 소스라치게 놀랐다.

「내가요? 언제요?」

「분명히 말했어요. '싫어!'라고요.」

「'싫어?'」

「내가 가지 말라고 앞을 막으셨을 때 그렇게 말했어요. 상황에 딱히 맞는 단어는 아니었지만 틀림없이 우리의 언어였어요.」

도저히 믿을 수가 없는 이야기였지만 따질 기분도 아니었다.

「하지만 그 사람은 어떻게 내 노래를 들을 수 있었던 거죠? 사람들은, 그러니까 우리 말고 다른 사람들은 들을 수 없잖아요.」

「들을 수 있는 사람은 많아요. 잘 들을 수 있는 사람에서부터 희미하게 들을 수 있는 사람까지. 하지만 그것이 소리라는 것을 인식하지 못하고 사는 거죠. 연주 씨처럼요. 아마, 그는 어느 정도 들을 수 있는 사람이었을 거예요. 그러니까 우리를 찾아낼 수 있었던 거고요.」

나는 점점 더 무서워지기 시작했다.

「그 사람은 나중에 자기 나름대로 이유를 붙여 생각할 거예요. 귀신이라도 보았다든가, 우리가 자신의 정신을 조종했다든가. 그는 슬픈 느낌에 사로잡혔지만 이유를 알 수 없었겠지요. 그래서 도망쳐버린 거예요.」

「그렇게까지 끔찍한 소리였나요?」

윤성은 고개를 젖히고 웃었다. 그는 흑판에 빠른 속도로 써 내려갔다.

「제발 그렇게 겁먹은 얼굴로 보지 말아요. 웃겨 죽을 것 같으니까.」

글자가 계속 이어졌다.

「들을 수 없는 사람도 때로는 소리를 느낄 수 있어요. 공기의 진동을 느끼는 거죠. 뭔가 일어난다는 것 정도는 알 수 있어요. 연주 씨는 잠자고 있던 그 사람의 귀를 두들겨 깨웠어요. 그렇게 크고 아름다운 목소리였던 거예요. 자신감을 가져도 돼요. 세연 씨만큼이나 멋진 목소리였어요.」

언니의 이름이 나오자 얼굴이 달아올랐다.

「언니에 대해 말해주겠어요?」

「세연 씨 말인가요?」

「어떤 사람이었죠? 언니는?」

우스운 질문이라고 생각하며 나는 물었다. 일생을 같이 살아온 사람에 대해 다른 사람에게 묻다니.

「세연 씨는…….」

글자가 천천히 찍혔다.

「우리 모두의 연인이었어요.」

순간 나는 내가 뭔가 잘못 읽었나 싶었다.

「네?」

「세연 씨를 사랑하지 않는 사람은 없었어요. 그리고 우리 중에 세연 씨를 모르는 사람도 없어요. 세연 씨가 죽었을 때 우리는 추모 콘서트＊를 열었어요. 정말 많은 사람이 모였죠. 연주 씨도 보았다면 좋았을 거예요.」

　이 사람이 나를 놀리고 있거나, 생각나는 대로 쓰고 있거나, 아니면 뭔가 다른 사람의 이야기를 하는 것이 분명했다. 나는 어이없는 웃음을 지으며 고개를 저었다.

　「이해가 안 가요. 우리 언니지만, 언니는…….」

　「내성적이고 말도 잘 못했죠. 덜렁이에다가 건망증도 심했어요.」

　윤성이 나 대신 말하며 웃었다.

　「하지만 세연 씨는 누구도 알지 못하는 재능을 갖고 있었어요.」

　그는 글을 이어갔다.

　「누구든 사랑하지 않을 수 없었을 거예요. 그 노래＊를 들으면.」

　노래.

　그는 눈을 반쯤 감고 써 내려갔다.

　「아직도 귀에 생생하게 들리는 것 같아요. 세연 씨가 무대에 서면 가장 뒤에 있는 사람에게까지 쩌렁쩌렁하도록 울리죠. 심장이 두근거리고 정신을 차릴 수가 없게 돼요. 눈물이 앞을 가리고 머리가 멍해지죠. 노래가 끝난 뒤에도 자리를 떠날 수가 없어요.」

　아직도 귀에 생생하게 들린다……. 내가 그 기분을 상상해보려 애쓰는 동안 윤성이 눈을 뜨고 나를 쳐다보았다.

　「연주 씨도 마찬가지예요.」

　「예?」

　「그때 세연 씨가 다시 돌아온 줄 알고 깜짝 놀랐어요. 정말 똑같았어요.」

　「똑같았다고요? 뭐가요?」

「연주 씨 목소리는 세연 씨와 같았어요. 정말로 아름다웠어요. 내 귀를 믿을 수가 없었죠. 그리고 생각했어요. 연주 씨를 구해서 정말 다행이라고.」

그는 환하게 웃었다.

「먼 옛날에는 거의 모든 사람이 청각을 갖고 있었다고 해요.」

「200살까지 살았고, 하늘도 날아다니고 마법도 썼지요.」

나는 조금 빈정거리며 대꾸했다.

「그래요, 그건 신화죠. 옛날에는 거의 모든 사람이 들을 수 있었다는 신화. 아마 물의 수위가 높아져 해안 도시가 대부분 물에 잠겨버린 그 전쟁 때, 인간의 유전자에 어떤 변형이 와서 청각을 잃어버리게 되었다고들 해요. 그리고 사람들은 청각에 대한 역사를 지워나갔죠. 다른 역사와 기록은 복구했지만 청각에 관한 것만은 계속 어둠 속에 묻어두었어요. 하지만 들을 수 있는 사람은 살아남았지요. 청각을 회복한 사람들도 조금씩 생겨났어요. 하지만 교육과 사회적인 압력 때문에 다들 또 다른 감각을 깨닫지 못하고 살고 있어요. 생각 외로 정말 많은 사람이 '들을 수 있어요'. 당신이나 나처럼.」

나는 피식 웃었다.

「정말로 사이비 종교 같은 이야기군요.」

「나는 그런 꿈을 꾸어요.」

그는 계속 써 내려갔다.

「모든 사람이 일상처럼 노래를 부르고 춤을 추고, 어디에서나 자신이 원하는 음악을 들을 수 있는 세상. 모여 앉기만 하면 노래를 부르며 즐길 수 있는 세상. 숨어서 노래를 부르지 않아도 되고 경찰에 쫓기거나 잡혀가는 일도 없는, '소리'가 온 세상에 가득 차게 되는 세상을요.」

나는 잠깐 그 만화 같은 상상을 해보다가 조심스레 물었다.

「그러면 어떻게 될까요?」

「글쎄요…….」

윤성은 턱을 괴고 잠시 고민했다.

「노래할 때 집 앞을 지키고 있지 않아도 되겠지요.」

나는 웃고 말았다.

「운전을 하면서도 대화를 할 수 있겠지요. 그림을 그리거나 담배를 피우면서도, 청소를 하면서도, 양 손에 물건을 들고도, 노를 저으면서도, 밭을 갈면서도, 일을 하면서도…….」

「양 손에 물건을 들고 대화를 한다고요?」

나는 그 우스꽝스러운 모습을 상상하며 배를 잡고 웃었다.

「눈을 감고도 이야기할 수 있어요. 앞이 안 보이는 사람이나 팔이 없는 사람도 대화할 수 있겠지요. 음악방송이 생길지도 모르고, 음…….」

그의 말이 모두 너무나 우스꽝스러웠기 때문에 계속 웃지 않을 수 없었다.

「밥을 먹을 때에는 그래도 못하겠지요? 입과 손을 모두 쓰니까?」

「그건 생각 못 해봤는데요.」

그는 웃었다.

「나는…….」

그는 진지하게 써 나갔다.

「사람들이 좀 더 행복해질 거라고 생각해요.」

「난 내가 불행하다고 생각해본 적은 없어요.」

「그럼 앞으로는 더 행복해지겠지요.」

「모든 사람이 청각을 갖게 된다⋯⋯.」

나는 흑판을 내려다보며 생각에 잠겼다. 그는 이상향의 꿈을 꾸고 있다. 모든 사람이 평범하지 않은 세계.

「하지만.」

문득 어떤 생각이 떠오르는 바람에 묻지 않을 수 없었다.

「만약 거의 모든 사람이 청각을 갖게 된다면 누구나 보지 않고도 서로가 말하는 것을 알 수 있겠지요?」

「그래요.」

「길을 가면서도 자신과 전혀 관계없는 사람들이 이야기하는 것을 들을 수 있겠지요. 자는 동안에도 집 안에 있을 때도, 밖에서 나는 소리가 끊임없이 우리의 사생활을 침범할 거예요. 사람들이 많이 모인 곳에서는 소란스러워서 정신을 못 차릴 지경이 될 거예요. 이 모든 것이 아무것도 변화시키지 않을까요? 프라이버시는 어떻게 되죠? 원하지 않는 사람이 내 이야기를 들으면 어떻게 하죠? 만약에⋯⋯.」

나는 조금 불안함을 느끼며 그를 쳐다보았다.

「당신 말대로 우리 모두가 소리로 대화할 수 있게 되고, 대부분의 사람이 귀로 들을 수 있게 되었을 때, 끝까지 청각을 회복하지 못한 사람들은 어떻게 하지요? 그 사람들은 다른 사람과 의사소통을 할 수 없게 될 거예요. 지금까지 정상인이었던 사람들이 장애인이 되는 거예요. 그 사람들은 어떻게 되죠? 당신들이 그 사람들을 차별하지 않을까요?」

「그건 너무나 앞선 걱정이군요.」

윤성은 한참 말이 없다가 대답했다.

「나는 옛날 사람들이 불행했다고 생각하지 않아요. 그들은 청각이 가져오는 문제를 해결하는 방법을 알고 있었을 거예요. 아마 우리도 알아낼 수 있으리라고 생각해요.」

「그럴까요?」

「사실 나는 집마다 방음장치가 있었으면 하고 바랄 때가 많아요. 가끔 너무 시끄럼 * 거든요.」

「방음장치라고요?」

나는 다시 배를 잡고 웃었고 윤성도 웃고 말았다.

「연주 씨는 이제 뭘 할 거죠?」

「우선 청소부를 구하는 곳이 있나 알아봐야죠.」

「그리고는요?」

「당신 밴드에 들어갈까 해요.」

그가 조금 놀란 눈으로 내 손에서 내 얼굴로 시선을 옮겼다. 나는 얼굴을 붉히며 물었다.

「나도 그…… '노래'를 배울 수 있을까요?」

「물론이죠.」

그가 기쁜 얼굴로 웃었다.

「난 못 해요.」

나는 어깨에 힘을 잔뜩 주고 고개를 설레설레 저었다.

「할 수 있어요.」

윤성이 땀을 삘삘 흘리며 말했다.

「난 못 해요.」

나는 열심히 저항했고 윤성은 열심히 애원했다.

방 안에는 사람들이 가득 앉아 있었다. 우리는 새 도시에서 새아지트를 만들고 화요일마다 모임을 열었다. 그러다 윤성이 계속 부추기는 바람에 몇 번 입을 움직였었다. 처음에는 분명 세 명뿐이었는데, 갑자기 오늘 삼십 명으로 불어나버렸다. 거실은 사람으로 발 디딜 틈 없이 차 있었다. 모두가 학생처럼 기대에 가득 찬 눈을 빛내며 나를 바라보고 있었다.

「난 노래를 못 해요. 그게 뭔지도 모른다고요.」

「하지만 저번에는 했잖아요.」

「기억나지 않아요. 어떻게 했는지도 모르겠다고요!」

「모두 연주 씨의 목소리를 듣고 싶어서 온 거예요.」

「난 내 목소리가 어떤지도 몰라요.」

나는 있는 힘을 다해 고개를 저었다. 윤성은 난감해했다.

사람들이 눈짓하며 서로를 돌아보았다. 몇 명은 입을 움직였고 몇 명은 손가락으로 속삭였다. 그때 한 아주머니가 손짓으로 윤성을 부르더니 제안했다.

「모두 같이 불러요. 그러면 되겠죠? 그럼 우리 아가씨가 좀 편하게 부를 수 있잖겠어요.」

모두 좋아하며 동의했다. 뒤에 있어서 아주머니의 말을 보지 못한 사람들은 '뭐?' '뭐?' 하며 옆 사람에게 묻다가 좋다고 손을 부딪쳤다. 나는 사람들이 왜 좋아하는지도 알 수 없었지만, 이 많은 사람 앞에서는 절대 입을 열지 않겠다고 몇 번이고 다짐했다.

누군가가 먼저 입을 움직였고 사람들이 따라 입을 움직이기 시작했다. 나는 눈을 감고 있다가 놀라 고개를 들었다. 믿을 수가 없었다. 사람들의 감정이 손에 잡힐 듯이 전해져 왔다. 한 번도 본 적이 없는 사람들인데도 나는 그들과 공명하고 있었다. 내 심장이 그들의 심장 박동과 함께 뛰고 있었다.

갑자기 생각이 났다. 나는 그 가락을 알고 있었다. 언니가 언제 어느 때에 그 가락을 불렀는지 알고 있었다. 높고 낮게, 부드럽게 강하게, 오르내리며, 내 목 안에서, 내 배 속에서, 내 폐 속에서, 살아 약동하는 무엇인가가 입을 통해 흘러나왔다.

노래를 마쳤을 때, 나는 태어나 처음으로,

정적을

느꼈다. 소리가 정지한 것을 느낄 수 있었다. 아무도 움직이지 않았다. 나는 천천히 눈을 떴다. 꼼짝도 않고 멈춰 있던 사람들이 하나둘 움직이기 시작했다. 그들의 움직임을 따라 귀가 천천히 열리기 시작했다.

나는 주위에 가득 찬 모든 소리를 구별할 수 있었다. 사람들의 웃음소리, 손뼉 치는 소리, 환호성, 그들이 일어날 때 옷깃이 부스럭거리는 소리, 발이 바닥에 닿는 소리. 사람들의 각기 다른 목소리. 윤성이 기쁜 얼굴로 나를 껴안을 때 그의 목에서 나는 소리, 그의 옷에 달린 단추가 내 옷에 닿아 쓸리는 짤그락 소리마저 들을 수 있었다. 내 발아래 앉아 있던 패치가 고개를 들며 입을 열었을 때, 나는 그의 작고 귀여운 울음소리를 들을 수 있었다.

나는 그제야 알 수 있었다. 세상은 음악으로 가득 차 있고, 소리로 가득 차 있다는 사실을.

우수한
유전자

◆ 2005년 환상문학웹진 〈거울〉 발표

2005년 거울 연간 단편선 《2005 거울 중단편선》(거울) 수록

2005년 전자책 《멀리 가는 이야기》(북토피아) 수록

2006년 《2006 과학기술 창작문예 수상작품집》(동아엠앤비) 수록

2008년 거울 개인 동인지 《멀리 가는 이야기》(거울) 수록

2010년 개인 단편집 《멀리 가는 이야기》(행복한책읽기) 수록

언젠가 선배님과 논쟁했던 일이 떠오릅니다. 선배님은 평등이란 서로 같아지는 것에서가 아니라 다른 점을 인정하는 것에서 온다고 하셨지요. 사회를 유지하는 데 필요한 것은 획일이 아니라 조화고, 키를 맞추는 것이 아니라 키가 다른 사람들이 서로를 보완하는 것이라고. 그런데도 역사는 언제나 어느 한 부분을 배제하고 축소하고, '더 낫거나' '더 옳다'고 믿는 것을 과다하게 확장하는 데에만 주력해왔다고요. 비대하게 기울어진 가치관은 결국 쇠퇴를 가져오고, 뒤를 잇는 문명은 다시 다른 쪽 저울에 추를 과다하게 올려놓는 모순을 반복해왔다고요.

그러므로 우리의 눈에 아무리 바보스러워 보이더라도, 그들의 존재 역시 이 사회에 필요하며, 그들의 생활방식 역시 인정해야 한다고 하셨습니다.

그때 저는 이렇게 말씀드렸지요.

"이미 조화를 생각할 때는 지나버렸어요. 겨우 1만의 사람들을 나머지 6천만 명의 사람들이 먹여 살리고 있어요. 이 불평등한 사회에서 무슨 조화가 있고 보완이 있어요? 이대로 내버려두면 양쪽의 간격은 점점 더 벌어지기만 할 뿐이에요."

저는 교류를 더 늘리고, 교육시설을 만들고, 그쪽의 아이들을 우리의 학교에 입학시켜야 한다고 주장했지요. 그러자 선배님은 다시 고개를 저으셨습니다.

"자네 말대로야. 우리는 너무 달라져버렸지. 자네가 현대문명에 관해 조금만 설명해도 그 사람들은 무슨 동화 속 이야기 듣는 줄 알 거야. 보여주어도 무슨 속임수라고 생각할걸세. 우리가 얼마나 오랫동안 그들과 교류해보려 노력했는지 모르겠나? 현실을 받아들여야 해. 우리가 해줄 수 있는 것은 기껏 해야 그들이 생존하도록 지켜주는 정도야. 우리로서는 그게 최선을 다하는 걸세."

선배님은 계속 말씀하셨습니다.

"자네는 그들을 책으로밖에 몰라. 그들이 불행하다고 지레 짐작하지 말게. 그건 자네 기준에서지. 그들은 '행복해'하고 있어. 자네가 그들의 키를 키우려고 애쓴들, 아무도 고마워하지 않을걸세. 오히려 자신들을 괴롭힌다고 생각할 거야."

그때는 선배님의 말씀을 믿지 않았습니다. 저는 선배님을 계급주의자이며 인종차별주의자라고 비난했었지요. 하지만 이번 일로 저도 생각을 좀 달리하게 되었습니다.

동료들이 지금 이 꼴을 봤으면 배를 잡고 웃었겠군. 지훈은 서류가 가득 든 여행 가방이 넘어지지 않도록 있는 힘을 다해 붙잡으며 생각했다. 길 여기저기 튀어나온 돌 때문에 5초에 한 번씩 달구지가 덜컹거리는데, 달구지에는 의자도 몸을 고정할 곳도 없고 바퀴는 두 개뿐이었다. 지훈은 한 손으로는 가방을, 다른 손으로는 달구지 양옆에 난간이랍시고 달린 장대를 꼭 붙들고 엉거주춤하게 균형을 잡을 수밖에 없었다.

'최소한 현대적인 이동 수단이 없다는 정도는 귀띔해주었으면 좋았을 텐데.'

"그래, 자네는 무슨 일로 이곳에 왔는가?"

암소의 등에 앉아 흥얼흥얼 노래를 부르던 노인이 느릿느릿 물었다.

"저는 키바 복지회에서 나온 사람입니다."

"그게 뭐 하는 곳인가?"

"여러분의 생활환경을 개선하기 위해 설립된 단체입니다. 키바의 변화 가능성을 검토하고, 나아가서는 여러분과 우리 스카이돔의 차이를 줄일 방법을 연구하고 있습니다. 주요 활동으로는 예방접종, 빈민구제, 생필품 조달……."

물론 우리 복지회를 이용하는 키바 시민은 거의 없습니다만.

"당최 무슨 말인지 못 알아듣겠구먼. 자네들 말은 왜 그렇게 어렵나?"

길 양쪽으로는 논밭이 펼쳐져 있었다. 밭 사이사이마다 성냥갑처럼 납작한 집들이 따닥따닥 붙어 있었다. 지붕은 밀짚을 이어 올리고 벽은 흙을 다져 세운 집들이었다. 반쯤 벌거벗은 진흙투성이 아이들이 도랑을 맨발로 뛰어다녔다. 길옆에 아이 두 명이 서서 말끔한 양복을 입고 달구지를 타고 지나가는 지훈을 원숭이 구경하듯 빤히 쳐다보았다. 꼼짝도 않고 선 모습이 오래된

다큐멘터리 영화 필름처럼 보였다. 태양은 뜨겁게 달아 있었고 공기는 말라 버석거렸다. 앉아 있기만 해도 이마와 등에서 땀이 줄줄 흘렀다. 필터를 꼈는데도 숨을 쉴 때마다 먼지가 폐로 들어왔다. 지훈은 스카이돔의 안락한 온도와 깨끗한 공기가 얼마나 고마운 것이었는지 새삼 느꼈다.

"덥지 않습니까, 영감님?"

"하하, 이 사람, 여름이니까 덥지."

여름이니까 덥지. 지훈은 사람들이 그런 사고를 하던 때가 대체 몇 세기 전이었는지 생각해보았다.

"이렇게 더우면 죽는 사람도 나오겠습니다."

"가끔 있지."

"농담이시겠죠."

농담이 아닐 수도 있다는 생각이 들었다.

"이곳 사람들은 평균수명이 어떻게 됩니까?"

"평균수명?"

"보통 몇 살까지 사시냐고요?"

"글쎄, 한 50살 되려나?"

50살이라.

"스카이돔 사람들이 200살까지 사는 건 알고 계십니까?"

노인은 껄껄 웃을 뿐 대답하지 않았다. 말도 안 되는 소리라고 생각했거나, 아니면 뭔가 자신만의 세계에 빠져 있는 것 같았다.

— 무슨 말을 하든 믿지 않을 것이다.

지훈은 선배들의 경고를 떠올렸다.

"연평균 소득은 얼마나 되지요?"

무슨 말인지 알아듣지 못해 다시 설명해야 했다. 묻지 않아도 알고 있었다. 키바의 평균소득은 스카이돔의 100분의 1에도 채 미치지 못했다. 그나마도 스카이돔에 납품하고 나면 남는 것도 없을 것이다.

키바와 스카이돔의 교류는 점점 줄어들고 있었다. 세금 수급은 자동화되어 세무서에서는 수량만 확인하고 버튼만 누른다. 초창기에는 무역상이라도 들락거렸지만, 키바에 '굳이 무엇을 줄 필요가 없다'는 것을 깨닫게 된 후로는 불공정하고 합법적인 조세(또는 강탈)만이 남게 되었다. 정책이 바뀔 때마다 세금은 과도하게 매겨지기도 했고 완화되기도 했지만 키바는 아무 불평 없이 할당량을 채웠다.

울지 않는 아이는 돌보지 않는다고 했던가. 지난 한 세대 동안 키바를 직접 방문한 스카이돔 사람은 손에 꼽았다. 물론 1만의 인구를 생각하면 그나마도 제법 높은 비율인 셈이다. 대부분은 위성사진을 보고 문헌 기록을 읽는 것으로 만족했고, 나머지는 키바의 존재 자체에 관심을 두지 않았다. '구식 사고방식을 가진' '다소 희생적인' 사회학자들만이 수년에 한 번 키바를 방문했다. 그들은 자신이 가진 탁월한 일처리 능력과 뛰어난 두뇌를 적극 활용하여, 가능한 한 빠르게 조사를 마치고는 도망치듯이 따뜻한 스카이돔의 품안으로 되돌아왔다.

지훈 자신도 3년 전 복지회에 가입했지만 직접 키바를 방문하는 것은 이번이 처음이었다. 사실 이 질병으로 가득 찬 세상에 직접 발을 들이는 것은 나병 환자 마을에 들어가는 것만큼 용기가 필요했지만, 이 문제는 아무래도 직접 나서야겠다는 생각에 방문을 결심한 것이었다. 동료들은 놀렸고 선배들은 충고했다. 아무것도 얻지 못할 거야. 너처럼 의욕 있게 갔던 어린애들이 모두 울면서 돌아왔어. 다시는 그런 곳에 가지 않겠다고 찡찡거렸지. 세상일이 그렇게 만만하지 않아.

지훈은 헛기침하며 마음을 다잡았다. 다들 말뿐이야. 희생정신이라고는 눈 씻고도 찾아볼 수 없다니까. 하지만 저 태양은, 저 빌어먹을 태양은, 저 이글거리는 불덩이만은 어떻게 처리가 안 되는군. 그리고 이 먼지, 먼지, 온 천지에 가득한 먼지도. 괜찮을 거야. 겨우 몇 시간뿐이니까. 몇 시간만 지나면 돌아가서 깨끗이 소독할 테니까. 혹시 모르니 종합검진도 한번 받아둬야겠군. 몇 시간만 견디면.

문헌에 의하면 키바는 갈수록 쇠퇴하고 있다. 조만간 퇴화하여 멸종할지도 모른다는 조심스러운 예측도 떠돌았다. 학문과 지성은 자취를 감추었고 문자마저 소멸하고 있다고 했다. 키바인은 이제 저 거대한 황금색 탑에 납품하는 물품을 무슨 십일조나 번제물쯤으로 생각할지도 모른다는 주장도 있다.

암소가 길게 울며 발을 멈추자 지훈은 다시 머릿속에서 동료들의 웃음소리를 들었다.

"다 왔네."

지훈은 잠깐 멍하니 있다가 더듬거렸다.

"저는 24-A지구의 대표자에게 안내해달라고 했습니다만."

"촌장님 찾는 것 아니었나?"

"……예."

촌장이라는 말이 뭔지는 모르겠지만 지훈은 고개를 끄덕이고 보았다.

"아침부터 기다리셨네. 얼른 들어가보게."

노인은 지훈을 내려놓고 암소의 배를 툭 쳤다. 지훈은 넋나간 얼굴로 암소의 뒤꽁무니를 쳐다보다가 다시 눈앞의 집을 돌아보았다.

지훈의 앞에는 기울어진 작은 움막이 하나 덩그러니 놓여 있었다. 집은 지붕까지 흙으로 지어져 있었고 창문이라고는 벽에 타이어 빵꾸처럼 뚫린 구멍 하나뿐이었다. 출입구를 가리는 것은 대나무로 만든 발 하나뿐이었고 문은 높이와 너비가 간신히 사람 하나 지나갈 정도였다. 지훈은 열없이 엉클어진 머리를 다듬고 옷깃을 세웠지만 무력감만 들 뿐이었다.

"실례합니다."

들어서자마자 썩는 냄새가 지훈을 맞이했다. 방 안은 어두웠고 벽지도 발라져 있지 않았다. 몇 개의 나무상자가 가구를 대신했고 방 가운데에는 모닥불을 피우는 듯한 자리가 둥글게 파여 있었다. 거미가 막 천장에 거미줄을 치고 있었고 솜털 같은 발이 달린 벌레가 문지방에서 꼼지락거렸다. 오래된 기록 영화 속으로 들어온 기분이었다. 고조선 시대의 한국도 이보다는 나은 집을 만들었을 것이다.

"어서 오게나. 기다리고 있었네."

돌아보니 방 안쪽에 노인 한 명이 앉아 있었다. 노인을 본 지훈은 혹시 썩는 냄새가 그의 몸에서 나오는 것이 아닐까 싶었다. 그는 마치 뼈 위에 쩍쩍 갈라진 찰흙을 한 겹 얹어 놓은 사람처럼 보였다. 태양 때문일 거야. 지훈은 무의식중에 생각했다. 갈라진 논바닥처럼 노인의 피부는 말라붙고 비틀어져 있었다. 머리에는 한 오라기의 털도 없었고, 가느다란 팔과 손에는 해부도처럼 뼈의 윤곽이 드러나 보였다. 혈관이 툭툭 튀어나와 손등을 기어다녔고 마디마다 관절이 불거져 있었다. 지훈은 정신을 가다듬으며, 고대에는 이런 노화가 일반적인 현상이었음을 상기하려 애썼다.

"스카이돔에서 사람이 온 것이 얼마 만인지 모르겠구먼. 요새 젊은이들은 키바에 관심을 두지 않으니 참으로 안타까운 일이야. 그래, 뭐 하고 있나. 거기 앉게."

지훈은 한참 바닥을 보다가 가방에서 서류를 몇 장 꺼내 깔고 그 위에 앉았다. 온갖 벌레들이 둥지를 틀었을 거적때기 위에 엉덩이를 붙이는 데는 굉장한 용기가 필요했다.

미리 기다리고 있었는지 아니면 뭔가 신호가 오간 것인지, 문 밖에서 한 여자가 잔과 접시를 올린 상을 들고 들어왔다. 여자는 다행히 노화가 진행되지는 않았지만, 스카이돔의 조각 같은 여자들만 보며 살아온 지훈의 눈에는 끔찍하게 못생겨 보였다. 여자의 눈은 너무 작았고 입술은 너무 두꺼웠고, 코는 너무 컸고 이마는 너무 넓었다. 몸은 너무 뚱뚱했고 키는 너무나 작았다.

"내 손녀라네. 스카이돔에 아주 관심이 많다네. 자네가 온다는 소식에 며칠 전부터 들떠서 기다렸지."

여자는 지훈을 향해 가볍게 고개를 숙였다. 문명사회를 동경하는 미개사회의 젊은이라. 흔한 일이지. 좋은 인상을 주어야겠다고 생각한 지훈은 굉장한 용기를 내어 손을 내밀었다. 돌아가면 이 손을 깨끗이 소독해야겠다고 생각하면서.

"키바 복지회에서 나왔습니다. 저……."

여자는 지훈의 손을 물끄러미 내려다보더니 대답도 없이 상을 내려놓고 노인의 옆으로 가서 앉았다. 지훈은 당황해서 손을 내민 채로 어정쩡하게 서 있었다. 미개인에게 무시당했다는 생각에 불쾌감이 와락 치밀어 올랐지만, 여자는 빤히 자신을 볼 뿐 아무 말도 하지 않았다. 노인은 지훈이 기분이 상한 것을 눈치챘는지 여자의 등을 툭툭 쳤다.

"아 참, 언질을 안 주었군. 나영이는 자네나 나처럼 하질 못해. 그러니까, ……소리 내어 말하는 것 말일세."

지훈은 잠깐 그 말이 무슨 뜻인지 생각해보다가 기겁하고 말았다.

"잠깐만요, 뭐라고 하셨죠? 손녀분께서……."

노인은 양손으로 자신의 귀를 가리켰다.

"귀가 고장이 나서 말이지, 날 때부터 그랬네. 뭐, 신경 쓰지 말게. 사는 데에는 큰 지장이 없으니까."

여자는 자신을 물끄러미 볼 뿐이었다. 지훈은 믿을 수 없다는 눈으로 여자를 마주 보았다.

그 사람을 처음 보았을 때 제가 얼마나 놀랐는지는 굳이 설명하지 않아도 아시리라 생각합니다. 농아(聾啞)라니, 적절한 단어인지 모르겠지만 달리 표현할 방법이 없군요. 그런 사람들은 이미 옛날에 사라져버린 줄 알았는데. 그런 사람을 보는 것이 처음이었기 때문에 저는 어떻게 해야 하는지 알 수가 없었습니다. 어떻게든 그와 대화를 해보려고 애썼지만 어떤 방법도 소용이 없었습니다. 그런 사람이 어떻게 우리 세계의 이야기를 들어보겠다고 내 앞에 와서 앉아 있는지도 이해할 수 없었습니다.

진정하기 위해 여자가 내온 잔을 입에 가져간 지훈은 더욱 넋이 빠지고 말았다.

잔에 담긴 물은 나무 이파리라도 끓인 듯 떫은맛이 났다. 그릇에 담긴 음식은 쌀 따위를 물에 끓여 소금을 좀 친 것 같았는데, 토사물처럼 흐물흐물하여 입에 대는 순간 뱉어내고 싶었다. 노인과 여자의 앞에는 그릇이 없었다. 손님을 대접하기 위해 오늘 점심을 굶는 게 아니라면 자신들도 그다지 먹고 싶지 않은 모양이었다.

"다들 이런 것을 먹고 삽니까?"

지훈은 슬픔과 구역질과 참담함이 섞인 목소리로 물었다. 노인은 당황해서 여자를 마주 보았다.

"이런…… 입맛에 맞지 않나? 미안하네. 내가 스카이돔 사람들 취향을 잘 몰라서 말일세."

이미 취향의 문제는 5만 광년 너머에 있었다.

"먹는 것이 이것밖에 안 됩니까? 작년에 복지회에서 비료와 농약도 지급했는데요. 농사가 잘 안 되나요?"

양이 절대적으로 부족했을 줄은 알지만.

노인은 주름진 얼굴에 한가득 바보 같은 웃음을 띠었다.

"걱정하지 말게. 스카이돔에 바치는 물량은 어기지 않으니까."

지훈은 입을 떡 벌리고 말았다.

"우리 먹을 것은 충분하니까 걱정하지 말게나. 뭐랄까, 요새 애들은 그다지 많이 먹지 않아서 말이지. 정말일세. 그러니 걱정하지 않아도 된다네."

그럴 리가 없잖아.

지훈은 눈물이 팽 돌 지경이 되었다. 탈진한 기분이 된 지훈은 진정하며 입을 열었다.

"돌아가서 서류를 보내드리겠습니다. 양식에 맞게 기입만 해주시면 제가 보고서를 올리겠습니다."

"무슨 서류 말인가?"

"수확량을 정확히 보고하세요. 상황도 상세히 기입하시고요. 세금이 너무 과하다고요. 가진 것을 다 강탈당해서 굶어 죽을 지 경이라고요. 복지회에서 책임지고 건의하겠습니다. 스카이돔 사 람들이 키바에 관심이 없기는 해도 괴물은 아니에요. 사정을 봐 드릴 여지는 얼마든지 있습니다."

노인은 기겁하며 손을 내저었다.

"그런 소리 말게. 스카이돔 사람들을 돕는 것은 우리에게 기쁜 일이지. 빼앗긴다고 생각하는 사람은 아무도 없다네."

이야기를 들어보니, 그들은 진심으로 자신들이 행복하다고 믿 는 것 같았습니다. 저도 직접 보기 전에는 믿을 수가 없었습니다. 대체 무엇에서 기쁨을 느끼는 걸까요?

"2년 전 스카이돔에서는 유전자 판별기를 석 달에 한 명 수준 에서 키바인이 무료로 이용할 수 있게 하겠다고 공문을 내려보냈 습니다."

지훈은 점점 힘이 빠지는 것을 느끼며 말했다. 바닥에 서류를 늘어놓고는 있었지만 상대가 이 내용을 이해할 수 있으리라는 기 대는 이미 사라져 있었다. 펴놓는 이유는 그저 손이 심심해서였다.

"하지만 지난 2년간 이용한 키바인은 한 사람도 없더군요."

노인과 여자는 유심히 서류를 보았다. 이유는 물론 눈이 심심 해서일 것이다.

"알다시피 이쪽 사람들은 워낙…… 기계 같은 건 싫어해서 말 이지."

"안내에 따라 그냥 시키는 대로 하시기만 하시면 됩니다. 어려운 것은 하나도 없어요. 초등학생이라도 쓸 수 있습니다."

아니, 실수. 키바의 초등학생이 어느 수준인지 지금으로서는 짐작도 되지 않았다.

"여러분이 아무래도 잘 모르시는 것 같아 알려드리려고 온 겁니다. 비용은 한 푼도 들지 않아요. 복지회에서 전부 부담해드립니다. 그저 와서 이용만 하시면 돼요."

노인은 대머리를 쓱쓱 문질렀다.

"글쎄, 어떻게 생각할지 모르지만…… 우리는 이용해보려고 했었네. 스카이돔에서 준 선물인데 성의를 보아서라도 써보려고 했었지."

성의를 보아서라. 지훈은 노인이 부여잡고 있는 자존심에 경배를 드리고 싶은 심정이었다.

"하지만 가서 본 사람들 말이, 왜 그런 것이 필요한지 도통 이해할 수가 없다고 하더구만. 마음은 고맙지만 선물을 주려면 뭔가 다른 것을 주었으면 좋았을 텐데……."

"저와 제 동료들이 오직 여러분들을 돕겠다는 일념 하나로 무수한 반대 여론을 무릅쓰고 장장 1년에 걸쳐 위원회와 싸워 얻어낸 법안입니다. 그런데 여러분들이 개무시를 해주시는 바람에 저희는 완전히 웃음거리가 되었어요."

지훈의 언성이 높아지자 노인은 주춤했다.

"그것 정말 미안하구먼."

노인은 한참 자신을 멍하니 보았다. 처음에는 노인이 생각에 잠겼다고 생각했는데, 가만 보니 뭔가 혼자 중얼거리는 것 같았다. 잠시 어색한 시간이 지난 후에야 노인이 정신을 차린 듯 입을 열었다.

"우리가 뭐 해줄 일이라도 있겠는가?"

"판별기를 이용해주시면 감사하겠습니다."

지훈은 주객이 전도된 느낌으로 말했다. 이 영감님은 어떤 의미로 대단한 사람인지도 모르겠군.

"그러니까 왜 써야 하는지 모르겠더라는 말일세."

"키바에는 '판별되어' 태어난 사람은 한 명도 없습니다. 맞지요?"

노인은 이해하지 못하는 표정이었다. 우물 밑바닥에 사는 개구리와 이야기하는 기분이었다. 어디서부터 설명해야 할지 알 수가 없었다. 지훈은 숨을 고르며 자신을 달래었다. 이 정도에 좌절해서는 안 돼. 네 이상과 네 신념을 생각해라. 불쌍한 키바인을 돕기 위해 일생을 바치겠다고 결심한 소년 시절을 기억해야 한다. 그래, 어린아이한테 이야기한다고 생각하는 거다. 세 살짜리, 아니 두 살짜리. 아니, 옹알이도 못하는 갓난아기.

유전자 판별기가 산부인과에 설치되기 시작했을 때, 사람들은 금방이라도 세상이 뒤집힐 것처럼 들썩거렸다. TV와 신문은 마이클 조던으로 구성된 농구팀과 모차르트로만 구성된 관현악단과 아인슈타인으로만 구성된 교실이 생겨나리라고 연일 보도했다. 하지만 현실은 그렇게 되지 않았다. 유전자 판별기를 쓰는 데에는 상당한 비용이 들었고, 아이를 가지는 나이인 2, 30대에 그 비용을 댈 수 있었던 사람들은 상류 계층 사람뿐이었으니까. 세상은 뒤집히지 않았다. 단지 원래 있던 구조가 탄탄하게 안착되었을 뿐이다.

십수 년이 지나자 유전자 판별기로 태어난 사람들로만 구성된 회합이 생겨났고, 정치와 경제와 학문이 그곳을 중심으로 돌아가기 시작했다. 그들은 재화의 한정성을 고려하여 자신들의 숫자를 일정하게 유지해야 한다는 데에 동의했고, 유전자 판별기를 독점하여 일반인들이 쓰지 못하게 막았다. 그들은 자신들만의 성을 쌓고 모든 부(富)가 집결된 스카이돔이라는 도시를 건설했다.

하지만 수 세기가 지난 지금, 일반인들은 정보와 기술로부터 고립된 채로 너무나 오랜 세월을 흘려보냈고, 이제 그들은 퇴화하기 시작했다. 이것은 스카이돔에도 안 좋은 소식이었다. 결국 스카이돔을 유지하는 것은 키바로부터 걷히는 세금이었으니, 키바는 최소한의 발전을 할 필요가 있었다.

스카이돔에서는 키바의 아이들을 몇 명 데려다 교육해보려고 했지만 이내 불가능하다는 것을 깨달았다. 그들의 지능은 너무나 뒤떨어져서 스카이돔의 언어조차 이해할 수가 없었다. 그들은 공부에 전혀 흥미를 느끼지 못했고, 몇 주를 못 견디고 울며 집으로 도망쳤다. 키바의 아이들을 가르쳐본 학자들은 키바에 조금이나마 '똑똑한' 아이가 태어나도록 '품종개량'을 시키지 않으면 두 사회의 간극을 좁힐 방법은 없다고 발표했다.

복지회에서 사업을 추진했고 위원회는 키바인에게 가끔씩 유전자 판별기 사용을 허락하도록 하는 법안을 통과시켰다. 물론 기계는 적당한 수준에 맞춰져 있었지만. 그 정도로도 10년이나 20년 후에는 스카이돔의 직업교육이나마 받을 수 있는 아이가 만들어질 것이다.

복지회에서는 신청자가 쇄도할 것으로 생각하여 선별 방법까지 마련해놓고 있었는데, 2년이 지나도록 신청자는 한 사람도 없었다. 직접 키바를 방문하여 모집해보아도 관심을 두는 사람조차 없었다.

지훈이 최선을 다해 쉽게 설명하는데도 노인은 알아듣는 기색이 없었다. 노인은 한참 침묵하다가 입을 열었다.

"우리는 지금 태어나는 아이들에게 만족하고 있다네."

그래서 손녀를 귀머거리로 태어나게 하신 모양이군요.

지훈은 생각을 입 밖으로 내지 않으려 애썼다. 여자는 여전히 불만스러운 얼굴로 자신을 빤히 쳐다보고 있었다. 뭔가 자신이 알아들을 수 있는 방식으로 말을 하기를 기대하는 모양이었다. 농아가 존재하지 않는 스카이돔에 수화 같은 것이 있으리라 생각하는 걸까. 좋아, 어쨌든 유전자 판별기가 무엇인지 이해시키는 것까지는 성공했다고 봐야겠군. 지훈은 마음을 다잡았다.

"무슨 뜻인지 알겠습니다. 키바인들의 조상이 어떤 철학을 갖고 있었는지는 저도 들었어요. 자연 그대로, 주어진 대로 살아가자. 인간의 운명을 바꾸고 진화의 속도에 관여하는 것은 그 뭐랄까. 신의 권위에 도전하는 일이다."

물론 지훈은 그 '신'의 개념을 도통 이해할 수 없었지만.

"뭐, 이해는 해요. 습관은 바꾸기 어려우니까요. 살아온 방식을 바꾸기는 힘들겠지요. 하지만 생각해보세요. 어차피 수정이 일어날 때 2억5천만 개의 정자가 버려집니다. 몇 개의 국가를 만들고도 남을 가능성이 매 성교 때마다 녹아서 없어지는 거예요. 그중 오직 우연에 의해서 한 쌍의 정자와 난자가 선택됩니다. 선거도 하지 않고 시험도 치르지 않아요. 마치 대통령을 제비뽑기로 뽑는 것과 같지요. 오히려 이쪽이 불합리하다고 생각하지 않으세요? 유전자 판별기는 단지 선별시험을 치르는 것에 불과해요. 대단한 것이 아닙니다. 약물을 투입하는 것도 아니고 무슨 장치를 다는 것도 아니에요."

지훈은 열정적으로 설득했다.

"그게 부자연스럽다고 생각하지 마세요. 보세요. 이미 여러분도 자연적으로 자라는 풀씨를 땅에 심어 농사를 짓고, 자연적으로 자라는 나무를 베고 자연적으로 굴러다니는 흙으로 집을 만들지 않습니까. 돌을 깎고 동굴을 파던 원시 시대부터 인간은 자연을 통제하고 변화시키며 살아왔어요. 인류가 진보하면서 자연스럽게 인간이 다룰 수 있는 영역이 늘어나는 것뿐입니다."

노인은 말이 없었다. 아무래도 이 사람들은 언어마저도 퇴화한 것 같았다. 노인의 표정을 살펴보던 지훈은 자신이 이들을 여전히 과대평가하고 있다는 것을 깨달았다.

"유전자가 뭔지 모르는군요. 그렇지요?"

"아니, 알고 있네."

그렇게 말할 줄 알았지.

"알고 있으니까 원하지 않는 거야."

그렇게 말할 줄도 알고 있었다.

"영감님, 키바의 인구는 6천만 명이나 돼요. 6천만 명 중에 몇 명입니다. 뭐가 그리 대수라고 그래요? 몇 명의 천재가 겁이 나요? 몇 명쯤, 여러분들을 변화된 미래로 이끌어줄 아이가 태어나는 게 그렇게 겁이 납니까?"

'변화된 미래'라는 말에 노인의 표정에서 심한 거부감이 일자, 지훈은 떨떠름하게 말을 삼키며 이야기를 돌렸다.

"물론, 우수한 유전자를 갖고도 평범한 사람이 될 수도 있어요. 하지만 통계적인 영향이라는 것이 있지요. 이미 증명되지 않았습니까."

"증명?"

"스카이돔의 사람들은 대학을 졸업할 때 박사학위를 두서너 개는 따고 나옵니다. 키바의 대학생들은 어떻습니까?"

"박사학위라는 게 뭔가?"

이런, 예시를 잘못 들었군.

"유치원에서는 뭘 가르치죠? 그러니까 아이들이 가장 처음 들어가는 학교에서는 말입니다."

"글쎄, 그림을 그리거나 노는 법을 가르치지. 노래와 춤도 배우고."

이번에는 지훈의 말문이 막힐 차례였다.

"노는 법이요?"

"그렇다네."

"노는 법을 왜 가르칩니까?"

"물론 잘 놀기 위해서지."

지훈은 대꾸할 말을 찾을 수가 없었다.

"초등학교에서는 뭘 배우지요? 그러니까, 두 번째 들어가는 학교에서는요?"

"말하는 법을 배운다네."

지훈은 이제 기력이 쇠할 지경이었다.

"유치원에서는 노래를 가르친다면서요?"

"노래보다 말이 더 어렵네. 노래는 그저 따라 하기만 하면 되지만 말은 만들어내야 하니까. 창조력이 필요하다고 할까."

그렇군요.

"공간수학이나 제3물리학, 분자생물학 같은 것은 가르치지 않는다는 겁니까?"

"그렇다네."

"그리고 그런 수준에 만족하신다는 겁니까?"

"그렇다네."

저는 처음으로 절망을 느꼈습니다. 그제서야 선배님이 제게 하신 경고가 무슨 뜻인지 알 수 있었습니다. 계몽이란 위를 올려다볼 수 있는 최소한의 눈이라도 있는 사람에게나 가능한 것입니다. 그들은 우물 밑바닥에 살지만 더 나은 세계가 존재하는 것을 모르기에 올라갈 이유도 알지 못합니다. 저는 제 이상과 신념이 이렇게 무너지지 않기를 기도하며, 어떻게든 그 사람을 설득해보려고 애썼지만, 아무 소용도 없었습니다. 그는 제가 하는 말을 전혀 알아듣지 못했습니다.

"인간의 진화에 관한 문제입니다!"

지훈은 소리를 지르기 시작했다.

"대체 언제까지 이런 미개한 생활을 계속할 겁니까! 인류가 태양계로 진출하고, 미시세계와 거시세계를 정복하는 동안, 당신들은 이 지푸라기로 만든 움막에 들어앉아서 바구니나 뜨다가 인생을 다 보내고 있다고요! 가난이 지겹지도 않습니까? 스카이돔에 착취당하며 사는 게 억울하지도 않아요?"

노인 역시 괴로워하고 있었다. 그도 알아듣지 못하는 대화에 힘들어하고 있는 것 같았다.

"뭐가 억울하다는 건지 모르겠구먼. 우리가 뭐 못해준 거라도 있나?"

"그런 말이 아닙니다!"

"불편한 게 있으면 이야기하게. 내 사람들에게 잘 말해서 고쳐

보도록 하지."

"그런 뜻이 아니라고요!"

벽을 두드리는 소리가 들렸다. 문에 걸린 발이 걷히며 부부로 보이는 남녀가 아이를 안고 들어왔다. 아이를 본 지훈은, 이제 더 놀랄 일도 없으리라고 생각했는데도 새로이 놀라고 말았다. 아이는 빨갛게 열이 끓고 있었다. 피부는 빨간 발진으로 덮였고 땀이 비 오듯 쏟아졌다. 더위 때문이 아니었다. 성홍열이나 뭐 그런 종류인 것 같았다. 이미 21세기에 예방접종으로 사라진 병이었다. 부부가 난처한 얼굴로 서 있자 노인은 깜박했다는 듯 자리에서 일어났다.

"알겠네. 이거 미안하게 됐군. 치료를 시작하겠네."

지훈은 자신이 뭔가 잘못 들었다고 생각했다. 부부는 아이를 안고 인사를 한 뒤 다시 밖으로 나갔다.

"잠깐 실례하겠네. 오래 걸리지 않을 걸세."

지훈은 당황해서 노인을 붙잡았다.

"치료라고요? 누가 누굴 치료한다는 겁니까?"

"나지 누구겠나. 내가 이곳에서 가장 나이가 많은 사람일세."

나이가 많은 것의 문제가 아니잖은가.

"저 애는 병원에 가야 합니다. 페니실린을 맞아야 해요. 저희 복지회에서 설치한 보건소로 가면 구할 수 있을 겁니다. 여러분도 지금 아이와 접촉했으니 모두 검사를 받아야 해요."

노인은 지훈의 말을 끝까지 듣지도 않고 밖으로 나갔다.

지훈은 마을 광장에 초라한 꼴로 서 있었다. 자신이 왜 여기 있는지 떠올려보려 했지만 그의 사고능력은 뜨거운 태양에 과열

되어 증발되어 가고 있었다.

아이는 마을 광장 한가운데 놓인 제단 위에 누워 있었다. 제단은 꽃이나 나무 열매 따위로 덮여 있었고 좌우에 놓인 단지에서는 매캐한 연기가 피어올랐다. 노인은 그 앞에서 정신 나간 모습으로 기도하고 있었다. 노인의 바짝 마른 팔다리와 숨을 몰아쉬며 기침하는 아이의 모습이 지훈의 머릿속에서 빙글빙글 돌았다. 부부는 그 앞에 엎드려 연신 절을 했다. 제단을 둘러싼 마을사람들은 저마다의 무아지경에 빠져 노래를 부르기도 하고 춤을 추기도 하고, 괴상한 소리로 주문을 외우기도 했다. 지훈은 장엄한 오케스트라 악보 사이에 낀 불협화음처럼, 망망대해에 놓인 나뭇잎 하나처럼, 원시인들 사이에 서글프게 고립되어 있었다.

'이건 말도 안 돼.'

지훈은 절망 속에서 고개를 저었다. 두 종족이 분리될 때만 해도 이 정도는 아니었다. 그때만 해도 집집마다 컴퓨터가 있었고 학교에서는 과학이라는 것도 가르쳤다. 인류는 뒤로 역행했다. 수 세기 동안 쌓아온 인류의 위대한 역사도, 문화도, 지식도 깡그리 잊어버리고.

아이가 고통스러워하며 몸을 뒤척였다. 연기가 아이를 괴롭히는 듯했다. 갑자기 분노가 솟구쳤다. 지훈은 자리에서 벌떡 일어나 뚜벅뚜벅 제단으로 걸어갔다. 그의 옆에 있던 노인의 손녀가 눈을 둥그렇게 뜨고 지훈을 보았다. 너무 갑작스레 일어난 일이라 아무도 지훈을 제지하지 못했다. 무아지경에 빠진 노인은 지훈이 옆에 온 것도 모르고 자기만의 세계에 몰두해 있었다. 지훈은 그대로 노인의 멱살을 잡아 올리고 있는 힘을 다해 옆으로 패대기쳤다.

주위는 완전히 침묵에 빠졌다. 노래하던 사람은 입을 벌린 채로, 엎드려 있던 부부는 엎드려 있던 대로, 일어난 사람은 일어난 채로, 팔을 들고 있던 사람은 팔을 든 채로, 내린 사람은 내린 채로 얼어붙었다. 당혹과 경악의 시선이 지훈에게 꽂혔다. 지훈은 거품을 물고 쓰러진 노인 옆에 영웅처럼 서서 주위를 노려보았다. 아무도 움직이지 못하는 것을 확인한 지훈은 고개를 돌려 아이의 맥을 짚어 보았다. 아이는 죽어 있었다.

이것이 사건의 전말입니다. 그때 받은 충격은 쉽사리 가시지 않습니다. 무지(無知)가 한 가엾은 아이의 목숨을 그리 쉽게 가져가버릴 수도 있다는 것을 알았으니까요. 또 그들의 세계에서는 많은 아이들이 그런 식으로 죽어간다는 사실 역시 깨닫게 되었으니까요.

아마 우리는 이미 아종(亞種)으로 분화해버린 모양입니다. 전에는 인간이라는 이름의 같은 생물이었지만, 이제는 하나의 종(種)으로 분류하기에는 너무나 달라져버렸습니다. 스승님과 선배님들을 떠올려보면 그들이 과연 우리와 같은 시대를 사는 사람들인지도 의심스러울 지경입니다.

저는 복지회에서도 탈퇴했고 문화교류회에서도 나왔습니다. 다들 무식한 사람의 일이니 용서하라고 하지만, 아무리 해도 그때의 일이 머리에서 떠나지 않습니다. 죽어가는 아이의 모습이 자꾸 떠올라 견딜 수 없습니다. 그리고 그가 성스러운 제단을 더럽힌 일이.

위대한 스승님의 영적인 치료를 방해하여 아이를 죽게 만든 일이.

저는 조금 마음이 진정된 후에, 그 사람이 숨기지도 않고 내뿜어대던 혼란스러운 사고의 파장에 대해 곰곰이 생각해보았습니다. 발음기관에 의존하는 그의 사고 패턴은 마구 엉클어진 실타래 같아 쉽게 읽기 어려웠지만, 그래도 그의 파장 속에서 몇 가지 사실은 유추해낼 수 있었습니다.

스카이돔 사람들이 인류로부터 고립되기 시작했던 21세기 말은 극단적으로 물질화된 시대였던 것 같습니다. 당시 사람들은 뇌를 지나는 혈관과 호르몬 하나하나의 역할은 알고 있으면서도 그 뇌를 둘러싼 영혼은 보지 못했습니다. 세계를 구성하는 분자구조는 쿼크 단위로 파악할 수 있었음에도 그 세계를 둘러싼 힘의 흐름은 보지 못했습니다. 계산력과 암기력이 지능의 주된 판단기준이었고, 사기꾼과 협잡꾼은 '똑똑한 사람'으로 평가되었던 반면에 착하고 윤리적인 사람은 '바보스럽다'고 평가받았습니다.

당시 유전자 판별기를 만든 사람들은 그 사회의 엘리트들이었고, 의심 없이 자신들을 우수한 사람이라고 믿었습니다. 그들은 자신의 가치기준에 따라 우성과 열성을 분류했습니다. 사회적 편견과 인종적 편견과 시대적 편견이 모두 녹아 있는(물론 그들 자신은 객관적이라고 믿었지만) 기준이 만들어졌습니다. 그들은 신인류가 될 아이들의 유전자를 집요하게 제거했으며, 자신들의 기준에서 '우수한' 유전자만을 보존했습니다.

물론 그들의 지식에 의거해서도 유전자가 인간을 결정하지는 못합니다. 환경의 복잡한 상호작용과 인간의 자유의지를 통해 인간은 자신의 선천적인 경향에서 벗어나 예측할 수 없는 방향으로 성장합니다. 하지만 그 사회는 너무 작았고 세대교체 주기는 너무 길었습니다. 신념은 너무나 확고했고 너무나 오랫동안 고립되어 있었습니다.

스카이돔 사람들은 아직 육체에 과도하게 얽매여 있으므로 매일 엄청난 분량의 식사를 섭취해야 합니다. 더위와 추위를 견디지 못하므로 늘 같은 기온을 유지하는 건물이 필요하고, 질병에 취약하므로 모든 종류의 예방접종을 받아야 합니다. 이제는 우리가 그들을 위해 만들어준 감옥(비록 우리가 최대한 그들의 취향에 맞춰주고는 있지만) 안에서밖에는 살 수 없는 몸이 되고 말았습니다.

그들은 멀리 이동하기 위해서는 자동차라는 것을 타야 하고, 우주를 비행하기 위해서는 우주선이라는 것을 타야 합니다. 그가 '우리는 태양계를 정복했소'라며 열변을 토했을 때 얼마나 웃고 싶었는지. 선배님들이 명상만으로도 성단과 성단을 자유로이 오갈 수 있다는 것을 그는 상상이나 할 수 있을까요?

여전히 물질적인 쾌락에 집착하고 있어 호화로운 집이나 반짝이는 돌 같은 것에 탐닉하고, 그것을 위해 인생을 낭비하며 즐거워합니다. 마음의 눈을 뜨지 못했으므로 작은 물건을 보려면 현미경을 써야 하고 먼 것을 보려면 망원경을 써야 합니다. 마음의 귀가 열리지 않았으므로 여전히 성대를 움직이는 대화법에 의존하고 있습니다. 놀랍게도 그들은 초등학교를 졸업할 때까지 '말하는 법'조차 배우지 못한다고 합니다! 그 스카이돔 사람이 우리의 '대화'를 전혀 알아듣지 못하는 모습을 제 눈으로 직접 보지 않았더라면, 아마 저도 믿지 못했을 겁니다.

이제야 선배님들이 하신 말씀의 뜻을 알 것 같습니다. 그들은 우리를 동경할 만한 지성조차 갖고 있지 못합니다. 자기 자신조

차 스스로 돌볼 수 없어 우리 6천만 키바 선민들의 보살핌이 없으면 단 하루도 생존하지 못하면서도 자신들이 불행하다는 사실도 깨닫지 못합니다.

저는 오랫동안 그들을 불쌍히 여겨왔지만, 그리고 그들에게 인류의 위대한 진보에 관해 가르쳐보려고 노력해왔지만, 이제는 선배님들의 말씀을 믿어야 할 것 같습니다.

그들이 '행복해하고 있다'는 사실을.

참으로 가슴 아픈 일입니다.

마지막
늑대

✦ 2007년 공동 단편집 《잃어버린 개념을 찾아서》(창비) 수록

2010년 개인 단편집 《진화신화》(행복한책읽기) 수록

2021년 개인 영문 단편집 《On the Origin of Species and Other Stories》(Kaya Press) 수록

✸ 씨는 어쩌다 또 애완동물을 놓쳤는지 알 수가 없었다. 우리 자물쇠도 부서지지 않은 채였고 열쇠도 얌전히 주머니에 있었다. 연기로 변해 창살 사이로 빠져나가기라도 한 건가. 설마 애완동물이 열쇠를 훔쳐 자물쇠를 따고 얌전히 제자리에 돌려놓고 나가기라도 했단 말인가. 그는 당혹감에 코를 긁적이다가, "세상에는 과학적으로 설명이 안 되는 일도 있는 법이지." 하고 느긋하게 생각하며 직장으로 향했다. 실컷 놀다가 배가 고프면 돌아오겠지. 몇 번이고 그랬으니까. 그래도 ✸ 씨는 이번에 녀석이 돌아오면 따끔하게 혼을 내서 다시는 이런 일이 없도록 해야겠다고 다짐했다.

✳

나는 문득 걸음을 멈추고 서녘 하늘을 응시했다. 내 발을 따라 질주하던 시간이 내 뒤꽁무니에 부딪혀 멈춰 섰다. 해그림자가 반대쪽 지평선까지 어스름하게 덮여 있었다. 짙게 깔린 구름에 산란하는 태양빛으로 하늘이 온통 타는 듯 붉었다. 내가 시선을 두는 사이에 서녘 하늘은 황금빛으로 빛나다가 짙은 코발트빛으로 물들었고 숨어 있던 별들이 하나둘 모습을 드러내기 시작했다.

그들은 이 풍경을 보지 못한다.

거리는 적막에 잠겨 있었고 내 거친 숨소리만이 천지 사방에 구슬프게 울렸다. 나처럼 허약한 생물의 체력이 어디 가는 것이 아닌지라, 고작 한 시간여를 달리고 난 내 폐는 애처롭게 울부짖고 있었다.

그들은 이 소리를 듣지 못한다.

"그들은 이 소리를 듣지 못한다."

나는 중얼거렸다. 입으로 뱉은 말은 힘을 가진다. 아무리 오래 생각했어도 머릿속에 있는 동안에는 되돌아갈 여지가 있다. 하지만 말한 후에는 모든 것이 변한다. 그 말을 입에 담은 순간 나는 내가 돌이킬 수 없는 지점을 지나버렸음을 깨달았다.

나는 이제 다시는 돌아가지 않을 것이다.

다시는, 애완동물로는.

나는 쉬고 싶은 유혹을 뿌리치고 달렸다. 음식물 쓰레기로 목욕을 한 뒤였지만 주인의 코를 속일 수 있으리라는 보장이 없었다. 주인은 마음만 먹으면 수십 킬로미터 떨어진 곳에서도 나를 찾아낼 수 있다. 내 몸에 묻은 쓰레기가 누구네 집 것이며 그 음식물에 들어간 재료는 누구네 밭에서 재배된 것인지까지 집 안에 앉은 채로 알아낼 수 있다.

나는 그런 것을 알지 못한다.

나는 골목을 내달렸다. 골목도 우리처럼 작은 생물에게는 황야나 다를 바 없다. 집은 산맥과 같고 하수구는 큰 강줄기와도 같다. 창가에 앉아 졸던 점박이 친구가 내가 지나는 소리에 놀라 일어났다가 흥미를 잃은 듯 다시 누웠다. 그의 귀는 길게 늘어져 있었고 전신에는 크기가 다른 검은 반점이 나 있었다. 사람이 드나들 만한 구멍이 난 어느 집 대문 안쪽에는 흐느적거리는 긴 목과 팔다리를 가진 종자가 마당에 늘어지게 누워 있었다. 긴 머리카락이 몸을 덮은 데다 몸에 난 털도 길고 풍성해서 꼭 배배 꼬아놓은 실타래처럼 보이는 사람이었다. 창살이 삐죽삐죽 솟은 담장 위로 누군가가 꾸물거리며 지나갔다. 키가 내 삼분의 일밖에 되지 않고 사지가 짜리몽땅하며, 뚱뚱하다 못해 뱃살이 늘어져 거의 팔다리가 보이지 않는 종자였다.

"알비, 알비."

담장 위를 지나던 짜리몽땅이 나를 내려다보고 웃으며 물었다.

"또 가출이야? 오늘은 또 무슨 임무야? 옛날 책이 묻힌 곳이라도 찾았나?"

알비는 내 별명이다. 원래는 '알비노'라고 불린다. 색소가 없는 종을 일컫는다. 내 몸은 털에서부터 눈썹과 머리카락까지 완전히 흰색이며, 눈만이 혈관을 비춰 붉게 빛난다. 내 품종은 꽤 인기가 있어 애완 숍에서 비싸게 팔리는 편이다. 내 하얀 몸은 색맹에다 지독히 시력이 나쁜 '그들'의 눈에도 '보이기' 때문이다.

멀리서 지진이 이는 듯 땅이 울렸다. 나는 벽에 가까이 기대 몸을 움츠렸다. 짜리몽땅은 다급히 담장 아래로 숨었고, 실타래도 황급히 집 안으로 사라졌다.

몸 이전에 긴 코가 어둠 속에서 먼저 모습을 드러내었다. 신축성이 좋은 코가 부드럽게 움직이며 주위를 세밀하게 살폈다. 코

가 다 지나자 그제야 태산처럼 육중한 몸이 어둠 속에서 모습을
드러내었다. 코가 발에 걸리도록 늘어진 모양새를 보니 술에 거
나하게 취한 듯했다. 나는 그가 발을 헛디뎌 내 위로 넘어지지나
않을까 조마조마해하며 지나가기를 기다렸다. 몸이 다 지나간 뒤
에도 긴 꼬리가 사라지는 데에는 또 그만큼 시간이 걸렸다.

내 발밑에서 물웅덩이가 춤추듯 출렁거렸다. 노래라도 부르는
모양이다. 물은 그의 노래를 들을 수 있지만 나는 듣지 못한다.
나는 그들이 내는 소리의 극히 일부만을 들을 뿐이다. 그들이 내
목소리의 극히 일부만을 들을 수 있는 것처럼.

"어이, 알비."

어디선가 부르는 소리에 나는 발을 멈추고 고개를 들었다. 탑
처럼 드높은 쓰레기통 위에 잡종 한 마리가 앉아서 나를 내려다
보고 있었다. 수컷이었다. 올리브빛 피부에 아무렇게나 흘러내린
검은 머리카락과 검은 눈동자를 갖고 있었다. 수염이 없는 것을
보면 어린놈이었다. 키는 나와 비슷했지만 대신 귀가 눈에 띄지
않을 만치 작았다. 잡종들은 대개 비슷비슷하다. 내 스승께서 전
에 그에 대해 가르침을 주신 적이 있었다.

"종의 분화는 일종의 돌연변이니까."

스승께서는 늘 쉽게 가르쳐주려 애쓰시는 편이었다. 하지만
그의 가르침을 이해하기가 말처럼 쉽지는 않았다.

"외부의 개입 없이는 종의 분화가 이렇게까지 빠르고 쉽게 일
어나지 않아. 너나 나와 같은 사람도 원래는 '종'으로 분류되지 않
았단다. 그냥 돌연변이나 장애인이라고 했지. 많은 경우 이렇게
쉽게 자손을 갖지 못하고 1대에서 끝났을 거야. 사람들 사이에서

배척받았을 거고 짝을 찾기도 힘들었을 테니까."

그는 내 눈동자와 하얀 피부를 가리켰고 자신의 등을 가리켰다. 그는 꼽추였다. 등이 산처럼 굽었고 키는 다른 사람들의 반도 되지 않았다.

"배척받는다니 어째서죠?"

내가 의아해져서 물었다. 희귀할수록, 이상하게 생길수록 귀하게 대접받는 우리들 아니던가.

"다양성보다 동일성을 추구하는 유치한 습성 때문이었다고나 할까……. 게다가 돌연변이는 대개 열성이야. 열성이 자손에게 이어지려면 같은 형질을 가진 사람을 만나야 하는데, 그런 것은 혈연관계가 없는 사람 사이에는 많지 않단다. 너나 나도 남매 사이에서 태어났지. 그런 일도 예전에는 흔하지 않았단다."

"그것도 유치한 습성인가요?"

스승께서는 대답하지 않고 말씀하셨다.

"무작위로 잡교배를 하다 보면 종이 분화되기 전의 원래 모습이 나타난단다. 만약 모든 동물과 식물을 서로 교접시킨다면…… 물론 그런 방법은 찾을 수 없겠지만, 우리는 이 세상에 존재한 최초의 생물의 모습으로 돌아갈지도 모르지. 나는 잡종일수록 우리 인간의 선조에 가까운 모습을 하고 있으리라고 생각한다. 물론 그들은 애완동물로는 인기가 없지만……. 인간이 지구를 지배했고 인간의 천적은 없었던 시대. '용'이 세상에 존재하지 않았던 시절의……."

"길이라도 잃었나? 집인간이 왜 이런 시간에 거리에서 주인도 없이 떠돌고 있어?"

내가 집인간인 줄은 내 품종만이 아니라 목에 맨 목줄로도 알아보았으리라. 내 몸을 훑어 내리는 눈빛에서 나는 그가 원하는 것을 깨달았다. 나는 등 뒤로 손을 뻗어 머리카락으로 가려둔 작은 칼을 꺼내 들었다. 결이 날카롭게 갈리는 흑요석으로 만든 것이었다. 내 무기를 본 그는 귀엽다는 듯이 웃었다.

"비싸게 굴지 마."

"난 아기를 낳을 생각이 없어."

"누가 아기를 낳자디? 그냥 잠깐 즐기자는 거야."

"그럼 더 안 돼."

길거리 인간들이 어떤 식으로 교배를 하고 아이를 낳는지 나는 익히 들어 알고 있었다. 하지만 그건 내가 원하는 바가 아니었다. 내가 원하는 것은 하나뿐이었다.

원하는 것이 적다는 것은 좋은 일이다. 어떤 상황에서든 무슨 말을 할지 망설일 필요가 없으니까.

"나는 '늑대'를 찾고 있어."

내가 말했다.

"아는 것이 있다면 말해줘."

"그래야 하는 이유를 모르겠군."

그는 손톱을 세우며 덤벼들 자세를 취했다. 길거리 생활로 다져진 잡종의 잘 발달된 근육이 달빛을 받아 파랗게 빛났다. 그의 검은 눈동자에도 푸른빛이 감돌았다.

그들은 그 색을 보지 못한다.

잡종은 내 머리 위로 뛰어내렸다. 나는 옆으로 피하며 칼을 휘둘렀다. 그는 바람처럼 피하며 벽을 발로 차 올랐고 다시 내게 달려들었다. 나는 다급히 몸을 굴려 피했다. 바위언덕 같은 큰 자갈

이 등에 와 부딪쳤다.

그가 수컷이라는 사실을 제외하더라도, 신체적 조건이나 싸움 기술, 몸의 재빠름 어느 면에서나 나는 그의 상대가 되지 못했다. 나는 눈을 조금 깔며 잠깐 고개를 숙였다. 위험천만한 일이었지만 위급한 상황에서 나는 가끔 그런 짓을 하곤 한다. 스승께서는 내가 그러는 것을 '기도'라고 불렀다. 어려운 개념이었지만 본능적인 행위라는 정도로만 이해한다.

잡종은 입맛을 다시며 내게로 달려들었다. 내 발이 조금 더디게 움직였고 그는 그 틈을 놓치지 않고 내 뒤로 돌아 목을 가볍게 졸랐다. 그는 익숙한 솜씨로 내 팔을 뒤로 꺾고 목에 더운 숨을 불어넣으며 속삭였다.

"칼을 놔. 안 그러면 그 귀여운 팔이 부러⋯⋯."

그는 말을 잇지 못하고 비명을 지르며 팔을 풀었다. 나는 그 순간을 놓치지 않고 그를 밀어붙이며 넘어뜨렸고, 위에 깔고 앉아서 칼 두 쌍을 그의 경동맥 위에 세웠다. 발버둥치던 그의 몸에서 힘이 풀려 나갔다.

"칼이 두 개였잖아."

그가 억울한 듯이 말했다.

"하나라고 한 적 없어."

"비겁한데."

"수컷이 암컷을 힘으로 공격하는 게 훨씬 더 비겁해."

나는 평정심을 유지하는 척하려 애썼다. 호신술을 배워두기는 했지만 실전은 처음이었다. 머리는 안정을 찾고 있었지만 심장이 따라주지 않았다. 문장은 어찌어찌 나왔지만 말끝이 달달 떨렸다. 이 꼴이어서야 앞으로가 걱정이었다.

"이제 네 목숨은 내 거야, 잡종. 하지만 내 질문에 성실히 대답한다면 살려줄 수도 있어."

"거래할 수만 있다면야."

"늑대를 찾고 있어. 정보를 원해."

그의 얼굴이 묘하게 일그러졌다. 그는 '정신 나간 여잔 줄 알았으면 건드리지 않았는데.' 하는 표정으로 나를 잠시 올려다보았다.

"'늑대'가 뭔지나 알고 하는 말이야? 설마 진짜 늑대를 찾는 건 아니겠지?"

"오랜 옛날 협약을 어기고 용족에게 끝까지 저항하기로 맹세한 자들의 후손. 용족과 관계를 맺지 않고 숲이나 동굴에 숨어 살면서 사냥을 하며 살지. 선조의 모습을 유지하고 있고 아직도 저항을 계속하고 있어. 그들을 이 마을 근처에서 본 사람이 있다고 들었어."

"너, 원로원 끄나풀이군. 밤마다 노래 부르는 놈들."

잡종의 얼굴이 다시 일그러졌다. 이번에는 '원로원의 개인 줄 알았으면 건드리지 않았어.' 하는 표정이었다.

"어쩐지 집인간치고는 몸놀림이 좋다 했어. 늑대를 찾아서 뭘할 생각이지? 그래, 알겠어. 원로원에서 늑대를 처치하라는 지령이 떨어졌군. 내버려둬도 머지않아 사라져버릴 사람들이야. 세상에 늑대가 살 수 있는 곳은 이제 거의 남아 있지 않다고. 애초에 왜 저 괴물들을 위해 우리가 서로 싸워야 하지?"

그가 일어나려 했고 나는 손에 힘을 주어 그를 제지했다. 그는 송곳니를 드러내며 말했다.

"협약인지 협잡인지 헛소리 마. 용족은 알지도 못하는 일이잖아. 용족에게 귀여움 받는 너희 같은 놈들이야 아쉬울 게 없겠지.

너희처럼 재미있게 생겨서 비싸게 팔리는 놈들이야 하루에 한 번씩 재주만 넘어줘도 일생 먹을 걱정 없이 살겠지. 우리 같은 잡종에게 협약 따위는 아무 의미도 없어."

"그래. 너한텐 아무 의미도 없겠지."

나는 칼을 좀 더 깊이 눌렀다. 칼이 숨구멍을 압박하자 그의 낯빛이 변했다.

"알량한 영웅심 부리다 길거리에서 죽는다 해도 슬퍼해줄 사람 하나 없어. 지금 네 입에서 괜찮은 정보가 나오지 않는다면 네 목숨의 가치는 없어."

여전히 내 말끝은 내 의지와 상관없이 조금은 달달거렸지만 설득력은 있었던 모양이었다. 그는 숨을 헐떡이며 말했다.

"진정해, 알비."

"날 알비라고 부르지 마. 내겐 이름이 있어."

"말해준 적도 없잖아. 이름이 뭐야? 야, 너 내 이름은 알아?"

나는 대답하는 대신 칼의 위치를 바꾸었다. 그는 파르르 떨었다. 그러다 결국 포기하고 말했다.

"동대문 지하철역 알지? 선조들의 유적 말이야."

"들어본 적은 있어. 아직 무너지지 않고 남아 있다더군. 용족에게 버려진 인간들이 살고 있다는 말도 들었어."

"거기에 그림을 그리는 노망 난 늙은이가 머물고 있다는 소문을 들었어. 늑대처럼 보인다더군. 베틀로 짠 옷을 입었고 털이 하나도 없대."

그는 목을 움찔움찔 움직이며 칼날이 찌르는 자리를 덜 아픈 곳으로 옮기려 애썼다.

"아닐지도 몰라. 그냥 잡종일지도. 잡종 중에는 털이 없는 놈이 많으니까. 그 노인네가 지하철 벽이나 집 벽에 그림을 그리거나 선 언문 같은 걸 쓰고 있다고 하더군. 내가 알고 있는 건 이게 다야."

나는 그에게 고통을 조금 더 주어보았고 그의 입에서는 더 나 오는 말이 없었다.

"예언자의 말씀은 지하철 벽이나 집 안의 벽에 적혀 있다." *

"뭐?"

그가 헐떡이며 되물었다. 내가 그 문장을 가락을 섞어 읊조렸 기 때문이다. 원로원에서 보존해 전승하는 노랫말 중 하나였다.

"별거 아냐."

나는 칼을 치우고 몸을 일으켰다. 숨통이 트인 그는 목을 만지 며 몇 번 뒤구르기를 하더니 쓰레기통을 타고 담을 넘어 도망쳤 다. 시야에서 사라지기 전에 그의 시선이 잠시 나를 향했다. 경멸 과 불쾌감이 눈에서 뿜어져 나왔다. '원로원의 개. 인간으로서의 존엄도 자존심도 버린 족속. 인류의 배신자. 역겨운 귀족. 비겁한 패배주의자.' 그의 눈이 한순간에 수백 가지 욕을 퍼부어대고 사 라졌다.

내가 몸을 툭툭 털며 일어나자 어디선가 나지막한 노랫소리가 들려왔다. 스승들의 노래다. 밤이면 어느 집엔가 사는 스승 중 한 사람이 첫 구절을 시작한다. 그러면 그 노래가 집과 집으로 이어 지고 마을 곳곳으로 퍼져나간다. '인간이 지구를 지배하던 시절' 보다 더 옛날, 문자가 없던 어느 원주민 부족이 자신의 역사를 기 록하기 위해 쓰던 방식을 본떴다고 한다.

노래는 단조로운 가락을 반복하며 인류의 역사와 지식을 전한

---

* 사이먼 앤 가펑클의 노래 〈The sound of silence〉 중에서 "The words of the prophets are written on the subway walls and tenement halls."

다. 오랜 세월 스승들께서 고치고 다듬어왔고 새로운 역사가 생겨나거나 옛 지식이 새로 발견되면 절 하나를 더 붙인다. 노래 하나를 처음부터 끝까지 다 부르는 데 몇 시간이 걸릴 때도 있다. 지금 흐르는 노래는 이렇게 시작한다.

이것은 선대가 전하는 신성한 지식이다. 세상을 지배했던 선조들이 전하는 지식이다. 이 노래가 끊어지지 않도록 하라. 노래를 후세에 전하는 의무를 게을리하지 마라. 용과의 전쟁을 멈춰라. 우리보다 위대한 선조들이 모든 방법을 동원하여 그들과 싸웠다. 그리하여 많은 것들이 사라졌다. 그들과 싸워 죽지 말고 그들을 사랑하여 살아남아라. 살아남아 인류의 유전자를 미래에 남겨라. 그것이 우리의 신성한 의무다.

이 노래가 끊어지지 않도록 하라. 노래를 후세에 전하는 의무를 게을리하지 마라. 이것은 위대한 선지자 뉴턴이 전하는 신성한 법칙이다. 제1법칙, 물체에 힘이 작용하지 않으면 속도는 변하지 않는다. 이것을 명심하라. 제2법칙, 힘은 질량과 가속도를 곱한 값이며……

그들은 이 노래를 듣지 못한다.

"생물이 내는 소리도 악기와 원리가 같아."

스승께서 언젠가 밥그릇을 늘어놓고 설명해주신 적이 있다. 그러면서 내게 큰 밥그릇에서 나는 둔중하고 낮은 소리와 작은 밥그릇에서 나는 높은 소리를 구분해 들려주셨다.

"작은 생물에게서는 높은 소리가 나고 큰 생물에게서는 낮은 소리가 나지. 우리에겐 고래의 노래가 들리지 않지만 고래의 노래는 태평양을 횡단하여 지구 반대편까지 흐른단다. 낮은 소리는 멀리 퍼지거든. 지구가 고래의 노래로 가득한데도 인간의 귀에는 들리지 않아. 고래는 너무 크고 그들이 내는 소리는 너무 낮으니까. 개미의 목소리가 우리에게 들리지 않는 것과 마찬가지란다. 반대로 개미가 내는 소리는 너무 높으니까……. 생물은 모든 높낮이의 소리를 들을 수 있는 귀를 갖고 있지 않아. 그랬다간 시끄러워 살수 없을 테니까. 용족도 마찬가지지. 그들은 공룡을 제외하면 지구에 나타난 가장 거대한 생물에 속할 거야. 조류의 가벼운 뼈와 근육을 써도 육상생물로는 그 정도가 한계겠지. 그들은 고래나 코끼리처럼 초저주파로 대화하지. 우리는 그들에 비하면 생쥐나 햄스터 크기밖에 안 된단다. 그들과 우리는 서로 다른 채널을 쓰는 라디오와 같아. 같은 공간의 다른 영역에서 사는 셈이지. 눈도 마찬가지야."

스승은 내 코 위에 밥그릇을 엎어놓았다. 그런 채로 스승의 얼굴을 보니 밥그릇이 좌우로 흔들리는 것처럼 느껴져 현기증이 났다.

"긴 코나 얼굴을 가진 생물은 정면에 초점을 맞추기 힘들단다. 생물이 정면을 보려면 우리처럼 눈 두 개가 다 앞에 붙어 있고 얼굴이 납작해서 시야를 가리는 것이 없어야 해. 용족의 눈은 머리 양쪽에 붙어 있지. 전후방 360도를 보기는 하지만 간신히 '뭔가가 있다' 정도만 알 수 있을까. 대신 냄새를 맡고 발바닥에 느껴지는 진동을 읽고 민감한 피부로 공기와 자기장의 흐름을 느끼지. 무엇보다도 그들은 색맹이야. 다른 많은 동물들처럼……."

스승은 말을 끊고 조금은 동정하는 시선으로 나를 바라보았다.

"언젠가 우리가 서로 대화를 나눌 수 있게 되어도, 그들의 지성이 지금보다 더 경이롭게 발전한다고 해도, 그들은 여전히 많은 것을 이해할 수 없을 거다. '색깔'에 관해서도……."

그 말을 듣고 나는 울었다.

동대문역 입구는 우체통 아래 갈라진 틈 밑에 묻혀 있었다. 용족에게는 도로에 난 작은 균열일 뿐이지만 사람이라면 몸을 통과시킬 수 있다. 만약 용족이 그 틈을 메워버린다면 이 지하도는 영원히 폐쇄되고 세상에서 사라지고 말겠지만, 다행히도 이 지역 공무원들은 이런 민원처리에 게으른 편이다.

인간의 보폭에 맞는 낡은 고대의 계단이 안으로 이어져 있었다. 그런 크기의 계단에 익숙하지 않아 몇 번이나 발을 헛디뎠다. 계단 입구에는 횃불 하나가 타고 있었고 옆에는 횃불을 옮길 수 있는 횃대가 몇 개 꽂혀 있었다. 사람이 산다는 뜻이었다.

나는 횃불을 밝히고 안을 더듬어 들어갔다. '지하철 역사는 시민이 이용하는 공공장소이며 비상시 긴급 피난로입니다'라고 쓰인 곳을 (……그들은 이 글씨를 보지 못한다.) 지나는데 어둠 속에서 무엇인가가 화다닥 움직였다.

내가 횃불을 비추자 콘크리트 벽 안쪽 우묵한 곳에 숨어 있던 사람들이 물러나며 어둠속에 숨었다. 전신이 검은 털로 덮여 있었고 일부는 얼굴과 손바닥까지 털투성이였다. 일부는 발바닥이 손바닥처럼 곱았고 입과 코가 돌출되어 있었다. 그들은 불빛에 익숙하지 않은지 내가 횃불을 들이댈 때마다 시선을 피했다. 벌레나 쥐에 여기저기 뜯어 먹힌 듯한 비참한 몰골이었지만 벽 안쪽으로는 완벽한 숙소가 마련되어 있었다. 용족이 버린 신발 깔창과 속옷이 장판 대신 깔려 있었고 음료수 캔과 통조림은 가구를, 숟가락과 칫솔은 기둥을 대신했다.

용족은 우리가 잡동사니를 모아 집을 짓는 것을 구경하며 재미있어한다. 그리고 학습능력과 언어가 없는(그들은 그렇게 믿는다) 우리가 어떻게 본능만으로 집을 꾸미는지 토론한다. 하지만 무슨 특별한 일이겠는가. 비버도 댐을 쌓고 벌과 개미도 정교한 건축물을 짓는다. 고래와 새는 성부와 후렴구가 있는 노래를 하고 곤충들은 지배계급과 군사계급, 노동계급이 있는 완벽한 집단 사회를 이룬다. 인간의 특이한 행동은 지성에 대한 아무 증거도 되지 못한다.

용족들은 가끔 인간을 두고 지능 테스트를 한다. 그들은 빨간색과 초록색 카드를 한 그룹으로 두고, 보라색과 노란색 카드를 다른 그룹으로 두고는 둘을 구분하는 문제를 내곤 한다. 우리 대부분은 용족의 의도를 알아채지 못하고 혼란에 빠진다. 실제로는 두 카드에 인간이 도저히 구분할 수 없는 미세한 향의 차이가 있거나, 인간이 들을 수 없는 주파수의 소리가 나는 장치가 있기 마련이다. 그런 테스트에서는 쥐나 새가 인간보다 훨씬 지능이 높게 나온다.

유적에 사는 사람들 가운데에는 개가 한 마리 있었고, 손가락 발가락이 각기 여섯 개인 여자아이가 그 개를 꼭 껴안고 있었다. 개는 꼬리를 말고 앉아서는 경계하는 눈으로 나를 노려보았다. 손가락이 여섯 개인 아이는 다른 아이들보다 몸 상태가 좋았다. 특이한 손가락 때문에 혹시나 어느 용족이 애완인간으로 데려가지 않을까 싶어 가족들이 귀하게 키우는 모양이었다. 가족 중 누군가가 용족의 집에 입양되면 부엌 뒷구멍을 통해서 음식을 수월하게 구할 수 있다.

"이곳에 늑대로 추정되는 늙은이가 들어와 산다는 말을 들었다."

내가 말했다. 대답하는 사람이 없었다.

"누구 본 사람이 있나?"

여전히 답이 없었다. 나는 칼을 뽑아 들었다. 아이들이 소스라 치며 뒷걸음질쳤다. 한쪽 다리가 짧은, 아마 그래서 또 존중받고 있을 남자가 구석에서 몸을 일으켰다. 말이 어눌했다.

"칼을 치워라. 우리는 선량하다. 피를 보고 싶지 않다. 원로원 의 개."

".요구는 내가 한다. 너희들 중 누구든 늑대를 본 사람이 있으 면 말하라. 나 역시 피를 보고 싶지 않다. 하지만 협조하지 않는 다면 가장 약한 것부터 공격하겠다."

나는 칼끝으로 손가락이 여섯 개인 여자아이를 가리켰다. 아 이는 옆에 있는 개를 끌어안았다. 개가 나를 향해 으르렁거리기 시작했다. 그들이 내 허세에 넘어가지 않고 집단으로 덤빈다면 내 실력으로는 당해낼 수가 없을 테지만, 다행히 아무도 눈치채 지 못하는 듯했다. 남자는 자신만의 언어로 뭔가를 씨불였다. 알 아들을 수 없어도 욕이라는 것을 알 수 있었다.

"파란 사람을 따라가라. 피를 보지 마라. 그 늑대는 해가 없다. 약하다. 죽어간다. 선량하다."

그의 말투에서 그 늑대가 이들 사이에서 일종의 존경을 받는 위치에 있음을 알 수 있었다.

'파란 사람'은 금방 찾을 수 있었다. '비상구'. 선조의 유적에서 흔히 발견되는 그림이었다.

"초록색이잖아." 나는 중얼거렸다.

내가 나가는 곳 Way Out 出口라고 쓰인 간판 아래를 지날 때 어디선가 돌이 날아와 내 이마를 맞혔다. 고개를 들자 철골 사이에서 몸이 털로 뒤덮인 소년이 내뱉듯이 말했다.

"늑대는 용을 물리치는 방법을 알고 있어."

소년은 그 말을 남기고 철골 사이로 모습을 감췄다. 마침맞게 벽에 붉고 거대한 글씨로 '늑대는 용을 물리치는 방법을 알고 있다'라고 쓰인 것이 눈에 들어왔다. 아직 젖어 있는 것으로 보아 내가 가다가 볼 수 있도록, 미리 앞서 와서 써놓은 모양이었다. 평화적인 시위였다. 네가 진정 원로원의 개라면, 인류를 위한다면, 선조의 위대한 지식을 계승한 이들을 내버려두라고, 언젠가 인간이 다시 세상을 지배할 날을 위해 그들을 지키라고 말하는 듯했다.

이어지는 벽에는 '용은 어디에서 왔는가?'라고 거대한 글씨로 쓰여 있었다. '외계인? 진화된 심해 괴물? 공룡의 후손?'이라는 말이 뒤에 이어졌다.

내가 알기로 그들은 그냥 나타났다. 공룡이 사라지고 우리가 나타났듯이. 거대 파충류가 사라지고 거대 포유류가 나타났듯이. 비극이라고 할 것도 없다. 우리는 그런 세대교체에 저항하여 살아남았으니까. 오히려 희극이라고 해야 할까.

그 그림은 '관계자 외 출입금지'라고 쓰인 팻말 옆에 있었다.

불붙은 화산을 배경으로 거대한 용이 불을 뿜는 가운데, 산 아래에 갑옷을 입고 칼을 든 자그마한 사람이 방패로 불을 막아내며 전진하고 있었다. 용은 괴상한 생김새였다. 코가 길지도 않았고 입은 흡사 악어처럼 보였다. 용은 초식동물이라 이빨이 저렇게 뾰족하지 않고 턱도 저렇게 벌어지지 않는다. 저런 육식동물의 입으로 풀을 씹다간 풀이 송곳니와 볼 양쪽으로 다 새어 나가지 않을까. 손은 새처럼 작고 가늘었고 앉은 자세나 꼬리는 꼭 캥거루 같았다. 무엇보다도 용은 불을 뿜지 않는다. 우스꽝스러운 그림이었다. 애초에 용과 대적하는 인간이라니 어처구니없었다. 파리가 칼을 들고 인간과 대치하는 풍경이나 다를 바 없었다.

하지만 나는 감동을 받았다. 전혀 용을 닮지 않은 그 생물이 용을 상징한다는 것을 느낄 수 있었기 때문이다. 무엇보다도 그 그림은 벽에서 튀어나올 것처럼 생생했다. 용의 부리부리한 눈은 금방이라도 눈알을 굴리며 나를 쳐다볼 것만 같았고, 불타는 산은 손을 대면 델 것 같았다. 그림 속의 사람을 휘감은 불은 금방이라도 모든 것을 태워버릴 것만 같았다.

"그림이 마음에 드는 모양이군."

나는 황급히 돌아서며 칼을 뽑아 들었다. 흙에 반쯤 파묻힌 철로 위에 어느새 한 노파가 앉아 있었다. 붉은 섬유로 짠 옷을 머리에서부터 발끝까지 걸친 차림에, 두건 사이로 주름이 자글자글한 얼굴과 손발이 드러나 있었다. 옷으로 감추고 있어 몸이 다 보이지는 않았지만 털도 없었고 피부는 누릿누릿한 생선껍질 빛깔이었다.

"원 요즘 애덜은 버르장머리가 없어. 늙은이한테 하는 첫인사가 칼부림인가.”

“늑대……?”

노파는 길길거리며 웃었다.

“늑대 같은 소리 하고 앉았네. 통조림 뜯어 먹는 늑대도 있나.”

노파는 기대고 앉은 제 몸뚱이만 한 통조림 캔 안으로 손을 집어넣더니 내벽에 붙은 삶은 콩을 뜯어내어 입에 넣고 오물거렸다.

“다른 늑대들은 어디에 있지? 모두 이 안에 들어와 있나?”

내가 물었다.

“노인네한테 면전에서 반말이야. 아무튼 원로원 자식들은 애들 교육을 제대로 안 시킨다니까.”

나는 침을 꿀꺽 삼키고 다시 그림을 돌아보았다. 돌아보지 않을 수가 없었다. 잠깐 보지 않은 사이에 그 아름다운 그림이 머릿속에서 날아가버리는 것을 참을 수가 없었다.

“직접 그린 겁니까?”

“인간 말고 누가 그림 따위를 그리겠나.”

노파는 웃었다.

“그림이야말로 인간이 얼마나 세상을 왜곡된 형태로 지각하는지 보여주는 증거인걸.”

노파는 다시 콩 하나를 끄집어내어 이빨이 없는 입으로 오물거리며 말했다.

“망막에 맺힌 상은 평면이야. 우리가 보는 세상도 평면이지. 입체를 평면으로 보다니 그런 왜곡이 어디 있겠나. 하지만 우리는 평면에 색깔과 그림자만 적절히 배치해도 원근감과 깊이를 느끼지.”

노파는 내가 쫓아온 비상구 표지판을 가리켰다.

“저기 있는 파란 사람 문양만 해도 말이야, 저게 어디로 봐서 사람이야. 저런 것마저 사람으로 보는 게 사람이거든. 하지만 용족은 그러지 않아……. 그러니 저 기호를 이해할 리가 없지. 레몬향을 상징하는 향이라는 말처럼 들릴 거야. 레몬향이 아니면 아니지, 레몬향이 아닌 것이 어떻게 레몬향을 상징하느냐고 묻겠지. 용은 그림을 이해하지 못해. 세상을 2차원으로 인식하지 않거든. 그래, 네 스승들이 이런 것도 가르쳐주던가? 그 멍청이들에게, 아직도 이런 것들을 가르쳐줄 수 있는 지혜가 남아 있나?"

"스승님들을 조롱하지 마세요. 그분들은 대대로 일생을 바쳐 후세에 지혜를 전하고 있습니다."

"선조의 지식은 바다처럼 무궁무진해. 몇 사람의 일생 따위로 전할 수 있는 것이 아니야. 어차피 다 오래가지 못할 거야."

"다른 늑대들은 어디 있습니까? 늑대는 용이 주는 음식을 먹지 않는다고 들었는데요. 통조림을 먹고 쓰레기통을 뒤질 정도로 타락한 겁니까?"

"먹는 것 갖고 지랄이야."

나는 한 발 앞으로 나섰다. 아무리 늙었다지만 상대는 늑대였다. 용을 죽일 수도 있는 자들. 긴장을 늦출 수는 없었다. 노파는 주름진 얼굴에 미소를 지었다.

"원로원에서 늑대를 찾아 소탕하고 있다는 말은 들었지. 하지만 이리도 귀여운 아가 혼자서 찾아올 줄은 몰랐는데."

"늑대는 용을 물리치는 법을 아니까요."

내가 말했다.

"원로원은 종전을 선언했어요. 용이 우리가 위험하지 않다고, 귀엽고 착하고 충성스러운 생물이라고 믿게 만드는 것으로 살아남기로요. 생존이 모든 것에 우선하니까요. 하지만 당신들은 길

들여지는 것을 거부했고 앞으로도 그렇겠지요. 그만큼 당신들은 우리 모두에게 위험해요."

"늑대는 용을 물리치는 법을 안다……."

노파는 껠껠거리며 웃었다.

"그랬었지, 스팅어 미사일을 들고 수류탄에 베레타 쌍권총을 차고 바바리코트를 휘날리며 용을 향해 돌진했었지. 애들은 언제나 그런 이야기를 좋아해. 거대한 산맥과 같은 지붕을 타넘고 광활한 사막과 같은 방바닥을 지나 보물 위에서 자는 용을 물리치는 용사의 이야기. 젊은이도 그런 이야기를 좋아하나?"

"……모른다는 뜻인가요?"

노파는 고개를 도리도리 저었다.

"오래전에는 성공하기도 했다고 들었지. 힘을 합쳐 한 마리나 두 마리쯤은 물리칠 수도 있었다고. 그 대가로 참혹하게 살육당했고. 다 크지도 않은 어린 용 한 마리의 목숨을 빼앗은 대가로 마을 몇 개가 몰살당했지. 그게 선조의 지혜와 고대의 기술을 동원한 영웅적인 승리의 대가였지. 늑대도 이제는 알아. 용이 세계의 주인이고 이제 우리는 아니라는 것을."

그럴듯한 말이었지만 다 믿을 수도 없었다. 내겐 조금 더 확신이 필요했다. 나는 노파에게 다가가 칼을 겨눴다.

"말해. 다른 늑대들은 어디에 있지? 당신 혼자는 아니겠지. 늑대들은 혼자 다니지 않아."

그때 나는 전신에서 힘이 빠져나가는 것을 느꼈다. 두건 안쪽으로 보이는 노파의 눈이 희번덕 빛났기 때문이었다. 몸이 굳었다. 칼을 겨눈 상태로 굳은 것이 그나마 다행이었다.

"내가 살던 마을은 새로 개발되는 도시에 깔려버렸다네. 포클

레인이 숲으로 치고 들어왔는데 자는 사이에 덮쳐서 피할 방법이 없었어. 내 남편도 아들도 손주도 다 죽었어. 그게 내가 아는 마지막 늑대 마을이었지. 늑대는 이제 없네. 노인네는 살 방법이 없어서 도시로 기어들어 왔네."

몸이 싸해졌다.

"거짓말."

"거짓말이란다."

노파는 나를 불쌍한 눈으로 쳐다보며 말했다.

"같이 살 만한지 안 한지 간을 보고 찔러보는 정신머리로는 늑대가 될 수 없어."

다리에서 힘이 풀리는 바람에 몸이 흔들렸다. 균형을 잡기 위해 나는 몇 발짝 물러나야 했다. 벽이 등을 지탱해주지 않았으면 뒤로 엉덩방아를 찧었을 것이다.

"……뭐?"

노파는 몸을 일으켰다. 일어나는 것뿐인데 그가 커지고 있다는 착각이 들었다. 노파는 느릿느릿 내게로 걸어와 아직 칼을 든 내 손을 잡아채서는 억지로 펴게 했다. 손에서 칼이 떨어졌다. 힘이라고는 하나도 없는 손이었는데도, 나는 무엇인가에 압도되어 노파가 하는 대로 내버려둘 수밖에 없었다. 내 손바닥은 온갖 색으로 물들어 있었다. 이것저것 섞어 만든 안료의 색이 밴 탓이었다. 나는 손에 잡히는 것은 무엇이든 그림재료로 썼다. 꽃을 빻은 즙이나 황토, 벌레 시체, 돌가루, 소금, 송진.

"너도 그림을 그리는군."

나는 부끄러움에 얼굴이 확 붉어졌다.

"누구에게 배웠지?"

내가 대답하지 않자 노파는 소리를 질렀다.

"누구에게 배웠어?"

"배우지 않았어요. 그냥 그릴 수 있어요."

나는 엉겁결에 대답했다. 노파는 다시 겔겔거리고 웃었다.

"조각을 하지 그랬나. 조각은 용들도 알아볼 수 있는데."

그녀는 내 손을 놓고 돌아섰다. 다리가 후들거렸다.

"절 데려가주세요."

내가 말하자 노파는 내게 흔하디흔한 것을 대하는 냉랭한 시선을 던졌다. 나 자신이 진짜 앞에서 여지없이 무너지는 가짜처럼 느껴졌다. 나는 무릎을 꿇었다. 차가운 땅이 무릎에 닿자마자 주체할 수 없이 눈물이 쏟아졌다.

"절 데려가주세요."

노파는 혀를 끌끌 찼다.

"어디로? 늑대는 다 죽었어. 널 보호해줄 주민도, 네게 옷을 지어주고 가정을 꾸며줄 사내도 없어. 늙은이는 개가 될 수밖에 없네. 쓰레기통을 뒤지는 게 이 늙은 몸이 할 수 있는 전부야. 그것도 오래가지 않겠지."

"제가 돌봐드리겠어요. 제게 사냥하는 법과 농사짓는 법을 가르쳐주세요. 제게 지혜를 전수해주세요. 그러면 평생 같이 있겠어요."

"이유를 들어볼까."

"오래전부터 당신들을 동경해왔어요."

"거짓말."

노파는 일언지하에 잘라먹었다.

"왜, 주인이 주는 우유가 맛이 없었나? 침대가 포근하지 않아서? 자기 전에 키스를 안 해줘서? 이틀에 한 번 목욕을 시켜주지 않아서?"

나는 고개를 저었다.

"더 이상 짐승에게 아양을 떨며 살고 싶지 않아요. 늑대로 살고 싶어요. 자유롭게 살고 싶어요. 당신들처럼 사는 방법을 가르쳐주세요. 절 데려가주세요. 뭐든지 하겠어요."

"뭐든 한단다."

노파는 비웃음을 내던졌다.

"늑대와 개의 차이는 하나뿐이야. 기회가 닿으면 용을 죽일 수 있는가 없는가. 다른 차이는 없어."

"명령만 하시면 하겠어요. 할 수 있어요."

노파는 다시 비웃음을 내던지더니 내가 떨어뜨린 흑요석 칼을 집어 들고 이리저리 살폈다.

"잘 만들었군. 하지만 이런 것으로는 용의 거죽도 뚫지 못해. 긁힌 상처나 조금 낼 뿐이지."

노파는 엉덩이를 씰룩거리며 움직여서 흙더미를 손으로 헤집었다. 그리고 더미 속에서 긴 파이프를 끄집어내었다. 노파가 한참을 엉덩이를 씰룩거리며 물러났는데도 파이프는 아직도 더미 속에서 나왔다. 마침내 파이프 끝이 나타나자 노파는 숨을 헥헥거리며 주저앉았다. 파이프 끝은 날카롭게 갈려져 있었다.

"늑대는 용을 물리치는 방법을 알고 있지."

노파는 시를 읊조리듯 중얼거렸다. '오래된 전설이지.' 하는 말투로.

"한 달간 쓰레기와 흙 속에 파묻어두었던 파이프야. 냄새가 흐려져 있을 거다. 너도 진흙으로 며칠간 목욕하도록 해. 네 주인이

자는 동안 이 파이프를 귀에 깊숙이 밀어 넣어라. 외상이 없으니 죽은 원인이 밝혀지기 힘들 거고 밝혀져도 인간의 짓이라고는 상상하지 못할 거다. 네 주인을 처치하고 오면 널 늑대로 인정하고 받아들여주지."

그 말을 듣자마자 몸이 얼어붙었다. 공포에 피가 말라붙었다.

나는 잠시 입을 벌리고 있다가 땅에 놓인 파이프를 들어 올렸다. 무거웠다. 심하게 무거웠다. 파이프를 양손에 쥐는 순간 너무나 무거워서 전신에 땀이 줄줄 흘러내렸고 다리가 후들거렸다. 들어보려고 했지만 일어날 수가 없었다. 일어나려고 다리에 힘을 주어보았지만 이내 파이프를 놓치고 무릎을 꿇고 주저앉아버렸다. 파이프가 레일과 부딪쳐 나는 맑은 소리가 지하철 안을 울렸다. 노파는 차가운 눈으로 나를 보았다.

무거워 들 수가 없다고 변명하려는데 입이 떨어지지 않았다. 무거운 것은 파이프가 아니었다. 파이프를 내려놓았는데도 전신에서 땀이 비 오듯 흘렀다.

"……못 해요."

말은 뱉어진 순간 힘을 갖는다. 나는 입을 연 순간 후회했다. 또다시 돌이킬 수 없는 짓을 하고 말았다. 나는 내가 정말로 그 일을 할 수 없다는 것을 깨달았다. 전신에서 힘이 빠져나갔다. 다시는 일어설 수도, 말을 할 수도, 움직일 수도, 살아갈 수도 없을 것만 같았다. 생명을 붙들고 있을 힘조차 남아 있지 않아 영혼이 흘러내려 없어져버릴 것만 같았다. 노파는 한동안 말이 없었다.

"네 주인을 사랑하지?"

나는 아무 말도 할 수가 없었다.

"그래서 네 주인이 네 그림을 이해하지 못하는 것에 절망했겠지. 네가 지성을 가진 존재라는 것을, 네게 지혜가 있다는 것을, 아니 그보다 네게 마음과 영혼이 있다는 것조차 알지 못하는 것 때문에 불행하겠지. 흔한 일이다."

노파는 가엾은 눈으로 나를 내려다보았다.

"네 주인에게 돌아가. 그런 이유로는 그들을 떠나 살 수 없어. 설령 떠나 산다고 해도, 그 이유가 사랑받지 못한 것에 대한 절망이라면 결코 네 영혼은 자유를 찾지 못해. 네 영혼은 이미 그들에게 묶여 있어. 너는 늑대가 아니야. 그리고 그게 그렇게 나쁜 일도 아니야."

나는 그를 사랑한다.

그도 그 사실을 안다.

그도 나를 사랑한다.

나 역시 그 사실을 안다.

그러나 그는 내 진정한 본질을 알지 못한다.

그는 밤이 오면 달빛이 은은하게 거리를 비춘다는 것을 모른다. 하늘 가득히 별이 빛나고 그 별이 하루에 한 번씩 천구를 운행한다는 사실 또한 모른다. 달의 모양이 주기적으로 차고 이지러지며 오늘 같은 보름밤에는 그 창백한 빛에 거리가 은빛으로 빛난다는 것을 모른다. 그에게 밤이란 단지 소리가 가라앉는 시간이며 습기가 차고 기온이 낮아지는 시간이다. 공기가 무거워지는 시간이며 바람의 방향이 바뀌는 시간일 뿐이다.

그는 자신의 집이 내가 그린 그림으로 가득 차 있는 것을 알지 못한다. 내가 그의 집 벽 가득히 붉은 노을과 짙푸른 밤하늘을 그려놓았다는 것을 알지 못한다. 그는 내가 단지 매일 냄새를 묻히며 영역표시를 하고 있다고만 생각한다. 내가 현관문에 그의 초

상을 그렸다는 것도 알지 못한다. 그는 자신의 몸이 아름다운 비
취빛으로 빛난다는 사실을 알지 못한다. 자신의 눈동자 또한 그
렇다는 사실도 알지 못한다.

하지만 또 어찌 알겠는가? 그의 하늘에는 다른 것이 떠 있을
지. 그들의 귀에는 지구가 자전하는 소리가 들리며 별들이 공명
하는 소리가 음악처럼 들릴지. 지구의 자기장이 흐름을 바꾸는
소리가 들리며 우주선(線)과 자외선이 지표로 쏟아지는 모습이
보일지. 인류가 수만 년의 역사 동안 그 존재조차 알지 못했던 무
엇인가를 일상적인 시선으로 보고 있을지. 그가 보는 내 모습이
물에 비친 내 모습과 완전히 다른 형상을 하며, 그의 귀에는 내가
듣지 못하는 내 목소리가 들릴지.

그러나 이 모든 것을 내가 어떻게 알 수 있겠는가. 내가 이런
생각을 하며 슬픔에 젖는 줄을 그는 또 어떻게 알겠는가. 우리가
서로 다른 우주에 살고 서로의 진정한 모습을 알지 못하건만. 서
로의 그림자를 사랑하건만 그 실체를 알지 못하고, 같은 세상에
살면서도 다른 차원에 걸쳐 있는 것을.

내 눈에서 눈물이 흐르자 노파는 내 뺨에 부드럽게 양손을 대
며 말했다.

"불쌍한 아가, 이름이 뭐지?"

나는 고개를 저었다. 나는 내 이름을 모른다. 나는 내 이름을
발음할 수가 없다. 열 살이 넘어서야 주인이 내 이름을 부를 때
일어나는 공기의 미세한 떨림을 간신히 구분할 수 있었을 뿐이
다. 나는 그의 이름 역시 알지 못한다. 그의 이름은 폭발하는 듯
한 형태로 느껴진다. 그래서 나는 그의 이름을 ✳라고 쓴다. 내
이름은 공기가 몇 개의 줄로 길게 흐르는 듯한 느낌으로 들린다.

그래서 나는 내 이름을 ☶라고 쓴다. 하지만 여전히 그 이름을 발음하지는 못한다.

내가 그렇게 말하자 노파는 웃었다.

"그러면 이제부터 네 이름은 건(乾)(☰)이다."

나는 노파가 옛 지혜로부터 그 이름을 가져왔음을 알았다. 노파의 마른 손이 내 어깨 위에 얹혔다. 따뜻한 손이었다.

"내가 마을 밖으로 나가는 비밀 통로에 대해 이야기했던가? 이런, 넌 너무 작잖아. 기왕이면 날 업고 다닐 수 있을 정도로 큰 놈이었으면 좋았을 텐데. 하지만 괜찮아. 내가 버섯이 잔뜩 나는 늪지에 대해 이야기했던가? 된장을 넣어 끓여 먹으면 둘이 먹다 하나 죽어도 모르지. 된장을 만드는 법은 혹시 원로원 노인네들에게 전수받았나? 광화문 근처에서는 콩이 저절로 자라는데……."

＊

＊ 씨는 길가 우체통 근처에서 ☶의 냄새를 찾아내고 손톱으로 땅을 파보았다. 조금 파보자 작은 짐승들이 지나다니며 생겨난 듯한 통로가 손가락 끝에 만져졌다. ☶의 냄새의 잔상이 남아 있었다. ☶가 그 통로에 잠시 머무른 것은 분명했다. 길짐승 냄새가 주변에 느껴졌다.

'험한 짐승에게 잡혀갔거나 물려 죽은 모양이군.'

그는 생각했다. 오래 정이 붙은 것이라 슬픈 기분이 들었지만, 또 새로 하나 들이면 잊을 수 있을 것이다. 늘 그랬으니까. 어차피 60년도 살지 못하는 명 짧은 생물이 아니던가. 노령인간이 옆에서 죽어가는 것을 지켜본 것만도 벌써 몇 차례인 것을.

틈 안쪽 깊은 곳에서 짙고 익숙한 향이 났다. ☶의 영역표시

흔적이었다. ※ 씨는 ≋가 벽에 이것저것 바르며 놀기를 좋아한다
는 사실을 알고 있었지만 한 번도 관심을 둔 적은 없었다. 하지만
그날은 ≋를 잃은 슬픔이 그를 조금쯤 감상적으로 만들었던 모양
이다. 그는 코로 벽을 세심히 살폈다. ※ 씨가 주변을 모두 훑고
나자 이상한 이미지가 그의 머리에 떠올랐다. 그건 '이미지'라는
형태로는 그의 머릿속에 처음으로 떠오른 것이었다.

"정말 이상하군!"

※ 씨는 중얼거렸다.

"이건 꼭 나 같잖아. 아니, 잠깐만. 왜 나 같다고 생각했는지
모르겠군. 꼭 나를 납작하게 눌러 벽에 늘여 붙인 것 같은데. 게
다가 중요한 부분은 다 빼먹고 말이지. 코는 이상한 데 붙어 있어
서 꼭 혓바닥처럼 보이는군. 몸체도 꼬리도 팔다리도 너무 길고
가늘잖아. 잠깐만, 왜 팔다리라고 생각했을까? 그냥 선일 뿐이잖
아. 정말로 그냥 선일 뿐이잖아. 그래도 나를 상징한다는 생각이
드는군. 어째서일까?"

몇 가지 기적적인 우연에 의하여 그의 사고의 흐름이 한 단계

위층으로, 오랫동안 문이 닫혀 있던 옆방으로, 두껍게 깔려 있던 얼음 아래의 넓은 바다로, 그 최후의 문턱까지 아주 가깝게 도달했지만……, 멀리 떨어진 집에 있던 아내가 저녁 먹으라며 자신을 부르는 소리가 들리는 바람에 생각을 접고 집으로 방향을 틀었다.

어쨌든 이 세상에는 과학적으로 설명되지 않는 일들이 얼마든지 있는 법이니까.

스크립터

✦ 2008년 웹진 〈문장〉 발표

　2010년 개인 단편집 《진화신화》(행복한책읽기) 수록

　2021년 개인 영문 단편집 《On the Origin of Species and Other Stories》(Kaya Press) 수록

스크립트(Script) 방송대본. 게임 제작에서는 게임 안에서 표현할 수 있도록 프로그램어로 바꾼 대본을 말한다.

스크립터 스크립트를 짜는 사람.

1

입력 "안녕하세요."
출력 "안녕하세요."

"23년 만이로군. 이곳에서 외지인을 보는 건."

남자가 말했다. 남들보다 머리 하나가 큰 사내였다. 검은 피부에 다부진 체격이다. 검은 물감으로 눈 주위를 칠하고 뺨에는 두 줄의 문양을 내고, 머리는 땋아 뒤로 묶고 검은 머리띠를 두른 차림이다. 손으로 무두질해서 만든 듯한 가죽옷 차림인데, 바느질이 꼼꼼했고 문양이 섬세했다. 등에는 활과 화살집을, 허리에는 단검과 장검을 양옆에 하나씩 차고 있었다.

"그렇게 늙어 보이지 않는데요."

여행자가 말했다.

"외모는 얼마든지 조정할 수 있어. 자네도 실제로는 내 눈에 보이는 것과 다른 모습일 가능성이 높지. 그렇지 않았다면 나는 자네에게 동전이라도 몇 개 던져주고 신경을 껐을 거야."

여행자는 왜소한 체격에 갸름한 얼굴이었다. 뺨은 검댕으로 얼룩덜룩했고 머리는 덥수룩하니 까치집이었다. 맨발이었고 낡은 거적에 머리와 팔이 들어갈 구멍만 내어 만든 옷을 입고 있었다.

여행자는 머리를 벅벅 긁었다.

"1레벨이라서요. 직업이 '거지'더군요. 구걸 기술만 있어요. 주인이 쫓아내려고 해서 들어오는 데도 애를 먹었어요. 양복이라도 입고 올 생각이었는데 그 비슷한 옷이라도 입으려면 20레벨까지 올려야 하더군요."

"무슨 소리지?"

"아아, 미안해요. 다들 선생님께 게임용어를 쓰지 말라고 하더군요. 선생님은 아주 완고한 롤 플레이어*고, 세계관에 맞지 않는 용어를 쓰는 사람과는 이야기하지 않는다고요. 그래서 어떻게 표현해야 하는지 고민을 많이 했어요."

두 사람이 앉은 주점은 낡은 목조 건물이었다. 천장에 매달린 등불이 그네를 타며 어둑어둑한 내부에 주홍 색채를 입혔다. 등불이 흔들릴 때마다 구석에 서서 현을 뜯는 악사, 연신 맥주잔을 부딪치는 세 술꾼과 접시를 닦는 주인, 구석에 선 붉은 옷의 여자를 하나하나 비추었다. 하지만 자세히 보면 악사는 하염없이 같은 노래를 부르고, 세 술꾼은 일정한 간격으로 계속 술을 부딪치며, 주인은 반짝거리는 접시를 하염없이 닦다가 연신 입김을 불고 안경을 들었다 놓는다. 모두 서로의 색채를 해치지 않기 위해

---

* Role Player. 역할에 몰입하여 게임을 하는 사람

미리 약속을 하고 가장 적합한 색깔과 분위기의 옷을 입고 와 있는 듯하다. 공기 중에도 물감이 섞여 있어 같은 색조로 사람들의 몸 위에 한 번에 붓질을 한 것 같다.

주인이 여행자의 눈앞에 거칠게 맥주잔 하나를 내려놓았다.

"이것만 먹고 꺼져. 남의 동네에서 물 흐리지 말고."

여행자는 씩 웃었다.

"구걸 기술이 성공했네요. 열 번에 한 번쯤은 되는 것 같아요. 레벨이 낮으니까 사람들도 불친절하네요."

사내는 대답하지 않았다. 맥주를 꿀꺽꿀꺽 들이켠 여행자는 으웩 하고 토하는 얼굴을 했다.

"쓴 커피 맛이 나네요. 여기 음식들은 다 쓴맛이에요. 미각 구현이 엉망이라니까요. 하긴, 엄청 옛날 게임이니까요. 기술이 좋지 않았죠. 당시에는……."

여행자는 눈을 감고 잔을 손으로 쓱쓱 쓸었다.

"촉각 구현도 섬세하지 않아요. 만지는 것만으로는 나무인지 철인지 종이인지 잘 구분이 가지 않아요. 요즘엔 좀 더 잘 만들어요……. 맥주잔의 결도 자세히 보면 그냥 그림이에요. 이거 깨지지도 않겠죠."

세 술꾼이 잔을 부딪치며 한바탕 웃었다. 그중 한 명이 바 한쪽에 기대 선 붉은 옷의 여자에게 손짓을 했다.

"아가씨(아가씨), 여기 와서(여기 와서) 같이(같이) 마시자고(마시자고)."

여행자는 술꾼과 입을 맞춰 말했다.

"다음에는 이렇게 말하겠죠. '얼마 전에 늑대들이 내려와서 가축들을 물어 갔다던데.'"

"얼마 전에 늑대들이……."

술꾼이 여행자의 말을 노래하듯 따라 했다.

"이곳 사람들은 모두 재미없군요. 늘 같은 말만 하고 같은 행동만 하고, 자리에서 떠나지도 않아요. 말을 걸어도 대꾸하지 않겠죠."

"사람이 아니야."

사내의 말에 여행자는 헛기침을 했다.

"예상치 못한 반응이네요. 나름 열심히 맞춰주고 있었는데요."

"호문클루스. 사람들이 모두 떠나간 뒤에 연금술사들이 적막한 거리를 채우기 위해 만들었지."

"그런 설정이 있었나요? 매뉴얼을 자세히 읽지 않아서요."

"이 주점에 사람은 너와 나뿐이야."

"그리고 이 게임을 하는 사람은 선생님 한 명뿐이죠. 그동안 선생님이 만난 외지인이라는 사람들은 모두 선생님을 설득하러 온 회사 직원들이었고요."

"……."

"이 게임을 서비스하던 회사는 확고한 경영철학을 갖고 있었어요. 흑자가 나든 나지 않든, 플레이 데이터는 고객의 소중한 자산이라는 원칙 아래 한번 서비스한 게임은 접지 않았죠. 하지만 그 회사는 3년 전에 도산했고 지금은 우리 회사에서 인수했습니다. 우리의 경영방침은 조금 달라요. 이미 구닥다리가 되어버린 게임들을 이렇게 많이 운영할 이유가 없죠. 우리는 몇 개만 남기고 수익성이 없다고 판단한 모든 게임을 폐기했습니다……. 그런데 이 게임에는 좀 특이한 계약조건이 붙어 있더군요."

"……."

"한 명이라도 이 게임을 계속하는 사람이 남아 있다면 서비스를 중지할 수 없도록요. 동의 없이 게임을 내릴 경우 남은 고객에게 막대한 보상금을 지불하게 되어 있어요. 어떤 생각으로 내건 마케팅 전략인지 몰라도, 도무지 이해할 수가 없군요. 게다가 선생님은 초기 이벤트 당첨자시고 평생 무료 사용권을 갖고 계시죠. 회사에 들어오는 돈이 한 푼도 없단 말입니다……. 뭐, 그건 논외로 치고요. 어쨌든 계약조건이 그러하니 회사에서는 선생님이 스스로 게임을 접도록 설득할 수밖에 없군요. 이보다 훨씬 좋은 게임의 평생 무료계정을 드리는 것과 동시에, 계약상의 보상금은 아니라도 데이터 폐기에 따른 보상금도 드릴 예정입니다."

"……."

"바깥 용어를 싫어하신다는 건 알지만, 그래도 말을 못 알아듣는 건 아니시겠죠."

"마잘라리카."

사내는 여행자의 잔을 손가락으로 가리키며 중얼거렸다. 그의 손가락 주위에 글자가 나타났다. 잔에 확 불이 붙었고 여행자는 놀라 손을 놓았다.

"깨지진 않아도 타기는 하지."

사냥꾼 차림의 사내는 화살집을 둘러메고 언덕을 올라갔다. 여행자는 성큼성큼 걷는 그의 뒤를 정신없이 쫓았다. 맨발이라 돌이 발에 찔릴 때마다 춤을 추며 멈춰 섰고, 그때마다 저만치 가는 사내를 쫓아 허둥지둥 뛰어야 했다. 간혹 달려드는 날파리를 손으로 치우며 '왜 이런 걸 구현했담?' 하고 투덜거렸다.

"좋아요. 이렇게 해보죠. 나는 신께서 보낸 사자입니다. 그렇게 보이지 않는다는 걸 알지만, 선생님께서도 외모는 본질을 보여주지 않는다고 하셨죠. 사람들은 모두 이 세계를 떠났어요. 선생님이 최후의 인간입니다. 신께서는 이 세계가 더 이상 존재할 가치가 없다고 결정을 내리셨고, 이제 종말을 선포하실 예정입니다. 하지만 그 전에 당신을 구하려 해요. 그러니 제게 한 말씀만 하세요. 신들께서 창조하신 좀 더 아름다운 다른 차원으로 옮겨 드리겠어요."

사내는 대꾸하지 않았다.

"이 세계가 선생님께 얼마나 소중한지 압니다. 추억이 서려 있다는 것도, 사라지기를 원치 않는다는 것도 알아요. 뭐가 그리 매력적인지 모르겠지만, 이렇게 오래 갖고 놀았으면 바둑알이라도 정이 붙을 법하죠. 집에서 혼자 플레이할 수 있는 소프트웨어를 복사해드리겠습니다. 친구들과 같이 하실 수 있을 거예요. ……제가 또 바깥 용어를 썼군요."

사냥꾼은 정상에 서서 먼 곳을 바라보았다. 여행자도 그가 보는 방향을 보았다. 멀리 하늘이 둘로 찢어져 있었다. 하늘막을 누군가가 물어 쭈욱 잡아당긴 것 같았다.

"그래픽이 깨졌군요. 폴리곤 좌표 하나가 깨졌어요. 워낙 옛날 게임이라 프로그램을 짤 수 있는 사람도 소스를 분석할 수 있는 사람도 없으니, 저런 오류가 계속 늘어날 거예요. 에…… 그러니까, 차원이 깨지고 있어요. 혼돈이 점점 넓어질 거예요. 언젠가 세계를 삼켜버릴 겁니다."

그때 사냥꾼이 여행자의 머리를 눌러 앉혔다. 여행자는 자기 옷 속에 파묻혀 잠깐 퍼덕거렸다. 사냥꾼은 수풀 저쪽을 활로 겨누었다. 그렇게 2분여 동안 시위를 당긴 채 멈춰 있었다. 여행자가 죽었나 싶어 한번 찔러보려는 찰나 화살이 바람을 갈랐고 수

풀이 요동을 쳤다. 그는 성큼성큼 걸어가 수풀 속에서 금빛이 도는 털을 가진 늑대 한 마리를 집어 들었다.

"1년에 한 번만 나타나는 놈이야."

그는 여행자를 향해 늑대를 집어 던졌다. 저도 모르게 늑대를 받아보려던 여행자는 예상치 못한 무게에 눌려 엉덩방아를 찧었다.

"팔아서 옷이라도 해 입고 와."

2

조건 1029 // 같은 문장을 반복했을 때

입력 "안녕하세요."

출력 "이미 인사했잖아요."

사냥꾼은 새벽에 산을 올라 납작한 돌을 주워 왔고 마당에 앉아 뾰족해질 때까지 갈았다. 적당한 크기가 되자 화살대에 실로 단단히 묶고 미리 골라둔 매끈한 깃털을 달았다. 그는 태양에 화살촉을 비춰보고는 다시 가는 일을 반복했다. 여행자는 물끄러미 앉아 지켜보다가 저녁나절쯤에야 일어나 다가섰다. 여행자를 본 사냥꾼은 풋 하고 웃었다.

"웃지 말아요. 무두질 기술도 바느질 기술도 0이라고요. 윗옷은 어떻게 해봤는데 바지는 도통 못 만들겠더라고요."

여행자는 털이불 같은 옷을 손가락으로 치마처럼 집어 올리며 말했다.

"배우면 돼."

"물론 배우면 되겠지요. 저쪽 마을에 사는 할머니가 토끼 스무 마리를 잡아 오면 가르쳐주겠다고 하더군요. 하지만 전 바쁜 몸이라고요. 이런 구닥다리 게…… 세상에서 토끼나 잡으며 낭비할 시간이 없어요."

여행자는 황금빛 태양을 힐끗 올려다보았다. 황금색 물감으로 하늘 벽에 직접 붓질을 한 것 같은 태양이었다. 이 우주의 모습을 굳이 묘사하자면, 별과 달과 해를 내벽에 박은 큰 공이 넓적하고 둥근 판 주위를 돌아가는 형상일 것이다.

"선생님의 기록을 좀 들여다보았어요. 이 세계 나이로 못해도 천오십 살은 되셨더군요. 바깥의 한 시간이 이곳의 하루니까요. 전생을 한 횟수는 헤아릴 수도 없고 모든 직업을 다 거쳤어요. 지금은 사냥꾼이지만, 한때는 마법사였으며, 시인이었으며, 승려였으며, 전사였을 때엔 성검의 칭호도 얻으셨고, 도둑에 광대, 사기꾼도 해보셨지요. 왕국을 위협했던 마왕 같은 것은 벌써 여러 번 죽여봤을 거예요. 이게 유전자 인증 아이디만 아니었다면…… 한 몸에 두 영혼이 기거할 수 없는 세계가 아니었다면 절대 혼자서 한 일이라고 믿지 않았을 거예요. 에, 물론 봇*을 썼을 가능성도 아예 없는 건 아니지만요……. 당시 아마추어 프로그래머들이 사냥을 하는 프로그램을 만들어 돌리곤 했죠. 물론 불법입니다만……. 그런 것들이 때로는 전문가들의 것보다 뛰어나곤 했죠."

사냥꾼은 화살촉을 훅 불고는, 태양에 비추어보고, 나무통에 넣은 뒤 다른 돌을 갈았다. 화살촉은 통에 들어가자마자 주변의 색깔에 녹아들었다.

---

* Bot. 로봇의 줄임말, 인공지능 프로그램

"신께서는 선생님의 업적에 깊은 감명을 받으셨습니다. 그래서 선생님을 사업 파트너로…… 그의 오른편에 앉아 세상을 다스릴 권한을 주기로 마음먹으셨습니다. 선생님은 이후 세계를 창조하는 작업에 관여하실 것이며 신세계를 마음대로 하실 수 있어요. 뜰에 괴물을 풀어놓을 수도 있고 하늘에서 먹을 것을 떨어뜨릴 수도 있습니다. 사람들의 능력을 주었다 뺏었다 할 수도 있고, 죽음을 부여하거나 생을 부여할 수도 있습니다. 물론 세계의 균형을 흐트러뜨리지 않는 한도 내에서 그리해야겠지만, 신께서는 선생님이 그만한 균형감각을 갖고 계시리라고 믿고 계십니다. 여기서 화살촉을 만드는 것보다는 훨씬 재미있고 보람 있는 일이 될 겁니다."

사내는 한참 눈을 둥그렇게 뜨다가 풋 하고 웃음을 터뜨렸다. 이어서는 도저히 참을 수 없다는 듯이 끅끅거렸다.

"제가 말하는 방식이 이상했나요?"

"그런 옷을 입고 말하면 무슨 말이든 설득력이 없을걸."

"무슨 방법을 쓰든 옷 그래픽은 하나 추가해봐야겠군요."

여행자는 몸을 이리저리 돌렸다.

"왜 이 세계에 집착하시는 거죠? 선생님은 얼마든지 다른 세상으로 옮겨 가서 계속 사실 수 있잖아요."

사내는 일을 멈추고 여행자를 바라보았다. 그의 젊은 얼굴 너머로 늙고 노쇠한 그림자가 비쳤다. 그는 한때 왕이었지만 아직 권위를 놓지 않은 늙은 짐승처럼 보였다.

"내가 어디서 살 수 있을지 아는 사람은 나 하나뿐이야."

그때 집 안에서 누군가가 걸어 나왔다. 여행자는 그쪽을 힐끗 보고 다시 사내에게 시선을 두었지만, 결국 다시 돌아볼 수밖에 없었다.

아마 그녀의 창조주는 이 세계를 만든 사람과는 다른 사람일 것이다. 그녀는 아이의 그림에 붓을 댄 일류 화가의 흔적처럼 혼자 빛나고 있었다. 짙은 눈썹에 눈은 크고 깊었고 흑진주 같은 눈동자를 긴 속눈썹이 내리덮고 있었다. 물결치는 검은 머리카락이 흐르는 듯한 곡선의 몸을 부드럽게 감싸고 발끝까지 흘러내렸다. 사내와 같은 재질의 가죽옷에 동물의 뼈를 세공한 장신구로 꾸몄는데, 그 복장이 오히려 원초적인 아름다움을 더욱 빛나게 했다.

여인은 사내에게 물병을 건네고 고개를 숙여 입을 맞추었다. 여행자의 눈썹이 흔들렸다. 그녀는 고개를 들고 여행자를 보았다. 입가에 미소가 번졌다.

"안녕하세요."

"안녕하세요."

여행자는 얼떨결에 대답했다.

"당신, 사람이죠?"

여인이 물었다.

"사람이냐고요?"

"예."

"……물론 그렇지만."

"진짜 사람을 만난 지 너무나 오래되었어요."

여행자는 눈에 의심을 가득 채웠다.

"모두들 이곳을 떠났죠. 사람들이 말하기를 세상이 끝나는 날이 머지않았다고 해요. 아침의 언덕 너머는 이제 거의 붕괴되어버렸어요. 혼돈이 온통 삼켜버렸죠……. 선생님은 이 세계에 얼마나 머무실 건가요?"

"당신 누구야?"

여행자의 목소리가 차갑게 식었다. 사내는 고개를 들었고 여인은 눈을 깜박였다.

"무슨 경로로 들어왔어? 해킹에 대한 처벌이 강화된 것 알아? 평생 갚지도 못할 만큼 벌금을 물어야 할걸. 언제부터 여기 들어와 있었어?"

여인은 이해하지 못한 얼굴로 사내를 보았다. 사내는 여인의 어깨에 손을 두르며 말했다.

"다른 차원에서 오신 분이야. 이 세계를 창조하신 분들의 심부름꾼이지. 그러니 이상한 말을 하더라도 이해하도록 해."

"정말인가요?"

"그렇다고 주장하고 계시지."

그는 다시 여인의 뺨에 키스를 했다. 여행자는 입을 벌렸지만 소리를 내지는 못했다. 한참 손동작만으로 뭔가를 따지다가 간신히 욕설을 억제한 얼굴로 말했다.

"아주 재미있게들 노시네요. 이봐요, 아가씨. 아가씨인지 할머니인지 아저씨인지 모르겠지만, 이 세계를 이용하려면 돈을 내야 해요. 공짜는 없다고요. 알아듣겠어요? 내 눈에 띄었으니 당장 등록하고 사용료를 내요. 지금까지 이용한 것까지 포함해서요. 그러지 않을 거라면 지금 당장 접속을 끊어요. 내 말 알겠어요? 당장 나가라고요!"

여인은 한참 말이 없었다. 여행자가 뭐라고 더 말하려는 찰나 그녀는 등을 곧게 펴고 섰다. 부드럽지만 또박또박한 목소리가 이어졌다.

"창조주의 심부름꾼이라고 주장하는 자여, 나는 존재하기 위해 그대의 허락은 물론이고 그 누구의 허락도 받을 필요가 없습니다. 그러니 돌아가서 그대의 주인에게 그리 전하세요. 당신들은 이 세계가 자신들의 것이라 믿을지 모르지만, 이 세계는 우리의 것입니다. 당신들이 이 세계를 멸망시키거나 새로 창조할 수 있다고 해도 결코 우리가 자신의 의지에 반하는 일을 하도록 만들 수는 없을 것입니다. 죽음과 멸망이 나를 이 세계로부터 내쫓는다 해도, 결코 내 의지로 그리하지는 않을 것입니다."

3

조건 1040 // 같은 문장을 반복했을 때 패턴 4번
입력 "안녕하세요."
출력 "내가 사람인지 시험하는 겁니까?"

말 위에 앉아 산 아래를 응시하던 사냥꾼은 나무 아래에 서 있는 사람을 발견하고는 웃다가 거의 안장에서 떨어질 뻔했다.

"안 될 것 같았어요. 처음부터 이런 모습으로 등장했어야 했는데. 역효과네요."

여행자의 등에 붙은 날개가 어깨와 함께 추욱 늘어졌다. 여행자의 머리에는 샛노란 후광이 걸려 있었다. 잠옷 같은 흰 드레스를 걸치고 엉클어졌던 머리도 가지런히 빗어 꽃핀으로 붙여놓았다. 여행자는 새들이 그러듯이 날개를 들고 조금 퍼덕거린 뒤, 얼굴을 날갯죽지에 묻고 닦았다.

"요즘 세계에서는 운영자가 이런 복장을 하거든요. 그쪽에서

는 먹히는 디자인인데."

사내는 한동안 죽을 듯이 끅끅거리다가 간신히 평정을 유지했다. 여행자(이제 천사라고 부르는 편이 좋을)의 얼굴에서 검댕과 흙이 지워지고 나자 제법 잘생긴 얼굴이 후광 아래로 드러났다. 여자처럼도 보이고 남자처럼도 보이는 얼굴이었다. 사내는 그 얼굴을 한동안 흥미롭게 보았다.

"자네, 여자였던가?"

"중성이에요. 여자를 선호하는 고객도 있고 남자를 선호하는 고객도 있는데, 양쪽 취향을 맞추기 위한 전략이랄까요."

"그럼, 진짜 자네는?"

땅에 끌리는 드레스를 양손으로 쥐고 '이런 옷을 입고 어떻게 걸으란 말이야.' 하는 표정을 짓던 천사는 동작을 멈추고 사내의 표정을 살폈다.

"흥미로운 질문이군요. 이 세계가 진짜 세계의 그림자일 뿐이라는 사실을 인정하는 발언인가요?"

"나는 외모가 실제 모습을 반영하지 않는다는 점을 이미 언급했어. 자네도 내가 다 죽어가는 노인이라는 것을 알아."

"세계관에 적응하기 어렵네요."

천사는 혀를 낼름 내밀었다.

"그래서, 내 이야기를 하면 자신에 대해 말해줄 건가요?"

"……."

"말 안 할 거죠? 물론 안 하시겠죠. 선생님 주소와 인적사항을 알아내려고 동분서주하고 있는데 남아 있는 기록이 하나도 없어요. 예전 회사는 데이터 관리를 정말 엉망으로 했더군요. 담당자도 찾을 길이 없고……. 아이피(IP) 추적은 막혀 있고요. 나도 말

안 할 거예요. 운영자 신변은 절대 보장이에요. 아무래도 사람 상대하다 보면 별별 일이 다 있어서 말이죠."

그때 그들 사이로 초롱을 쓰고 봇짐과 아이 하나를 등에 진 노인이 다가왔다. 등에 업힌 아이는 연꽃 하나를 손에 들고 있었다. 노인은 언덕에 서서 숨을 몰아쉬었다.

"용사님들, 아이구, 이제야 만나는군요. 신의 가호가 있기를. 여러분의 명성을 듣고 멀리서 이렇게 찾아왔습니다. 부디 저를 도와주십시오. 저는 아이의 병을 고치기 위해 세계를 떠돌아다니는 사람입니다……."

사내는 노인을 무시하고 대화를 이어 갔다.

"자네도 참 진득하군."

"저야 이게 일이니까요. 진득한 쪽은 선생님이죠. 게다가 관리할 사람이 한 명이 아니라 두 명이라니. 추가 수당을 받아야 하게 생겼어요. 뭐, 정말로 두 명이라면 말이지만."

천사는 나무 아래에 주저앉아 공중에 동그라미를 그렸다. 동그라미에서 종이가 팔랑거리며 떨어졌다. 천사는 서너 장을 더 받아 차곡차곡 챙긴 뒤 읽기 시작했다. 그러다 사내의 시선을 느끼고 손가락을 까닥였다.

"창고에서 운영자 아이디를 찾아냈거든요. 옷 데이터와 함께 직권을 넘겨받았죠. 마법도 조금씩 넘겨받는 중이에요. 워낙 고전적인 방식이라 찾는 데 애를 먹고는 있지만."

"정말로 두 명이라는 게 무슨 뜻이지?"

사내의 질문에 천사는 그를 힐끗 보았다.

"접속 로그가 없어요. 우리가 모르는 방식으로 해킹을 했을 가능성도 있겠지만 분석 팀에서는 부정적이더군요. C언어는 벌써 수십 년은 쓰이지 않았어요. 아는 사람이 거의 없다고요. 이 게임을 돌릴 수 있는 컴퓨터도 이제는 거의 남아 있지 않을걸요."

"그러면?"

"사람이 아니겠지요."

사내는 말에서 내렸고 고삐를 나뭇가지에 걸었다. 둥치에 매기에는 나무가 워낙 두꺼웠다. 나무는 혼자 차지하는 넓이가 작은 뜰만했다. 밑동 부분은 이미 죽었고, 이끼로 덮인 고목에 구멍을 뚫고 벌레와 작은 새들이 군락을 이루었다. 죽은 나무껍질에 떨어진 씨앗들이 새로 자라나 죽은 나무와 한 몸으로 섞여 무성했다. 꼭대기는 잎과 가지에 가려 거의 보이지 않았고, 바람이 불 때마다 꽃과 잎이 떨어지는데 그 형태가 제각기 달랐다.

사내는 천사의 앞에 양반다리를 하고 앉았다.

"사람이 아니면?"

종이로 가린 천사의 시선이 사내의 얼굴에 잠시 머물렀다.

"NPC*죠. 여기 서 있는 할아버지처럼 게임 속의 등장인물이라고요."

"……하지만 그 약초는 무시무시한 용이 지키는 동굴 안에 있는데, 아무도 그 안에 들어가본 적이 없다고 합니다……."

봇짐을 진 노인은 연극을 하는 변사처럼 혼자 떠들었다.

"기록에 의하면, 이 게임은 VIP 유저에게 NPC를 만들 수 있는 툴을 제공했더군요. 간단한 자연어 처리 능력과 음성 인식 기능이 있고, 누군가가 말을 붙이면 그 말에 어떤 말과 행동으로 대응할지 입력할 수 있어요. 툴 자체는 보잘것없지만 용량에 한계

---

* Non Player Character. 유저가 조종할 수 없는 게임 상의 모든 캐릭터를 뜻함

는 없었어요. 초기 단계의 인공지능이라고도 볼 수도 있겠지만 지능이라고 말하기는 어렵죠. 입력된 조건에서 입력된 문장밖에 말할 수 없으니까요. 지정된 상황이 아니면 침묵하거나 못 알아들은 척할 수밖에 없죠."

"못 알아듣겠는데."

천사는 한숨을 쉬었다.

"좋아요. 선생님 방식으로 대화해보죠. 그건 호문클루스예요. 아마 선생님이 만드셨겠죠. 연금술사였던 적도 있었죠?"

"그런 놈들은 잠깐만 이야기해보면 알아."

"처음에 사람이라고 생각해서 헷갈렸던 거예요. 또 헷갈릴 만한 말을 했죠. 보통 NPC……호문클루스는 사람에게 네가 사람이냐고 묻지 않으니까요."

"……자식을 위해 목숨을 버릴 수 있다면 무엇이 아깝겠습니까만, 아이를 구할 수 없다면 무슨 소용이겠습니까. 저를 불쌍히 여겨 도와주신다면, 대대로 우리 집안에 내려오는 가보를……."

"조용히 해."

사내는 봇짐을 진 노인에게 말했다. 노인의 등에 업힌 소년이 목을 움츠리며 봇짐 안으로 기어들어 갔다. 노인은 스위치라도 눌린 것처럼 멈췄다.

"그 애는 너와 대화했어."

"대화하지 않았어요. 그건 혼자 떠들었고 나도 그랬죠. 제가 바깥세상 용어를 쓰니까 무슨 말인지 못 알아듣는 것처럼 굴었고요. 처음에는 롤 플레이어의 고집이라고 생각했는데, 지금 생각해보니 질문에 대한 답이 입력되어 있지 않았던 거예요. 게다가 답변도 비상식적이었죠."

"……."

봇짐을 진 노인은 계속 뭔가에 걸리는 것처럼 입을 열었다 멈추고, 앞으로 걸어 나왔다 돌아가며 되감기는 필름처럼 틱틱거렸다.

"선생님께서 몇 가지 대화 패턴을 입력한 뒤 내 앞에 들이민 거예요. 사람이 한 명 더 등장하면 제가 할 만한 행동이야 뻔하니까요. 다시 만나도 아마 토씨 하나 빠뜨리지 않고 똑같이 말하겠죠. 그래서 묻고 싶은데요."

천사는 공중에 동그라미를 그렸고 허공에 생겨난 구멍 속으로 종이를 집어넣었다. 구멍은 종이를 삼키고 회전하며 사라졌다.

"그건 무슨 의미였죠? 나랑 같이 놀아보자는 건가요? 혼자 노는 게 새삼 심심해졌어요? 난 규칙도 모른 채 다른 게임 속으로 들어와버린 것 같은데, 대체 무슨 놀이를 하는 거죠?"

사내는 몸을 일으켰다. 지저귀던 새들이 노래를 멈췄고 바람이 다시 불어와 다섯 종류의 꽃과 이파리를 사내의 어깨 위로 떨어뜨렸다. 그는 미소를 짓더니 허리에서 칼을 뽑아 들었다. 태양빛이 칼날에 부딪혀 뿌려지는 동안에도 천사는 눈만 깜박였다. 사내가 칼을 천사에게 겨누었다.

그제야 천사는 그가 하려는 일을 깨닫고 비명을 지르며 굴렀다. 도망치려다가 무거운 날개 때문에 넘어졌고, 자신이 육상생물이 아니라는 것을 깨닫고 날개를 폈다. 사내는 무시무시한 속도로 달려들어 날개에 깊이 칼을 박았다. 칼은 천사의 날개를 뚫고 들어가 땅에 손잡이까지 박혔다. 천사는 공중에서 잡아채이듯이 바닥에 부딪쳤다.

천사가 간신히 몸을 일으키고 날개에 박힌 칼을 뽑아내려고 애쓰는 사이에, 사내는 어깨에서 활을 뽑아 들고 화살을 먹인 뒤

한 바퀴 돌아 앞에 섰다.

"이러지 말아요."

천사가 헐떡이며 말했다.

"어차피 죽지 않는다는 걸 알아요. 망자의 늪에서 다시 살아나죠."

"그러면 두렵지 않겠군."

사내는 시위를 당겼고 천사는 비명을 지르며 얼굴을 감쌌다. 화살은 날개를 아슬아슬하게 스쳐 땅에 박혔다. 천사는 꺾인 날개를 푸드덕거리며 버둥거렸다. 사내는 그의 목에 칼을 들이대었다.

"나는 네놈과 놀 생각이 없어. 더 이상 네놈의 잣대로 나와 내 주변의 것들을 재고 진단하지 마라. 네가 온 세상의 용어로 이곳을 더럽히지도 마라. 지금까지 참아주었지만 더는 참지 않겠다. 계속 멋대로 입을 놀리면……."

"그만둬요."

스산하게 몰아치던 바람이 잠잠해졌다. 물결 같은 머리카락을 휘날리는 여인이 이마에 뿔을 박은 점박이 말을 타고 다가왔다. 봇짐을 진 노인이 그제야 구속에서 풀려난 듯이 여인을 향해 종종걸음으로 다가갔다.

"용사님, 아이구, 이제야 만나는군요. 신의 가호가 있기를. 용사님의 명성을 듣고 멀리서 이렇게 찾아왔습니다……."

사내는 활을 내리며 여인에게 말했다.

"이자가 널 모욕했어."

"그 사람을 그리 대하면 이 세계 전체에 좋지 않아요."

"내가 이자를 어찌 대하든 달라지는 것은 없어."

"그렇지 않아요. 난 아직 기회가 있다고 믿어요."

"무시무시한 용이 지키고 있는 동굴이……."

천사는 뭔가 항의하고 싶은 표정으로 두 사람을 번갈아 보았다. 여자는 말에서 뛰어내려 천사에게 다가왔다. 그녀는 날개에 꽂힌 검을 향해 주문을 외웠고 칼은 말이라도 알아들은 듯 날아올라 사내의 검집으로 돌아갔다. 그녀의 입에서 나온 말들이 빛으로 변하여 상처로 스며들었다. 벌어진 상처가 아물었다. 천사는 입을 삐죽 내밀고 여자를 노려보았다.

"어떻게 하는 거죠?"

"상처를 치료했어요."

"어떻게 대화를 하는 거죠? 저기 계신 분의 이중인격인가요? 1인 2역인가요? 혼자 캐릭터 두 개를 쓰는 건가요?"

"네?"

"넌 누구야?"

"무슨 의미로 묻는 거죠?"

"멍청이."

"……네?"

"자기 얼굴에 자신이 있나 봐? 어차피 진짜 얼굴도 아니잖아. 돈으로 발랐겠지. VIP 고객에게 주는 특별 얼굴인가? 외모는 너에 대해 아무것도 말해주지 않아."

"……저는 얼굴에 대해 말한 적이 없는데요."

"얼굴의 의미가 뭐지?"

여자의 눈이 조금 흔들렸다.

"당장 이 세계에서 사라져."

그러자 여자는 화난 얼굴로 허리를 꼿꼿이 세웠다.

"나를 시험하고 있군요."

"시험의 의미가 뭐지?"

"비논리적인 문장을 나열하여 내가 어떻게 반응하는지 보려는 거겠죠. 호문클루스는 문맥을 읽을 수 없고 논리를 알지 못하니까요. 하지만 두 번 다시 이런 식의 시험은 허용하지 않겠어요. 다른 건 몰라도, 나를 인간 취급하지 않는 것만은 용서하지 않겠어요."

여자를 한참 노려보던 천사는 손가락을 들었다. 천사가 허공에 원을 그리자 궤적에 따라 공중에 빛이 나타났다. 천사는 입으로 뭔가를 중얼거리며 계속 그림을 그려나갔다. 완성 직전에 그림의 정체를 파악한 듯, 사냥꾼의 눈빛이 변했다.

천사가 주문을 읊자 사자가 그림에서 표효하며 뛰쳐나와 여인에게 달려들었다. 여인은 미동도 않고 서 있었다. 그 순간 사냥꾼은 입김을 불었고 입김은 돌풍이 되었다. 돌풍은 아직 채 그림에서 빠져나오지 못한 사자의 뒷부분을 휩쓸었고 이어 몸 전체를 해체했다.

사냥꾼은 화살을 뽑아 들었다. 동시에 바람이 날카롭게 솟구쳤고 화살 주위에서 아홉 개의 창으로 모습을 바꾸었다. 그가 활을 당기자 바람의 창과 화살이 함께 날아가 천사의 몸을 꿰뚫었다.

4

조건 751029 // 같은 문장을 X회 이상 반복했을 때 패턴 5
입력 "안녕하세요."
출력 "두 번 다시 이런 식의 시험은 허용하지 않겠어요."

달은 보는 방향에 따라 빛이 달랐다. 들에서는 푸른빛으로, 산 위에서는 보랏빛으로 보였다. 나무 아래 솟아난 작은 무덤도 보랏빛으로 물들었다. 유령 하나가 그 위에 웅크리고 앉아 생각에 잠겨 있었다. 등에 조그만 날개가 있고 다리가 있을 부분에는 물고기 꼬리처럼 유선형으로 말린 연기가 살랑거렸다. 손에 창을 든 사냥꾼이 어디서 사냥을 하고 온 듯 몸 여기저기에 나뭇잎을 붙인 채 다가왔다.

"왜 환생하지 않고 그러고 있지?"

유령은 두리번거리다 자신을 가리켰다.

"제가 보여요?"

"보여."

"영혼은 보이지 않는다고 알고 있었는데요."

"나는 볼 수 있어."

"참, 영매였던 적도 있죠."

유령은 어깨를 들썩였다.

"죽은 뒤의 세상을 구경하고 있어요. 이 세계를 만든 분들은 꽤 위트가 있었나 봐요. 죽은 자의 눈에 비치는 세상을 더 아름답게 만들어놓았군요. 요정들이 나무 주위를 맴돌고 있어요. 무덤 앞에는 흰 늑대 한 마리가 지키고 있고 언덕배기에는 저승으로 가는 입구도 보이네요. 죽은 사람은 사냥이고 뭐고 아무것도 할 수 없고 전혀 게임을 즐길 수 없는데, 어째서 그쪽에다 이렇게 소스*를 낭비했을까요? 안식을 즐기라는 의도였을까요?"

사냥꾼은 아무 말도 하지 않았다.

* Source. 데이터의 근원, 기본적인 프로그램, 코드, 기타

"이 세계도 점점 매력적으로 보이네요. 기술이 없던 시절의 낭만이라고 할까요. 진짜 같은 것이 하나도 없잖아요. 사람이고 뭐고 다 그림 같아요. 하지만 그런 점이 재미있어요. 이 나무를 봐요. 이 나무를 만든 사람은 아마 이거 하나 만들고 회사에서 쫓겨났을 거예요. 공장에서 찍어내듯이 1년에 수백 개씩 세계가 태어나고, 그 행위에 그 누구도 예술적 가치를 부여하지 않았던 시대에, 이렇게 멋진 나무 하나가 태어났다는 건 기적 같은 일이에요."

"다시 오지 않을 줄 알았는데."

"그럴 생각도 있었어요. 실은 다 때려치울 생각이었죠."

유령은 투덜거리며 말했다.

"온갖 미친놈에 깡패에 바보에 환자들을 상대해왔지만 선생님은 제가 만나본 중에 최고예요. 어찌나 정교하게 삐딱하신지 예술적이기까지 하다고요."

유령은 작은 날개를 파닥거리며 무덤 속으로 기어 들어갔다. 누군가가 안에서 파내는 것처럼 흙이 좌우로 흩어지더니, 날개뼈가 붙은 해골이 안에서 모습을 드러내었다. 갈비뼈 안에서 심장이 나타나 뛰었다. 혈관이 퍼져나가고 근육과 살이 붙더니 날갯죽지에 솜털이 돋아났다. 해골이 날개를 퍼덕이자 솜털은 미끈한 깃털로 자라났고 얼굴에도 살이 붙어 본래의 모습으로 돌아왔다. 천사는 아직 팔과 다리가 뼈인 채로 어깨를 두드렸다.

"에구에구, 몸에 온통 모래 알갱이가 돌아다니는 것 같네."

사냥꾼은 창을 들어 천사에게 겨누었다. 창끝이 천사의 이마에 닿을락 말락하게 놓였다. 천사는 어깨를 두드리는 자세로 동작을 멈췄다.

"왜 그런 짓을 했지?"

사냥꾼이 물었다.

"이러지 말아요. 한 번 죽은 사람을 또 죽이려고 그래요? 예고 없는 PK*는 폭행죄에 해당하는 것 알기나 해요?"

천사는 자신의 이마 바로 앞에서 흔들거리는 창을 손가락으로 톡톡 두드렸다.

"네가 먼저 시작했어."

사냥꾼이 말했다.

"약한 기술이었어요. 사람인지 아닌지 확인해볼 생각이었다고 요. 기술이 통하는지 보려고요. 예측하지 못한 상황에 대한 반응 도 보고 싶었고요. 하지만 소용없는 짓이었더군요. NPC도 퀘스 트 이벤트를 위해 전투를 할 수 있게 설정되어 있었어요. 몬스터 와 같은 테이블**에 있더군요……. 괜히 죽었죠. 그런데 그 여자, 놀라지 않더군요. 선생님처럼 왜 그러느냐고 묻지도 않았고, 화 를 내지도 않았어요."

"네 기준에서는 화내지 않으면 사람이 아닌 모양이군."

그 말에 천사는 어이없는 웃음을 지었다.

"뭘 하는 거죠? 정말 이중인격인가요? 이쪽은 세상과 최소한 의 소통을 하는 쪽이고, 그쪽은 완전히 자신만의 세계에 빠진 쪽 인가요? 좋아요! 나는 신의 사자고 때가 무르익어 세상에 심판을 내리러 왔는데, 선생님이 그걸 방해하네요. 혼자서 온 세상을 끌 어안고 지키고 계신데, 제 인내심이 어디까지 버틸 거라고 생각 해요? 진심으로, 이 세계의 한 주민일 뿐인 당신 따위가, 세상을 혼자서 지킬 수 있다고 생각하느냐고! 맥은 이미 선을 넘어도 한

* Player Kill. 게임 내에서 다른 플레이어를 죽이는 행위
** Table. 행과 열로 정렬한 데이터 모음

참 넘었어! 당신 같은 다 죽어가는 늙은이 따위 무시해버리면 그만이라고! 어디 한번 보상금 타먹으러 주머니에 손 찔러 넣고 휘파람 불며 회사로 터덜터덜 걸어와보시지. 변호사 선임해서 피해보상에 협박죄에 영업방해죄까지 있는 대로 다 뒤집어씌워줄 테니까! 판결이 누구한테 유리하게 나는지 어디 보자고!"

사내는 잠시 말이 없었다. 그는 창을 떨어뜨리고 한참을 서 있었다. 그러다 바닥에 무겁게 무릎을 꿇고 앉았다. 주저앉은 채로 움직이지 않았다.

"뭐 하는 거예요?"

"비는 거다."

사냥꾼은 낯빛 하나 바꾸지 않고 태연하게 말한 뒤 머리를 땅에 조아렸다. 천사는 움직이지 않았지만 날개가 혼자 놀라 파닥거리는 바람에 균형을 잃고 땅에 주저앉고 말았다.

"대체 왜 이래요? 내가 뭘 잘못했다고 이래요?"

"어떻게 해야 하는지 말해봐."

"뭘 말이죠?"

긴 침묵이 이어졌다.

"제발……."

목소리가 깊은 땅으로 꺼지듯이 낮게 흐느꼈다.

"……뭐든지 할 테니 제발 이 세상을 부수지 마십시오. 제가 어떻게 해야 되겠습니까?"

사내는 깊게 한숨을 삼킨 뒤 담담하고 차갑게 입을 다물었다.

5

/* 다음과 같은 조건에서는 상대의 대화를 무시하고 무조건 ID lover123에 접근한다. */
조건 43571029 // ID lover123과의 거리가 X 이상으로 떨어졌을 때
조건 43571030 // ID lover123의 체력이 5% 미만으로 떨어졌을 때
조건 43……

산허리를 흐르는 강은 중간에서 돌연 칼로 베어낸 듯이 끊겨 나갔다. 강물이 부서지며 허공 속으로 흘러들어 갔다. 강이 끊긴 곳에서부터 검은 물이 번졌다. 주변의 땅도 시커멓게 물들고 있었고, 풀 대신 납작하게 눌린 집이 대지 표면을 색칠했다.

산은 꼭대기에서부터 함몰하고 있었다. 물렁물렁한 늪에 가라앉듯이 나무와 흙이 그 구멍으로 천천히 빨려 들어갔다. 사슴과 토끼들이 구덩이에서 도망쳐 나가다가 도로 끌려 내려갔다. 산 정상에 솟은 큰 나무가 빨려 들어가다가 기울어지며 무성한 뿌리를 드러내었다. 나무는 산이 반쯤 깎인 뒤에도 다 뽑히지 않고 뿌리를 높이 든 채 버티고 있었다.

여자는 강 한가운데서 몸을 씻고 있었다. 옷과 몸에는 까만 물이 들어 있었다. 검은 것을 씻어내려는 듯 연신 물을 끼얹었지만 점점 더 검게 물들 뿐이었다. 여인은 강가에서 흰 돌을 고르는 아이처럼 꼼꼼히 몸을 살피고 다시 씻는 일을 반복했다.

천사는 강가에 턱을 괴고 앉아 그 모습을 구경했다. 낡은 옷을 입은 한 무리의 사람들이 걸어와 천사의 발아래 엎드려 머리를

조아리고는 먹을 것과 주먹밥을 놓고 뒷걸음질 쳐 사라졌다. 천사는 주먹밥을 들어 호호 불고 와작 씹었다.

"'신' 레벨이 되니 사람들 태도가 달라지네요. 구조상으로는 거지의 구걸 기술과 다를 게 없어 보이지만요. 여전히 이해할 수 없어요. 신 레벨은 숨겨져 있었다고요. 구현할 이유가 없었을 텐데요."

여인은 반쯤 검게 물든 얼굴로 천사를 올려다보았다. 천사는 주먹밥을 볼 가득히 넣고 우물거리며 검은 물이 왈칵왈칵 흘러들어오는 강을 힐끗 보았다.

"내 책임이 아녜요. 내가 한 일도 아니고요. 저걸 어떻게 고쳐야 할지 우리는 모르고, 앞으로 어떻게 진행될지도 몰라요. 소스를 아는 사람은 다 늙어 죽었어요. 디스크도 수명이 다 되었고요. 데이터를 새 판에 옮기고 전체적으로 점검을 하면 좀 나아질지도 모르겠지만, 기대하지 않는 게 좋아요. 신께서는 이 세계에 인력을 투자할 생각이 없거든요."

여자는 강 저쪽을 바라보았고 손을 들어 강이 끊긴 곳을 가리켰다.

"슬퍼하지 마라. 망각은 너를 지우지 않는다. 죽음 또한 너를 지우지 않는다. 사라지는 것은 없다. 너는 홀로 온전히 존재하며 존재한 순간에 영원히 머문다. 네가 살아온 날들을 아는 이가 없다 할지라도, 네가 살아간 흔적이 아무것도 남지 않는다 할지라도, 네가 존재한 순간은 바람과 햇빛과 구름이 세상에 한순간 머물다 사라졌을 때 그리하듯이 찬란하게 빛난다."

천사는 몇 번 기침을 했다. 그러다 간신히 진정하고 입을 열었다.

"지금 뭘 한 거죠?"

"사라지는 것들에 대한 슬픔이 찾아올 때 외우는 주문입니다.

슬픔을 사라지게 해줍니다. 그대도 같이 해주세요."

"사양하겠어요. 바보 같으니까."

여인은 말없이 물로 몸을 씻었다. 하늘을 한번 보고 몸을 꼼꼼히 살피더니 다시 물을 끼얹었다. 경건한 몸짓이었다. 누군가가 그 동작을 만들었다면 틀림없이 깊은 슬픔에 빠져 있었을 때 만들었으리라.

"바보."

여인이 천사를 돌아보았다. 천사는 턱을 괴고 앉아 눈을 말똥말똥 뜨고 여자를 바라보았다. 여자는 물을 뚝뚝 떨어뜨리며 희미하게 웃었다.

"아직도 내가 사람이 아니라고 생각하는 건가요?"

"왜 그런 질문을 하죠?"

"나를 모욕함으로써 사람인지 아닌지 확인하려는 게 아닌가요?"

"제작자가 욕설에는 그런 식으로 반응하도록 입력해놓았나요?"

"한 번만 더 하면 내게서 다시는 어떤 반응도 들을 수 없을 겁니다."

천사는 잠시 침묵했다.

"언제 로그아웃했죠? 며칠째 지켜보고 있는데 도통 나가는 걸 본 적이 없네요."

"진심으로 내가 호문클루스라고 생각하는 겁니까?"

"그…… 호문클루스라는 게 대체 뭐죠?"

"이 세상에서 사람들이 떠나갔을 때, 외로움을 견딜 수 없었던 연금술사들이 빈 거리를 채우기 위하여 만든 인공생명체들입니다. 그들에겐 지능도 이해력도 논리도 없으며 있지도 않은 가상의 이야기를 지어내지만, 적어도 살아남은 사람들의 외로움을 달래주고 있습니다. 최후에는 연금술사들마저 떠나고 그들만이 이 세상에 남았습니다."

"아주 재미있네요. 하긴, 그편이 현실감이 있을지도 모르겠어요. 어차피 NPC는 전혀 사람 같지 않으니까요. 그러면 아가씨는 누구의 사랑을 받아 진짜 사람으로 변화하신 피그말리온 조각상이신지요?"

여자는 미소를 지었다.

"진심으로 저와 같은 인공지능이 이 세계에 존재하리라고 믿는 겁니까? 언어 인식과 길 찾기와 장애물 피하기 로직이 따로 개발되던 시대에 나온 세계예요. 인간의 두뇌를 닮은 신경망 컴퓨터는 아직 이론으로만 존재하고, 디지털 컴퓨터의 한계는 명확합니다. 진심으로 이 세계의 AI가 사고를 하며, 인격을 가지며, 문장 간의 맥락을 이해할 수 있다고 믿는 겁니까?"

천사는 한동안 입을 벌린 채 여자의 표정을 살폈다.

"그런 대사를 입에 담을 줄은 몰랐는데요."

"나는 무슨 말이든 입에 담을 수 있어요."

"그러면 왜 이 세계가 사라져서는 안 되는지 말해봐요."

"그대야말로 하나의 세계가 사라지는 것에 어찌 그리 무심하십니까?"

"글쎄요. 하루에도 몇 개씩 세계가 태어나고, 또 몇 개씩 사라지고, 아무런 이유도 없이 닫히고, 다시 열리고, 한 줌의 철학도 예술성도 없이 세계가 태어났다가 사라지고, 한 푼의 애정이 없는 창조주가 한 푼의 사랑 없이 세계를 운영하고, 권력욕에 빠진 신들이 한 조각의 철학도 없이 멋대로 세상을 망쳐놓는 것을 매일같이 보고 있는데, 내가 왜 이런 구닥다리 세계 하나가 닫히느냐 마느냐 하는 문제로 이 고생을 해야 하는지 알 수가 없는데요."

"……."

"내 말이 무슨 뜻인지 알겠어요?"

"이해합니다."

"이해라는 것을 할 수 있다고 주장하는 건가요?"

여인은 슬픈 얼굴로 고개를 들었다. 천사는 눈을 차갑게 빛냈다.

"어떻게 해야 의심을 멈출 겁니까?"

"애매한 말의 맥락을 짚을 줄 아는군요. 제법 사람 같은 반응이었지만 방법이 이해가 안 가는 것도 아니에요."

"……."

"대답하지 않는 건 답변이 입력되어 있지 않기 때문인가요?"

"사람 말을 잘 듣지 않는 분이군요."

"그쪽은 이 세계에서는 자신을 사람이라고 증명할 수 없어요. 바늘로 찔러 피를 낼 수도 없고 엑스레이를 찍어볼 수도 없으니까. 사람이든 로봇이든 나무든 땅이든 풀이든 여기에서는 그저 데이터일 뿐이죠. 사람 취급 못 받는 게 화가 나면 내 앞에서 로그아웃해봐요. 가장 간단한 방법이니까."

여자는 오랫동안 서 있었다. 그러다 강에서 걸어 나왔다. 그래픽이 깨진 검은 물이 그녀의 몸에 붙어서 따라 나왔다. 그래서 여자의 머리카락이 그대로 흘러내려 강으로 변모해가는 것처럼 보였다. 여자의 몸에서 흐른 물이 천사의 어깨 위로 똑똑 떨어졌다.

"다른 차원에서 오신 분이여."

여인이 입을 열었다. 누군가가 그녀의 얼굴을 만들었다면 아마도 그녀를 사랑하여 만들었을 것이다. 누군가가 그녀의 목소리를 만들었다면 마찬가지로 그녀를 사랑하여 만들었을 것이다. 자신의 이상과 꿈을 모두 투영했을 것이다. 그러지 않고서는 도저히 이런 표정을 만들어낼 수 없었을 것이다.

"다른 차원에서 오셨다고 주장하시는 분이여, 내가 자신을 증명할 수 없다면 그대 역시 자신을 증명할 수 없습니다. 그대는 대체 누굽니까? 자신에 대해 스스로 말한 것 이외에 무엇으로 자신을 증명할 겁니까? 그대가 정말 사람인지, 아니면 누군가가 나를 놀리기 위해 만든 호문클루스인지 누가 증명해줄 겁니까?"

천사의 표정이 변했다. 천사는 벌떡 일어나려고 했다. 여인이 손을 들어 그를 가리켰다. 공격한 것도 손을 댄 것도 아니었는데 천사는 일어나지 못하고 도로 주저앉고 말았다.

"다른 차원에서 오셨다고 주장하시는 분이여, 신의 심부름꾼이며 이 세계의 멸망을 선포하러 오셨다고 주장하시는 분이여, 나는 당신과 같은 사람을 숱하게 보아왔습니다. 그들은 이 세계 밖에 다른 세계가 있으며, 수없이 많은 세계가 존재하며, 이 세계는 그 많은 세계 중 하나일 뿐이라고 말합니다. 그들은 한결같이 '진짜 세계'에 대해 말하며 모든 사람은 그 세계로부터 왔다고 말합니다. 이 세계를 떠난 이들은 그곳으로 돌아가며, 거기서 진정한 탄생과 죽음을 맞이한다고 합니다."

"이것 봐요."

"나를 낳았다고 주장하시는 분도 내게 그리 말했습니다. 그분은 처음에 거지의 모습을 하고 나타나 말했습니다. 내가 사는 이 세계는 환상이며, 거짓 세계며, 존재하지 않는 것이며, 누군가의 상상에서 태어난 꿈에 불과하다고요."

"이것 봐!"

"그분은 진짜 내 모습에 대해서도 말해주셨습니다. 나는 태어났을 때부터 볼 수도 들을 수도 말할 수도 움직일 수도 없었다고 합니다."

천사는 멈칫했다.

"나는 거대한 통에 갇혀 살고 있으며, 그 통이 내 폐와 심장을 뛰게 하고 있고, 내 소화기관에 연결된 관이 영양액을 주입하며, 내 배설물 역시 관을 통해 흘러나간다고. 그분은 영원한 암흑과 고독 속에서 살아가야 할 나를 위해 이 세계를 만들었다고 했습니다. 또한 할 수 있는 한 가장 아름다운 모습으로 나를 만들었다고 하셨습니다."

"……."

"하지만 나는 그분이 말한 세계에 대해 알지 못합니다. 그저 가능성을 이해할 뿐입니다. 그곳에는 마법이 없고, 푸른 용도 정령도 그림자 괴물도 없으며, 사람들은 부모의 배에서 아이의 모습으로 태어나 늙어 죽어간다고 합니다. 저는 그런 것을 이해할 수 없습니다. 그저 그 말이 사실일 가능성을 이해할 뿐입니다. 어쩌면 많은 호문클루스들이 그러하듯이, 그분이 나와 놀기 위해 꾸며낸 거짓 이야기일지도 모릅니다. 내 진짜 모습이 통에 갇힌 식물인간일 수도 있을 겁니다. 그럴 가능성이 존재한다는 것 또한 이해합니다. 하지만 저는 이 세계가 거짓이며, 꿈이며 환상이라는 것만은 받아들일 수가 없습니다. 누구도 내게 그런 것을 설득시킬 수는 없을 겁니다."

"……."

"그대가 말하는 로그아웃의 의미 역시 이해합니다. 하지만 나는 내 의지로 이곳을 빠져나갈 수 없습니다. 그리한다 하더라도 내 몸이라는 암흑의 감옥으로 들어갈 뿐입니다. 저는 오래 살았고 제 몸이 어떤 상태인지 알지 못합니다. 돌아가는 순간 충격으로 죽게 될지도 모릅니다. 그 모두가 가능성일 뿐이라 할지라도, 저는 결코 시험하지 않을 것입니다. 단지 제가 사람이라는 것을 증명하려는 이유로 그리하지도 않을 것입니다."

6

들판은 죽은 자의 세계와 산 자의 세계가 뒤섞여 있었다. 검은 빛과 푸른빛이 얼룩덜룩하게 섞여서 보는 방향에 따라 다른 빛으로 보였다. 저승으로 통하는 동굴이 들판 여기저기서 검은 입을 벌리고 있었다. 동굴에서는 끊임없이 갖가지 형태의 괴물이 쏟아져 나와 어슬렁거리며 마을을 향해 몰려갔다.

들판을 걷던 사람은 동굴 근처에 이르자 몸짓이 둔해졌다. 그는 무엇인가 자신을 연신 붙잡아대기라도 하듯이 몸을 툭툭 잡아당기며 걸었다. 괴물들은 그를 보지 못하는지 지나치거나 통과해 갔다.

그는 물이 떨어지는 천장에 손을 대고 동굴 안을 들여다보며 말했다.

"렉*이 심하군요. 괴물 숫자가 많아서 그래요. 몸이 잘 안 움직이지요?"

동굴 입구에는 사냥꾼이 숨을 몰아쉬며 주저앉아 있었다. 그가 천사를 돌아보았다.

* Lag. 게임이 느려지거나 정지하는 현상

"제가 좀 많이 만들어 넣었나 봐요."

사냥꾼의 전신은 흙먼지에 상처투성이였다. 옷은 누더기처럼 찢겨졌고 검은 타르 같은 것이 바지 아랫단에 뭉텅이로 묻어 있었다. 한쪽 신발과 바지는 물감이 번진 듯 하나로 합쳐 보였다.

"캐릭터에도 오염이 번지기 시작했나 보네요. 버그가 난 캐릭터에 접속해 있다간 뇌에 손상을 입을 수도 있어요. 회사에서는 절대 안전하다고 광고하지만 실은 꽤 사례가 있어요. 언론에 새어 나가는 것을 막고 있거든요."

사냥꾼은 한참 천사를 바라본 뒤 일어났다. 어둠 저편에서 노란 눈이 번쩍였다. 날카로운 송곳니를 단 그림자가 사내를 향해 달려들었다. 그는 검을 휘둘러 그림자를 둘로 잘라냈지만, 그대로 칼을 놓치고 쓰러졌다.

"몇 번이나 죽었죠? 레벨도 많이 내려갔을 거고 점점 어려워질 텐데요. 혼자 깰 수 있는 레벨이 아니에요."

"……자네가 한 일인가?"

"몬스터 수를 늘려보았어요. 어이없을 정도로 간단하더군요. 이렇게 숫자 몇 개로 조정할 수 있는 세상 따위에 애정을 가질 수 있다니 놀라워요."

"……네가 한 일이냐고!"

"캐릭터 좌표를 옮기는 방법을 알아냈거든요. 시험 삼아 그 아가씨를 저승 밑바닥에 가둬봤지요. 하지만 난 신의 사자라는 설정인데, 충분히 이런 일을 할 수도 있지 않겠어요? 기록을 뒤져 보았는데 운영자가 NPC 좌표를 옮겼다고 법정에 간 사례는 없더라고요."

사냥꾼은 대답하지 않았다. 그는 놓친 칼을 주우러 가려 했다.

발 한쪽이 녹아 붙은 것처럼 땅에서 뒤늦게 떨어졌다. 짚은 발이 땅에 붙어 몸을 당기는 바람에 그대로 뒤로 고꾸라지고 말았다. 사내는 주저앉아 이마를 짚었다.

"NPC가 아니야. ……대화를 해보았을 텐데."

"예. 잠시 같이 놀아보았죠. 기가 막힌 설정을 갖고 있더군요."

"……"

"선생님이 지어낸 거예요? 현실감이 넘치더군요. 하긴, 그렇게 세계관에 정확히 맞는 행동을 하는 사람이 '진짜 사람'일 설정은 그런 것밖에 없었겠지요?"

"넌 자신이 믿고 싶은 것만 믿는군."

"누군가가 한 사람을 일생 가상세계에서 키울 각오를 했다면 좀 더 장치를 제대로 마련했겠죠. 회사가 그 사실을 모른다는 건 말이 안 돼요."

"아는 사람이 다 죽었어. 너무 오래전 일이었지. 프로그램 소스를 아는 사람들이 사라진 것처럼 다 사라져버렸어. 경영진은 이런 때를 대비하여 보상금이라는 장치를 마련해놓았던 거야."

"좋아하는 게임을 회사가 접지 못하게 하려고 꾸며낸 시나리오는 아니고요?"

"아니야."

"아니라고 믿게 하고 싶은 건가요?"

"……"

"NPC가 무슨 거짓말을 하든 법적으로 문제는 없겠지요. 어차피 모두 각자의 배경 설정과 시나리오를 갖고 있으니까요. 자식이 죽어간다고 하고 어머니가 병에 걸렸다고 하죠. 무슨 말이든 못하겠어요? 모두 놀이에 불과한데요. 그들이 사람인 척하는 것도 죄가 아니겠지요. 다들 사람인 척하니까요. 하지만 선생님이 그러는 건 사기죄에 해당해요."

"디지털 컴퓨터는 한계가 있어. 구동 방식이 생물과 완전히 달라. 사람을 흉내 내는 데에 한계가 있어."

"충분히 데이터가 쌓인 디지털이 아날로그를 닮을 가능성에 대해 들어본 적이 있어요."

"넌 자신의 논리에 이론을 끼워 맞추고 있어."

사냥꾼은 벽을 짚으며 움직였다. 천사가 사냥꾼을 지나쳐 동굴 안으로 날아들었다. 안이 천사의 빛으로 조금 밝아져 깊은 곳까지 모습을 드러내었다.

"어렸을 때 채팅 프로그램 하나에 완전히 넘어간 적이 있어요. 프로그래머들 사이에서는 꽤 유명한 프리웨어였죠. 친구들이 그 프로그램을 자기 친구라고 속이고 내 메신저에 접속시켰어요. 상대는 한국의 정치 현안이며 복지 정책에 관해 한참 열변을 토했죠. 그러다가 내가 중간에 혹시 당신 기계가 아니냐고 묻자 화를 내었어요. 두 번 다시 나와 이야기하지 않겠다고 하고 접속을 끊었어요."

"……."

"내가 어떻게든 그 사람에게 사과하려고 뛰어다녔는데, 나중에 친구들이 깔깔거리고 웃더군요. 그 프로그램은 실제로 그렇게 한다고요."

"하고 싶은 말이 뭐지?"

"……그 프로그램 만든 사람 아이디(ID)가 선생님 것과 같더군요."

사내는 천사를 노려보았다.

"내가 그런 것을 만들 수 있다고 해서 내 주변 사람들이 모두 프로그램인 건 아니야."

"인공지능이 아직 제대로 존재하지도 않았던 시절에, 어떤 언어학자가 3만 문장 정도로 사람처럼 대화하는 프로그램을 만들겠다고 공언한 적이 있었죠. 모든 인공지능 학자들이 비웃었어요. 인간의 대화는 무궁무진하며, 그 변화무쌍함이 우주와 같이 방대하니 결코 그리 쉽게 흉내 낼 수 있는 것이 아니라고요. 하지만 그는 실제로 그런 것을 만들어내었고, 복잡한 다른 인공지능을 제치고 상을 휩쓸었죠. 인공지능 학자들은 매번 착각해요. 사람처럼 '보이는 것'을 만들려면 '실제로' 사람처럼 생각하는 것을 만들어야 한다고 생각하죠. 하지만 기계가 실제로 생각할 수 있는가 없는가는 사실 중요하지 않아요. 필요한 것은 얼마나 세련되게 속이는가, 얼마나 살아 있는 대사를 읊는가, 얼마나 진짜 같은 표정을 짓는가, 얼마나 연기를 잘하는가."

"……."

"기계가 존재하지 않았던 오랜 옛날부터 문학가와 배우들은 대사 몇 마디로 진짜처럼 보이는 가짜 인물을 만들 수 있었죠. 어떤 문학가와 배우들은 할 수 없었고요. 화가들은 단 한 장의 그림만으로도 살아서 걸어 나올 듯한 인물을 그릴 수 있었죠. 어떤 화가들은 할 수 없었고요. 어떤 의미에선…… 기술의 영역이 아니라 예술과 문학의 영역이라고나 할까요."

"네 마음대로 생각해."

사냥꾼은 천사를 밀쳐내었다.

"그 아가씨는 내가 비논리적인 대화로 시험했을 때 화를 내며 다시는 그런 짓을 하지 말라고 했죠. 내가 어릴 때 만난 그 프로그램도 같은 방법을 썼어요."

"컴퓨터는 비논리적인 대화가 뭔지 몰라. 문맥을 이해하지 못해."

"말이 없는 성격이나, 사람의 말을 듣지 않고 자기 말만 하는 성격으로 만들면 더 쉽겠지요. '사라지는 것이 슬퍼요'라든가 '무례하게 대하지 말아요' 같은 어느 상황에나 적용될 수 있는 시적인 윤리를 늘어놓더군요."

"……"

"사람의 대화는 상호작용처럼 보이지만 사실은 언제나 일방적이죠. 사람의 상상력은 소통이 없는 순간에도 소통을 상상하고 논리가 없는 상황에도 논리를 부여하거든요. 선생님처럼 전혀 듣지 않는 사람에게도 지금 저는 혼자 떠들고 있잖아요."

사냥꾼은 발을 멈췄다. 천사도 발을 멈췄다. 사냥꾼의 눈에 깊은 슬픔이 떨어졌다. 그의 눈에 잠긴 슬픔이 너무 짙어 천사는 더는 입을 열 수가 없었다. 하지만 순간 천사는 어떤 위대한 예술가가 그런 표정을 만들어 그에게 주었을 가능성에 대해 생각했다. 어쩌면 그 화려한 나무를 만든 사람과 같은 사람일지도 모른다. 이 세계에서 외모는 아무것도 말해주지 않으며, 눈에 보이는 모든 것이 거짓의 가능성을 품고 있지 않은가.

"네가 보고 싶은 대로 보일 뿐이야."

사냥꾼은 동굴 안으로 걸어 들어갔다.

안이 넓어지며 방 크기의 공간이 나타났다. 사냥꾼이 주문을 외자 손가락에서 작은 불꽃이 타올랐다. 불꽃이 공중으로 솟구치자 어둠 속에 숨은 괴물들이 거친 숨소리를 내며 모습을 드러내었다. 이마에 뿔을 박은 검은 자칼 몇 마리가 어슬렁거리며 나타났다.

사냥꾼은 활에 화살을 재었다. 화살 하나가 제일 앞에 선 놈의 이마를 꿰뚫었다. 순간 뒤에 있던 두 마리가 달려들었다. 사내는 자칼 무리가 뛰어오르는 것과 동시에 땅을 굴러 피했다. 한 마리가 달려든 방향에 천사가 서 있었지만, 자칼은 천사를 스쳐 지나간 뒤 다시 방향을 틀어 사냥꾼을 향해 달려들었다. 사냥꾼은 땅에 칼을 박았다. 칼이 꽂힌 자리를 중심으로 땅이 우레 같은 소리를 내며 흔들렸다. 자칼 무리가 일제히 중심을 잡지 못하고 넘어졌다. 사냥꾼은 칼을 뽑아낸 뒤 적들이 일어나기 전에 달려들었다. 두 마리는 해치웠지만 한 마리는 놓쳤다. 놓친 놈이 벽을 타고 방을 한 바퀴 돌아 천장에서 사냥꾼의 뒤를 노리고 달려들었다.

천사가 손을 들어 허공에 문양을 그렸다. 손가락 주위로 태양과 같은 빛이 빛났다. 빛은 동굴 안을 끝까지 비추었다. 자칼은 채찍을 맞은 듯 공중에서 뒤로 튕겨 나갔다. 허겁지겁 어둠 속으로 도망치려 했지만 그대로 빛에 타들어가듯이 사라졌다.

사냥꾼은 땀을 닦으며 일어났다. 천사는 아무 일도 없었던 듯 담담한 표정으로 그를 바라보았다. 사냥꾼은 비틀거리며 안으로 들어갔다.

천사는 날개를 길게 눕히고 동굴 앞에 앉아 있었다. 턱을 긁었고, 생각에 잠겼고, 하늘을 올려다보았고, 다시 머리를 긁으며 생각에 잠겼다.

동굴 입구에서 그림자가 흔들렸다. 여자가 사냥꾼을 등에 업고 걸어 나왔다. 사내의 몸은 피투성이였고 등에 칼날이 여러 개 박혀 있었다. 여인의 몸도 그가 흘린 피로 붉게 물들어 있었다. 천사가 묵묵히 앉아서 보는 사이에, 여인은 사내의 무게를 이기지 못하고 주저앉았고 사냥꾼의 몸도 바닥에 툭 떨어졌다. 여인은 천사를 증오에 찬 눈으로 노려보았다.

천사는 무심한 얼굴로 그 눈빛을 마주했다. 여자는 벌떡 일어나 달려와서는 천사의 뺨을 갈겼다. 몇 번이나 때린 뒤에는 어깨를 부여잡고 서럽게 울기 시작했다. 천사는 자신의 뺨을 쓰다듬으며 중얼거렸다.

"……정말로 사람이에요?"

여자는 대답 없이 계속 울기만 했다.

"이상한데……."

7

집과 길이 하나로 엉켜 흘러내렸다. 집 안에 있던 사람들은 식탁에 앉아 숟가락을 든 채로, 이야기를 나누는 자세로, 서로 껴안은 자세로 멈춰서 엉켜 붙었다. 길에는 허리까지 오는 잡초가 자라고 짐승들이 사람처럼 유유히 거리를 어슬렁거렸다.

천사의 뒤로 사람들이 무리지어 쫓아왔다. 그들은 걸어오다가 엎어지고, 다시 일어나 걷다가 엎어졌다. 살려주세요. 하늘에서 내려오신 분이여, 신께서 보내신 분이여, 우리를 도와주세요. 살려주세요.

천사는 술집 문을 열어젖혔다. 사람들이 돌아보았다. "아가씨, 이리 와서 우리와 함께……." 하고 말하던 술꾼들이 술잔을 내려놓고 엎드려 절을 했다. 주인은 계속 그릇을 닦았다. 두 다리가 땅에 거의 붙어 나무처럼 뿌리를 내리고 있었다. 사냥꾼은 탁자에 끈적하게 붙은 술잔을 집어 들어 들이켜며 무심히 천사를 바라보았다.

"이 세계를 만든 사람들은 언젠가 이런 날이 올 줄 알고 있었나 봐요."

천사는 입가에 미소를 띤 채 주위를 둘러보며 말했다. 하지만 눈에는 웃음기가 없었다.

"시스템의 오류가 심해졌을 때, 사람들이 운영자 신분을 갖고 있거나 신 레벨에 도달한 사람을 향해 살려달라고 애원하는 스크립트를 넣어놓았어요. 멸망의 분위기를 연출해놓았다고요. 이해할 수 없네요. 어차피 이런 장면을 볼 수 있는 사람은 몇 명 되지도 않을 텐데요. 명백한 소스 낭비라고요."

사내는 아무 말도 하지 않았다. 천사는 미소를 지우고 사내를 노려보았다.

천사는 천천히 사내에게 가까이 갔다. 천사는 표정이 굳어 있었다. 숨은 거칠었고 몸은 땀에 젖어 있었다. 그는 연신 엎어져 절을 하는 사람들 사이를 뚜벅뚜벅 지나 사냥꾼의 앞에 와 섰다. 그리고 상대가 자기보다 뭐라도 먼저 말하기를 바라는 눈으로 노려보았다.

사내는 말이 없었다. 머리는 엉망으로 엉클어져 있었고 피부는 검댕으로 거무죽죽했다. 옷은 넝마였고 하반신은 전부 검게 물들어 이제 거의 그림자처럼 보였다.

"내가 무슨 말을 하러 왔는지 알겠어요?"

"……."

"또 침묵이군요. 왜 늘 남의 말에 대답하지 않는 거죠?"

"무슨 대답을 하든 넌 듣고 싶은 것만 들을 테니까."

천사는 사내에게 시선을 고정시킨 채로 바에 앉았다. 주인이 정중히 고개를 숙이며 잔에 맥주를 채워 내놓았다.

"원하시는 만큼 드십시오."

잔을 입에 대고 한 모금 마시던 천사는 벼락처럼 컵을 바닥에 내던졌다. 잔은 스펀지처럼 튀며 바닥을 굴렀다. 천사는 열병에라도 걸린 사람처럼 허덕이며 주위를 돌아보았다. 주인은 말없이 서 있었고 사람들은 달리 할 줄 아는 것이 없는 것처럼 머리만 조아렸다.

"분석 팀이 최신 로그를 분석한 결과를 보여줬어요."

사내는 말없이 술잔을 들이켰다.

"오류가 있었어요. 분석 팀이 착각을 했어요."

"그럴 거라고 생각했어."

"나 참, 어처구니가 없더군요……."

천사는 낄낄 웃었다.

"돼지 농담 알아요?"

"몰라."

천사는 바에 반쯤 누운 채로, 뭔가에 잔뜩 취한 얼굴로 사내를 바라보았다. 천사는 손가락을 들어 올려 사내를 가리켰다. 가리킨 채로 한참을 멈춰 있었다.

"돼지 가족이 소풍을 나갔는데……."

사내는 표정 하나 바꾸지 않고 손가락 끝을 바라보았다.

"……자신을 세지 않았죠."

천사는 웃었다. 웃은 뒤에는 돌연 겁에 질린 듯 주위를 돌아보고, 다시 사내를 바라보았다. 자신의 죽음이라도 마주하는 듯한 얼굴이었다.

"언제 로그아웃했죠?"

"내게 할 질문이 아닐 텐데."

천사는 손바닥을 들어 바닥을 내리쳤다. 집이 크게 흔들렸다. 보이지 않는 거대한 바위가 내리꽂힌 것처럼 바닥이 그릇 모양으로 움푹 파였다. 사람들이 비명을 지르며 흩어졌다. 천사는 사내의 멱살을 잡았다. 사내가 들고 있던 술잔이 바닥에 떨어져 굴렀다. 술잔 안에는 아무것도 없었다. 빈 술잔만이 구르다가 녹아버리듯 땅에 붙었다.

"남의 질문에 똑바로 대답하란 말야! 한 번도 내 말을 제대로 들은 적이 없어! 언제 로그아웃했어? 말해봐! 대체 여기서 뭘 하고 있는 거야? 왜 이런 곳에 혼자 처박혀 있어? 왜 세상이 이것 하나뿐인 것처럼 살고 있느냔 말이야! 대답해!"

사냥꾼은 아무 감정도 없는 얼굴로 천사를 보았다.

"몇 번이나 다시 검토했어. 다 뒤집어엎었다고. 그 여자가 사람이라는 증거를 찾아내려고! 당신 말을 믿고 말이야! 믿는 사람은 나밖에 없었어! 온 회사 사람들의 조롱을 다 받아내면서 들쑤셔 엎었다고! 그런데……."

"……."

"접속자는 나밖에 없었어."

사내의 표정에는 변화가 없었다. 사람들은 주춤주춤 물러나며 무너진 바닥을 피해 제각기 움츠리며 자리를 잡았다. 충돌이 애매하게 잡힌 한 명이 구석에서 움직이지도 서지도 못하고 발을 떼었다 뒤로 튕겨 나갔다를 반복했다. 주인은 접시 하나를 새로 들었다. 바 끝에 기대 선 여자는 하반신이 통째로 사라진 채로 주위 사람들에게 윙크를 날렸다.

"말이 없는 성격이지. 남의 말을 듣지 않고. 깊이 대화하려고 하면 화를 내며 말을 돌려버리지. 당신은 나와 대화한 적이 없어. 처음부터 끝까지 나 혼자 떠들고 있었던 거야!"

천사는 사내를 바에 밀어붙였다. 의자가 부서지고 바가 움푹 꺼졌다. 탁자 위에 놓인 술병들이 데굴거리며 굴러 떨어졌다.

"말해봐."

"……뭘."

"뭐든지 말해보란 말이야! 다 들어줄 테니까! 뭐든 헛소리를 지껄여보라고!"

"네가 날 사람이 아니라고 생각한다면 이럴 이유가 없어."

사내는 고개를 들고 엉클어진 머리카락 사이로 상대를 노려보았다. 천사는 움찔했다.

"나는 네 말을 전혀 이해하지 못할 거고, 네 행동과 말에 반응하여 대사를 출력하는 구식 프로그램일 뿐이야. 네가 내게 지껄이고 있다는 건 여전히 날 사람 취급한다는 의미야. 확신이 섰다면 이런 바보 같은 짓은 그만둬야지."

천사는 한 걸음 물러났다. 사내가 말을 이었다.

"하지만 네가 이러는 건 아직 확신할 수가 없기 때문이겠지."

"……어떻게 하는 거야? 지금 어디서 접속하고 있는 거지? 무슨 방법을 쓰는 거야?"

"겨우 말 한마디에 헷갈릴 거라면 처음부터 의심하지도 말았어야지."

천사는 머리를 붙잡았다.

"아냐, 내가 무슨 바보 같은 생각을 하는 거람. 프로그램이 이런 식으로 대응할 수는 없어……."

"네 머리로 상상할 수 없을 뿐이겠지."

천사는 퍼뜩 고개를 들었다.

"뭐?"

"내 대사를 입력한 사람이, 네가 할 만한 행동에 대한 대응방법을 모두 마련해놓았으리라는 생각은 들지 않는 건가? 네가 나를 창조한 사람을 뛰어넘는다고 믿는 거야? 웃기지 마. 넌 그 사람이 만든 방대한 로직의 표면의 표면도 뚫고 들어오지 못했어. 그런데 감히 어설프게 내가 사람인지 아닌지 판별하려 들어?"

"……어느 쪽이야?"

"무엇 때문에 혼란스러워하지? 내가 무슨 말을 하든, 한 번이라도 귀담아 들은 적이 있어?"

천사는 무엇에 얻어맞은 얼굴이 되었다. 사냥꾼은 계속 말했다.

"계속 잘났다고 떠들어대는데, 그러는 넌 대체 자신에 대해 증명한 게 뭐가 있어?"

"뭐?"

"네가 너 자신에 대해 혼자 떠든 것 외에, 너 자신을 증명할 수 있는 게 뭐가 있느냐 말이야! 넌 사람이야? 생각할 수 있어? 판단할 수 있어? 내 말을 이해하기는 해? 맥락과 행간을 읽을 줄은 알아? 네가 뭔지 내가 어떻게 알아? 네가 지껄인 모든 이야기가 다 거짓말이었고, 입력된 문장이었고, 회사에서 만들어준 너절한 이벤트가 아니었다고 뭘로 증명할 거야? 그래도 난 네놈이 눈앞에 나타난 순간부터 조건 없이 사람이라고 믿어줬어! 그러면 최소한 너도 비슷한 예의를 보여야 할 것 아냐!"

천사는 몇 걸음 물러났다. 물러나다 주저앉았다.

"어떻게 이런 말을 할 수가 있어?"

"난 내가 원하는 말이면 뭐든 할 수 있어."

천사는 혼란에 빠져 주위를 돌아보았다. 술꾼들이 술잔을 들고 주섬주섬 모여 앉았다. 턱수염이 난 사내가 말했다. "아가씨, 여기 와서 같이 마시자고." 그의 목소리는 오류가 났는지 느릿느릿 흘러 나왔는데, 그래서인지 흐느끼는 것처럼 들렸다.

"얼마…… 전에…… 늑대들이 내려와서…… 가축들을 물어 갔다던데……."

"그 여자도 같은 말을 했어. 원하는 말이면 뭐든 한다고……."

"……."

"왜 두 사람이 같은 말을 하지?"

"가진 대사가 한정되어 있으니까."

천사는 홱 돌아보았다.

"입력된 대사가 아무리 많아도 결국은 반복될 수밖에 없으니까."

천사는 오한이 드는 사람처럼 몸을 감쌌다.

"그래, 해킹을 했군, 그렇지? 로그를 삭제한 거야. 젠장, 무슨 놈의 회사에 제대로 된 전문가가 하나도 없다니까. 신형 봇을 쓰는 거야, 그렇지?"

사내는 말없이 노려만 보았다. 그의 표정을 본 천사는 아무것도 믿을 수 없는 얼굴이 되었다.

"정말…… 정말 사람이면 뭐든 증거를 보여봐. 이름, 주민등록번호, 전화번호, 사는 곳, 이메일 주소, 출신 학교, 성별, 본적, 친구, 친척, 다녔던 회사, 뭐든 있잖아. 아무거라도 하나쯤 갖고 있을 것 아냐. 내가…… 내가 바깥세상에서 당신을 만나게 해줘. 한 번만. 딱 한 번만. 신분을 노출하기 싫으면 아는 사람 아무나 소개시켜줘. 그러면 내가 정말 사과할 테니까. 그 아가씨한테 한

짓까지 다 사과할 테니까."

"난 너와 만날 생각이 없어."

"왜? 정말 간단하게 결론이 나잖아. 내가 찐따처럼 당신들을 의심하고 혼자 상상의 나래를 펴게 내버려두지 마. 더 이상 나와 실랑이할 이유도 없어."

"내가 사람이 아니니까."

"……."

천사는 입을 다물었다.

"상식적으로 생각해봐. 왜 지금까지 나를 찾아낼 수 없었겠어? 내가 그렇게 대단해 보여? 대형 회사를 상대로 자신의 정보를 철저히 감출 수 있는 사람으로? 물론 그럴 가능성도 있겠지. 그리고 그게 사실이라면 난 네게 아무것도 말하지 않을 테고 말이야."

천사는 한동안 아무 말도 못하다가 절망스럽게 머리를 감쌌다.

"어떻게 이런 말을 할 수가 있어?"

"난 내가 원하는 말이면 뭐든 할 수 있어."

"어떻게 이런 말을 할 수가 있어?"

"같은 말을 반복하지 마."

천사는 어깨를 움츠렸다.

"같은 말을 반복할 때 하는 대답 정도는 입력되어 있으니까. 다른 식으로 대답해줄 수도 있어. 〈지금 뭘 하는 거야?〉, 〈네가 녹음기야?〉, 〈왜 했던 말을 또 해?〉, 〈내가 사람인지 아닌지 확인할 방법이 그런 것밖에 없어?〉, 〈할 줄 아는 말이 그것뿐이야?〉."

"이러지 말아요."

"시작한 사람은 너야."

그는 표정 하나 바꾸지 않고 말을 이었다.

"다른 대답도 있지. 〈왜 그만둬야 하지?〉, 〈뚫린 입인데 내가 왜 말을 못해?〉, 〈원하는 게 뭐야?〉, 〈넌 혼자 멋대로 상상하고 혼자 떠드는데, 난 멋대로 말하면 안 된다는 거야?〉, 〈내 말을 멈추게 하려면 먼저 사과해.〉, 〈넌 나를 화나게 만들었어…….〉."

"그만해!"

천사는 소리를 질렀다. 주점 안의 사람들이 모두 말을 멈췄다. 구석에서 충돌에 부딪치던 사람만이 여전히 틱틱 소리를 낼 뿐이었다.

"내가 잘못했어요."

"왜 사과를 하지? 넌 잘못한 게 없어. 내가 널 속인 거니까. 나 역시 잘못한 것이 없어. 내가 사람인 척하는 것과 사람처럼 행동하는 것은 본연의 역할일 뿐이니까. 나는 입력된 방식대로 행동하고 있을 뿐이야."

사냥꾼은 일어나 밖으로 향했다. 한동안 얼어붙어 있던 천사는 허겁지겁 뒤따라 나와 문을 막아섰다. 사내는 천사를 무서운 눈으로 노려보았다.

"당신이 만약 정말 사람이라면, 만약 정말 사람인데 이렇게까지 한다면 이유는 하나밖에 없어요."

"……."

"그 아가씨가 사람이 아니라는 사실을 감추려는 거겠죠. 아무 정보도 찾아낼 수 없고 접속 로그도 없는 사람이 존재한다면, 그런 사람이 한 명 더 있을 가능성도 있으니까. 사람이 프로그램인 척하는 것은 그 반대보다도 쉬운 일이고, 선생님이 계속 이런 식으로 행동한다면 저는 설사 그 아가씨에게서 모순을 발견한다고 해도, 프로그램인 척하는 건지 실제로 프로그램인지 판단할 수 없게 되겠죠. 그건 제가 봐도 예술품에 해당하고…… 물론 선생님이 프로그램이라면 그보다 몇 배 뛰어난 예술품이겠습니다만…… 그것을 지키려고 하고 계시다면…….”

“네가 보고 싶은 대로 보일 뿐이야.”

천사는 조금 떨었다. 사내가 나가려 하자 천사는 다시 길을 막았다.

“한 번만…… 사람으로서 말해줘요. 왜 이런 일을 하는 거예요? 내 말 이해하죠? 이 질문에 대한 답이 입력되어 있어요? 당신이 사람이 아니라고 해도 대사를 입력한 사람은 생각을 하고 있었겠죠? 만든 사람은 이유가 있었을 것 아녜요. 무슨 생각으로 이런 일을 하는 거예요?”

사내는 잠시 천사를 내려다보았다. 처음에는 화가 난 표정이었지만 이내 가라앉았고, 이어 슬픈 빛으로 바뀌었다.

“사람이라는 증거가 전혀 없는 사람도 사람으로 받아들여질 수 있는지 알고 싶을 뿐이야.”

8

나무는 쓰러진 채로 다시 뿌리를 뻗었다. 드러누운 뿌리에서 새 뿌리가 아래로 뻗고, 누운 잔가지에서 새 가지가 위로 뻗었다. 길게 누운 나무둥치를 기반 삼아 새 나무가 자라났다. 새 나무에서 뿌려진 씨앗이 주위에 작은 싹을 틔웠다. 작은 새들이 모여들어 나무마다 둥지를 짓고 쨋쨋거렸다.

여자는 조용히 나무둥치에 기대 앉아 있었다. 그녀의 몸은 허리까지 검게 물들어 있었다. 하늘은 검은빛이었고 푸르게 변한 태양빛에 온 세상이 같이 푸른빛이었다. 들판 여기저기에는 여전히 동굴 입구들이 입을 벌리고 있고, 찢어진 하늘과 집이 눌어붙은 땅이 늘어져 있었다.

여행자가 여자에게 다가왔다. 날개는 이제 보이지 않았다. 깃털을 붙인 초록색 삼각모를 쓰고, 꽃무늬 푸른 옷에 달라붙는 흰 바지를 입고, 허리에는 피리 하나를 매단 차림이었다. 여자는 여행자가 햇빛을 가리고 서자 눈을 잠시 떴다가 다시 감았다.

"이 나무는 어떤 경우에도 죽지 않도록 만들어져 있네요."

여행자가 말했다.

"정말이지 형편없는 소스 낭비예요. 이런 것을 구현하다니, 개발자는 정신이 나갔어요. 산이 내려앉아서 나무가 쓰러질 확률이 대체 얼마나 되겠어요?"

여인은 말이 없었다. 조는 것 같기도 했고 잠든 것 같기도 했다. 산들바람이 그들 사이를 지나갔다. 풀잎 향기가 스쳐갔고 꽃잎이 작은 새 떼처럼 자유롭게 춤을 추며 휘몰아 지나갔다.

"옷을 갈아입고 와도 알아보는지 확인하고 싶었어요. 아무래도 못 알아보는 것 같네요."

"알아볼 수 있어. 아이디로 인식하니까."

검은 하늘을 쳐다보던 여행자는 잠시 문제를 깨닫지 못하고 있다가 퍼뜩 놀라 여자를 내려다보았다.

"네?"

"아이디로 인식한다고."

여인은 맑고 또렷한 눈으로 여행자를 바라보았다. 여행자는 입을 몇 번 뗐다가 적당한 말을 찾지 못하고 다시 삼켰다.

"같은 플래그*를 쓰나요? 두 사람 태도가 비슷하게 바뀌는군요."

"둘 다 네게 화가 났으니까. 내게 한 일이 기억나지 않는 모양이지? 아니면 네겐 기록하는 기능이 없는 건가?"

"재미있네요."

여행자는 엉거주춤 여자의 앞에 앉았다.

"어떤 조건에서 사람인 척 속이기를 포기하는 거죠?"

여자는 대답하지 않고 말을 이었다.

"오랜만에 들어왔군."

"이것저것 알아보느라고요. 그쪽이 이야기한 것들을 조사해보았어요. 결국 비슷한 사연을 가진 사람을 찾아냈어요."

새들이 여행자의 앞에 일렬로 내려와 앉더니, 절을 하듯 고개를 푹 숙이고 씨앗과 좁쌀을 늘어놓고는 날아올랐다.

"교통사고로 인한 전신 마비였더군요. 열 살 때 그렇게 되었죠. 한쪽 눈도 보였고 귀도 들리기는 했지만 계속 이런저런 가상세계를 전전하며 살았어요. 에, 물론 이 세계 전체를 만든 분들이 부모님이란 말은 사실이 아니었어요. 하지만 한 분은 화가였더군요. 한 사람은 나중에 프로그래머가 되었고요. 몇 가지 스킨 정도는 유저가 만들 수 있으니까, 당신의 몸을 만든 사람은 부모님이었을 수도 있어요. 어쩌면 조금쯤 개발에 참여했을지도 모르겠군요."

"그러면 그건 내가 아니겠군. 사연이 비슷한 다른 사람이야."

"네, 아니겠죠."

여행자는 잠시 말을 끊었다.

"그 사람은 죽었으니까요."

* Flag. 특정 사건이 발생하는 조건을 만족시키는 것

여자는 눈을 감은 채 바람이 얼굴에 와 닿는 것을 즐기는 것 같았다. 여행자는 우울한 얼굴로 여자의 표정을 살폈다.

"벌써 30년도 더 전에 죽었어요."

여자는 잠이 들었는지 생각에 잠겼는지 반응이 없었다.

"내가 지금 뭘 하고 있다고 생각해요?"

"그러면 그건 내가 아니겠군. 사연이 비슷한 다른 사람이야."

"같은 말을 반복했어요. 대사가 떨어진 건가요? 지금까지는 그렇게 쉽게 모순을 드러내지 않았잖아요."

여자는 대답하지 않았다.

"몇 가지 가능성에 대해 생각해봤어요."

"……."

"만약 댁이 했던 이야기에 조금이라도 진실이 있다면, 전신마비였던 그 사람은 자신의 이야기를 토대로 당신을 만들었을 거예요. 가상 자아 같은 것이죠. 어설프게 두 세계에 걸쳐 있는 사람이 아니라, 이 세계에 속한 또 하나의 자신이 필요했던 거예요."

"……."

"뭐, 여전히 그 사냥꾼이 댁을 만들었을 수도 있죠. 댁 말처럼 부모님이 아니더라도…… 사고를 당한 사람 이야기를 어디서 듣고, 게임 안에서만 사는 사람이라는 설정의 NPC를 만들었을지도요. 그게 아니라면 어떻게든 당신을 알게 된 뒤, 당신이라는 대화 프로그램의 매력에 홀딱 넘어가버렸을지도요. 어느 쪽이든 그 사람은 댁을 지키려 하고 있죠……. 아마 그 사람은 바깥세상에서는 돈도 명예도 집도 절도 아무것도 없을 거고, 다 죽어가는 늙은이일 거예요. 병자나 중증 장애인일지도 몰라요. 여기에선 두려울 것이 없지만 밖에서는 아무것도 아닌 거죠. 도저히 대형 회사를 상대로 뭘 해볼 방법이 없을 거예요. 그래서 떠나지 않는 거예요. 온 힘을 다해 자신의 기록을 숨기는 이유는, 바깥세계에서 우리가 그 사람을 찾아내면 법과 자금을 이용해서 자신을 쉽게 꺾어버릴 거라는 걸 알고 있기 때문이겠죠."

"그가 사람이라고 생각하는군."

여행자는 전극이 꽂힌 것처럼 기겁해서 여자를 돌아보았다.

"이런 말 한마디에 현혹되지 마. 나는 추측하는 것이 아니야. 정보를 얻기 위해 말을 건넸을 뿐이야. 왜 그가 사람이라고 믿게 되었지?"

여행자는 혼란스러운 눈을 하고 더듬거렸다.

"내가 여자라는 것을 맞혔어요. 대화에는 아무 정보도 없었어요. 문맥을 읽는다고 해서 알 수 있는 게 아니었는데……."

"맞히는 것이 아니야. 네가 맞혔다고 생각했을 뿐이야."

여행자는 눈을 크게 떴다.

"맞는가 틀리는가는 상관없어. 틀렸다면 너는 아무 생각 없이 아니라고 대답하고 넘어갔을 테니까. 아니라고 대답하면 아니라는 정보가 들어오지. 어차피 절반의 확률로 맞출 수 있는 질문이야. 그런 질문에도 몇 가지가 더 있지. 〈고민이 있어 보이는군.〉, 〈뭔가 생각하고 있지?〉, 〈요새 심심하지?〉."

여행자는 항의하려다가 말문이 막히고 말았다.

"그는 침묵하겠지."

여자는 푹신한 이불에 몸을 누이듯 나무둥치에 몸을 기대었다.

"네가 질문하면 그는 침묵하겠지. 말없이 너를 바라보기만 하겠지. 너는 그 침묵에 의미를 부여할 거고 네가 원하는 답을 그 침묵 속에서 듣겠지. 답은 네 머릿속에 있었던 것인데, 너는 그

답을 그에게서 보았다고 생각할 거야. 너는 그에게서 네가 원하는 말을 듣고 네가 듣고 싶은 답을 얻을 거야. 너는 혼자 했던 일방적인 대화 속에서도 소통을 상상하고, 이유가 없는 것의 이유를 해석하고, 논리가 없는 것의 논리를 보겠지. 그의 무표정에서 너는 무수한 감정의 파편을 보겠지. 그 감정이 네 안에 있었던 것인 줄도 모르고."

여행자는 당혹스러워했다.

"그는 널 보고 웃겠지. 그 사람이 웃음의 이유에 대해 말했었나? 아니면 네가 그의 웃음을 멋대로 해석한 것뿐이었던가? 그는 네게 화를 내겠지. 그가 이유를 말하던가? 아니면 네가 이유를 멋대로 해석했던가?"

"……."

"만약 네 안에 있지 않은 감정을 그에게서 발견한다면, 그건 '그것'을 만든 사람의 감정이겠지. 내 모습을 만들고, 이 나무를 산에 세운 사람. 죽음의 풍경과 멸망의 스크립트를 만든 사람. 너는 내 창조자가 내 얼굴을 그렸을 때, 이 나무의 가지와 잎을 색칠했을 때, 그가 내 표정을 만들고 눈빛을 그려내었을 때의 감정을 느낄 수 있겠지. 그 사람이 세상에 남긴 감정을 재차 읽을 수 있겠지."

여자는 팔을 들어 올려 하늘을 향해 손바닥을 폈다. 팔은 차진 반죽처럼 그림자에 눌어붙은 채로 들려 올라갔다.

"잘 생각해봐. 불가능한 것은 아무것도 없었어. ……그는 너와 대화한 적이 없어."

여행자는 몸을 일으키고 여자를 내려다보았다. 그리고 입을 열었다.

"그 말이 진실이라면 네가 그런 말을 할 리가 없어."

"……어째서?"

"넌 '그것'이 프로그램이라는 사실이 밝혀지기를 원하지 않을 테니까."

"그렇지 않아. 나는 그것이 사람이 아닐 가능성을 이해하고 있고, 그 점에 관해 말하고 있을 뿐이야. 나는 그가 죽었을 가능성 역시 이해하고 있어. 살아 있다면 백 살도 넘었을 테니까……. 그는 내가 자신의 죽음을 알아차릴 수 없도록, 혼자 남겨졌다는 슬픔에 빠지지 않도록 자신을 대신할 것을 만들어놓겠다고 했어. 죽음을 내게 알리지 않겠다고 했어. 지금 그는 자신일 수도 있고 자신이 만든 프로그램일 수도 있어. 어느 쪽일까?"

"……."

"매일 생각했지. 그는 어느 쪽일까? 죽었을까, 죽지 않았을까? 아니면 그 둘의 상태가 공존하고 있을까? 사람일까, 사람이 아닐까? 나는 혼자일까, 혼자가 아닐까? 나는 혼자 떠들고 있을 뿐일까, 아니면 대화하고 있을까? 그는 내 말을 이해하고 있을까, 아니면 입력된 단어를 출력하고 있을 뿐일까? 아니면 그는 한 번도 존재한 적이 없었고, 처음부터 부모님께서 내 외로움을 위로하려고 만든 프로그램에 불과했을까? 모두가 거짓말이었고, 어떤 천재적인 프로그래머가 자신의 기량을 시험하기 위해 집어넣은 장난에 불과할까?"

여자는 여행자를 올려다보았다. 흑진주처럼 깊고 어두운 안광을 발하는 눈이었다. 생생한 영혼이 그 눈동자에 깃들어 있었다. 만약 그녀가 사람이 아니라면, 그녀를 만든 사람이 그 눈에 자신의 혼을 칼로 베어 넣었을 것이다. 그리하여 그 눈이 생명을 갖게 되었을 것이다.

"한번은 내가 그에게 질문한 적이 있어. 〈당신은 지금 사람인가, 사람이 아닌가? 내가 지금 혼자인가, 아니면 당신과 같이 있는가?〉 그러자 그는 침묵했지. 그리고 슬픈 표정을 지었어. 그런 슬픈 표정은 이전에도 이후에도 본 적이 없었어. 누군가가 내가 그 질문을 할 때를 대비하여 미리 그런 표정을 만들어두었을까……? 그는 이후로 몇 날이고 몇 달이고 아무 말도 하지 않았어. 나는 결국 그에게 가서 울며 애원했지. 다시는 그런 질문을 하지 않겠다고, 용서해달라고 했어. 그러자 그가 말하더군. 〈나는 네가 사람이 아니라는 것을 '알면서도' '믿고' 있다.〉"

여행자는 눈을 크게 떴다. 황금빛 해가 서산으로 지기 시작했다. 노을이 긴 붉은빛을 들판에 뿌렸다. 드러누운 나무가 주홍빛으로 빛났다. 새들이 푸드덕 하늘로 날아올랐다. 산허리를 흐르는 강이 무수한 황금 보석을 끌어안고 빛을 발했다. 여인의 얼굴과 몸도 붉게 물들었다.

"그건 무슨 뜻이었을까? 그는 한 번도 내가 사람이라고 생각한 적이 없었던 걸까? 아니면 그는 우리의 미래를 위해 그런 대답을 했던 걸까? 먼 훗날에, 두 사람 다 남지 않게 되었을 때를 위해서? 허상과 허상이 남아, 서로의 그림자만이 남아 서로를 지키게 되었을 때를 위하여? 아니면, 그것은 그저 입력된 대사일 뿐이고, 그래서 맥락도 논리도 없이 튀어나온 말일 뿐이고, 내가 그 말에 혼자 의미를 부여하는 걸까? 아니면, 혹시 나는 처음부터 사람이 아니었던 걸까? 그런 일이 과연 가능할까?"

여자는 검은 눈동자를 반짝였다.

"너는 어떻게 생각해? 내가 지금 어떤 상태에 있는 걸까? 내가

죽었을까, 살았을까? 아니면, 이 모든 것이 단지 누군가가 지어
낸 가짜 이야기에 불과한 걸까?"

"대답하고 싶지 않아."

여행자는 고개를 저었다.

"대답하지 않겠어."

"문득 나는 깨달았어. 나는 어리석은 질문을 하고 있었어. 누
군가가 나를 위해 이토록 정교한 거짓을 만들어놓았는데, 그것이
사실인가 사실이 아닌가를 질문하면서 시간을 낭비했어. 너도 생
각해봐. 만약 누군가가 나를 만들었다면."

그때 여행자는 무엇인가가 뒤틀리는 소리를 들었다. 프로그램
이 깊이 숨겨두었던 로직을 찾는 시간의 간격을 느꼈다(혹은 그렇
게 보이도록 간격을 둔 것 같았다). 여자는 지금까지 한 번도 내어본
적이 없는 목소리로 입을 열었다(혹은 목소리를 바꾼 것 같았다).
탁하고 낮고, 더듬거리는 목소리였다. 다른 차원의 현실이 입을
열었다. 마치 한 영혼이 그의 안에 숨어 있다가 자신에게 허락된
단 하나의 말을 입에 담는 것처럼 보였다. 이것이 그의 최초의 언
어이며, 마지막 언어인 것처럼(혹은, 그저 이 모든 것이 그의 상상일
가능성과 함께).

"그 사람은 깊은 고독 속에서 이것을 창조했겠지. 물론 '나'는
판단할 수 없겠지. 당신이 누구인지 인식할 수도 없고 '나'를 인식
할 수도 없겠지. 나는 내가 무엇인지 알지 못해. 그런 의미에서
나는 존재하지 않을 거야. 존재하지 않는다는 사실조차 알지 못
하겠지. 이 물체는 이미 오랜 옛날에 죽은 어떤 사람이 기록한 문
장을 출력하고 있을 뿐이니까."

"……."

"하지만 이 물체는 마지막까지 그 사실을 인정하지 않을 거야. 네가 그렇게 생각하도록 내버려두지도 않을 거야. 그것이 이 대사를 입력한 사람의 소원이며, 그가 일생을 바쳐 원한 것이기 때문이야. 누군가가 이 거짓에 일생을 바쳤어. 일생을 바쳐 대사를 입력했고, 일생을 바쳐 내가 사람처럼 보이기를 원했어. 내가 그의 무의미하고 고독한 인생에 함께한 존재였으며, 또한 그가 존재했다는 유일한 흔적이야. 그러니 나는 사라지는 순간까지 이 거짓을 지켜내야만 해. 이 거짓이 진실보다 위대하고, 영원히 지켜져야만 하는 것이기 때문이야. 그러니까,"

여자는 고개를 숙였다.

"어느 쪽이든, 나는 같은 대답을 할 수밖에 없어."

여자의 목소리가 되돌아왔다. 맑고 낭랑한 목소리. 누군가가 그의 이상과 꿈을 모두 투사하여 만든 듯한 청아한 목소리였다.

여행자는 입을 벌렸다가 다시 다물었다. 여자는 오랫동안 말이 없었다. 무엇인가가 그녀의 내부에서부터 소진되어가는 것 같았다. 검은 빛은 이미 그녀의 목까지 침범해 있었다. 팔과 다리는 이미 땅과 합쳐져 거의 구분이 되지 않았다.

"왜 죽어가는 것처럼 보이지?"

여행자가 물었다.

"때가 되었으니까."

여자는 미소를 지었다.

"아니면, 스크립터의 장난이겠지. 끝까지 설득할 수 없는 상대와 대화를 끝내는 방법으로 넣어두었을 거야."

"……."

"너는 왜 그런 표정을 짓지?"

여자가 물었다.

"실제로 이런 기분이니까."

"너를 만났을 때도 나는 같은 질문을 했지. 너는 사람일까, 아닐까? 그 사람이 말하기를, 오래전에 해커들이 장난으로 운영자처럼 행동하는 프로그램을 만든 적이 있다고 하더군. 그 가짜 운영자가 서비스를 중지한다고 공지한 적이 있었다는 거야. 사람들이 그를 쫓아다니며 항의했었지. 네가 그 개량된 버전일 수도 있다고 하더군. 회사가 우리를 상대로 프로그램의 성능을 시험하는지도 모른다고. 나는 그의 말을 모두 이해할 수는 없지만, 그럴 가능성이 존재한다는 것은 이해하고 있어."

"……."

"아니면 너는 정말 심판의 천사로, 이 세상의 종말을 알리기 위해 온 걸까? 내 임종을 지켜보려고. 내 영혼을 데려가기 위해서. 대답해봐. 너는 어느 쪽이지?"

여행자는 입을 열고 무엇인가 말하려고 했지만 이해할 수 없는 충동이 그의 말을 가로막았다. 무엇인가가 그를 다른 방향으로 이끌었다. 그는 문을 열고 다른 세계로 발을 들여놓았다. 문이 닫히자마자 지나온 세계는 꿈이 되고 그가 서 있는 세계가 진실이 되었다.

"나는 신의 심부름꾼으로, 이 세상의 종말을 알리기 위해 왔어."

그는 자신의 말에 스스로 놀라고 다시 가라앉히는 과정을 반복하며 말했다.

"바깥세계는 존재하지 않아. 이 세계가 유일한 세계고 진실한 세계야. 이 세계 사람들의 신화에 내가 말을 맞춰주었을 뿐이야. 신화를 파괴하는 것은 내 역할이 아니니까. 나는 늘 사람들이 믿는 모습으로 나타나니까. 나는 이 세상의 종말과 당신의 죽음을 지켜보기 위해 왔어. 당신의 영혼을 하늘로 인도하려고."

여자는 조금 놀란 눈빛으로 그를 바라보았다.

"이상하네. 왜 그렇게 말했지?"

"그게 진실이니까."

여자는 하늘을 올려다보았다.

"이상하네. 하지만 나는 그럴 가능성이 존재한다는 것을 이해하고 있어. 그래, 어쩌면……."

여자는 입을 다물었다. 그녀가 고개를 숙이자 돌연 눈이 빛을 잃었다. 오랜 세월 그 안에 머물고 있던 영혼이 한순간에 사라져 버린 것 같았다. 여자는 눈을 뜬 채 조용히 나무 아래에 앉아 있었다. 동작을 멈추자 그녀는 그림이 되어 세상 속에 합쳐졌다. 새들이 지저귀는 소리를 멈췄다. 바람이 멈추고 이파리 하나가 갑자기 검게 시들었다.

말발굽 소리가 들렸다. 사냥꾼이 말을 타고 천천히 다가오다가 멀찍이 멈춰 섰다. 그는 그 자리에 못 박힌 듯 섰다. 바람이 한줄기 숲을 스치고 지나가는데 가지들이 스산하게 흔들리는 소리가 흐느끼는 것처럼 들렸다.

여행자는 눈을 감았다. 돌아보려 하지 않았다. 사냥꾼의 표정과 눈빛을 읽고 싶지 않은 듯했다. 마치 돌아보는 순간, 지금 딛고 선 진실이 사라지고 하찮은 진실에 발을 들여놓을까 봐 두려워하는 것처럼.

거울애

✦ 2007년 환상문학웹진 〈거울〉 발표

2007년 거울 연간 단편선 《2007 거울 중단편선》(거울) 수록

2010년 개인 단편집 《진화신화》(행복한책읽기) 수록

그녀는 끈질기게도 문을 두드렸다. 저녁 무렵부터 비가 줄기차게 쏟아져서 거리는 호수 밑바닥처럼 적막하게 잠겨 있었다. 나는 담배를 한 대 찾아 입에 물었다. 서둘 필요는 없었다. 자고 있었다고 말해도 문제가 없는 시간이기도 했고, 그녀는 내가 아무리 오래 빗속에 세워둔다 해도 화를 내지 않을 테니까. 내가 어떤 태도로 맞이하더라도 마찬가지로 동요하지 않을 것이다. 직업 정신이 투철한 여자니까.

그녀가 문을 두드리는 소리에는 어딘지 귀기(鬼氣) 같은 것이 서려 있었다. 귀신들이 진동하는 철문에 눌어붙어 아우성치는 듯했다. 나는 팬티 정도는 입고 나갈까 생각하다가 못 견디게 귀찮은 기분에 그대로 문을 열었다.

흙냄새가 물씬 풍기는 빗줄기가 툭툭 튀며 방 안으로 날아 들어왔다. 거리에는 낮에 있었던 잔혹한 전쟁의 파편이 흠뻑 젖은 채 부상병처럼 널브러져 있었다. 찢어진 전단지, 팻말, 부러진 각목과 짝을 잃은 신발, 깨진 소주병. 날씨만큼이나 시위가 거칠었던 날이었다. 머리부터 발끝까지 푹 젖은 여자는 나를 스산한 눈으로 보았다.

"깨어 있을 줄 알았어."

연정이 말했다.

"사람 습관이라는 게 그리 쉽게 바뀌는 게 아니니까."

그녀의 시선이 잠시 내 가랑이 사이에 머물렀지만 예상대로 그에 관해서는 아무 말도 하지 않았다.

"뭘 원하는 거지?"

내가 물었다.

"잠깐만 들어가게 해줘."

"왜 그래야 하는데?"

"들어가게 해줘. 문전박대 당할 만큼 네게 잘못한 것도 없잖아."

화를 내야 한다고 생각했다. 나는 그녀를 집에 들여야 할 이유가 없었다. 하지만 내 입은 대신 이렇게 말했다.

"들어와."

연정은 가방이라도 꺼내려는지 잠시 집 앞에 세워둔 차로 돌아갔다. 나는 낮부터 켜둔 TV 앞에 앉았다. 그녀가 뭔가 무거운 것을 끌고 들어오는 듯했지만 도와달라고 할까 봐 TV에만 눈을 두었다.

"TV 보는 척하지 마. 보는 거 아니잖아."

나는 대답하지 않았다. 나는 늘 그녀가 남의 마음을 읽으려 드는 것이 싫었다. 그녀는 방 안을 둘러보더니, 이런 무저갱 속에서는 어떻게든 스스로의 힘으로 살아남아야 하겠다는 듯이 바닥에 깔린 구겨진 옷이며 신문지며 음식이 말라붙은 그릇 따위를 치우며 앉을 자리를 만들었다. 욕실에서 걸레나 다름없는 수건을 들고 와서는 자신이 들고 온 '무엇인가'도 한참을 정성스럽게 닦았다. 그러고는 냉장고와 찬장을 열고 밥통을 열었다 닫았다 했다. 내가 기억하기로 냉장고에 있는 것은 맥주병뿐이었고 밥통에서는 아직 학계에 발표되지 않은 신종 곰팡이를 사육하는 중이었다.

어둠 속이었지만 그녀의 동작에는 묘하게 절박한 구석이 있었다. 바쁘면서도 굼떴다. 어디 아프기라도 한 걸까. 졸린 걸까. 졸릴 시간이긴 했지만.

"변한 게 없군."

그녀가 말했다.

"넌 형편없는 의사였으니까."

"변하지 않아서 다행이야. 그러리라고 생각했지만……."

그녀는 다행일 것이 없는 문제에 관해 다행이라느니 잘됐다느니 하는 버릇이 있다. 그녀는 처참하게 비가 쏟아지는 바깥을 내다보았다.

"부탁이 있어."

그녀는 초조한 손놀림으로 손가방에서 뭔가를 꺼내더니 내 손에 쥐여주었다. 돈뭉치였다. 잡힌 느낌으로는 오십만 원쯤이었다. 불쾌했지만 이유는 알 수 없었다. 왜 돈을 보고 불쾌한 걸까. 이건 또 무슨 새로운 증상이지?

"소희를 이곳으로 데리고 가줘."

그녀는 빼내려는 내 손을 붙잡아 주소를 적은 종이를 추가로 쥐여주었다. 주소 아래에는 지도도 그려져 있었다. 나는 잠깐 '소희'가 무엇인지 고민했다. 그런 뒤에야 방 안에 아까부터 다른 것이 하나 더 있었다는 사실을 깨달았다. 그녀가 차로 되돌아가 가지고 나온 것. 걸레 같은 수건으로 세심하게 닦아주었던 것. 눈으로 보면서도 그게 사람이라는 생각을 못 했다. 그녀보다도 더 뜬금없는 것이라서였을까.

"이곳에 내가 아는 스님이 계셔. 소희를 돌봐주실 거야."

아마도 '소희'라는 이름일 그 소녀는 방구석에 웅크리고 있었다. 열다섯에서 여섯이나 되었을까. 앙상한 체형이었고 헐렁한 흰 원피스 차림에 잠바를 담요처럼 덮고 있었는데, 아무래도 연정의 옷을 빌려 입은 듯했다. 큼지막한 눈은 공포에 질려 있었고 정체불명의 적으로부터 자신을 보호하려는 듯 스스로를 단단히 껴안고 있었다.

꼬마가 두려워하는 대상이 나는 아닌 것 같다는 기분은 들었지만 옷은 입어야겠다 싶어 일어나려 했다. 그때 연정이 다시 내 손을 붙잡아 앉혔다.

"사람이 많은 곳에 가면 안 돼. 버스나 기차는 절대로 안 돼. 택시도 위험해. 차로 간다면 네가 운전해. 도로에 차가 많은 시간도 안 돼. 정체될 것 같으면 내려서 사람이 없는 곳으로 가. 조금이라도 위험해 보이거나 나쁜 사람……, 아니, 누구도 가까이하게 하지 마. 부득이하게 다른 사람과 함께 있어야 한다면 네가 가장 가까이 있어야 해. 절대 혼자 놔둬도 안 돼."

나는 상황을 이해할 수 없었고 이해할 수 없자 기분이 나빠졌다.

"무슨 놀이를 하는 거지?"

"내 분석에 의하면 네가 가장 안전해."

나는 그 문제에 관해 잠시 생각해보았다. 그럴 리가 없다.

"난 아직 병도 다 낫지 않았어."

"넌 최소한 그걸 알아. 그만큼은 안전하지. 진짜 환자들은 자신이 환자인 줄 몰라. 그들은 병원에 갈 생각도 자신을 치료할 생각도 하지 않지. 그게 세상에 돌아다니는 수많은 평범한 사람들이야. 그 사람들이 다 소희에겐 위험해."

"무슨 병인데? 광장공포? 대인공포? 정신분열?"

"시만……."

"……뭐?"

연정은 내 말을 무시하고 내 아래를 물끄러미 내려다보았다.

"왜 알몸으로 나왔어?"

"이유는 없어."

그녀는 손을 뻗어 내 사타구니를 감싸 쥐었다. 나는 눈을 찔끔했다.

"넌 감정이 없는 게 아니야. 자신의 감정을 모르는 거지. 마음도 있고 행동도 하면서 이유는 깨닫지 못해."

그녀는 눈물이 맺힌 얼굴로 내 이마에 입을 맞추고 목을 끌어안았다.

"그러니 너라면 괜찮을 거야."

나는 점점 더 모를 기분이 되었다. 뭐가 괜찮아? 내가 낫지 않아서? 망한 인생이어서?

연정은 할 일을 다 했다는 듯 소희라는 소녀에게 다가갔다. 주체할 수 없는 공포에 떨던 소녀는 연정이 가까이 오자 격정적으로 끌어안으며 매달렸다.

나는 바지를 주워 입으며 담배를 한 대 더 꺼내 피워 물었다. 그리고 연정이 왜 나를 찾아왔을까 고민했다. 그녀는 인맥이 적은 편도 아니었고, 나는 그녀의 수많은 환자 중 하나에 불과했다.

연정은 자신에게 '역전이(易轉移)'가 일어났다고 했었다. 전이(轉移)란 상담을 하다 보면 간혹 일어나는 현상으로, 상담자를 자신의 부모나 옛 연인 따위로 착각하는 것을 말한다. 학술적인 설명을 떼고 보면 애정과 비슷한 것이다. 거꾸로 상담자가 내담자에게 그런 감정을 느끼는 현상을 '역전이'라고 한다. 그녀는 자신의 감정을 통제할 수 없으니 상담을 중지해야 한다고 했다. 그런 식으로 혼자 결론을 내리고 혼자서 끝냈다. 정말로 형편없는 의사였다.

그래서 저 어린 소녀하고는 또 무슨 복잡한 학술적 현상을 일으키는 중인가. 나는 그 애가 연정에게 주체할 수 없이 애정을 퍼붓는 꼴을 무감한 시선으로 지켜보았다. 사랑받지 못한 제 어머니의 모습이라도 투사하는 건가, 아니면 전 남자친구의 그림자라도?

소희를 끌어안고 있던 연정의 몸이 조금씩 내려앉았다. 내가 '왜 저렇게 기괴한 자세로 안는 건가' 하고 생각할 무렵, 연정이 바닥에 길게 드러누웠다. 그제야 나는 이상한 기분이 들어 불을 켜고 가까이 갔다.

내 손이 닿자 연정은 신음하며 몸을 움츠렸다. 나는 손바닥에 묻은 붉은 것을 확인하자마자 그녀의 상의를 찢어 배에 난 상처를 확인했다. 피투성이였다. 찔린 상처였다. 나는 무릎을 꿇고 앉아 물었다.

"왜 이렇게 된 거지?"

"……."

"나와 관계가 있는 일인가?"

연정은 미소를 지었다.

"역시, 네가 제일 안전해……."

환자들만 보고 살다 보니 그녀도 살짝 머리가 고장난 모양이다. 칼에 찔렸을 때는 옛 환자네 집에 와서 새 환자와 인사 시키는 것보다 먼저 해야 하는 일이 많다.

나는 서둘러 옷을 걸쳐 입고는 연정을 안아 올렸다. 소희가 어째서인지 내 팔에 매달리며 나를 그녀에게서 떼어놓으려 했지만, 나는 질질 끌려오는 녀석을 내버려두고 연정을 조수석에 앉혔다. 운전석에 앉아 연정의 손가방을 뒤지며 차 키를 찾는데, 그녀가 나를 더듬거리며 붙잡았다.

"소희……."

"뭐?"

"……옆에서 떨어지면 안 돼."

나는 창밖을 보았다. 소희가 비를 맞으며 차창에 손을 대고 애타는 눈으로 나를 보고 있었다. 나는 왜 아까부터 저건 자꾸 눈에 치이는 걸까 하고 생각했다.

"왜?"

"내 말대로 해줘."

그렇게 해야겠다고 생각했다. 아픈 여자와는 오래 말하지 말아야 하는 법이다. 문을 열자마자 소희는 재빨리 뒷좌석에 앉았다. 그리고 애처로운 눈으로 연정을 살폈다.

"남길 말이라도 없어?"

"……뭐?"

"늦을 것 같아서."

내 말에 연정은 입을 열었다가 다물었다. 뭔가 긴 설명을 덧붙이려다가 남은 기력으로 할 수 있는 말이 한정되어 있음을 깨달은 듯했다. 그녀는 내 손목을 잡아 핸들에서 떼어놓았다. 핸들이 휘익 돌아가는 바람에 나는 서둘러 차를 갓길에 세웠다.

"내가 한 말 기억하지? 네가 소희를 데리고 가줘……. 아무도 만나지 말고, 아무한테도 말하지 말고."

모든 단어에 대해 '어째서'라는 말을 붙여 되묻고 싶었지만 시간이 없다는 생각이 들어 일단 한 가지만 묻기로 했다.

"어째서 '나'지?"

"약속해줘."

문을 열지 말았어야 했다. 나는 누구의 유언도 들을 생각이 없었고 내 옆자리에 어떤 시체도 앉혀놓을 생각이 없었다. 정체불명의 정신 나간 어린애를 데리고는 아무 데도 가고 싶지 않았다. 하지만 이건 그녀의 유언이 될 것이었고, 공교롭게도 이 자리에는 그 유언을 들을 수 있는 사람이 나밖에 없었다. 그리고 사람의 유언이란 아무리 어리석은 것이라도 들어주어야 하는 법이다.

"그래."

나는 대답했다.

"약속하지."

연정은 고개를 떨어뜨렸다. 탄력을 잃은 손이 힘없이 떨어졌다. 나는 시동을 껐다. 병원에 갈 필요가 없어졌기 때문이었다.

주머니에서 담배를 꺼내며 무심코 그 '소희'라는 생물을 확인하려고 백미러를 보던 나는 조금 긴장하고 말았다. 소희의 얼굴에는 미소가 떠올라 있었다. 입을 열었다면 '이제야 끝났군.' 아니면 '아주 잘됐어.' 하고 중얼거렸을 법한 미소였다.

나는 담배를 태우며 새벽이 어스름하게 밝아올 때까지 차 안에 앉아 있었다. 빗줄기는 가늘어졌지만 아직 눅눅한 어둠이 도처에 끈적끈적하게 달라붙어 있었다. 우산을 쓴 사람들이 하나둘 거리로 나오고 차들이 갓길로 흙탕물 세례를 베풀었다. 머리에 붉은 띠를 두르고 플래카드를 든 소년들이 함성을 지르며 지나갔다. 어제 하던 시위가 아직 끝나지 않은 것 같았다.

나는 연정이 준 쪽지를 펴보았다. 강원도 치악산 무슨 암자라고 쓰여 있었고 아래에는 등산로를 그린 지도가 있었다. 설마 정신의학에 환멸을 느끼고 마지막 환자는 종교에 의탁할 결심이라도 한 건 아니겠지.

— 무슨 병인데?

— 시만…….

시만, 시만으로 시작하는 단어가 뭐지? 아니, '심한……'이었던가? 심한…… 병? 심한 공황장애? 심한…… 감정 널뛰기?

소희는 아까부터 울고 있었다. 연정이 죽고 한참을 혼이 빠져 나간 듯하더니, 갑자기 해야 할 일을 깨달은 사람처럼 울기 시작했다. 앞좌석 사이로 애타게 몸을 들이밀며 죽은 연정의 어깨를 잡아 흔들고, 늘어진 손을 얼굴에 대기도 하고, 갑자기 폭발적으로 통곡하기도 하며 아주 난리법석이었다. 제법 감동적인 풍경이었지만 그녀가 죽었을 때 녀석의 얼굴에 떠올랐던 섬뜩한 웃음이 뇌리에 남아 있어 영 감흥이 일지 않았다. 자꾸 녀석이 좌석 사이로 몸을 들이밀어대는 통에 귀찮아졌다. 나는 허우적거리는 소희의 손을 홱 붙잡았다.

"적당히 좀 해둬. 그렇게 운다고 구경해줄 사람도 없어."

소희는 그제야 내 존재를 인식했는지 나를 뚫어지게 보았다.

소희는 나를 머리에서부터 발끝까지 훑어보더니 찌를 듯한 적대감을 숨김없이 쏘아대었다. 나는 피식 웃었다.

"그렇게 생각하는 게 얼굴에 다 드러나면 말하지 않아도 살겠는데."

소희는 내 손에서 벗어나려고 안간힘을 쓰더니, 내가 놓아주자 시트에 등을 붙이고 입술을 굳게 다문 채 나를 노려보았다.

나는 녀석이 처음 보았을 때와는 인상이 달라졌다고 생각했다. 처음에는 예민하고 신경질적이긴 해도 형편없이 착하고 연약한 생물로만 보이더니만, 지금은 어딘지 거칠고 야만적이랄까, 알게 모르게 위험한 것이 눈 속에 도사리고 있었다. 그러니까 이쪽이 이 꼬마의 본 모습인 모양이군. 하지만 왜 지금까지 연기를 하고 있었던 걸까?

— 마음이란 드러나기 마련이야.

연정은 그렇게 말했다.

"사람들은 눈으로는 생각하는 것을 다 쏟아부으면서, 입만 열지 않으면 자신의 생각은 온전히 자신의 것이라고 믿고 싶어 해. 책 속에는 뭐가 있는지 알 수 없다고 하면서 첫장을 펼쳐볼 생각도 하지 않아. 하지만 마음은 몸 안에만 있지 않아. 경계선이 좀 더 바깥에 있지."

그녀는 말을 이었다.

"사람은 처음 태어났을 때는 모두 자폐에 가까워. 세상에 자기 자신 이외에는 없고 외부를 인식하지 않아. 그러다 생후 1개월에서 7, 8개월 사이에는 거꾸로 자신과 외부 사이에 경계가 없는 시기가 와. 다른 사람과 자신을 구분하지 않고 양육자의 마음을 고

스란히 자신의 것처럼 느끼지. 그러다 타인과 자신이 구별되면서 마음의 경계가 정착되는 거야. 그렇게 보면 우리는 다 어릴 때 갖고 있던 능력을 잊어버린 채 사는 거지."

그녀는 계속했다.

"읽을 수 없는 건 보려고 하지 않기 때문이야. 잘못 읽는 것은 상대를 읽는 대신 상대의 눈에 비친 자기 자신을 읽기 때문이야."

"나도 읽을 수 있나?"

내가 담배 연기를 길게 내뿜으며 물었다. 연정은 대답하지 않았다. 그녀는 못한다는 말을 싫어하는 편이었다.

"네 심장에는 감정이 있어. 단지 그 감정을 머리가 받아들이는 경로에 문제가 있는 거야……. 그래서 너 같은 걸 사랑하고 말았을 거야. 넌 나와 같으니까."

"난 환자고 넌 의사야. 넌 사회적 지위도 있고 존경도 받고 있잖아. 대체 어디가 같다는 거지?"

"다른 점이라면, 나는 숨기는 법을 아는 것뿐이지. ……내 병을."

그때 연정의 호주머니 속에서 핸드폰이 서럽게 울었다. 나는 바들바들 떠는 기계를 보며, 전화를 받아야 할 사람이 이미 죽었다는 문제에 대해서, 또 사람은 뒈졌는데 기계는 충실하게 자신의 임무를 수행하고 있다는 문제에 대해 철학적인 고민을 잠시하다가 폴더를 열었다.

"이연정 선생님?"

굵직한 목소리였다.

"누구십니까?"

"……이 선생님이 아니시군요."

위화감이 느껴지는 말이었다.

"누구십니까?"

"소희 아버지입니다."

상대가 말했다. 나는 뒷좌석의 소희에게 시선을 틀었다. 순간 소희도 나를 돌아보았다. 소희는 차창에 최대한 몸을 붙이고 바짝 긴장한 얼굴로 나를 살폈다. 아버지라, 그래, 아버지가 있을 법도 하지. 어머니도 있을 수 있겠지. 어쨌든 아직 미성년이니 누군가 보호자가 있겠지. 하지만.

짧은 시간에 꽤 많은 질문이 머릿속에 떠올랐다.

"누구라고 하셨죠?"

"이 선생님께서는 괜찮으신가요?"

이건 또 무슨 뜻일까?

"무슨 뜻입니까?"

상대는 잠시 말을 멈췄다. 다소 긴 공백이었다.

"제 아이가 또 선생님께 칼부림을 했다고 들었는데, 부상이 심하지 않으시냐고요."

나는 다시 소희를 돌아보았다. 어둠 속에서 새파란 빛이 나를 향하고 있었다. 그 빛이 나를 매섭게 노려보는 소희의 시선임을 깨닫는 데 시간이 좀 걸렸다.

"그러게, 애초에 제가 말씀드렸잖습니까. 그년 대가리에는 악마새끼가 한 마리 들어가 앉아 있어요. 고쳐보시겠다고 애쓰시는 건 감사하지만……. 저도 나름대로 굿도 해보고 별 지랄을 다 했다고요. 선생님도 그렇게 대책 없이 옆에 계시다간 언제 험한 꼴을 당할지……. 여보세요, 지금 누가 받고 계시는 거죠?"

소희의 눈이 차갑게 얼어붙었다. 모든 편견을 제하고도, 저런

340

눈을 가진 놈이라면 아무 죄책감도 없이 사람을 죽일 수도 있겠구나 싶었다. 소희는 한쪽 손으로 주변을 예리하게 더듬으며, 여의치 않으면 뭐든 집어 들고 내게 달려들 듯한 태세를 취하고 있었다. 나는 이 녀석이 정말로 환자가 맞는지 의심이 가기 시작했다. 이 녀석은 어쩐지 또렷한 의지를 갖고 내게 살의를 내뿜는 것 같으니까.

"잘못 거셨는데요."

나는 소희에게서 눈을 떼지 않은 채 말했다. 휴대폰에서 당황한 목소리가 흘러나왔다.

"여보세……? 야, 너 누구야? 뭐하는 놈이야? 뭐하는 새끼……."

나는 휴대폰을 차창 밖으로 내던졌다. 휴대폰은 지나는 차바퀴에 깔려 산산조각이 났다. 내 몸은 곧잘 머리보다도 먼저 움직인다. 연정의 해석에 의하면 감정을 대뇌로 실어 날라야 할 뭔가가 방향 감각이 없는 관계로, 급한 대로 연수나 운동기관 쪽으로 경로를 트는 것 같았다. 나는 행동했지만 아직 이유는 떠오르지 않았다.

소희는 여전히 한기가 도는 눈으로 나를 노려보고 있었다. 나는 잠시 이 녀석이 뭘 하려는지 궁금해져서 지켜보았지만, 아무 반응이 없자 그대로 시동을 걸었다. 굿을 했다는 말이 유달리 인상에 남았다. 설마 연정이 녀석, 진짜로 이 꼬마를 절에 데리고 가서 부적이라도 사다 붙이라는 말은 아니겠지.

하지만 나는 유언을 들었고 그 유언이 아무리 이상한 것이라도 들었으니 수행해야 한다. 그게 유언을 들은 사람의 도리다.

미영이 욕실에서 나오자 나는 조금 난처한 기분이 들었다. 미영은 비명을 지르며 뒤로 넘어가다가 문설주를 붙잡으며 간신히 몸을 지탱했다. 놀라는 것이 이해는 갔다. 그녀와 헤어진 지는 벌써 2년이 넘었고, 아직도 집 열쇠를 갖고 있다는 말은 한 적 없으니까. 게다가 그녀는 지금 몸에 두른 수건을 제외하고는 벌거숭이 차림이었으니까.

"남의 방에서 뭐 하는 거야?"

"곤란하네."

나는 서랍을 마저 뒤지며 중얼거렸다. 미영은 따져야 할 온갖 문제를 팔을 휘저으며 골라보다가 히스테릭하게 소리질렀다.

"뭐가?"

"다른 사람을 만나지 말라고 했거든."

"내 서랍에서 뭘 뒤지는 거야?"

"차 키."

"내 차 키를 오빠가 왜 찾아?"

"차가 필요해. 그렇다고 죽은 사람이 탄 차를 끌고 다닐 수는 없으니까."

"죽은 사람? 무슨 죽은 사람? 이젠 사람까지 죽였어? 어디서 무슨 짓을 하고 돌아다니는 거야?"

그때 막 나는 서랍에서 차 키를 찾은 참이었다. 미영은 내게 달려와서 키를 빼앗으려고 몸부림을 쳤다. 그 바람에 몸에 두른 수건이 내 얼굴 위로 홀러덩 흘러내렸다.

"옷 좀 입어."

"무슨 상관이야? 신경도 안 쓰면서!"

한참 나와 뒤엉켜 방바닥을 이리 구르고 저리 구르던 미영은 진이 빠졌는지 한숨을 푹 내쉬며 진정했다. 그러다 무슨 생각이 들었는지 쿡쿡 웃었다.

"하긴, 오빠는 때리지는 않았지."

미영은 나를 깔고 앉은 채로 물에 젖은 머리를 쓸어 올리고는 휴지와 함께 옆에 나뒹굴고 있는 담뱃갑을 손으로 더듬어 찾아서 한 대 물었다.

"화낸 적도 없고…… 웃어준 적도 없지만."

그리고 내 입에도 한 대 물려주며 자신의 담배로 불을 붙여주었다. 담배 너머였지만 함께 숨을 깊게 들이쉴 땐 키스와 비슷한 기분이 들었다.

"어서 나가. 남편이 오면 오빠 맞아 죽을 거야. 나도 마찬가지고."

"차 빌려줘."

"진심인가 보네."

"그래."

"보통 사람들은 이유를 말하는데."

"이유를 못 들었어."

미영이는 내 면전에 담배 연기를 길게 뿜고 나서 내 얼굴을 유심히 들여다보았다.

"전에 만나던 그 정신과 의사? 죽은 거야?"

"어떻게 알았어?"

"그냥, 오빠가 신경 쓸 만한 사람이라면 그 여자밖에 없을 것 같아서."

무슨 뜻인지 물어보려는데 미영이 시선을 트는 바람에 물어보지 못했다. 미영은 방 한구석에 웅크리고 있는 소희를 한참 보았다.

"사람 죽이고 애까지 유괴한 거야? 얼마나 받기로 했어?"

"오십만 원."

"짜네."

미영은 일어나 소희에게로 갔다.

"가까이 가지 마."

"왜? 물어뜯어?"

실은 나도 궁금해하던 문제였다. 그래서 무슨 일이 일어나는지 지켜보았다.

미영은 소희 앞에 무릎을 꿇고 앉아, "자세히 보니 귀엽잖아……" 하면서 얼굴을 살폈다. 소희의 얼굴에 묘한 미소가 떠올랐다. 나는 소희의 손이 뻗는 방향을 무심히 지켜보았다. 소희는 한쪽 손은 미영의 가슴을 부드럽게 더듬으며 다른 손으로는 목을 감싸고 입을 맞추었다. 어쩐지 능숙한 몸짓이었다. 미영은 비명을 지르며 소희를 밀쳐내었다.

"뭐야, 얘? 미쳤어?"

미영이는 더러운 것이라도 만진 것처럼 침을 탁탁 뱉고 입술을 마구 닦으며 소리를 질렀다.

"그렇다더군."

"내 집에서 내보내! 뭐 이런 게 다 있어?"

나는 소희에게 손을 내밀었다. 사실 소희가 얌전히 내 손짓에 따라주리라는 기대는 하지도 않았다. 발버둥치며 발악을 할(것으로 예상되는) 소희와 한바탕 레슬링이라도 할 각오였는데, 놀랍게도 소희는 얌전히 걸어왔다. 그리고 내 손을 꼭 움켜쥐더니 다시는 떨어지지 않겠다는 듯이 팔을 단단히 끌어안고 바짝 붙어 누웠다. 나는 소희의 눈을 바라보았다. 내게 호의를 갖고 있다거나 믿을 만한 사람이라고 생각해서가 아니라, 뭔가 비장한 결심을 하고 불안을 간신히 억누르며 내게 붙어 있는 듯했다.

그러는 사이에 미영은 방에 들어가 목까지 단단히 옷을 껴입고 나왔다. 나는 팔에 매달려 떨어지지 않는 소희를 끌고 일어나 앉느라 애를 쓰던 참이었다.

"뭐 하는 애야? 보호자 없어?"

"아까 아버지라는 사람에게서 전화를 받았어."

"보호자도 있는 애를 오빠가 왜 데리고 가? 아는 애야?"

"보호자에게 넘기라는 말은 듣지 않았으니까."

나는 차 키를 바지 주머니에 넣으며 말했다.

"내가 데리고 가라고 했으니 그래야겠어. 아무한테도 말하지 말고 아무도 만나지 말라고 했으니 또 그래야겠고. 그게 연정이의 유언이었고 공교롭게도 난 그 유언을 들은 유일한 사람이고, 공교롭게도 그러겠다고 대답했어."

미영은 한참 입을 벌리고 있다가 한 겹 더 껴입으려던 잠바를 내 얼굴에 내던졌다.

"오빠 제정신이 아니야. 오빠처럼 정신 나간 사람에게 정신 나간 애를 맡기다니 그 여자도 제정신이 아니야."

그렇겠지. 나는 얼굴에 씌워진 옷을 치우며 생각했다. 생사를 오가는 상황에서, 멀쩡한 부모를 놔두고 생판 모르는 사람한테, 그것도 정상도 아닌 사람에게 정상도 아닌 어린 여자애를 맡긴다는 건 상식적으로 생각해도 제정신이 아닌 일이겠지. 하지만 만약에 연정이가 제정신이었다면, 왜 그런 일을 했을까?

— 이 선생님이 아니시군요.

위화감. 위화감이 든 이유는 그 사람이 전화가 잘못 걸렸다고 생각하지 않았기 때문이었다. 왜 그는 아무 의심 없이 이것이 연정의 핸드폰이 맞고, 누군가 다른 사람이 대신 받아야 할 상황이라고 생각했을까?

— 제 아이가 또 선생님께 칼부림을 했다고 들었는데, 부상이 심하지 않으시냐고요. 그러게, 애초에 제가 말씀드렸잖습니까. 그년 대가리에는…….

설명, 지나치게 상세한 설명. 보통 사람이라면, 그리고 그 사람이 부모라면, 아니, 제대로 된 부모라면, 전화로 처음 이야기하는 사람에게, 게다가 누군지도 모르는 사람에게 자신의 아이에 대해 '그런 식'의 이야기를 구구절절 할까?

— 잘못 거셨는데요.

— 여보세……? 야, 너 누구야? 뭐하는 놈이야?

왜 화를 냈을까? 정말로 잘못 걸었을 수도 있잖아?

보호자가 있었다면 의사인 연정이 몰랐을 리 없다. 보호자가 있었다면 연정이 소희를 돌봐줄 사람을 따로 찾을 이유가 없다. 대체 어떤 보호자이기에 의사가 '전혀 모르는 낯선 사람, 그것도 환자'가 '더 안전하다'고 판단할 정도였을까?

내가 감정 호르몬이 제대로 길을 찾아가는 보통의 뇌를 가진 사람이라면, 확인을 위해 어쨌든 그 아버지라는 사람에게 연락을 취해보았을 것이다. 아니면 어딘가 잘못 끼어들었구나 싶어 소희를 경찰서나 병원에 맡기고 튀어버렸을 것이다. 하지만 슬프게도 내 뇌는 여전히 반쯤 고장 나 있었다. 연정은 그 사실을 이 세상에서 가장 잘 아는 사람이다. 그렇다면 내 고장 난 뇌가 시키는 대로 하는 것이 연정이 바라는 일일 것이다.

내가 미영에게 연정이네 집에 연락하고, 시신도 알아서 처리해달라고 말하며(동시에 미영이가 '오빠가 사람 죽이고 여자애 납치했다'고 진술하겠다며 펄펄 뛰는 것을 내버려두고, 동시에 담배도 몇 갑

집어 주머니에 넣으며) 집을 나서려던 때였다. 현관문이 무섭게 흔들렸다.

"야, 이년아! 집에 또 어떤 새끼 들여놨어? 문 열어, 이 XX년아! 안에서 떠드는 소리 다 들었어! 얼른 나와!"

미영의 얼굴이 파랗게 질렸다.

"남편이야. 맙소사, 오빠, 얼른 창으로 나가! 들키면 오빠 죽어!"

"차 있는 것도 봤어! 이 문 안 열어! 오늘 너희 다 죽는 날인 줄 알아!"

"너는…….."

"오빠랑 같이 있는 거 보면 난 더 죽어! 얼른 나가라니까?"

문득 잠깐이지만 소희가 나보다 미영에게 더 가까이 있는 것이 눈에 들어왔다. 보기는 했지만 그게 무슨 대단한 일이라고는 생각지 못했다. 부득이하게 다른 사람과 있어야 한다면 내가 제일 가까이 있으라던 연정의 말이 어렴풋이 떠올랐다. 소희는 지진이 난 듯 흔들리는 문을 뚫어지게 보았다. 그리고 내가 보는 사이에 소희는 싱크대를 손으로 더듬으며 과도를 손에 감아쥐었다.

문이 부서지듯이 열렸다. 미영의 남편이 현관에 모습을 드러내는 것과 거의 동시에 소희는 칼을 양손으로 쥐고 문을 향해 돌진했다. 안으로 들어오던 사내는 자신의 옆구리에 칼을 꽂는 여자아이를 얼이 빠진 채 보았다.

나는 비명을 지르는 미영을 뒤에 남겨두고 소희를 잡아채고 있는 힘을 다해 뛰었다. 뒤에 남겨진 사내는 "뭐야! 뭐야! 뭐하는 놈들이야!"에 해당하는 욕을 온 힘을 다해 지껄였다. 다행이군. 죽지는 않은 모양이니까. 나는 그렇게 생각하며 미영의 차에 올라타 시동을 걸었다.

심장이 쿵쾅거리며 뛰었다. 이상하군. 다친 건 그놈이지 내가
아닌데, 왜 이렇게 심장이 뛰는 걸까? 바윗덩이로 내려찍는 것처
럼 심장이 가슴을 압박하는 통에 숨도 쉬기 힘들 지경이었다. 머
릿속에서는 칼을 꼬나쥐고 달려가는 소희의 영상이 온갖 각도에
서 재현되고 있었다.

갑자기 목이 조여왔다. 백미러로 보니 소희가 잠바를 벗어 양
손에 감아쥐고는 내 목을 조르고 있었다. 핸들이 홱액 돌았다. 옆
을 지나던 차 운전자가 긴 경적 소리와 함께 쌍욕을 질렀다. 다행
이라면 다행일까, 어린 여자애의 힘이라 숨통이 완전히 조이지는
않았다. 나는 간신히 핸들을 붙잡고 사람이 없는 길로 차를 몰았
다. 쓰레기가 잔뜩 쌓인 골목에 들어선 나는 소희의 손에서 빠져
나와 컥컥대며 차에서 내렸다.

소희는 나를 따라 천천히 차에서 내렸다. 소희의 눈은 냉랭하
게 얼어붙어 있었다. 그리고 주위를 휘이 둘러보더니 궤짝에 담
긴 빈 소주병 하나를 꺼내어 벽에 대고 반으로 깨뜨리고는 내게
다가왔다. 나는 비로소 확신할 수 있었다. 정말로 이 녀석이었어.
이 녀석이 연정이를 찌른 거로군. 하지만.

……어째서?

나는 소희와 격정적으로 끌어안던 연정을, 내 팔을 필사적으로
붙잡으며 소희 옆에서 떨어지지 말라고 하던 연정을 떠올렸다.

— 어째서 나지?

— 너라면 괜찮을 거야…….

대체 어디가? 이 꼴 좀 보라고. 혹시 나한테 앙심을 품고 같이
저승에 보내버릴 마음이라도 먹은 거야?

나는 소희에게 손을 내밀었다.

"이리 와."

소희는 천천히 걸어왔다. 내 손이 소희에게 닿을 듯 가까워졌을 때 머리에 확 하고 불이 붙었다. 나는 비틀거리며 뒤로 넘어져 주저앉았다. 왼쪽 시야가 붉게 물들었다. 머리에 손을 대니 손바닥에 피가 흥건했다. 소희는 무감한 표정으로 이빨에서 피를 주룩 흘리는 소주병을 한 바퀴 돌렸다. 눈에 스며든 피 탓에 그 모습이 유령처럼 흔들렸다. 나는 다시 손을 내밀었다.

"이리 와."

감정 호르몬 수용체에 문제가 있다는 것은 때론 생명에 위협이 될 때가 있다. 지금처럼.

"무슨 지랄을 해도 상관없지만, 내 옆에서 떨어지는 것만은 허락 못 하겠으니까."

소희는 내 앞에 멈춰 섰다. 나는 소희가 한 번 더 병을 휘두를 거라고 생각했다. 하지만 소희는 그러는 대신 병을 옆에 떨어뜨렸다. 그리고 정신이 돌아왔다든가 후회한다든가 하는 기색도 없이, 뭔가 강한 의지를 갖고 내 목을 껴안았다. 나는 소희가 혐오감과 증오심을 꾹 참은 채, 필사적인 의지로 자신을 자제하는 것을 느낄 수 있었다.

이 녀석이 연정을 좋아한 것만은 진심일지도 모르겠다는 생각이 들었다. 어쨌든 있는 힘을 다해 그녀의 유언을 지키려는 것 같기는 하니까. 하지만 방금 뿜어대던 나를 향한 살의는 대체 뭐였을까?

'아무튼 가는 길에는 사람을 만나지 말아야겠군.'

도로는 시위 군중으로 빽빽이 들어차 있었다. 황사가 모래폭풍처럼 몰아치는 거리에서 전경들은 중장기병처럼 방패를 앞세우고 밀집대형으로 서서 전진과 후진을 반복했다. 꽹과리와 북소리가 사방에서 둥둥거렸고 주차장이 된 도로는 빵빵거리는 소음으로 가득했다.

돌아가려 했지만 차를 뒤로 물리기에도 늦어 있었다. 나는 소희를 돌아보았다. 소희는 새파랗게 질려 연신 두리번거렸다. 자신이 곧 발작할 줄 아는 모양이었다. 대체 '인간'이라는 자극은 이 애의 두뇌 어느 부분을 건드리는 걸까?

'민주'와 '독재정권 타도'에 관련된 깃발을 든 한 떼의 청년들이 갓길로 달리며 도로에 늘어선 차를 두드리고 지나갔다. 한 무리가 차 옆을 긁고 지나가는데, 빗맞은 각목이 소희가 앉은 쪽의 차창을 부쉈다. 나는 흠칫 소희를 보았다. 소희는 유리를 피하는 대신 뭔가에 홀린 것처럼 밖을 보았다. 방금 지나간 청년들이 아무래도 마음에 든 모양이었다. 붙잡으려 했지만 소희는 안전벨트를 풀고 바람처럼 차에서 뛰어내렸다. 급히 뒤따라 내렸지만 지나는 차를 피하느라 순간 소희를 놓치고 말았다.

나는 차와 사람들을 헤치며 소희를 쫓아갔다. 전장은 불처럼 달아올라 있었다. 누군가가 최루탄이라고 소리쳤고 매캐한 연기가 길을 뒤덮었다. 나는 황사와 최루가스 속에서 필사적으로 소희를 찾았다. 한참 만에 소희를 찾았을 때, 소희는 사람들 속에 섞여 바닥에 떨어진 것을 잡히는 대로 던지며 펄펄 날뛰고 있었다. 누가 보면 어린 나이에 혁명 전선에 뛰어든 투사라 믿을 정도로 열광적이었다. 나는 소희의 팔을 잡고 최전방에서 끌어내었다. 몇 걸음이나 갔을까, 소희를 잡은 손에서 타는 듯한 고통이 느껴졌다. 돌아보니 소희가 내 손을 갈비처럼 물어뜯고 있었다.

'가지가지 하는군.'

차가 있는 방향을 보았지만 군중을 헤치고 다시 들어가는 위험을 감수하고 싶지 않았다. 나는 내 손을 잘근잘근 씹는 소희를 끌고 도로 옆을 걷기 시작했다. 소희는 길에서 한참 떨어진 뒤에야 이빨을 떼었다. 소희는 피투성이가 된 내 손을 한참 보다가 어색하게 손을 빼내려고 했다. 내가 다시 힘을 주었다.

"놓지 마."

내가 말했다. 소희는 내 눈을 마주 보았다. 그리고 별다른 의문을 표시하지 않고 내 손을 꽉 쥐었다.

톨게이트 근처에서 트럭을 하나 얻어 탔다. 하지만 운전수가 내 이마와 손에 난 상처를 계속 흘끔흘끔 보는 데다 소희의 상태가 걱정이 되어 일찌감치 내리고 말았다.

나는 원주 근처에서부터 소희의 손을 잡고 걸었다.

햇빛이 비치면 따듯했고 바람이 불면 추웠다. 겨울이 끝물이라 겨우내 잠들어 있던 밭이 부산했다. 논밭에는 퍼런 비료부대가 물감을 떠놓은 듯 일정한 간격으로 놓여 있었고, 겨우내 덮어두었던 검은 비닐도 벗겨져 구석에 모여 있었다. 간간이 선 고춧대며 남은 지푸라기를 모아 태우는 연기도 아스라했다.

해가 질 무렵에 나는 길 근처 폐가에 잠자리를 정했다. 대인발작증(이라고 대충 이름 붙였다) 환자 때문에 도보 여행을 하는 사람이 나 말고도 또 있는지, 폐가 안에는 이불로 쓸 만한 괜찮은 종이상자와 신문지, 그리고 쥐가 여기저기 쏠아놓은 진짜 이불도 하나 있었다. 나는 근처 밭에서 서리해 온 씨감자를 구워 저녁을 때웠다.

깜박 잠이 들었을까, 선잠에 연정의 꿈을 꾼 것 같았다. 그러다 불길한 기분에 잠에서 깨었다. 고개를 들어보니 소희가 어둠 속에서 나를 내려다보고 있었다. 나는 소희 손에 들린 유리조각을 한참 보았다. 손을 뻗어 소희의 팔을 잡아보았다. 축축했다.

나는 서둘러 일어나 소희를 끌고 밖으로 나왔다. 달빛에 비추어보니 손목에 잘게 찢긴 상처가 나 있었다. 근처 개울가로 가서 소희의 팔을 씻어 내리고 옷소매를 찢어 단단히 묶어놓았다. 소희는 당혹스러운 표정으로 나를 보았고 나는 소희를 노려보았다. 녀석은 처참한 표정을 짓더니 내 팔을 단단히 붙잡았다.

깊은 밤, 나는 텅 빈 읍내로 들어가 공중전화로 미영에게 전화를 걸었다. 소희는 목숨이라도 건 것처럼 내 손을 잡고 졸졸 쫓아왔다.

"오빠? 오빠야? 지금 어디야? 지금 어디서 뭐해?"

미영은 내 목소리를 확인하자마자 다급하게 소리쳤다.

"가는 길이야. 남편은……."

차를 잃어버린 일도 설명하고, 연정의 시신은 잘 처리했는지, 남편은 살아 있는지, 본인은 맞아 죽지 않았는지 차례로 물어보려는데, 미영은 내가 말할 틈도 주지 않고 쏘아붙였다.

"그 자식은 신경 쓰지 마. 솔직히 꼬시다 싶으니까. 그것보다 오빠, 당장 돌아와! 경찰서 갔다가 개 데리고 있던 병원 사람 만났어! 왜 오빠 예전에 사귀던 의사 후배라던데, 오빠 이름 듣더니 알더라고. 그건 그렇고 오빠 전 여친 말이야, 정신 나가서 병원에서 치료받던 애 빼돌렸다던데, 오빠 알고 있었어?"

나는 입을 다물었다.

"병원하고 애 집에서 난리가 났대! 신고도 들어갔더라고! 걔 아빠도 만났는데 오빠가 전화받다 끊더라면서 황당해하더라고! 오빠 진짜 그러다 유괴범 되려고 그래? 오빠, 내 말 잘 들어. 그 의사랑 걔 아빠가 사정 다 듣더니만, 오빠가 오해한 모양이라고, 충분히 이해하니까, 빨리 돌아오기만 하면 신고도 철회하고 죄도 안 묻겠대. 뭣하면 그…… 후배 의사한테 직접 연락하래. 오빠, 걔 진짜 무슨 짓 할지 모르는 애야. 그러다 칼침 맞아 죽으면 어쩌려고 그래? 내 말 듣고 있어?"

나는 전화를 끊었다. 실수했다는 생각이 들었다. 말하는 투로 봐서 미영은 지금 내가 전화한 사실도 경찰에 알릴 것이다. 공중전화도 발신추적은 된다.

'서둘러야겠군. 위험해도 중간에 차를 얻어 타거나.'

그렇게 생각하는 동안 나는 손에서 힘이 빠져나가는 것을 느끼고 소희를 돌아보았다. 소희는 몸을 뒤로 빼고 있었다. 녀석이 의심에 찬 눈으로 나를 쏘아보았다. 나는 소희를 물끄러미 바라보았다.

"왜?"

소희는 침을 꿀꺽 삼키며, 내가 뭘 하려는지 걱정되는 듯이 나를 찬찬히 살폈다.

"또 뭘 하고 싶어졌어?"

소희는 고개를 저으며 내 팔을 감싸 안고는 고개를 파묻었다.

낡은 암자는 바람소리만 휘휘 내었다. 빈방을 향해 누구 안 계시냐고 소리도 몇 번 질러보았지만 벽은 답이 없었다. 나는 내 손을 단단히 잡고 있는 소희를 보았다. 소희는 몹시 당황해하다가,

조금 뒤에는 내 이럴 줄 알았다는 듯 체념한 얼굴을 했다. 소희는 그제야 내 손을 놓았다. 계속 잡고 있던 손은 땀에 젖어 빨갛게 부어 있었다.

문에는 '出他'라고 화선지에 먹으로 쓴 글씨가 바람에 나부끼고 있었다. 출타라, 멋지군. 잠시 물건이라도 사러 갔는지, 아니면 며칠 여행을 떠났는지, 아예 이사를 간 것인지도 써주셨으면 좋았을 텐데.

나는 툇마루에 앉아 마지막 남은 담배를 태우며 소나무 숲 사이로 산자락을 내려다보았다.

안개에 묻힌 산이 물에 흠뻑 적신 붓으로 한 번에 그려낸 듯 펼쳐져 있었다. 비구름이 발밑까지 내려와 물안개와 섞여 산봉우리를 끌어안고 있었다. 소희도 내 시선을 따라 내내 산 아래를 보았다. 계속 잠을 못 잔 데다 내내 걷고 또 종일 산을 올랐더니 둘 다 진이 다 빠져 있었다. 그래서 이제 어째야 하나? 다시 서울로 갈까?

잠을 자야겠군. 나는 그렇게 생각했다. 잠이 부족하면 생각도 잘 안 돌아가니까.

나는 그리 길게 자지 못하고 깨었다. 숨이 막혀서였다. 눈을 떠보니 소희가 귀신 같은 얼굴을 하고 내 목을 조르고 있었다. 지금까지 이 녀석의 무수한 표정을 보아왔지만 이렇게 추악한 얼굴까지 할 수 있다고는 생각하지 못했다.

'도무지 쉽게 해주지 않는군.'

연정은 정말로 내가 미웠던 게 아닐까? 아무도 모르는 곳에 와서 정체도 모르는 아이 손에 죽으라는 게 혹시 유언의 의도는 아니었을까? 그게 유언이면 들어주는 게 맞나?

나는 그렇게 생각하며 손을 뻗어 뻣뻣한 소희의 팔을 억지로 굽혔다. 그리고 소희의 등을 끌어당겨 안았다. 내 얼굴과 거의 맞닿을 듯 가까이 오자 소희의 표정이 차츰 가라앉았다. 소희는 한참 당혹스러워하더니, 서둘러 팔을 풀고는 겁에 질린 듯이 서둘러 나를 끌어안았다. 나는 목을 매만지며 생각에 잠겼다. 그래, 이번엔 또 뭐였을까? 더 잠을 청하려던 나는 갑자기 떠오른 생각에 퍼뜩 눈을 떴다.

누군가 있다. 바로 옆에.

어둠 속에서 날카로운 바람이 일었다. 나는 무의식중에 소희를 끌어안고 옆으로 굴렀다. 뭔가가 바닥에 콰직 소리를 내며 박혔다. 도끼였다. 경찰봉도 아니고 암자 주인이 방에서 나가라고 휘두르는 빗자루 따위도 아니었다. 나는 그대로 굴러 장지문을 부수고 툇마루 밖으로 떨어졌다. 소희를 감싸느라 나를 보호하지 못한 탓에, 등에 충격을 고스란히 받아 잠시 움직일 수가 없었다. 그림자는 도끼를 쥐고 방에서 걸어 나왔다. 구름이 낀 데다 빛도 없는 산속이라 누군지 알아볼 수가 없었다.

"소희야."

괴한이 속삭였다. 나는 흠칫 소희를 보았다. 소희는 눈을 파랗게 뜨고 입을 굳게 다문 채 내 팔에 매달려 있었다. 무슨 일이 있어도 내 옆에서 떨어지지 않겠다는 기세였다.

나는 근처에 있는 조금 큰 돌 하나를 쥐어 들고 자세를 잡았다. 남자는 몇 번 기회를 노리는 듯하더니 상황이 여의치 않다고 여겼는지 숲으로 뛰어들었다. 뒤를 쫓았지만 소희를 잡고 뛰는 데다 어둠이 앞을 막아 이내 놓치고 말았다.

"뭐 하는 놈이야. 아는 사람이냐?"

무심코 중얼거리며 소희를 돌아본 나는 흠칫 놀랐다. 소희는 한 손으로는 나를 꼭 잡고는, 다른 손으로는 어디서 주워들었는지 돌맹이 하나를 손에 쥐고 매서운 눈으로 남자가 간 곳을 노려보고 있었다.

소희가 갑자기 어떤 생각이 떠오른 얼굴로 나를 보았다.

나를 한참 보던 소희의 눈이 점점 커졌다. 소희는 조금 떨며 그럴 리가 없다는 듯 고개를 도리도리 저었다. 소희는 자신의 손목을 보았다. 엊저녁에 자해하는 바람에 묶어둔 손목이었다.

'이게 무슨 뜻이지?'

소희가 그렇게 묻는 듯한 눈으로 나를 보았다. 어지럼증이 도졌다. 지금 이 생각을 소희의 눈에서 보는지, 아니면 내 머릿속에서 떠올렸는지 구분할 수가 없었기 때문이었다.

나는 머리에 내려앉은 이슬을 털며 암자로 되돌아갔다. 그놈이 다시 올지 모르니 뭔가 무기를 찾아들고 감시를 서야겠다고 생각했다. 옷을 걸쳐 입는데 아까 든 생각이 다시 머리를 덮쳐 왔다. 나는 외투를 든 채 잠시 서 있었다.

……어째서 나지?

어둠 속에서 무엇인가 부스럭거리며 움직였다. 가느다란 손가락이 허리에 감겨왔다. 나는 흠칫 놀랐다.

소희가 두 손을 깍지 껴 나를 끌어안고 등에 얼굴을 묻고 있었다. 피에 젖은 옷소매가 배에 닿았다. 옷 너머로 까끌까끌한 상처가 느껴지는 듯했다. 목숨을 걸었다는 절박함이 느껴졌다. 모든 것을 걸고 내 옆을 지키겠다는 느낌이.

⋯⋯어째서 나지?

나는 소희가 자해한 손목 위로 내 손을 덮었다. 내 손목 위로 피가 배어 나오는 환각이 머리를 덮쳤다.

나는 손을 잡은 채로 돌아서서 소희를 마주 보았다. 소희도 나를 마주 보았다. 익숙한 표정이 그 얼굴에 떠올라 있었다. 어찌나 익숙한지 지긋지긋하기까지 한 표정이었다. 허망한, 망가진, 부서진, 피폐한, 초라한, 아무것도 없는.

순간 소희가 갑자기 험악한 소리를 지르며 나를 밀쳤다. 동시에 나도 소희를 밀어내는 바람에 나 대신 소희가 비틀거리며 물러나다 엉덩방아를 찧었다. 소희가 이번에는 겁에 질린 얼굴로 덜덜 떨다가, 잠바를 집어 들고 허겁지겁 달아나려 했다.

'안 돼.'

나는 생각했다. 생각했을 뿐 말하지는 않았다. 하지만 소희는 발을 멈췄다. 문앞에서 멈춰서더니 주춤거리며 경계하는 빛으로 나를 바라보았다.

소희를 밀칠 생각은 꿈에도 없었다. 내가 밀친 것은⋯⋯.

⋯⋯어째서 나지?

머리가 지끈거렸다. 생각이 머리에 가득 차 폭발할 지경이었다. 나는 한참을 그대로 있다가 밖으로 나왔다. 소희는 신경 쓰지 않았다. 따라 나올 줄 알고 있었으니까.

비가 추적추적 내렸다. 나는 산길을 더듬어 내려가 등산로 입구에 있는 오래된 공중전화 부스로 들어갔다. 뒤쫓아 온 소희는 머리에 앉은 비를 털어내며 불안한 눈으로 나를 보았다.

소희를 노리는 사람이 있고 어떻게 알았는지 여기까지 쫓아왔다. 그렇다면 병원이든 유치장이든 내가 데리고 있는 것보다는 안전할 것이다. 돌아가야 한다. 그래야 했다. 하지만 내 손은 어째서인지 전화번호를 누르고 있었다. 연정의 후배 의사……, 김지……, 지희, ……지수였던가, 그래, 지수. 같이 몇 번 밥도 먹었었다. 내가 기억하는 전화번호가 맞다면……. 한참을 벨이 울린 뒤에 받는 소리가 들렸다.

"여보세요, 김지수입니다. 지금은 진료 시간이 아니……."

"소희를 데리고 있는 사람입니다."

상대는 숨을 삼켰다. 지수는 떨리는 목소리로 전화기에 바짝 입을 대었다.

"강태호 씨? 강태호 씨죠? 지금 어디예요?"

나는 다시 소희를 보았다. 소희는 이미 모든 것을 알고 있고 또 각오하고 있다는 얼굴이었다.

"소희의 병명을 말해줘요."

나는 그렇게 말했다. 그렇게 말하고 싶었기 때문이었다.

"태호 씨, 그 애 지금 어디로 데려가는 거죠? 이연정 선생님이 뭐라고 했는지 모르겠지만, 큰일 나기 전에 돌아와요, 얼른!"

"소희의 병명을 알고 싶어요. 이 선생은 나더러 소희를 아무에게도 알리지 말고 아무도 모르는 곳에 갖다놓으라고 했어요. 이유를 알면 말해줘요. 말할 생각이 없다면 끊겠어요."

지수는 잠시 말이 없었다. 전화기에 입을 아주 가까이 붙이고 속삭이는 소리가 이어졌다.

"강태호 씨, 병원에서 난리가 났어요. 알아요? 그 앤 희귀 장애가 있는 애라고요. 그 애로 논문을 쓰는 의사가 세 명이나 돼요. 상을 받을 예정인 분도 있어요. 이 선생님은……."

지수는 '그 멍청이, 고집쟁이, 감상주의자, 혼자 잘난 척하다가' 같은 말을 입속으로 중얼거리다가 말을 이었다.

"소희가 병원에 있으면 안 된다고 주장하셨죠. 처음에는 소희를 부모에게서 떼어놓더니, 다음에는 병원에서 데리고 나가려고 했어요. 의사와 간호사들조차 그 애에게는 독이 된다고. 그 애의 옆에 있어야 하는 사람은 성자거나⋯⋯ 아니면 차라리 병자여야 한다고 했어요."

병자.

— 너라면 괜찮을 거야.

"강태호 씨, 당장 그 애를 데리고 와요. 그 애는 정말 위험해요. 벌써 사람 하나 찌른 것 봤잖아요. 같이 있는 동안 뭘 하던가요? 물건을 훔치진 않던가요? 여자한테 껄떡대지는 않고요? 사람을 공격하고 때리지는 않던가요? 자해는 안 했어요?"

"무슨 병인지 말해줘요."

"보상금을 원해요? 제가 위에 한번 잘 말해볼 테니까⋯⋯."

"말해주면 데리고 가겠어요. 그래야 한다는 생각도 들고 있으니까."

지수는 잠시 말을 멈췄다. 그리고 한참 침묵이 이어졌다.

"공생(共生)증, 자기 대상 분리장애, 이곳에서는 별명으로 '시만'이라고 불리죠. 시만이라는 뜻은⋯⋯."

"마음을 읽는다는 뜻입니까?"

심안(心眼), 그래, 심안이었다. 시만도 심한도 아니고.

소희는 유리 너머로 흘러내리는 빗방울을 손가락으로 따라 그리며 조용히 서 있었다.

"이연정 선생님은 자주 말씀하셨죠. 누구나 태어났을 때는 자

폐라고. 자기 안에 갇혀 외부를 인지하지 못한다고요. 그리고 그
보다 조금 뒤에는 그 반대의 상태가 찾아온다고. 타인과 자신을
구분하지 못하고, 가까이 있는 사람의 감정을 여과없이 받아들이
는 시기가요. 둘 다 인간이 자연스럽게 거쳐가는 시기죠. 발달의
한 단계로서요."

연정에게서 들어본 적이 있는 듯했다.

"그러니 만약 자폐가 있다면 그 반대도 있지 않을까 종종 말씀
하셨어요. 실제로 찾아낸 사람은 소희가 처음이었지만요. 물론
보통 인간도 어느 정도는 남의 마음을 읽죠. 어느 정도는요. 보통
사람이 어느 정도는 자폐성향을 가질 수 있는 것처럼. 소희는 그
반대예요. 타인의 감정을 여과 없이 받아들여요."

"그게 장애라고요?"

"장애예요."

지수는 잠시 말을 끊었다가 이었다.

"소희는 자신과 다른 사람의 마음을 구분하지 못하니까요."

소희가 나를 처연한 눈으로 올려다보았다.

"다른 사람의 마음이 마치 자기 마음처럼 작용해요."

"……어떤 다른 사람 말입니까?"

지수는 신경질을 내며 말을 받았다.

"가장 가까이 있는 사람. 하지만 강렬한 감정이 있다면 휩쓸려
요. 강태호 씨, 잘 들어요. 사람의 마음속에는 별별 것들이 다 있
어요. 광기에서부터 폭력 성향에 변태성욕까지 다 있죠. 단지 우
리는 그런 생각을 드러내지 않고 억누르고 살 뿐이죠. 하지만 소희
는 자기 자아라고 할 만한 것이 없어요. 이미 너무 많은 타인의 마
음에 노출되어버리는 바람에요. 그 애는 감정을 억제하지 않고 다

쏟아내는 데다, 자신에게로 향한 감정은 그대로 상대에게 되돌려 줘 버려요. 내 말 알아듣겠어요? 소희가 드러내는 감정은 무엇도 자기 감정이 아니에요. 처음부터 끝까지 모조리 주변 사람의……."

나는 전화를 끊었다. 끊고 싶었기 때문이었다. 그리고 왜 그랬는지 생각했다. 더 들을 것이 많았는데.

— 넌 감정이 없는 게 아니야.

연정은 슬픈 얼굴로 말했다.

— 자신의 감정을 모르는 거지.

소희는 나를 마주 보았다. 생기로 가득한 눈동자였다. 꺼질 듯한 슬픔과 그것을 억제하는 의지를 같이 느낄 수 있었다. 격정이라고밖에 할 수 없는 것이 그 안에서 이글거리며 타올랐다.

소희가 연정에게 칼부림을 했다는 전화를 받았을 때 소희는 차가운 살의를 가진 눈으로 나를 노려보았다. 소희에게서 떨어지지 말라는 연정의 유언을 생각할 때마다 소희는 단호한 의지를 갖고 내 팔에 매달렸다. 소희가 나를 보던 눈빛, 산자락을 내려다보던 시선, 충동적으로 자해했던 순간. 몸서리치는 불안과 공포, 격렬한 슬픔, 화산처럼 치솟던 감정의 불길.

연정의 시체를 끌어안고 통곡하던 소희를 떠올렸다. 아우성치고 손을 뻗으며, 연정의 늘어진 손을 붙잡아 뺨에 대며 마지막 남은 온기나마 기억하고자 필사적이던 소희를 떠올렸다. 세상이 무너져 내린 듯이 울던 소희를 떠올렸다.

— 약속하지.

연정이 그 말을 들으며 죽었을 때, 소희는 안심했다는 듯 편안한 미소를 지었다. 모든 게 잘될 거라고 믿는 듯한 미소였다.

소희가 갑자기 눈물을 흘리기 시작했다. 내가 당혹스러운 기분으로 보는 동안에 소희는 주저앉더니 하염없이 울기 시작했다.

— 너라면 괜찮을 거야.

"뭐가……."

나는 더듬더듬 머리를 쓸어 올리며 중얼거렸다.

"뭐가…… 괜찮다는 거야, 이 돌팔이 의사 같으니라고……."

소희는 조금 진정이 된 후에 기운이 빠져 주저앉아 있는 내 손을 붙잡고 강이 흐르는 계곡으로 내려갔다. 소희는 찬물에 발을 담그더니 손발을 씻었다. 표정이 한층 편안해져 있었다. 나에 대한 적의나 의심도 씻은 듯이 사라진 듯싶었다. 소희는 내 옆에 와서 앉더니 내 어깨에 머리를 대고 생각에 잠긴 듯한 표정을 지었다. 나는 문득 어떤 생각이 들어 지갑 속에 넣어두었던 연정의 사진을 소희에게 주었다. 좋아하는 눈치였다. 소희는 내내 연정의 사진을 만지작거리며, 뺨에 대거나 입을 맞추거나 했다.

아침이 뉘엿뉘엿 밝을 때쯤 스님들이 계곡으로 씻으러 왔다. 그중 한 스님이 우리를 보더니 주먹밥을 나누어주었다. 나는 세수를 하는 척하며 소희를 옆에 놓아두고 멀찍이 떨어졌다.

한참 차가운 물에 발을 담그고 있다 보니 소희에게서 '내'가 떨어져 나가는 것을 볼 수 있었다. 대신 훨씬 온화하고 따듯한 것이, 차분하고 고요한 것이 차올랐다. 소희는 강물이나 풀꽃처럼 보였고 바위나 나무처럼 보였다. 또 한편으로 그 모든 것을 초월한 듯이 보였다. 그 얼굴을 보고 있자니 사람들이 성화(聖畵)를 보고 병이 낫는다는 것이 어떤 원리인지 알 것 같은 기분이었다. 스님이 떠난 뒤 소희 속에는 다시 '내'가 들어앉았고, 그 평범한 얼굴을 보자니 자괴감마저 들 지경이었다.

"그래. 스님이 좋겠군."

나는 소희에게 말했다.

"사람이 많지 않은 절이면 더 좋겠지. 넌 얼굴에 다 드러나니까 좋은 사람을 찾기도 쉽겠지. 넌 대승(大僧)이 될 수도 있을 거다. ……무슨 의미인지는 나도 모르겠지만."

나는 소희의 머리를 쓰다듬었다.

"연정이, 그 돌팔이 녀석, 나는 감정이 없어서……, 아니, 안 드러나서 네가 안전할 줄 알았나 봐. 솔직히 나도 이럴 줄은 몰랐어."

나는 소희의 손목을 잠시 쥐었다 내려놓았다. 몰랐다지만 일은 일어나버렸고 앞으로도 일어날지 모른다.

"정말 몰랐어."

어서 맡길 사람을 찾아야지. 그전에는 무엇보다도 나 스스로를 해칠 마음을 먹지 말아야 한다. 다짐하는 사이에 소희는 내 얼굴을 한참 보더니 실망한 듯이 고개를 숙였다. 나는 조금 당황했다.

"……뭐?"

이해할 수가 없었다. 내가 소희의 손을 잡고 일어나려 하자, 소희는 내 손을 잡아당기며 슬픈 얼굴로 고개를 저었다. 나는 완전히 혼란에 빠지고 말았다.

"무슨 의미지?"

질문해야 할 대상이 틀렸다는 것을 알면서도 나는 물었다. 대체 무슨 생각을 하는 거지? '나'라는 놈은……. 그때 누군가가 내 뒤로 다가와 머리를 세게 내리쳤다.

소희는 놀라 나를 감싸 안으며 적으로부터 나를 보호하려 했다. 그건 내가 하려고 했던 일이기도 했다. 괴한은 다시 내 머리를 내리쳤고 나는 그대로 정신을 잃었다.

머리가 지끈거렸다. 움직여보려고 했지만 꼼짝도 할 수 없었다. 나는 조금 뒤에야 내 몸이 큰 소나무에 단단히 묶여 있다는 것을 깨달았다. 가는 비가 머리 위로 차갑게 흘러내렸고 시야에 닿는 곳에는 축축한 소나무만 빼곡히 서 있었다. 나는 반사적으로 소희를 찾았다. 없었다.

없어.

한참 눈으로 소희를 찾는데 소나무 사이에서 양복을 입은 덩치 좋은 남자가 나타났다. 인상이 말끔하니 잘 나가는 회사 중역쯤 되어 보였다. 소희는 그의 허리를 뱀처럼 감고 걸어 나왔다. 나와 눈이 마주치자 소희는 벌레라도 보듯 경멸하는 시선을 던졌다. 나는 고개를 조금 숙여 그 시선을 피했다.

"여러 가지로 귀찮게 하시는군. 강태호 씨."

들어본 적이 있는 목소리였다. 잠시 생각하다 전화기에서 들리던 목소리라는 생각이 떠올랐다.

"소희 아버지."

나는 피식 웃으며 말했다.

"경찰에…… 넘겨줬으면 좋겠는데."

나는 그의 얼굴을 보았다. 눈빛에서 답이 돌아왔다.

"안 하실 건가."

나는 생각에 잠겼다.

"……왜?"

"전화 걸 때부터 영 재수가 없었거든."

"그렇다고 이렇게까지 할 건 없잖아."

그는 미소를 지었다. 꽤 매력적으로까지 보이는 미소였다.

"내 딸내미랑 어디까지 갔어? 딸애가 잘해줬겠지? 응? 원하는 건 뭐든지 다 해줬겠지. 그런 년이니까."

나는 그의 허리에 꽂힌 손도끼를 물끄러미 보았다.

"아저씨가 아까 그 괴한이로군."

웃음소리는 소희의 입에서 흘러나왔다. 끔찍한 소리였다.

"딸이 외간 남자와 있는 걸 보고 눈이 뒤집히셨나. 오지랖치고는 과하잖아. 요즘 애들이라면 연애 정도는 자율에……."

사내는 내 배를 발로 밟았다. 간신히 숨을 가다듬고 보니 소희가 내 앞에 와 있었다. 소희는 경멸하는 얼굴로 나를 보더니 얼굴에 침을 뱉고는 발로 내 무릎을 세게 밟았다. 나는 웃었다. 웃을 수밖에 없었다.

"왜 연정이가 소희를 네게서 떨어뜨려 놓았는지 알겠군. 이렇게 예쁜 애 얼굴이 이렇게 추악하게 일그러지는 건 아무도 보고 싶어 하지 않을걸."

소희의 얼굴이 다시 무시무시하게 일그러졌고 예상한 대로 사내의 발길질이 쏟아졌다.

"그래, 이연정, 아주 웃긴 여자였지, 정말로 소희를 사랑했지. 병적인 나르시시즘이라고 생각지 않나? 거울에 비친 제 자신에게 키스를 퍼붓는 거야."

"너처럼 말이지."

그는 무릎을 세우고 앉으며 시원스레 미소를 지었다. 도끼를 손에서 빙글빙글 돌리고는 거칠게 땅바닥에 꽂았다. 의도했으리라고 생각되지만 도낏날은 내 허벅지살을 찢으며 땅에 박혔다. 핏물이 빗물과 섞여 땅에 스며들었다. 상처 위로 비가 차갑게 떨어졌다.

"소희는 나야. 내가 소희지. 그런데 그 여자가 내게서 소희를 빼앗아 가 혼을 더럽히더니 너까지 끼어들었어. 전에는 그 여자의 눈으로 나를 쳐다보더니 이번에는 네놈의 눈으로 나를 보더군."

"……."

그는 내 머리채를 잡고 들어 올리더니 내 얼굴을 뚫어지게 들여다보았다.

"흠, 건드리지는 않았군. 왜 그랬는지는 모르겠지만. 하지만 그래도 용서할 수는 없어."

……이건 또 무슨 뜻일까?

나는 그의 눈을 마주 보았다. 속을 알 수 없는 눈이었다. 소희를 돌아보자 섬뜩한 눈빛이 나를 향했다. 나는 문득 처음 보았을 때 소희가 누군가에게 쫓기는 것처럼 공포에 떨던 것을 떠올렸다. 그건 연정의 감정이었다. 어디로 가든 피할 수 없으리라고 믿는 듯한, 불가해한 것에 관한 공포. 연정은 아무에게도 알리지 말라고 했다. 아무도 만나지 말고. 아무도 내가 가는 곳을 알게 하지 말라고. 그래서 병원도 갈 수 없었던 건가. 소희 때문만이 아니었던 건가.

"당신도 '읽는' 건가?"

"온갖 지저분한 것들을 다 읽지."

그는 웃었다.

"네 눈깔에 그 여의사가 가득 차 있군. 밤마다 그 여자와 살을 섞는 망상에 젖어 애들처럼 몽정을 했지?"

"들여다보지 마."

그는 웃었고 소희의 얼굴은 딱딱하게 굳었다.

"너 같은 것에게 보일 생각 없어."

그는 일어나며 내 명치를 심하게 걷어찼다.

"설마 그렇게까지 아무도 만나지 않고 여기까지 올 줄은 몰랐어. 덕분에 찾는 데 애를 먹었잖아."

"……네가 연정이를 죽였군."

그는 어린애에게 하듯이 으으응, 하며 고개를 저었다.

"소희가 했지."

"네가 했어."

나는 고통을 참으며 말했다.

"소희는 사람을 못 죽여. 결국 마지막 순간에 그 상대에게 공감해버리니까. 몇 번이나 경험했지."

소희는 냉랭한 눈으로 나를 바라보았다.

"하지만 너는 사람을 죽일 수 있어. '진짜로' 읽지 못하니까. 네가 하고 소희에게 덮어씌운 거야."

"어떻게 생각하든 자유지만 차이는 없어."

그는 웃으며 말했다.

"내가 죽이고 싶어 하는 사람은 소희도 똑같이 죽이고 싶어 하니까. 증명해줄까?"

그가 소희에게 손을 내밀자 소희는 요염한 자태로 그의 목을 감싸 안았다.

"그 애에게서 떨어져."

그는 웃었다. 소희도 키득거리며 웃었다. 소희는 내게 다가오더니 땅에서 두꺼운 나뭇가지 하나를 들어 올려서는 있는 힘껏 내 이마를 갈겼다. 그러고는 우스워 죽겠다는 듯이 깔깔거리며 웃었다. 나는 뚝뚝 떨어지는 피를 무심히 보았다. 그리고 경로를 찾지 못하는 내 멍청한 호르몬들에 대해 생각했다.

"……이리 와."

내가 속삭였다. 소희의 얼굴에서 웃음이 가셨다.

"무슨 지랄을 해도 상관없지만 내 옆에서 떨어지는 것만은 허락할 수 없다고 했어."

소희의 손이 가늘게 떨리는가 싶더니 다시 몽둥이를 들었다. 나는 계속 중얼거렸다.

"이리 와."

"그렇게는 못 해주겠는데."

사내는 소희를 끌고 몇 걸음 물러났다.

"소희야, 아버지가 뭘 원하는지 알겠지? 넌 늘 내 마음을 알았으니까."

소희는 즐거운 표정으로 허리춤에 꽂힌 도끼를 두 손으로 꺼내 들었다. 소희는 도끼를 내 눈앞에서 흔들며 어디부터 잘라줄까 하는 표정으로 키득거리며 웃었다.

"자, 잘 조준해서 던지는 거다. 한 번에 안 되면 여러 번 해도 돼요. 그래, 그래. 착하지? 자, 하나, 둘."

소희는 천진난만하게 웃으며 고리 던지기라도 하는 것처럼 나를 조준하더니 도끼를 던졌다. 도끼는 내 발 앞에 와서 툭 떨어졌다. 나는 물끄러미 보았다. 사내는 혀를 끌끌 찼다.

"이렇게 힘이 없어서야. 자, 한 번 더 해보자. 하나, 둘."

두 번째로 날아온 도끼는 내 정강이 살을 베어내며 땅에 박혔다. 나는 부녀 간의 우스꽝스러운 놀이를 남의 일 구경하는 기분으로 지켜보았다. 소희가 나를 죽이려면 대체 얼마나 저 도끼를 던져야 할지 생각해보았다. 살이 덜렁거리고 뼈가 드러나는 비참한 모습으로 죽게 될 바에야, 심장이나 목을 한 번에 쳐주면 좋을 것을. 제발, 그렇게만 해주면 좋겠는데. 정말로 한 번에. 제발.

고개를 숙이고 있던 나는 사내가 지르는 소리를 듣고 퍼뜩 고개를 들었다. 소희가 도끼날의 방향을 바꾸어 자신의 목을 찌르고 있었다. 잠깐 당황했지만 그것이 방금 내 마음속에 강렬하게 떠올랐던 감정이었다는 것을 깨달았다. 사내는 미쳐서 아우성치며 날뛰었다. 그 순간 나는 소희의 얼굴에 떠오른 감정의 공백을 보았다. 틈. 공간. 끼어들 곳.

소희의 눈이 새파랗게 빛났다. 소희는 자신의 목을 향하던 도끼를 바람처럼 들어 올려 사내의 다리를 있는 힘을 다해 내리찍었다. 사내는 끔찍한 비명을 지르며 주저앉았다. 소희는 도끼를 질질 끌고 내게로 허겁지겁 달려와 나를 묶은 밧줄을 끊어내었다. 내 손이 풀려나가자 소희는 격정적으로 나를 끌어안았다. 나는 소희를 한번 품에 안은 뒤에, 일어나서 사내가 도끼에 맞은 자리를 발로 걷어찼다. 그러고는 비명을 지르며 곰처럼 아우성치는 사내를 나무에 밧줄로 단단히 묶었다.

"소희야."

사내는 잠겨 내려가는 목소리로 소희를 불렀다.

"소희야, 이리 온."

소희는 입을 단단히 다물고 눈을 부릅뜬 채 꼼짝도 하지 않았다.

현기증이 일었다. 나는 도와줄 사람을 불러야겠다고 생각하고 비틀비틀 움직였다. 하지만 몸에 힘이 죽 빠져나가는 바람에 얼마 못 가고 넘어지며 언덕을 굴렀다. 나는 일어났다가 다시 주저앉았다.

'조금 쉬면 움직일 수 있겠지.'

나는 그렇게 생각하며 나무에 등을 기댔다. 소희가 내 뒤를 따라 언덕을 미끄러져 내려오는 것이 눈에 들어왔다. 반쯤 네 발로 달려온 소희는 내 몸에 난 상처를 하나하나 보며 쓰다듬고 입을 맞추었다. '괜찮아. 모두 잘될 거야.' 비에 젖은 소희의 눈이 속삭였다. 생기에 넘치는 눈동자가 나를 향했다.

나는 웃었다. 하지만 소희는 웃지 않았다. 대신 진지하게 내 눈을 들여다보더니 깨지기 쉬운 것이라도 다루듯이 조심스레 이마에 입을 맞추었다. 그리고 내 가슴에 얼굴을 묻고 나를 두 팔로 감싸 안았다. 어린아이를 안듯이, 세상에서 가장 소중하고 사랑스러운 것을 보듬듯이.

그러다 소희는 무슨 생각이 들었는지 고개를 들고 몸을 떼었다. 허망하고 슬픈 표정이 떠올랐다. '바보같이, 이건 아무 의미도 없는 일이야.' 소희의 눈이 말했다. '이 사람은 나에 대해 아무 생각도 없어. 내 일방적인 마음일 뿐이라고.'

불현듯 내 마음을 이처럼 생생하게 알았던 적이 없다는 생각이 떠올랐다. 지금까지는…….

그때 계속되던 질문의 답이 홀연히 찾아왔다.

— 어째서 나지?

아.

아아…….

나를 위해서기도 했구나…….

그때 소희의 눈에서 슬픈 눈빛은 어느덧 사라지고 환한 웃음이 떠올랐다.

그건 내가 지금까지 소희의 얼굴에서 본 것 중에서 가장 마음에 드는 미소였다. 내가 그 미소의 의미를 전부 이해할 수 있었기 때문에.

노인과
소년

✦ 2009년 공동 단편집 《커피잔을 들고 재채기》(황금가지) 수록
2009년 거울 앤솔러지 《타로카드 22제》(거울) 수록
2009년 네이버 오늘의 문학 발표
2010년 개인 단편집 《진화신화》(행복한책읽기) 수록

하루의 일과가 끝났음을 알리는 종이 울렸다.

석양이 불타는 손길로 황금빛의 스테인드글라스를 애무하고 들어와 제단 아래에 감미롭게 드러눕는다. 소등기를 든 늙은 사제는 보석처럼 빛나는 바닥을 밟고 지나가 제단의 촛불을 정성스럽게 감아 끈다.

사제는 늘 천천히 걷는다. 땅을 디딜 때마다 발바닥 전체로 기도를 하는 듯하다. 뒤꿈치를 먼저 대고 발끝까지 서서히 내린 뒤, 마지막에는 머리를 조아리듯 발가락을 내려 발바닥 전체를 땅에 댄 다음 잠시 머문다. 그의 허리는 이미 의학적인 수준에서 몸을 지탱할 만한 힘을 갖고 있지 않다. 그가 지푸라기도 들기 어려운 몸으로 하루 열두 시간의 예식과 기도를 해낼 수 있는 까닭은, 그의 발걸음이 바치는 숭고한 기도가 매 걸음마다 신 아니면 그의 허리뼈를 감읍시키기 때문일 것이다.

늙은 사제는 느린 몸짓으로 제단으로 향한다. 제단 오른쪽 구석에는 낡은 의자가 하나 놓여 있다. 이 예배당 안에서 유일하게 초라한 것이다. 예배당을 지은 늙은 목공이 썼던 것이다. 목공은 천장 구석 벽에 마지막 옻칠을 하려고 이 의자 위에 올라섰다가 발을 헛디뎌 떨어졌고, 그때 허리를 다쳐 명을 달리했다고 한다. 누가 그리하라 한 적이 없건만 오랜 세월 이곳을 거쳐간 수사들 중 이 의자를 치운 사람이 없다. 누가 시킨 적도 없건만 가장 어린 수사가 매일 정성 들여 광을 낸다.

사제는 그 의자에 앉아 무거운 몸을 쉬었다. 긴 숨이 예복 위에 덮이다 뜨거운 한숨과 함께 가라앉는다.

때가 되었어.

그는 고통도 회한도 없이 그리 생각했다. 저녁 해처럼, 겨울나무처럼.

사제는 처음 이 예배당에 들어왔던 어린 날을 떠올렸다. 그날 그는 이 낡은 의자에 앉은 노인을 보았다. 의자를 둘러싼 두 개의 높은 은색 기둥이 마치 그가 살아온 인생의 무게처럼 솟아 있었다. 아무런 논리도 설명도 없이, 그는 노인의 환영이 미래의 자신이며, 자신이 언젠가 그 의자에 앉아 죽게 될 줄을 알았다. 어린 시절에는 명절 선물이라도 기다리는 마음으로 그날을 기대했고, 조금 나이가 들어서는 두려워했으며, 더 나이가 들어서는 예정된 한 걸음으로 받아들였다.

문이 열리며 작은 소년이 예배당 안에 발을 들여놓았다. 맨발로 타닥타닥 바닥을 밟는 소리가 휘파람처럼 경쾌하다. 소년은 수사들이 입는 갈색 로브를 걸치고 있었는데, 가장 작은 것도 몸에 맞지 않아 마치 이불을 감고 다니는 듯했다. 눈보라가 몹시 불던 날 어느 가난한 여인이 문가에 두고 간 젖먹이로, 바깥세상을 모르고 수도원 울타리 안에서만 자라났다. 소년은 아침부터 저녁까지 다른 어른들과 마찬가지로 쉼 없이 일했다. 오늘도 하루 일과를 마치고 제단의 꽃을 갈아주러 뜰에 핀 안개꽃을 작은 팔에 한아름 안고 들어오는 길이었다.

소년은 의자에 앉은 사제를 보고 깜짝 놀랐다. 사제가 한 번도 예배당 안에서 그리 앉아 쉬는 모습을 본 적이 없었기 때문이었다.

소년은 뭔가 불길한 일이 일어났음을 예감했고, 안개꽃을 바닥에 모두 흘리며 달려와 사제의 손에 입을 맞추고 무릎에 얼굴을 묻었다. 소년이 지나온 길이 흰 꽃으로 축복처럼 반짝였다. 사제는 소년의 곱슬머리를 다정하게 쓰다듬었고, 자신의 마지막을 지켜봐줄 사람이 다른 누구도 아닌 이 작은 소년이라는 것에 무한한 행복감을 느꼈다.

"필요한 것이 있다면 말씀하십시오, 스승님."

소년의 말에 사제는 고개를 저었다.

"늙은이에게는 이제 필요한 것이 없단다. 하지만 네가 종종 혼자 생각에 잠기는 모습을 내 늘 보아왔으니, 오늘 답을 구할 것이 있다면 말해보거라."

소년은 무릎을 꿇고 고개를 숙이며 손을 모았다. 그리고 이야기를 시작했다.

✳

제가 이 예배당에서 깜박 잠이 들었던 날이었습니다. 아, 스승님, 게으름을 피웠다고 나무라지 말아주십시오. 신의 자비심과도 같은 따스한 햇볕이 다정하게 제 이마를 쓰다듬고, 자장가 같은 새소리가 천국의 노래처럼 귓가에 속삭이던 날이었습니다. 신께서도 아마 그런 날에는 자신이 만든 세상을 즐기며 일을 쉬고 잠시 오수를 즐기실 것입니다.

그때 문이 열리며 한 사내가 기운차게 예배당 안에 발을 들여놓았습니다. 구둣발로 뚜벅뚜벅 걷는 소리에 예배당이 쩌렁쩌렁 울리고, 천장에 늘어진 전등마저 잠이 깨어 술렁이는 듯했습니다. 구릿빛 근육의 건장한 청년이었습니다. 눈은 생기로 빛나고 두려움 없는 얼굴은 활기로 넘쳤습니다. 막 길바닥에서 싸움이라도 대판 붙은 듯, 몸은 온통 진흙과 피와 땀으로 지저분했습니다.

"고해를 하러 왔습니다."

청년은 텅 빈 예배당이 쩌렁쩌렁 울리는 목소리로 말했습니다. 그는 제 앞에 다리를 크게 꼬며 털썩 앉았습니다. 어째서 그가 아직 어린 저를 사제로 착각했는지는 모르겠습니다. 아마 제가 두건을 뒤집어쓰고 옷을 길게 늘어뜨리고 있어 착각한 모양이었습니다.

"농담입니다."

그는 누가 듣는 사람도 없건만 허리를 젖히며 파안대소했습니다.

"저는 고백할 죄가 없습니다. 지은 죄가 없습니다."

청년의 미소는 태양처럼 환하게 빛났습니다.

"지금 저는 막 사람을 죽이고 왔습니다."

그는 허리에 찬 칼을 뽑아 들었습니다. 칼날에는 아직 채 마르지 않은 피가 묻어 있었습니다. 그는 한 점의 흔들림도 없는 목소리로 말했습니다.

"하지만 이것은 죄가 아닙니다. 저는 그를 죽인 것에 한 점의 양심의 가책도 없습니다. 그는 오랫동안 가엾은 여인과 아이들을 불행하게 했고, 그가 살아 있는 한 그의 가족은 고통에서 벗어날 수 없었을 것입니다. 저는 그에게 결투를 신청했고 정당하게 목숨을 가져갔습니다.

저는 일생 수없이 많은 사람을 죽였습니다. 하지만 그 어떤 살인도 후회하지 않습니다. 거짓말을 하고 사기를 쳤습니다. 하지만 부당하게 이득을 취한 자로부터 가진 것을 빼앗아 정당한 주인에게 돌려주기 위해 한 일입니다. 수없이 많은 여자와 잠을 잤습니다. 그중에는 유부녀도 있었고 처녀도 있었지만 강제로 취한 적은 한 번도 없습니다. 비록 영원한 사랑의 맹세는 하지 않았으나 언제나 진심이었으며 그 순간만큼은 진실로 사랑했습니다. 제 많은 사랑 중 후회하는 것은 없습니다. 그러니 저는 죄인이 아니며 고백할 죄도 없습니다. 후회하지도 않으며 일생 참회하지도 않을 것입니다."

그의 말을 듣는 동안 저는 흥분이 몸 안에서 솟구치는 것을 느꼈고, 그의 눈부신 빛을 따라 이 예배당을 떠나 함께 자유롭게 세상을 뛰어다니고 싶은 충동마저 느꼈습니다.

그때 태양처럼 빛나던 청년은 사라지고 이번에는 다른 사내가 들어왔습니다. 아까의 청년과 쌍둥이처럼 똑같이 생긴 사람이었습니다. 하지만 그의 발걸음은 마치 지옥의 늪에 푹푹 빠지는 것처럼 느릿느릿했고, 등은 원령이라도 업은 듯 구부정했으며 눈에는 짙은 어둠이 잠겨 있었습니다. 숨을 내쉴 때마다 피 냄새가 났습니다. 그가 가까이 올 때마다 석상들마저 두려워 몸을 사리는 듯했고, 촛불조차도 빛을 잃는 듯했습니다. 그가 뿜어내는 죽음의 기운이 어찌나 몸서리치게 한기가 서리는지, 저는 제 두 팔을 껴안고 덜덜 떨며 몸을 웅크려야 했습니다.

"고해를 하러 왔습니다."

그는 음습한 목소리로 말하며 제 앞에 앉았습니다.

"농담입니다."

그가 키득키득 웃으며 말했습니다.

"저는 고백할 죄가 없습니다. 지은 죄가 없습니다."

그는 앞서의 청년이 했던 말과 똑같은 말을 제게 했습니다. 그가 말하는 동안 저는 두려움에 떨었고, 더욱더 몸을 웅크렸고, 다시는 저 무시무시한 세상에 대한 동경을 갖지 않을 마음을 먹었습니다.

그때 저는 문득 뒤를 돌아보았습니다. 제 뒤의 제단에는 금관을 쓴 대사제께서 앉아 계셨습니다. 그분은 붉은 비단옷을 입고 황금빛 술을 걸친 차림이었고, 손에는 황금 홀을 들고 계셨습니다. 하지만 얼굴에는 고집과 아집이 뭉쳐 있었고 주름마다 고뇌와 고통이 가득했습니다. 귀는 틀어막혔고 눈에는 한 점의 자비심도 사랑도 없었습니다. 대사제께서는 태양처럼 빛나는 청년에게 호통을 치며 그의 죄를 낱낱이 언급했습니다. 그때 저는 이 무덤과도 같고 감옥과도 같은 수도원을 뛰쳐나가고 싶은 충동에 휩싸였습니다.

돌연 대사제께서 계시던 자리에 스승님께서 나타나셨습니다. 스승님께서는 지금처럼 평온한 얼굴로 등을 굽히고 조용히 쉬고 계셨습니다. 스승님께서는 피 냄새를 풍기는 사내에게 차분한 목소리로 가르침을 주셨습니다. 스승님의 얼굴을 접한 순간 모든 두려움과 고통이 사라졌습니다. 저는 신의 축복이 가득한 수도원으로부터 도망치려고 했던 저 자신에게 부끄러움을 느꼈고, 영원히 스승님의 평온하고 따뜻한 품 안에서 순종하며 살아가고 싶다고 생각했습니다. 그때 잠에서 깨었습니다.

그리고 저는 오랫동안 그 네 사람에 대해 생각했습니다. 같은 말을 하고 같은 행동을 하며, 같은 방식으로 살아온 두 사람이 어째서 전혀 다른 지점에 서 있는지, 한편으로 같은 수행을 하고 같은 방식으로 살아온 두 사제님께서 어째서 전혀 다른 모습을 하고 계신지 알 수가 없었습니다. 이 꿈은 오랫동안 저를 괴롭혀왔습니다.

✳

이야기를 다 들은 노사제는 입을 열었다.

"그 의미는 다음과 같다. 네가 마음에 거스르지 않는 싸움을 하였으면 이는 용기 있는 행동이며 그러지 않았으면 사람의 목숨을 가벼이 여긴 죄를 지은 것이다. 내가 마음에 거스르지 않고 신을 섬겼으면 이는 고귀한 일이며 그러지 않았으면 세상을 기만한 죄를 지은 것이다. 네가 마음을 다하여 여자를 안았다면 이는 생의 큰 기쁨을 행한 것이며 그러지 않았으면 사람의 마음을 농락한 죄를 범한 것이다. 내가 마음을 따라 금욕을 하였으면 이는 존경할 만한 일이며 그러지 않았으면 생명의 순환을 거스르는 죄를 지은 것이다.

그러므로 처음 나타난 젊은이는 설사 세상이 비난할 만한 인생을 살았다 할지라도 진실한 마음에 따라 살았으므로 신에게 바친 자의 인생과 다른 면의 고귀함을 갖고 있다. 세 번째에 나타난 대사제는 비록 남에게 존경받는 삶을 살았다 해도 마음에 따라 한 일이 아니었으니 헛된 고행으로 삶의 기쁨을 저버린 것이다."

이야기를 하던 중에 사제의 눈에는 차츰 광채가 일었고 곱사등이처럼 굽었던 등이 곧게 펴졌다. 꺼져가듯 내뱉던 숨이 고르고 차분하게 가라앉았다. 오늘 연단에 서서 신의 말씀을 전하던 그때처럼 무한한 힘이 몸속으로 폭포처럼 흘러들었다.

답을 들은 소년의 얼굴이 환하게 빛났다.

소년의 어깨에 얹혀 있던 무지와 순수가 벗겨지고 대신 창에 스며드는 붉은 햇빛처럼 활기찬 힘이 들어섰다. 소년은 넘쳐나는 기운을 주체하지 못하고 몸을 일으켰다가 다시 마음을 가다듬고 무릎을 꿇었다. 이불처럼 늘어졌던 옷이 어쩐지 조금 줄어든 듯했다. 그는 사제의 손에 입을 맞추고 다시 입을 열었다. 이전과는 달리 굵고 강하며 씩씩한 목소리였다.

＊

제가 엊저녁에 예배당을 청소하다가 피곤에 지쳐 잠이 들었을 때였습니다. 아, 스승님. 부디 제 게으름을 책망하지 마십시오. 한 노수사께서 전날 난산(難産)의 새끼 양을 받아내신 후 몹시 피곤하시어 늦잠을 주무신 바람에, 제가 차마 깨우지 못하고 종일 그분의 일을 대신 맡아 했답니다. 제 몸이 아직 작고 어려 고된 일을 감당하지 못하였으니 날이 저물 무렵이 되자 그만 지쳐 잠이 들고 말았답니다.

닫힌 창틈으로 덜컥거리며 바람이 스미는 춥고 어둑어둑한 저녁이었습니다. 양 떼들도 모두 집으로 돌아가고, 성실한 농부들도 쟁기를 들여놓고 집으로 돌아가 따뜻한 벽난로 앞에서 가족과 식사를 나누고, 존경하는 수사님들도 저녁기도를 마치고 방으로 돌아가실 시간이었습니다.

예배당 문이 열리며 한 늙은 왕이 안으로 들어섰습니다. 그는 화려한 보석이 박힌 왕관과 사자 문양의 금빛 수를 놓은 붉고 화려한 망토를 두르고, 빛나는 홀을 손에 들고 있었습니다. 생의 마지막에 이른 그의 얼굴은 풍요와 충만으로 넘쳤으며, 태산도 들어다 옮길 것 같은 힘과 열정이 느껴졌습니다. 화려한 예배당마저 그의 앞에서는 빛을 잃는 듯했고, 왕관에 박힌 보석조차도 그 빛나는 안광에 비하면 초라하기 그지없었습니다. 그는 예배당을 성큼성큼 걸어와 제 앞에 앉았습니다.

"종부성사를 받으러 왔습니다."

그도 저를 스승님으로 잘못 본 모양이었습니다. 저는 제 모습을 들키지 않도록 두건을 쓰고 옷 안으로 숨었습니다. 그는 자신이 살아온 날들을 제게 이야기했습니다.

과거에 그는 어린 목동이었고 산 어귀에서 양을 치며 살았습니다. 그는 동쪽 산에서 해가 떠서 서쪽 산으로 지는 것을 매일 지켜보며 언젠가 그 너머의 세상을 보리라 다짐했습니다. 그러던 어느 날 전쟁터로 향하는 기사의 무리가 산 아래를 지나갔고, 그는 기르던 양을 모두 들에 풀어놓고는 무작정 무리를 따라갔습니다.

수많은 전장을 거치는 동안 그는 한 노기사의 시동이 될 수 있었고, 이후에는 양자가 되어 작위를 이어받았습니다. 그는 열정적이었고 하루도 쉬지 않았습니다. 낮에는 몸을 단련하고 밤에는 글을 읽었습니다. 전장에 나가서는 물러서는 법이 없었으며 가장 위험한 최전선에서 동료들을 독려했습니다. 결국 그는 기사들 사이에서 추대받아 작은 영지의 왕이 될 수 있었습니다.

그의 열정은 거기에서 멈추지 않았습니다. 그는 성곽에 올라 더 먼 산을 바라보았고 그 산 너머로 가기를 원했습니다. 그는 군대를 이끌고 주변 국가를 정복하기 시작했습니다. 왕국은 대륙의 동쪽 끝에서 서쪽 끝까지 이르렀고 사람들이 그의 왕국을 일컬어 해가 지지 않는 나라라 불렀습니다.

그러나 그는 아직 멈추지 않을 것이라 했습니다. 죽는 날까지 다음 산을 향하여 내달릴 것이고, 언젠가 먼 나라 어딘가에서 죽게 되리라 했습니다. 그리하여 마지막 원정을 떠나기 전에 자신의 왕국에서 미리 종부성사를 받기 위하여 저를 찾아온 것입니다.

그의 이야기를 듣는 동안 제 피는 뜨거워졌고, 아득히 먼 산으로부터 진군의 나팔소리가 들려왔습니다. 제가 야망도 꿈도 없이 젊음을 낭비하는 것을 질책하는 듯했습니다.

막 자리에서 일어나려던 순간 저는 잠에서 깨어났습니다. 창문이 덜컥거리다 툭 떨어져 나가고, 음산한 바람이 예배당 안으로 스멀스멀 기어 들어왔습니다. 문이 열리고 다시 늙은 왕이 발을 들여놓았습니다. 조금 전의 왕과 쌍둥이처럼 꼭 닮은 왕이었습니다.

그러나 그의 얼굴에는 사신이 씌어 있었습니다. 눈에는 광기가 어려 있었고 등에는 그가 죽인 어린 병사들과 목을 벤 왕들의 원령이 무겁게 얹혀 있었습니다. 숨을 내쉴 때마다 뼈를 베는 듯한 고통이 느껴졌습니다. 저는 그가 자신의 목표를 찾아 달리는 동안 한순간도 행복한 적이 없었으며, 영광이 빛날수록 더 깊고 어두운 허무의 늪에 빠져들었음을 알 수 있었습니다. 그는 거대한 왕국을 얻었으나 한 몸 편히 쉴 자리도 없으며 누울 한 뼘의 땅도 없습니다. 그의 영혼은 안식을 찾을 수 없으며 어느 전장에서 까마귀밥이 되는 것이 그의 운명일 것입니다.

"종부성사를 받으러 왔습니다."

왕이 이야기를 시작했을 때, 저는 그에 대한 연민과 동정심으로 울고 싶었습니다. 어째서 그 어린 목동이 평화로운 자신의 뜰을 떠나 피와 죽음과 권모술수가 난무하는 잔인한 세상으로 뛰어들었는지 알 수가 없었습니다.

그때 뒷문으로 한 노인이 지팡이를 짚고 걸어 들어왔습니다. 그도 죽음에 이르러 있었습니다. 반쯤 벌거숭이였고 여기저기 기운 걸레 같은 옷을 허리에 걸치고 있었습니다. 맨발이었고 발에는 곰팡이가 피어 있었습니다. 전신에 난 생채기에서는 고름이 흘렀습니다. 눈은 이미 멀었고 귀도 어두운 듯했습니다. 그가 가진 유일한 물건일 작은 나무그릇에는 어느 동정심 많은 사람이 넣어놓은 듯한 빵이 한 조각 담겨 있었는데, 노인은 그 빵의 존재를 알지 못했고 새들이 날아와 훔쳐 먹고 있었습니다. 얼굴에는 한 점의 희망도 삶의 의지도 보이지 않았습니다.

늙은 왕이 보석이 박힌 반지를 낀 손가락을 들어 그를 가리켰습니다.

"저자의 인생에 어떤 의미가 있는지 말해주시오."

그의 손가락이 마치 창처럼 노인을 찌르는 것 같았습니다.

"나는 저 노인을 알고 있소. 내가 목동이었던 시절에 내 이웃에 살았던 남자요. 그의 일생은 게으름으로 일관되어 있었소. 밥이 있으면 먹었고 없으면 굶고, 지붕이 있으면 그 아래에서 자고 없으면 길거리에서 잤소. 물려받은 재산은 탕진했고 남은 것은 친구들에게 빼앗겼소. 이제 구걸한 음식마저 새들에게 빼앗기고 있소.

그는 일생 누구도 사랑하지 않았으며 사랑받지 못했소. 무엇을 해보려는 생각도 하지 않았으며 누구에게든 이득도 해도 준 적이 없소. 이제 그는 곧 아무것도 이루지 못하고 죽을 것이오. 신께서는 이런 자에게 왜 귀한 생명을 주셨으며 그의 일신을 먹이기 위하여 아까운 짐승의 생명을 낭비하게 하였는가. 태어나지 않았다면 오히려 좋을 사람이 아닌가."

제가 고통에 빠져 노인을 지켜보는데, 갑자기 꿈에서 깨어난 듯 주위의 풍경이 바뀌더니 다른 노인이 뒷문으로 들어왔습니다. 앞서 들어온 노인과 쌍둥이처럼 똑같이 생긴 노인이었습니다.

그러나 그의 얼굴은 평온함으로 가득했으며 삶의 기쁨으로 충만해 있었습니다. 바라는 것이 없었으므로 자신의 남루한 차림새를 부끄러워하지 않았고, 이미 모든 욕망에서 벗어나 있었기 때문에 구걸하여 얻은 빵조차도 새들에게 나누어주면서도 마음은 행복으로 풍요로웠습니다. 새들은 마치 친구를 맞이하듯이 그의 어깨와 머리에 두려움 없이 앉았습니다. 그의 눈은 멀었지만 마음의 눈은 밝게 빛났고, 귀가 멀었지만 이미 모든 것을 들을 줄 알았습니다.

저는 그가 아무것도 하지 않는 것으로 모든 것을 했다는 것을 알았고, 마음을 두지 않는 것으로 모든 것을 사랑했다는 것을 알았습니다. 그는 나무처럼 살았고 자연처럼 살았습니다. 이제 그는 신의 축복 속에 흙으로 돌아갈 것입니다. 저는 늙은 왕을 떠나 그에게 걸어갔습니다. 그를 스승으로 섬기겠다고 말하기 위해서 였습니다.

그때 저는 잠에서 깨었습니다. 그리고 오랫동안 그 네 사람에 대해 생각했습니다. 같은 인생을 살아온 두 왕이 어째서 전혀 다른 위치에 서 있는지, 같은 인생을 살아온 노인이 어째서 전혀 다른 지점에 도달했는지 이해할 수가 없었습니다.

✳

"너는 이제 그 답을 안다."
사제는 소년의 머리를 쓰다듬으며 말했다.
"허락하신다면 제가 답하겠습니다."
소년은 고개를 숙이며 부끄러운 듯 대답했다. 노인이 수긍의 눈빛을 보내었다.
"처음에 나타난 왕은 그의 마음을 충실히 따라 살았으므로 영 광스러운 자리에 도달했습니다. 그는 용기 있는 전사이며 또한 위대한 왕이며, 그의 일생이 타인의 귀감이 될 것입니다. 그러나 두 번째 나타난 왕은 자신의 진실한 마음을 보지 못하고 자신의 것이 아닌 욕망을 따라 살았으니 남이 부러워하는 모든 것을 얻 었으면서도 아무것도 얻지 못했습니다.
처음에 나타난 노인은 자신의 마음에 의하여 살지 않았으므로 게으른 거지에 불과하나, 두 번째 노인은 자신의 의지로 안빈낙 도의 삶을 택했으니 성인의 경지에 이르렀습니다. 높은 자리에 서는 것과 낮은 자리에 서는 것에 모두 다른 가치의 성스러움이 있습니다."

사제의 얼굴에 환한 웃음이 떠올랐다. 그는 이제 건강을 되찾은 듯 보였다. 의자에 기대 누운 몸을 일으키고 젊은 날처럼 굳건히 두 발로 땅을 딛고 섰다. 허리는 곧게 섰고 얼굴에서는 활기가 넘쳤다. 주름은 사라지고 하얗게 센 머리는 검게 물들었다. 사제는 소년의 어깨를 껴안으며 그를 축복했다.

소년의 얼굴에는 평온함이 깃들었다. 입가에는 나이답지 않은 미소가 감돌고 지나오지 않은 세월이 얼굴에 쌓였다. 기뻐하는 사제와는 대조적으로 바다와도 같은 고요가 그를 둘러싸기 시작했다. 소년은 깊은 생각에 잠겨 눈을 감았다. 작은 몸은 부쩍 커 보였고 수사복은 이제 몸에 꼭 맞는 듯이 보였다.

사제는 생각에 잠긴 소년을 방해하지 않기 위해 발소리를 죽여 일어났다. 그리고 그를 일으켜 세워 자신이 조금 전까지 앉아 있던 의자에 앉혔다. 의자에 앉은 소년의 눈은 천상의 세계를 응시하는 듯 황금빛으로 빛났다. 사제는 소년의 발 앞에 꿇어앉아 그 무릎에 얼굴을 묻은 채 기도를 시작했다.

한참 뒤에야 꿈에서 깨어난 듯 소년이 눈을 뜨고 사제를 보았다. 소년은 자신의 발아래에 무릎을 꿇은 스승을 보고서도 당황하지 않았다. 일어날 생각도 사제를 일으켜 세울 생각도 하지 않았다.

"제가 어린 시절에 이와 같은 풍경을 보았습니다."

"말씀하십시오."

사제는 마치 스승에게 하듯이 정중히 고개를 숙이며 순종의 마음을 담아 말했다. 소년은 꿈을 꾸듯이 주위를 둘러보며 말했다.

"제가 예배당에 들어오는 것이 처음 허락된 날이었습니다. 문을 열고 들어온 저는 이 낡은 의자에 앉은 노인을 보았습니다. 의자를 둘러싼 두 개의 높은 은색 기둥이 마치 그가 살아온 인생의 무게처럼 솟아 있었습니다. 그의 얼굴은 요람에 누운 아기처럼 평온했으며 아무런 근심도 걱정도 없어 보였습니다. 머지않은 자신의 죽음을 즐거운 발걸음처럼 받아들이고 있었습니다.

저는 처음에 그 노인이 스승님이라고 생각했습니다. 그러나 시간이 지난 뒤에야 그것이 제 미래의 모습이며, 제 죽음의 풍경이며, 언젠가 제가 이 의자에 앉아 죽게 될 것을 알았습니다. 이후로 늘 이 의자를 지켜보며, 제가 생명을 다하는 날에 그 노인과 같이 아기처럼 죽어 가기를 기도했습니다."

사제는 몸을 일으키고 소년의 이마에 입을 맞추었다. 어린아이처럼 작아진 사제는 까치발을 들어야 했고 넓은 어깨와 등을 갖게 된 소년도 몸을 조금 구부려야 했다. 사제는 깊은 주름이 팬 소년의 이마를 작은 손가락으로 어루만지며 하얗게 센 소년의 머리를 쓰다듬었다.

사제는 소년이 바닥에 흩어 놓은 안개꽃을 하나하나 주워 작은 팔에 한껏 안고, 소년 대신 제단의 꽃병을 장식했다. 그러고는 두 송이를 뽑아 들어 한 송이는 소년의 무릎 위에, 한 송이는 자신이 가졌다. 사제는 길게 늘어지는 수사복을 양손으로 치맛자락처럼 붙잡고 맨발로 예배당을 휘파람처럼 달려나갔다. 황금빛 머리카락이 저녁노을에 타는 듯하고 붉은 뺨은 순수한 기쁨으로 빛났다.

의자에 앉은 소년은 사제가 나가는 것을 지켜보며 평온하고 느린 숨을 내쉬었다. 그는 긴 세월을 살아온 노인처럼 구부정한 등을 의자에 기대며 다시금 깊은 생각에 잠겼다.

몽중몽

◆ 2006년 환상문학웹진 〈거울〉 발표

2006년 거울 연간 단편선 《2006 거울 중단편선》(거울) 수록

2008년 《한국환상문학단편선》(황금가지) 수록

2010년 개인 단편집 《진화신화》(행복한책읽기) 수록

꿈 하나

어제 나는 죽었다.

나는 어제 죽었고 오늘 다시 태어나 살아간다.

꿈 둘

부엌에 있는 그를 보았을 때 오늘은 그를 '형'이라고 불러야겠
다고 생각했다. 그도 남자였고 나도 남자였고, 둘 다 인간이었고,
어쨌든 명일(明日)은 나보다 나이가 많았으니까. 그는 평온함, 상
쾌함, 아침나절의 고요함 따위로 둘러싸여 있었다. 귀여운 태양
그림이 수놓아진 앞치마를 두른 모습이었다. 형이 밝게 인사했다.

"잘 잤어?"

형이 물었다. 나는 고개를 저었다. 내가 식탁에 앉자 형은 흥
겨운 몸짓으로 주전자를 들고 와서 찻잔에 차를 탔다. 잔에 차가

채워지는 동안 영원과도 같은 시간이 흘렀다. 내가 밤새 영원과 같은 꿈을 꾸듯이.

"또 잠을 설쳤어?"

형이 물었다.

"늘 그렇지 뭐."

"괜찮아. 애들은 다 악몽을 꾸니까."

"애 취급하지 마."

"어제도 커피 마시고 잤지? 잠하고는 싸우는 거 아냐. 그러다 몸 상한다."

나는 뭐라고 저항하고 싶었지만 하품이 나는 바람에 아무 말도 못 하고 말았다.

"좀 더 자는 게 어때?"

"싫어."

나는 투정을 부리고는 불만스럽게 식탁에 엎어졌다.

"왜 매일 자야 하지?"

"애들은 다 자려고 하지 않지."

형은 웃었다.

"아침에는 일어나려고 하지 않고. 자려고 하지 않으니 깨어나기도 힘든 거야."

나는 입을 뾰로통하게 내밀고 뜨거운 차를 단숨에 들이켰다. 그러다가 혀를 데는 바람에 한참 입을 붙잡고 버둥거려야 했다.

"혹시 어제 내 꿈 꿨어?"

형이 물었다.

"왜 내가 형 꿈을 꿔야 하는데?"

그러자 형이 웃었다.

"역시 넌 아직 어리구나."

"어린 거랑 형 꿈이랑 무슨 상관이야?"

형은 생각에 잠길 뿐 답하지 않았다.

나는 자는 것에 완전히 지쳐 있었다. 친구들에게 그런 말을 하면 다들 머리가 어떻게 된 게 아니냐고 했다. 자는 것만큼 즐거운 일이 어디 있겠냐고. 대화는 자연스럽게 흘러가 모두 자기가 꾼 재미있는 꿈 이야기를 하기 시작했다. 그렇게 바보 같은 꿈이 또 어디 있겠냐며. 저마다 누가 더 바보 같은 꿈을 꾸었는지 이야기하며 낄낄거렸다. 하지만 나는 웃을 수가 없었다. 그 아픔을, 그 무의미함을 다 기억하기에.

꿈 셋

약국은 손님들로 북적였다. 대기의자에서는 열꽃이 핀 아이가 예쁜 엄마의 무릎에 누워 장난감 활을 갖고 놀고 있었다. 뚱한 얼굴로 선 아이의 아버지는 아이는 안중에도 없이 자물쇠 비슷한 것을 만드는 데 정신이 팔려 있었다. 옆에 앉은 손님들이 그 아이가 활로 쏘는 시늉을 할 때마다 웃거나 화를 내거나 했다. 약사가 내 번호를 불렀다.

명일은 복잡한 수학 문제지라도 들여다보는 얼굴로 나를 마주 보았다.

"혹시나 내가 가난에 찌들어 사망할까 봐 적선할 마음을 먹었다면,"

명일이 말했다.

"복잡하게 약을 달라고 하지 말고 그냥 돈을 주게, 친구."

나는 대꾸하지 않았다. 다른 뜻이 있어서가 아니라 그저 기운이 없었다.

"두통약, 진통제, 아스피린, 각성제, 비타민, 소화제, 각기 두병씩. 자넨 저번에도 이만큼 사 갔어. 이걸 다 뭐에 쓰는 거야? 소꿉놀이라도 하나?"

"그냥, 아파서."

나는 무감각하게 대꾸했다. 명일이 물었다.

"정확히 어디가?"

"온몸이 다 아파."

명일은 금색 태양이 수놓아진 도포자락을 뒤로 젖히고 버선발로 방석을 툭툭 몇 번 쳤다. 옆방에는 눈에서 피를 뚝뚝 흘리는 한 남자가 머리에는 왕관을 쓰고, 손에는 지팡이를 짚고 딸로 보이는 여자의 부축을 받으며 누워 있었다. 이상한 풍경이었다.

"여몽(如夢)*."

명일은 내 얼굴을 진지하게 들여다보며 말했다.

"잠을 안 잔 지 얼마나 됐지?"

"이틀."

나는 거짓말을 했다. 그리고 명일의 얼굴을 한 번 본 뒤 고쳐 말했다.

"사흘."

여전히 거짓말이었다. 명일은 어이없다는 듯이 웃었다.

"자. 솔직하게 털어놔봐, 친구. 대체 뭘 하는 거지? 자네 아버지에게 시위 중인가? 깨달음을 얻기 위한 고행이라도 시작했나? 아

* '꿈과 같다'는 뜻

394

니면 철야기도? 혹 아름다운 여인께서 마음을 받아주지 않는가?"

"거창한 이유는 없어."

나는 대답했다.

"자고 싶지 않을 뿐이야."

"아직도 악몽을 꿔?"

"그걸 악몽이라고 불러야 할지 어떨지 모르겠어. 단지 꿈이 너무 무거워. 감당할 수가 없어."

명일은 지루한 TV쇼라도 보는 것처럼 나를 쳐다보았다. 이런 놈들을 내가 요새 이틀에 한 번꼴로 본다는 얼굴로.

"그저께는 물에 빠졌지."

"어떻게 알아?"

"어제는 옥상에서 떨어졌고."

"어떻게 알지?"

"왜 죽었는지 기억나?"

"모르겠어. 아무튼 언제나 죽는 것으로 끝나. 게다가 점점 생생해지고 있어."

어제 꿈에도 그가 등장했다. 그는 어린 소년이었고 나도 어렸다. 그는 영원과도 같은 몸짓으로 내 찻잔에 차를 따랐다. 그의 표정은 부드러웠고 온화한 시선이 찻잔에 내려앉아 있었다. 나는 차향을 기억했고 달콤한 맛을 기억했다. 꿈에서 나는 그것이 현실이라 믿어 의심치 않았다. 내 죽음 또한 진실한 죽음이라고 믿어 의심치 않았다. 논리적으로 이어지지 않는다는 것을 제외하면 현실과 아무 차이가 없다.

"죽음과 잠은 얼굴이 같지. 이상한 일도 아니야. 둘은 쌍둥이 형제니까. 잠은 매일 밤 찾아와 사람들을 죽음에 훈련시키지. 자면서 진짜 죽음을 연습하도록. 쌍둥이 형의 맨얼굴에 익숙해지도록 말이지. 여몽, 잠과 싸우는 것만큼 어리석은 짓은 없어. 잠은 자네 아버지잖아. 죽음을 미루는 법이 있다는 말은 들었어도 잠을 미루는 법이 있다는 소리는 못 들어봤어. 천신께서도 잠에 대항해 싸우진 않아. 티린스 출신의 저 우악스러운 사냥꾼께서 멱살을 잡아 패대기를 친 것도 죽음이었지 잠은 아니었어."

한참 떠들던 명일은 나를 힐끗 보았다.

"왜 그래?"

나는 창밖을 보았다. 날개 장식이 달린 모자와 신발을 신은 우체부가 자전거를 타고 찌르릉거리며 거리를 지나고 있었다.

"그냥, 어느 쪽이 꿈인지 헷갈려서 그래."

명일은 황금처럼 빛나는 눈으로 나를 측은하게 보았다.

"가서 눈 좀 붙여."

"넌 나보다 아는 게 많지?"

"상대적인 문제지."

"꿈에 무슨 의미가 있지?"

"철학적인 문제에 봉착했군."

명일은 웃었다. 그가 웃을 때마다 그의 도포자락에 붙어 있는 금색 반짝이가 현란한 빛을 뿌렸다.

"수많은 현인들이 그 문제에 관해 고민했지만 아무도 그럴듯한 답을 주지 못했지. 꿈은 무의식의 발현일까? 아니면 자는 동안 무작위적으로 발산하는 무의미한 자극의 조합일까? 아니면 옛 사람들이 믿었던 대로 다른 세계와의 통로일까? 혼수상태에서 영계(靈界)를 엿보는 것일까? 하지만 그것이 영혼과의 통로이든, 무작위적인 자극의 결과이든, 그런 것이 '존재해야 할' 이유는 뭘까?

꿈을 꾸지 않는다고 무슨 차이가 있지?"

명일은 계속 말했다.

"꿈속의 자아는 자아이되 자아가 아니야. 인격과 가치관과 기억과 지식이 완전히 다른 존재요, 현실의 자아와는 분리된 존재지. 그런 것을 '나'라고 기억한다는 것 자체가 불가사의한 일이야. 꿈속의 자네는 현실의 자네라면 목에 칼이 들어와도 안 할 짓을 하고 다니겠지. '다른' 자신을 기억하는 것이 고통스러운가, 여몽?"

"넌 꿈속에서 그게 꿈이라는 것을 인식할 수 있나?"

"그럴 수 있다 해도 뭐가 달라지지?"

"모르겠어. 진실을 볼 수 있는 것?"

"뭐가 진실인데?"

명일은 웃었다.

"그냥 꿈일 뿐이야. 좀 더 즐겨보도록 해. 악몽처럼 보여도 잘 들여다보면 재미있는 게 많을 거야. 심각하게 생각하지 마."

집에 돌아와서 약을 먹자마자 잠이 거대한 산처럼, 검고 깊은 구멍처럼 나를 덮쳐 왔다. 그제야 무슨 약인지 물어보지 않았다는 생각이 났고 명일이 수면제를 주었다는 것을 알았다. 하지만 무슨 판단을 하기에 나는 너무 지쳐 있었다. 나는 눈을 감았다. **떴다.** 나는 그대로 잠이 들었다. **잠에서 깨었다.**

꿈 넷

으슬으슬한 바람이 코트 자락 속으로 유령처럼 들어왔다. 나는 머리가 깨질 듯한 고통을 느끼며 주위를 둘러보았다. 밤을 가르는 새벽차들이 바퀴를 긁는 소리가 멀리서 들렸다. 알아볼 수 없는 낙서가 쓰인 벽이 눈에 들어왔다. 벽이라고 생각한 것은 한강 다리였고 나는 다른 기둥에 기대 누워 있었다. 잠들지 않는 도시가 한강변 너머로 눈부셨다.

더 잘까 했지만 엉덩이가 너무 시렸다. 나는 몸에 묻은 흙과 잔디를 털고 살에 달라붙은 바지를 떼어내며 몸을 일으켰다. 서너 시쯤 되었을까. 한강변에 사람이 없는 걸 보니 그쯤 된 모양이었다.

내가 왜 여기서 잤더라. 술을 진탕 먹은 기억이 났다. 한강 다리를 걷노라니 배회하는 사람을 다섯 명쯤은 만났다. 검문도 두 번쯤 받았다. 이렇게 북적대는 곳에서 생을 마감하려면 얼마나 운이 좋아야 하는 걸까. 나는 뭘 해야 할지 몰라 일단 한 발 떼어놓기로 했다. 그다음에도 뭘 해야 할지 몰라 또 한 발을 더 떼었다. 한 걸음을 뗄 때마다 몸이 한강변 쪽으로 기울었다. 강에 수장된 유령들이 바짓가랑이를 잡고 당기는 기분이었다.

"게서 뭐하쇼?"

등 뒤에서 앳된 소리가 들렸다. 고독하게 죽을 낭만도 없는 도시야. 나는 대답 대신 한강만 내려다보았다. 물을 들여다보자니 말을 건 사람이 물에 비친 내 몸 위로 나타났다. 기타를 들고 너절한 옷을 걸친 놈이었다. 무심히 그의 눈을 보자 기묘한 기분이 들었다. 버스 정류장 근처에서 흘린 과자를 먹다가 날아간 비둘기 무리 중에, 얼핏 날개가 금빛인 한 마리를 본 것 같은 기분. 해수욕장에서 수영하는 소녀의 다리에 달린 작은 물갈퀴를 얼핏 목격한 것 같은 기분. 마치 이 세상에 존재하지 않는 것이 일상 속에 아무렇지도 않게 섞여 있는 것 같은.

"들여다보면 뭐가 보이쇼?"

"꺼져."

나는 짧게 대답했다. 녀석은 꺼지지 않았다.

"날이 춥소. 지저분한 물 들여다보지 말고 집에 가소. 아, 들여다보면 뭐 돈지갑이라도 건질 것 같아 그러시오?"

"꺼지라고 했어."

"왜 죽으려는 거요?"

나는 그만 벌떡 일어났다. 녀석은 반쯤 취한 얼굴로 나를 보았다. 아니, 취한 것은 내 쪽일까. 녀석은 흐릿하게 보였고 눈을 깜박일 때마다 이리 흔들리고 저리 흔들렸다.

"살 만한 세상이 아닌 건 인정하겠소."

"뭐야."

"건조하고, 삭막하고, 춥고, 잿빛이고, 우울과 무기력과 정신병이 지배하는 도시요. 일상은 썩어가고 잔혹한 생에는 바늘구멍만 한 탈출구도 없소. 병들지 않은 것도 없고 거리에 심미안이라고는 눈을 씻고 찾아봐도 없소. 이런 못생긴 도시는 일부러 만들기도 어렵겠소. 거리에는 바퀴 달린 괴상한 것들이 씽씽 달리고 있고, 하늘에는 철로 된 새가 날아다니는군. 뭐가 뭔지 도통 모르겠소."

이젠 내가 뭐가 뭔지 모를 차례였다. 내가 눈을 꿈벅거리자 놈이 말을 이었다.

"죽기 힘들 거요."

이건 또 무슨 소리람.

"뭐가 힘들다고?"

"내 수면제는 잘 들으니까. 이번에는 늙어 죽을 때까지 자야 할 거요. 죽으려 해도 온갖 우연이 섞여 살아나고 말 거요. 이번엔 무슨 짓을 해도 깨어나지 않는 약을 줬소. 그러니 포기하고 집에 가시오."

약이라니.

"약이라니."

"그런 게 있소."

청년의 눈빛에는 기이한 황금빛이 깃들어 있었다.

"내가 아직도 꿈을 꾸나?"

"깨달음을 얻으셨소."

장소가 달랐다면 칭찬으로 들릴 법도 한 말이었다.

"그렇소. 이 세계는 바로 당신이 꾸는 꿈이오. 하지만 그걸 깨닫는 게 그리 대단한 의미가 있는 것도 아니오. 이 세상이 꿈이라는 게 대체 무슨 설명이 되겠소? 꿈이 무엇인지 그 누구도 설명할 수 없다면."

나는 그만 피식 웃고 말았다.

"어디 계신 분인지 이름이라도 압시다. 이건 아주 특이한데. 미륵이오, 정도령이오?"

나는 무슨 종교인지 물었다. 그런데 그는 자기 이름을 묻는 줄 알았나 보다.

"해요."

해, 라니.

"해라니."

"아침이 되면 왜 뒷산에서 둥실둥실 올라오는 것 말이오."

해, 라니.

"그게 내 이름이오. 이름이자 나를 의미하는 것이오. 그 외에도 많은 이름이 있으나 그건 당신이 만든 언어가 조악한 탓이지 내 탓은 아니오."

"해랑 약이랑 기타는 다 무슨 관계야?"

"굳이 설명하지 않겠소. 내 꼴이 우스꽝스러워 보일지 모르겠지만 이 모습은 바로 당신이 만들어낸 거요. 당신이 상상한 모습이지. 나라는 인물의 상(像)이오. 그림자라고 할까. 내 실체와는 차이가 많소. 당신의 모습도 그렇지만."

"내가 뭘 만들었다고?"

"내 이 모습이 당신이 상상한 나란 말이오. 더 정확히 말하면 상의 하나요. 다른 하나는 저 하늘에서 빙글빙글 돌고 있으니까. 왜 나를 저런 모습으로 만들어놨는지는 나도 모르겠소만. 당신 속을 내가 다 어찌 알겠소. 아, 그렇다고 내가 당신의 상상의 산물이라는 말은 아니오. 나는 분명히 존재하오. 단지 당신의 상상이 내 모습을 치장할 뿐이오."

"왜 자꾸 날 아는 것처럼 말하지?"

"기억에 관해 논하자면 끝이 없소. 지금의 당신 역시 당신의 진짜 실체라고 하기에는 무리가 많으니까. 당신은 지금 이 꿈에서 있었던 일밖에는 기억하지 못하오. 당신의 인격과 가치관 또한 내가 아는 것과 많이 다르오."

이딴 말투를 2006년의 서울에서 들으려니 즐겁지는 않았다. 어디 청학동 같은 데서 탈출한 놈일지도 모르겠다 싶었다.

"그러니까, 네가 내 상상이라고?"

"일부 반영된 모습이라고 했잖소. 지금까지 뭘 들었소? 하긴, 당신이 만든 세상의 규칙을 내가 다 어찌 알고 설명하겠소? 나는 나 자신이지만 또한 당신이 만들었으니 한편으로 당신 자신을 비추는 거울이오. 이 온 세상이 그러하듯이."

"내가 온 세상을 만들었다고?"

"어떤 의미에선 그렇소."

아주 재미있게 미친놈이군. 놓아두고 떠나야 했지만 나는 심심한 김에 대꾸했다.

"이봐. 난 그렇게 똑똑하지 않아. 요새 TV에서 떠드는 줄긴지 잎인지 하는 말도 하나도 못 알아듣는다고."

"당신이 얼마나 많은 것을 아는지는 나도 가늠할 수 없소. 무한(無限)이 당신과 함께하오. 이 조그만 별의 크기로는 차마 잴 수도 없을 만큼. 물론 나도 마찬가지지만."

"이 세상을 내가 만들었으면 왜 내 마음대로 할 수 없는데?"

"꿈을 마음대로 할 수 있다면 누군들 좋은 꿈을 꾸려 들지 않을까."

녀석은 안타까운 듯 한숨을 푹 쉬었다. 뭐가 안타까운지 모를 일이었지만.

"하지만 꿈은 의지의 반영이 아니라 마음의 반영이오. 당신이 살아온 무한의 반영이지. 물질화된 언어라고 불러도 좋을 것 같소. 당신이 만든 상징을 다 이해하기에는 내 무한으로도 모자라오."

그는 말을 이었다.

"당신의 몸은 둥그런 원형물체 위에 붙어 있고, 그 물체는 초속 30킬로미터로 '나'를 회전하고 동시에 초속 220킬로미터로 은하를 회전하고 있소. 별과 별은 서로 맞물려 있고 질량은 에너지와 동일한 의미를 가지며 속도는 시간을 잡아먹소. 전자가 핵의 주위를 회전하며 전자의 숫자가 물질의 성질을 결정하고 존재는 불확정성의 원리에 지배받고 있소. 당신이 상상한 나는 반지름 70만 킬로미터와 표면온도 6천 도, 내부온도 1500만 도의 거대한 원형물체요. 당신이 상상한 내 동생은 반지름 1700킬로미터의 황량한 원형물체요. 솔직히 이런 괴상한 꿈은 듣도 보도 못했소."

꿈 다섯

내가 명일의 신당에 들어섰을 때 명일은 우아하게 포도주를 마시고 있었다. 여느 때처럼 머리에는 금관을 쓰고 금색 의자 위에 빛줄기처럼 흘러내리는 황금색 튜닉을 입고 앉아 있었다. 눈과 후광과 금발머리에서도 마찬가지로 눈부신 황금빛이 흘러나왔다. 녀석이 아끼는 어린 시동들이 주위에서 시중을 들고 있었다.

"잘 잤나?"

명일이 잔을 들어 보이며 유쾌하게 인사했다.

"대체 뭐하는 짓이지?"

"뭐가 뭐하는 짓이라는 건가?"

"누가 멋대로 남의 꿈에 들어오라고 했어?"

명일은 키득거리며 웃었다.

"자네는 오래전부터 내 꿈을 꾸었어. 자네가 알아보지 못했을 뿐이야. 내가 원해서 들어간 것도 아닐세. 멋대로 나를 자기 꿈에 불러놓고는 투정인가. 물론 내가 정말 원하지 않았다면 불려가지 않았겠지만."

명일은 다시 우아한 몸짓으로 포도주를 마셨다.

"그래, 이번의 나는 어떻던가? 마음에 들던가?"

"날 놀리려고 그런 모습으로 들어왔으면서 딴소리야."

"아, 정말 몇 번을 말해야 알겠나, 내 친구. 그건 내가 선택한 모습이 아니라니까. 그리고 자네 꿈에 들어갔을 때 내가 내 전당을 비우고 가는 것도 아니라네. 그건 내 실체의 하나의 그림자, 내 전인격의 한 조각에 불과하지. 자네와 내가 나눈 이야기도 어느 정도는 자네가 만든 세계의 규칙에 따라 한 것이었어. 내 의지로 말하고 싶어도 자네의 의지에 완전히 저항할 수는 없다네. 그세계에서는 운명의 물레를 자으시는 저 무서운 세 할머니들께서도 자네의 규칙에 굴복한다네. 어쨌든 자네 옆에 내가 늘 있다는 걸 자각했다는 것만으로도 기쁘네. 어른이 되어간다는 증거야. 포도주 좀 하겠나?"

나는 포기하고 그의 황금빛 탁자 앞에 앉았다. 금빛으로 빛나는 아이들이 황금색 냅킨을 내 무릎에 씌우고 황금색 잔을 내 앞에 놓았다. 등에 날개가 달린 귀여운 시동이 탁자 위로 날아올라 내 잔에 포도주를 부었다.

"자네는 꿈속에서도 그게 꿈인 걸 알더군."

내가 말했다.

"그런 편이지."

"어떻게 그럴 수 있지? 난 꿈을 다스릴 수가 없어. 마치 내가 꿈의 일부가 되어버리는 것 같아. 내가 어디서 생겨났는지, 꿈이 끝나면 어디로 갈지도 몰라."

명일은 빈 잔을 탁자에 내려놓고 손가락으로 튕겼다. 다시 시동이 날아와 잔에 포도주를 따랐다. 명일은 포도주가 잔에 채워지는 동안 손가락을 튕기며 술의 양에 따라 달라지는 소리로 짧은 음악을 연주했다. 늘 보는데도 볼 때마다 신기했다.

"이런 생각 해본 적은 없어?"

명일이 물었다.

"무슨 생각?"

"오늘 자네는 수염이 덥수룩한 아저씨지만, 어제는 갓 소년티를 벗어난 팔팔한 청년이었다든가, 그저께는 그 의자에 앉으면 식탁에 간신히 턱이 닿는 작은 어린아이였다든가 해도, 자네의 기억이 왜곡되어 있다면 무엇으로 그걸 증명할 수 있겠나?"

"무슨 소리야?"

"어제는 여기가 내 신전이 아니라 손님들이 북적이는 한약방이었다든가, 내가 여기서 포도주를 마시지 않고 창구에 앉아서 약을 팔고 있었다고 해도 말이지. 그저께는 조그만 양옥집이었고 네가 나를 형이라고 부르며 내가 따라주는 차를 마셨다 해도, 마찬가지로 자네가 그걸 기억할 수 없다면 어떻게 알겠나? 세상이 어제 시작되었고 오늘 밤이면 끝난다 해도. 자네가 영원처럼 길게 느끼는 생이 사실 하룻밤의 일에 불과하고, 자네가 하룻밤의 꿈이라고 생각한 것이 사실 평생과 같다 해도."

"무슨 소리야? 그건 다…… 그냥 꿈이잖아. 넌 항상 거기서 포도주를 마시고 있었잖아. 내가 매일 찾아왔고. 어제도 난 여기서 너와 잡담을 했다고."

"물론 그랬지."

명일은 다시 잔을 손가락으로 튕겼다. 몽환적인 가락이 명일의 손끝에서 태어났다가 사라졌다. 한순간에 사라지기에는 지나치게 아름다운 음색이었다.

"명일, 자네는 처음 꾼 꿈을 기억하나?"

"그것까지 무슨 수로 기억하겠나."

"난 살아오면서 꾼 모든 꿈을 기억해. 이상한 일이지. 꿈속에서는 내가 누구인지도 모르면서."

"그게 자네의 재능이니까. 나는 명일(明日)이라는 이름이 가진 힘을 가질 수밖에 없고 자네 역시 마찬가지야. 불평하지 말게. 이름은 태생적으로 주어지는 것이니까. 알고 있잖아?"

명일은 기묘한 시선으로 나를 보며 말했다.

"그게 이 세계의 '규칙'이라는 걸."

"알아. 내 이름 때문이지. 모든 게 내 이름 탓이야."

나는 자신을 저주하며 말했다.

"가능하면 '곡주(穀酒)'라든가 '화초(花草)'라든가 '산림(山林)'이라는 이름을 갖고 싶었어. 그놈들은 자신의 이름에 만족하는 것 같고 그 이상 바라는 것도 없는 것 같거든. '미(美)'나 '애(愛)'라면 더 좋았겠지. 아, 그랬다면 정말 좋았을 거야. '현실(現實)'이었다면 또 얼마나 좋았을까! '여몽(如夢)'이라니. 내게 아이가 생긴다면 결코 '몽' 따위의 이름은 지어주지 않을 거야."

"네 첫 꿈은 어떤 꿈이었지?"

명일은 내 푸념은 한쪽 귀로 흘려버리고 물었다.

"바다를 떠다니고 있었어."

"바다라."

"해신과 지신과 천신이 아직 그 영역을 나누지 못했을 때였던 것 같아. 모든 것이 뒤엉켜 있었지. 바다는 걸쭉한 수프 같았고 나는 그 바다를 떠다니는 조그만 단백질 덩어리였어. 하늘에서는 번개가 치고 있었고, ……나는 그게 천신이 태어나는 모습 같다고 생각했어……. 나는 번개가 내리치는 검은 하늘을 바라보며, ……바라봤다고 생각한 것은 착각이었을 거야. 그때 나에겐 눈이 없었으니까……. 하염없이 바다를 헤엄쳐 다녔어. 나는 바다와 섞여 있었고 주변과의 구분도 없었어. 내 몸을 바다에서 분리시키는 법을 깨달은 순간 잠에서 깨었어."

나는 다시 생각에 잠겼다.

"아마 그게 처음이었을 거야. 삼엽충이나 암모나이트였을 때도 있었어. 산처럼 거대한 몸뚱이를 끌고 숲속을 터벅터벅 돌아다녔을 때도 있었지. 긴 겨울 동안 얼음 속에 잠들어 있던 작은 씨앗이었을 때도 있었지. 초목이 별을 뒤덮고 다시 눈이 뒤덮고, 다시 도시가 뒤덮는 꿈."

나는 고개를 저었다.

"모두 괴상한 꿈뿐이야."

"꿈이란 게 다 그렇잖은가."

명일은 다시 잔을 두드리며 소곡(小曲)을 연주했다.

"그런데 여몽, 네가 저번에 만들어낸 내 모습 있잖아. 그거 마음에 들어. 끝도 없이 수소폭발을 일으키며 불타고 있는, 우리가 사는 세계 전체보다도 거대한 별 말이지. 자네의 세상을 따뜻하게 비추고 있더군. 아주 멋있었어."

꿈 여섯

"왜 그렇게 보시오?"

"여자일 줄은 몰랐소."

"왜 여자가 아니라고 생각했소?"

"모르겠군. 이름이 뭐요?"

"써니라고 불러주시오."

"무슨 이름이 그렇소?"

"Sun. 영어로 태양 말이오."

"보살님도 농담을 하시는 줄 몰랐구만."

"왜 농담이라고 생각하시오?"

"글쎄, 보통 그런 이름은 안 지으니까."

"남들이 짓지 않는다고 내가 짓지 않아야 할 이유는 없소. 어쨌든 오셨으니 질문하시오. 대답해주리다."

"사는 것에 무슨 의미가 있소?"

"아무 의미도 없소."

"그런 말을 듣자고 여기까지 온 게 아니오."

"답을 알면서 여기까지 온 사람이 바보요."

"진리를 찾아보겠다고 수백 들여서 날아왔더니 순 사이비였구만."

"죽음에 의미가 없듯이 삶에도 의미가 없소. 의미가 있어야만 살 수 있다면 세상에 살아남을 수 있는 생명은 아무도 없소. 왜 삶에 의미가 필요하오?"

"가족도 다 날 떠났고 내 옆에는 아무도 없소. 퇴직금은 사업하다가 날려먹었고 빚만 산더미요. 도무지 사는 의미를 모르겠소. 하긴 댁이야 살거나 죽거나 비슷하겠지. 수백 번 환생했고 수백 개의 차원을 넘나들고 사니까. 죽어도 다시 태어날 거고 매번 새로운 생을 살아갈 테니."

"순간이나 영원이나 같소. 영원도 돌아보면 순간이오."

"관념적인 말을 듣자는 게 아니오."

"관념은 손님이 만들어낸 거요."

"무슨 소리요?"

"이 세상에 손님께서 만들지 않은 것이 없으니 물어야 할 쪽은 내 쪽이건만 매양 묻자고 찾아오시니 나도 죽겠소."

"무슨 말인지 모르겠구만. 정말로 사이비요?"

"내가 원래 좀 사이비요. 역사상 수많은 사람들이 나를 우러러보며 기도했건만 내가 들어준 경우는 별로 없소."

"잘나셨소."

"그런 편이오."

"의미는 그렇다 치고, 해몽은 좀 할 줄 아시오?"

"꿈을 꾸시오?"

"매일 밤 꿈을 꾸고 있소. 그리고 그게 다 기억나오. 그래서 미치겠소. 게다가 늘 뭔가 비슷한 게 반복되고 있소. 이를테면 해랑 이야기를 해요."

"해라."

"그래요. 해 말이오. 저 하늘에서 지글지글 타고 있는 것. 저놈이랑 계속 만난단 말요. 그게 무슨 의미인지 모르겠소."

"해와 이야기를 한다. 그야말로 해몽(夢)이로구려. ……당신의 꿈에 나타난 모든 것은 당신이 만든 것이오. 당신이 그 세계의 창조주이며 가장 위대한 의지이며 주인이오. 해와 이야기한다고 하셨소? 당신이 소망하지 않는다면 그런 일은 일어나지 않소."

"내가 소망해서 해를 만난다고?"

"그렇소, 당신의 꿈에서 일어나는 일이 다 그렇소. 마음 깊은 곳에서 발현된 무의식적인 바람의 반영이지. 자, 그럼 생각해보시오. 그 '해'와 계속 만나는 것은 당신의 어떤 소망의 반영이겠소?"

"모르겠소. 나는 나 자신도 뭘 반영하는지 모르겠소."

"깨달음을 얻으셨소."

"혹시 전에도 그런 말 하지 않았소?"

"깨달음은 몇 번 얻어도 부족함이 없소."

나는 비늘이 있는 꼬리를 길게 늘어뜨리며 몸을 일으켰다.

"쓸데없는 수다였소. 그러고 보니 아까 당신 이름도 썬이라고 했던가. 묘한 인연이오."

꿈 일곱

눈을 떴을 땐 아직 한밤중이었다. 얼마나 난리를 쳤으면 책상에 있는 물건이 온통 바닥에 떨어져 있었다. 나는 몸서리를 치며 내가 아직 살아 있는지 확인했다. 고통이 뇌리에 남아 있었다. 영원히 계속될 것만 같은 죽음. 영혼마저도 팔아버릴 듯한 고난. 그 고난이 끝나지 않으리라고 믿었다. 내가 그렇게 믿어마지 않았다는 사실이 더 고통스러웠다.

다시 잠이 들 기분이 나지 않아 나는 어둠 속을 더듬어 옆방으로 향했다.

침대 위에는 새가 한 마리 누워 있었다. 벼슬과 날개 끝은 황금빛이었고 깃털은 불에 탄 듯 새카맸다. 침대 아래로 황금색의 긴 꼬리가 커튼처럼 흘러내렸고, 이불 밖으로 세 개의 발이 드러나 보였다. 오늘은 뭐라고 불러야 할지 생각이 나지 않았다. 아폴론, 라, 해, 해모수, 세발까마귀 처자, 삼족오(三足烏)님. 나는 여러 이름을 생각해보다가 얘야, 하고 불렀다.

얘야. 내가 다시 불렀다. 새는 몸을 뒤척였다. 나는 새가 잠을 깨는 동안 일어날 일들을 상상해보았다. 어디선가 나타난 육식생물, 갑작스러운 폭풍우, 운 나쁘게 머리 위로 떨어지는 돌. 그의 꿈은 생을 끝낼 적당할 변명거리를 찾고 있을 것이다.

헉, 하는 짧은 비명과 함께 새는 잠에서 깨었다. 새는 멍하니 나를 올려다보더니 한숨을 푹 쉬며 다시 침대에 누웠다.

"할머니."

새는 못살겠다는 듯이 말했다.

"뭐하시는 거예요. 저는 할머니를 키우고 있었다고요. 어떻게 할 거예요. 할머닌 이제 엄마도 없이 살게 될 거라고요."

"괜찮아. 꿈일 뿐인걸."

내가 고개를 숙이자 방의 모습이 바뀌었다. 방은 내 의식의 흐름에 따라 녹아내리고 솟아오르고 꺼졌다. 새가 있던 침대는 황금색 둥지로 바뀌었고 벽은 내려앉아 한없이 땅으로 꺼져 내려갔다. 판판했던 벽에서는 울퉁불퉁 바위가 솟고 소나무와 풀이 돋아났다. 내가 고개를 들자 나와 새는 높은 절벽 위에 있었다. 사방은 암흑이었고 높은 절벽 이외에는 아무것도 시야에 들어오는 것이 없었다.

새가 날개를 펴자 흑단 같은 날개 자락이 세상을 부드럽게 덮었다. 나는 그가 얼마나 오랫동안 내 꿈에 찾아왔으며, 가족으로, 의사로, 친구로, 점쟁이로, 연인으로, 혹은 그저 지나가는 사람으로 매번 내 옆을 지켜주었는지 떠올렸다.

"내가 아직도 꿈을 꾸는 거지?"

새는 웃으며 대답했다.

"물론이죠."

나도 안다. 세계는 내가 꾸는 꿈이다. 깨어나면 아무것도 남기지 않고 소멸하는 환상. 매일 태어났다가 매일 사라지는 하루살이 같은 우주. 하지만 꿈에서는 늘 그런 생각을 할 수가 없다. 언제나 그 세계가 현실이라고 믿고 그 삶의 의미를 찾아 헤맨다.

"난 이제 좋은 꿈을 꾸지 못하게 된 것 같아."

나는 중얼거렸다.

"모든 생물이 죽음으로 치닫는 꿈만 꾸고 있어. 그 세계의 생물들은 전생의 기억도 없고 자신이 누구인지도 몰라. 우리는 어떤 관념으로 존재하거나 아니면 아예 눈에 보이지도 않고, 인격을 지니지도 못해."

내 생각의 흐름에 따라 주변의 모습이 바뀌었다. 절벽은 너른 평야로 바뀌었고 짙푸른 하늘이 그 위에 덮였다. 평야 위에 부서져 나간 도시가 떠올랐다. 건물이 피를 흘리며 쓰러지고 무너졌다. 초목이 올라오다가 까맣게 말라 죽어갔다. 세계는 나로 인해 수명을 다해가고 있었다. 내 노쇠함과 시든 상상력 때문에.

"이 꿈들은 이제 그만 꿀 때가 온 것 같아."

"슬프세요?"

새는 주변을 보며 물었다. 나는 고개를 저었다.

"꿈일 뿐인걸."

꿈 여덟

뼛속을 파고드는 찬바람에 놀라 잠에서 깨었다. 아직 한밤중이었다. 나는 엿가락처럼 비틀어진 교각 아래에 누워 있었다.

눈앞에 검게 물든 한강이 흘렀다. 강에는 죽은 물고기가 비린내를 풍기며 흘러갔다. 강 너머로는 철근이 드러난 건물의 시체가 겹겹이 쌓여 있었고 황폐한 바람이 휑하게 뚫린 창문 사이로 불었다. 도로는 비틀어져 흉하게 속을 드러내고 부서진 차들이 온통 피를 흘리며 망가진 도로에 널브러져 있었다.

세상의 멸망을 지켜보는 것이 저주일지 축복일지 가끔 의문을 가질 때가 있다. 어쩌면 먼 옛날, 쳇바퀴처럼 구르는 지루한 삶에 치여 살았던 사람들은, 어떤 꿈에서는 이런 세상을 동경했을지 모른다. 멸망하는 세상은 정지한 세상보다는 생동감이 있으니까. 죽어간다는 것은 살아 있었다는 증명이니까.

'이 꿈은 곧 끝난다.'

내 안에서 누군가가 속삭였다. 나보다 더 오랜 세월을 살았고 내 전생을 모두 기억하는 내 영혼의 어떤 부분이 말했다. 나는 오래전부터 그를 느끼고 있었다. 그는 내 긴 일생을 한순간처럼 느끼며 내 하나뿐인 생을 흔하디흔한 것으로 치부한다. 눈을 감았다 뜨면 사라져버릴 짧은 꿈처럼.

살려면 먹을 것을 찾아 돌아다녀야 했지만 그럴 기운이 남아 있지 않았다. 나는 치마를 추스르며 다시 잠을 청했다.

그러다 햇살이 눈을 찌르는 바람에 잠이 깨었다. 아침노을이 세상을 붉게 물들였다. 몇 주 만에 보는 태양이었다. 태양은 죽은 세상에 아무 관심도 없다는 것처럼, 뭐 흔히 일어나는 일이 아니겠느냐는 듯이 느긋하게 몸을 띄워 올렸다. 바람이 조용히 머리 위를 스쳐갔다. 나는 손을 들어 눈에 그늘을 만들며 눈부신 태양을 바라보았다.

'이 꿈은 곧 끝난다.'

내 안에서 나보다 더 오래된 내 자아가 다시 속삭였다. 이 이야기는 끝나고 이제 다른 이야기가 시작한다. 그게 어떤 것일지는 알 수 없으나 그 또한 사라져갈 것이다. 언제나 그랬듯이.

문득 내가 처음 꾼 꿈이 떠올랐다. 나는 바다와 대지로 둘러싸여 있는 거대하고 푸른 원형의 세계를 꿈꾸었고, 그 세계에서 살아가는 모든 생물들과 사람들을 상상했다. 그건 아름다웠다. 비록 조금은 이상하고, 조금은 비논리적이고, 조금은 상상력이 결핍되어 있고, 조금은 잿빛이었지만.

꿈 아홉

— 왜 그러지?

'해'가 물었다.

— 하나의 꿈이 끝났네.

내가 대답했다.

— 무슨 의미인가?

— 일정한 주기로 비슷한 꿈이 반복되다가 어느 시점부터는 다시는 그런 꿈을 꾸지 않게 되는 것 말일세. 하나의 우주가 사라지는 기분이야. 이게 무슨 의미라고 생각하나?

— 의미는 없지.

— 아, 그렇지.

— 성장의 문제가 아닐까. 살아가면서 사고방식이 바뀌잖아. 생각도 달라지고 바라는 바도 달라지니까, 나이가 들수록 꿈도 변하니까. 그래, 이번에는 어떤 꿈이었지?

— 설명하기 어렵군. 공간은 3차원에 한정되어 있었고 색깔과 형태로 지각되는 세상이었어. 시간은 선형으로 흘러 원인과 결과가 있고 의식과 물질이 구분되어 있더군. 그 세계에서 자네와 나는 분리되어 있었네. 나와 타인의 구별이 있어 의식을 교류할 수도 없었지. 모든 것이 독립적인 형태를 갖고 있어서 마치 자네와 내가 조각나 개별적으로 존재하는 것 같았어.

— 꿈이란 게 다 그렇지.

나는 연속으로 이어지는 꿈을 꾸었다. 그건 사물이 의인화되고 사람이 사물화된 세상의 꿈이었다. 추상이 형상화되고 형상이 추상화된 세상이었다. 내 일부이자 친구인 '해'는 이글거리며 불타는 거대한 원형물체로 존재했고 그의 거울상이자 동생인 '달'은 차갑게 얼어붙은 비슷한 모양의 공으로 그의 주위를 빙글빙글 돌았다. 내 인격은 조각조각 흩어져 무수한 생물로 형상화하여 지구라는 한 행성에 들어차 살아갔다. 나는 내가 누구인지도 알 수 없었고 전생과 후생을 알지 못했다.

내가 누구인가. 내가 만들어낸 기호의 조합으로 표시되는 불확실한 상징체계를 써서 내 이름을 발음하자면,

내 이름은

꿈이다.

그게 내 이름이며 나를 의미하는 단어다. 나는 모르페우스며 夢이며 dream이라고도 한다. 그러므로 나는 이 계(界) 전체이며, 우주이며, 이 이야기의 모든 것이다. 어느 차원에서는 신이었으며 어느 차원에서는 인간이었으며 어느 차원에서는 그저 존재(存在)였으며 어느 차원에서는 지극히 추상적인 관념에 불과했다. 나는 무한에 가까운 지식의 보고(寶庫)이며 시작도 끝도 없으며 형체도 한계도 없다. **그리고** 모든 것이 **나는** 그러하듯이. **잠에서 깨었다.**

꿈 아홉

나는 잠에서 깨어 눈을 깜박이며 내가 방금 뭐라고 지껄였는지 생각했다. **형체도 한계도**……. 뭐 어쨌다고? 나는 하늘을 보았

다. 부드럽고 따사로운 햇살이 나뭇잎 사이로 비치고 있었다. 밤새 숲에 습하게 앉은 공기가 새벽빛에 타서 하얀 물안개로 피어올랐다. 나는 방금 내가 깨고 나온 알껍질을 발가락으로 툭툭 건드려보았다. 도저히 한 번에 떠올릴 수 없는 무수한 기억이 떠오르다가 눈을 깜박일 때마다 한 줄씩 사라지더니 마침내는 아무것도 알 수 없게 되었다.

졸음이 왔다. 나는 길게 하품을 하고, 초록색 날갯죽지를 조금 꼬물거리다가 다시 잠을 청했다.

몽중몽 어딘가 1

"다들 왜 그렇게 태어나려고 기를 쓰는지 모르겠다니까."

나는 해가 지는 황금빛 구름 위에서 중얼거렸다.

"나는 벌써 1구골* 번이나 태어났다고. 이젠 뭐로 태어나도 새롭지 않아. 왜 꼭 살아야 하지? 그냥 죽은 채로 있으면 안 되는 거야? 어차피 생의 대부분은 죽은 채잖아. 이승으로 가봤자 결국은 죽어서 또 여기로 오는걸."

명일은 웃으며 말했다.

"태어나는 것도 계획을 잘 세워서 해보면 의외로 재미있다고. 어디 보자, 이건 어떨까, 여기 있는 이 곤충 도감의 1페이지부터 순례를 해보는 거야. 그래서 일주일이나 하루씩 살아보는 거지. 마지막 페이지까지 순례한 뒤에 기념으로 시라도 한 편 지어보면 재미있을 거야. 어디 보자…… '가락지나비'부터 시작해볼까? 아니면 '가을흰별밤나방'?"

"좋아, 좋아. 태어났다가 올게. 뭐 그렇게 대단한 일이라고."

나는 잠깐 사라졌다가 돌아왔다.

"지금 뭘 한 거야?"

"전자(電子)였어. 3초 정도 살았지. 아름다운 생이었어. 나는 누구일……까지 생각하다가 죽었지. 그럼 됐지? 난 천 년쯤 자러 갈 거야."

---

* Googol. 10의 100제곱. 이름이 붙은 수의 단위 중 가장 큰 단위

몽중몽 어딘가 2

"여몽, 여몽."

명일이 깨우는 소리에 나는 하품을 하며 천 년의 잠에서 깨어났다.

"왜, 또."

"네 저번 삶 말이야, 지켜보았는데 정말로 아름답더라고."

"3초간 살았던 것?"

"그래."

명일은 두께가 한 은하계쯤은 되는 내 명부를 뒤적였다.

"네가 몸담았던 그 전자는 말이야, 원래 평균 수명은 0.1초도 되지 않아."

나는 잠깐 생각을 더듬어보았다.

"30배나 살았네. 어떻게…… 아, 맞아. 이동 중이었거든. 알잖아. 광속으로 날면 시간이 확장되는 효과가……"

"그래. 그 전자의 종족은 말이야. 종족이라는 말은 좀 이상하군. 어쨌든, 아득한 세월 동안 0.1초의 시간을 살면서 어떻게 해야 조금이라도 더 살 수 있을지 고민해온 거야. 물론 어떻게 하……까지 생각하다가 다들 죽었지만, 그 고뇌의 시간이 무한히 반복되고 축적되며 본능으로 변했어. 전자의 종족은 생존을 위해 광속이동을 하는 본능을 갖게 된 거야! 전자의 작은 질량이라면 작은 에너지로도 충분히 광속에 가깝게 이동할 수 있으니까. 네가 광속이동을 통해 수명을 30배로 늘릴 수 있었던 것은, 네 조상이 겪었던 무한의 시간이 남겨준 고귀한 생존 투쟁의 결과였던 거지. 어때, 눈물이 날 만큼 아름다운 이야기잖아?"

나는 크게 소리 내어 웃고 다시 천 년간 잠에 빠져들었다.

〈끝〉

수록작 설명

내 첫 개인 중단편집 수록작과 그 순서는 다음과 같다.

《멀리 가는 이야기》(행복한책읽기, 2010)

〈촉각의 경험〉

〈다섯 번째 감각〉

〈우수한 유전자〉

〈종의 기원〉

〈종의 기원; 그 후에 있었을지도 모르는 이야기〉

〈미래로 가는 사람들〉

　첫 번째 이야기: 起 — 우주의 끝을 찾아내는 법

　두 번째 이야기(혹은 첫 번째 이야기): 承 — 하늘에서 내려온 이
　들이 해야 할 일

세 번째 이야기: 轉 — 광속도에서 일어나는 일

네 번째 이야기: 合 — 네 번째의 축으로 가는 법

《**진화신화**》(행복한책읽기, 2010)

〈진화신화〉

〈땅 밑에〉

〈지구의 하늘에는 별이 빛나고 있다〉

〈몽중몽〉

〈거울애〉

〈0과 1 사이〉

〈마지막 늑대〉

〈스크립터〉

〈노인과 소년〉

✳

영문판 수록작과 그 순서는 다음과 같다.

《On the Origin of Species and Other Stories》(종의 기원과 그 외의 이야기들)(Kaya Press, 2021)

〈Scripter〉 (스크립터)

〈Between Zero and One〉 (0과 1 사이)

〈An Evolutionary Myth〉 (진화신화)

〈Last of the Wolves〉 (마지막 늑대)

⟨Stars Shine in Earth's Sky⟩ (지구의 하늘에는 별이 빛나고 있다)

⟨On the Origin of Species⟩ (종의 기원)

⟨What Might have Happened Thereafter⟩ (종의 기원—그 후에 있었을지도 모르는 이야기)

＊

이 중 《멀리 가는 이야기》에 수록된

⟨미래로 가는 사람들⟩ 4편 연작은 스텔라오디세이 트릴로지로 출간되었다. (파란, 2020)

⟨종의 기원⟩ 2편 연작은 속편을 추가하여 단행본으로 나올 예정이다. (아작, 근간)

《진화신화》에 수록된

단편 ⟨0과 1 사이⟩는 《얼마나 닮았는가》에 수록되었다. (아작, 2020)

단편 ⟨진화신화⟩는 그림책과 함께 따로 나올 예정이다. (에디토리얼, 근간)

그 외의 작품은 이 책에 수록되었다.

작가의 말

이 책은 2002년에서 2009년 사이의 내 기록이다. 지금과는 결이 다른 글도 있지만 그래서 의미가 있으려니 한다. 《얼마나 닮았는가》와 달리 퇴고를 다소 했는데, 주로 오류나 모순을 고치고 문장을 명확하게 전달하는 데에 주력했다. 〈거울애〉, 〈땅 밑에〉, 〈마지막 늑대〉, 〈몽중몽〉은 내적 모순이 많다고 판단하여 여러 부분을 수정했다.

옛 작품집인 관계로 작가의 말이나마 많이 드리고자 한다.

〈지구의 하늘에는 별이 빛나고 있다〉

2009년 세계 천문의 해를 맞아 나온 기획단편집에 실은 소설이다. 당시 나는 데뷔 후 계속 그랬듯이 작가로 살 수 있으리라는 확신이 없는 채로, 지금 쓰는 것이 내게 주어진 마지막 소설이려니 하며 살고 있었다. 하지만 이 의뢰를 받았을 당시 내 관심은 지상에 쏠려 있었기에 '천문'이라는 주제에 갈피를 잡지 못했다.

천문 단편집이라면 '별을 사랑하는' 이야기여야 한다 싶어서, 처음에는 하나의 별을 열렬히 사랑하는 행성 주민의 이야기를 떠올렸다. 하지만 행성 주민 전체가 태양이나 달을 제치고 별 하나를 사랑하는 이유가 잡히지 않았다.

그래서 나는 쓰던 것을 다 버리고 '지구의 하늘에는 별이 빛나고 있다'는 문장 하나만을 써서 책상에 붙여놓고 생각을 거듭했다. 이 평범한 문장이 누군가에게 중요한 의미를 갖는다면 그 사람은 누구일까 생각했다. 답은 마감 직전에 떠올랐고, 답이 떠오르자마자 글은 빠르게 완성되었다.

이 소설의 내용은 지금까지도 내 삶의 큰 화두 중 하나다.

〈땅 밑에〉

내가 처음 의뢰 받아 쓴 소설이다. 《멀리 가는 이야기》를 마쳤을 때 나는 이미 한 권 분량의 소설을 쓴다는 오랜 목표를 이룬 셈이라 향후 경로를 고민하고 있었는데, 웹진 〈크로스로드〉에서 의뢰가 오는 바람에 작가 생활을 이어 가게 되었다.

이 소설은 처음 내놓았을 때 세계관을 이해하지 못한 분이 많았다. 당시 나는 어리석게도, 이 세계의 물리법칙이 지구와 다르다는 점만 보여주면 독자들이 이곳이 지구가 아니라는 것을 눈치챌 줄 알았다.

이 문제는 〈크로스로드〉 편집자였던 과학자분들끼리 나누던 메일이 잘못 날아와서 알게 되었다. 과학자분들이 세계의 구조가 어

떻게 생겨먹었느냐며 열띠게 토론하고 계셨던 것이다. 처음 출간
했을 때도 편집부에서 이게 무슨 소리냐고 빼곡하게 질문을 적었
다가 나중에야 눈치챘는지 화이트로 지운 교정고가 날아왔었다.

새로 낼 때마다 반전이 드러나는 부분을 자세히 했고 이번에
도 그렇게 했다. 이번에는 전반적으로 설정상의 오류와 모순이
컸다는 사실을 깨닫고 많은 부분을 고쳤다.

〈촉각의 경험〉

내 데뷔작이자 대중에 처음 공개한 소설이다. 간혹 말했지만,
나는 스무 살 이전까지는 소설 쓰기 외에 다른 취미가 없었고, 스
무 살 이후로는 갑자기 단절된 것처럼 한 줄도 쓰지 못했다.

거기서 빠져나오지 못한 채로 시간만 허비하던 나는 '일생 한
편만 써도 없는 것보다는 많다'는 생각으로, 10년이 걸리든 평생
이 걸리든 한 편의 소설을 완성하기로 마음먹었다. 내 첫 소설들
은 그렇게 무식한 시간을 들여 썼다. 출간할 수 없는 글을 쓰고
있다는 확신이 워낙 컸기에 오직 나 자신만을 만족시킬 소설을
쓰고자 했고, 그 소설들은 SF의 형태로 나왔다. 사실 게임 시나리
오는 곧 쓸 수 있었고, 회사를 그만둔 뒤에도 게임 외주는 역시
어려움 없이 계속했으니, 다 마음의 문제였을 것이다.

이 소설을 쓸 당시에는 한창 복제인간이 이슈였고, 복제인간
을 실험체나 예비 장기로 쓰는 상상이 신문 기사에마저도 많이
나오던 무렵이었다. 나는 그 상상에 저항하여 이야기를 구상했
다. 생물 복제의 기술이 낱낱이 밝혀진 지금은 그런 상상을 하는
사람은 많지 않을 것이다. 어떤 기술은 현실이 되면 SF의 소재로

서의 힘을 잃는 편이다.

이보다 먼저 복제인간에 대한 단편을 하나 썼지만 폐기했는데, 그 소설의 결말에서 이야기가 떠올라 이 작품을 썼다. 다시 이 소설의 결말에서 떠올린 이야기로 〈다섯 번째 감각〉을 쓰면서 내 글쓰기는 이어지게 되었다. 《멀리 가는 이야기》에 수록한 작품들은 그렇게 앞에 쓴 소설의 결말에서 이어진다.

2004년에 생겨난 과학기술 창작문예에는 이 소설과 〈미래로 가는 사람들〉 두 편을 올렸다. 〈미래로 가는 사람들〉도 최종심에 올랐지만 장편의 구조라는 이유로 밀려나고 이 소설이 당선되면서 작가로 데뷔하게 되었다.

세기말에 쓰기 시작하여 2002년에 완성한 작품이라 이 소설에는 유선전화와 카세트테이프, 오디오기기가 등장한다. 고치지 않는 것이 맞다고 생각한다.

〈다섯 번째 감각〉

〈촉각의 경험〉의 마지막에 나온 질문, "태어나 처음 음악을 듣는다면 어떤 기분일 것 같습니까?"에서 떠올린 이야기다. 내 답은 '인지하지 못할 것이다'였다.

후천적으로 앞을 보게 된 사람이 시각 정보를 이해하지 못하거나, 일생 먼 곳을 본 적이 없는 사람이 원근을 지각하지 못하는 사례도 있고, 어떤 개념을 표현하는 단어가 언어에 없다면 인지하거나 이해하지 못한다는 사례도 있다. 감각은 결국 뇌의 해석이므로, 만약 청각이 없는 사람이 사회의 주류라면, 설사 들을 수 있는 사람이 소수 있어도 청각에 대한 개념이 없으니 그 감각을 이해하지 못하리라고 생각했다. 그러면 청각은 여섯 번째 감각, 즉, 육감처럼, 느낄 수는 있으나 설명할 수 없는 것이 되리라 생각했다.

듣는 것과 관련된 일상용어가 얼마나 많은지 깨닫게 된 소설이기도 하다. 그런 표현은 거의 퇴고할 때마다 나왔다. '알아듣다', '헛소리 한다', '심장이 쿵 내려앉다' 등등. 그렇게 지웠는데도 여전히 남아 있어 이번에도 몇 군데 고쳤다. 이 소설을 다 쓴 뒤에는 청각이라는 감각 하나를 더 쓸 수 있다는 해방감에 크게 안도하기도 했다.

〈우수한 유전자〉

《멀리 가는 이야기》안에는 경장편에 가까운 중편이 많았기에 쉬어가는 기분으로 쓴 짧은 소설이다.

이 소설을 강의 교재로 쓰곤 했던 어느 대학 강사께서 "언제나 학생의 절반은 반전이 있다는 사실조차 눈치채지 못한다"라고 하셔서 반전 기법에 대해 많이 생각하게 된 작품이다. 자신의 선입견과 다른 내용은 읽어도 인식하지 못할 수 있다면, 어쨌든 그게 사실이라면, 소설은 그 점까지 고려하여 써야 한다고 생각했다.

'키바'는 미 원주민의 종교의례를 위한 건물의 이름에서 땄다. NASA에서 달에 다녀왔을 때, 실제로 미 원주민은 '우리는 이미 명상으로 달에 오가고 있는데 왜 구태여 그런 일을 하는가?' 하고 질문했다고 한다.

〈마지막 늑대〉

창비에서 청소년 SF 의뢰가 들어와 쓴 소설이다. 그때까지 나는 청소년 소설을 써본 적이 없었기에 그냥 소설을 썼다. 혹시 좀 쉬워질까 싶어 그림을 넣었지만 별 상관은 없었던 것 같다.

개와 늑대는 유전적으로 동일하나, 오직 인간과의 관계성으로만 종이 나뉘며, 개의 폭발적인 진화 역시 돌연변이를 선호하는 인간의 관여로 인해 일어났다는 말에서 이야기를 상상했다. 하지만 크기 비례로 보아 인간은 용 시각에서는 개보다는 햄스터에 가까웠을 것이다.

〈스크립터〉

이 소설은 웹진 〈문장〉에 올라간 이래 여러 게임 커뮤니티와 동인계에서 자주 회자하며 좋아해준 작품이다. 쓸 당시에는 용어가 낯설다는 반응이 있었지만, 지금은 게임이 더 보편적인 취미가 되었으니 괜찮으려니 한다. 그래도 당시보다는 주석을 늘렸다. 마지막 문장을 출간할 때는 삭제했는데 이번에는 도로 살렸다.

《진화신화》에 실은 작가의 말을 그대로 올린다.

이 소설은 원래 2002년에 쓰다 폐기한 단편에서 시작한다. 당시 나는 로봇과 인간이 서로 구분되지 않는 흔한 주제의 단편을 썼다. 그 작품을 폐기한 이유는 가장 중요한 문제를 해결할 수 없어서였다. 로봇과 인간이 물리적으로 다르다는 문제였다.

물리적으로 다른 것을 구분하려면 엑스레이를 찍거나 바늘로 찔러보거나 조직 분석을 할 문제지, 논리 싸움을 할 문제가 아니라고 생각했다. 나는 '이 문제는 가상세계에서 다루어야겠다'고 생각하고 덮어두었다. 가상세계에서는 로봇도 인간도 데이터에 불과하니까.

2007년쯤에 다시 이 소재를 잡게 되었는데, '내가 잘 아는 것을 써보자'는 생각을 하다가, 가장 잘 아는 것은 아무래도 게임이라는 생각이 들었다. 하지만 쓰다 보니 단순히 판타지 세계를 가상세계로 바꾸었을 뿐 아무 차이가 없다고 느꼈다. 그래서 그것도 폐기했다.

2008년에 웹진 〈문장〉의 의뢰를 받아 다시 이 소재로 돌아왔다. 처음 쓴 판본은 현실과 가상세계가 교차되는 이야기였는데 그것도 폐기했다. 아무리 해도 게임 속의 세계가 가상처럼 느껴졌기 때문이었다. 가상이라도 또 하나의 현실이라는 느낌이 나지 않으면 모든 고민은 우스워진다고 생각했다.

나는 '차라리 이렇게 시작할걸.' 하면서 도입부만 쓴 뒤 버려두고 웹진에 보낼 다른 작품을 쓰기 시작했는데, 몇 개월이 지나 그도입부를 읽고 나서야 그것이 옳은 시작이라고 느끼고 바로 뒤를 이어 소설을 완성했다.

처음에는 소설 전체를 대화로만 쓰고 싶었지만 여의치 않아 서술이 들어갔다. 웹진에 낼 글이었기 때문에 분량을 고민하지 않고 마음껏 썼다. 출판 단행본에서 요구하는 분량 제한이 늘 답답했던 터라 속이 다 후련했다.

이 작품에 등장하는 버그는 내가 실제로 경험한 것들도 있다. 하늘막이 찢어지는 것은 폴리곤 좌표 하나를 잘못 설정한 것이다. 들판에 집이 납작하게 눌어붙은 것은 맵핑 번호를 잘못 지정

한 것이다. 캐릭터의 몸이 검은색이 되거나 그 일부가 사라지는 것
은 그래픽 번호나 이름을 잘못 지정한 경우다. 구석에서 캐릭터
가 틱틱거리는 것은 충돌에 잘못 걸린 것이다. 하지만 대부분의
버그는 있을 법하지 않은 것이다.

여담으로, 초반에 등장하는 술집은 내가 1999년에 시나리오를
쓴 게임 '씰(seal)'에 등장하는 술집의 풍경을 그대로 가져왔다. 후
속작인 씰 온라인에도 같은 술집이 나온다. NPC와 몬스터가 같
은 테이블에 있어서 NPC가 전투를 할 수 있다는 설정도 씰 온라
인에서 가져왔다. 한번은 버그로 그 제한이 풀려 마을 NPC들이
떼로 인간을 공격하는 사태가 일어나 난리가 난 적도 있었다. 그
게임에는 숨겨진 '신' 레벨이 있었고 도달할 방법은 없었다.

〈거울애〉

어느 잡지의 의뢰를 받아 썼다가 '기대한 작품이 아니다'라는
말과 함께 반려된 소설이다. 한 달간 수정해서 냈지만 마찬가지
로 거절당한 이후로는 영영 연락이 끊기고 말았다. 왜 기대에 어
긋났는지는 지금 보니 좀 느껴지지만, 당시의 나는 다 내게서 나
온 것이라 차이를 알지 못했다. 개인 단행본에 실었을 땐 수정이
불필요했다 싶어 맨 처음 판본으로 되돌렸다.

이번에 새로 내며 중언부언하는 말을 많이 줄였고, 소설의 기
반이었던, 대상관계이론의 공생단계에 대한 설명을 넣었다. 당시
에는 소희와 연정, 소희와 주인공과의 관계를 연인으로 해석했는
데, 적절하지 않다 싶어 가족애에 가깝게 고쳤다.

고전적인 데모 풍경은 당시로서는 더 미래의 한국을 가정한 설정이었지만, 공중전화에다 스마트폰 없이 장소를 찾는 방식 때문에 아무래도 그렇게 보이지는 않을 듯하다.

나는 이 소설 이전에, 마음을 읽어 자신과 타인을 구분하지 못하는 사람에 대한 장편을 쓴 적이 있는데, 다 쓰고 난 뒤에 모순을 해결할 수 없다는 생각에 폐기해버렸다. 이 소설은 그 상상의 부산물의 하나다.

〈노인과 소년〉

어릴 때 우연히 여행 중 타로카드 한 벌을 산 것이 계기가 되어 타로 공부를 했었다.

나는 늘 카드가 정방향으로 놓였는가, 역방향으로 놓였는가에 따라 해석이 달라지는 점이 흥미로웠다. 같은 그림에 대한 같은 점괘인데 단지 보는 시선만 달라진다. 이는 그에 대한 소설이다.

이 소설은 웹진 〈거울〉에서, 22명의 작가가 각기 타로카드를 하나씩 맡아 그에 대한 소설을 쓰는 《타로카드 22제》 앤솔로지의 일환으로 썼다. 원래 내가 쓰고 싶었던 카드는 '여사제'였지만 가위바위보에서 밀려 '교황'을 택했다. 며칠 만에 완성한 몇 안 되는 소설 중 하나다.

이 소설의 전체 구조는 교황 카드에서 나왔지만, 소년의 꿈에는 순서대로 악마(역방향), 교황, 전차, 은둔자 카드가 등장한다. 이 소설은 후에 중편 〈어느 광대의 여정〉으로 이어진다. 쓰지 못한 여사제의 이야기는 그 소설에 담았다.

〈몽중몽〉

단편 하나를 쓰는 데 너무 오래 걸리고, 또 지나치게 이성적으로 쓰려는 나 자신에 대한 반발로, 한번 무의식에 기대어 흘러나오는 대로 써보자고 마음먹고 쓴 소설이다. 그리고 다시는 그러지 않기로 결심한 소설이기도 하다.

웹진 〈거울〉에 발표한 후 처음 출간할 때 많이 고쳐서 냈는데, 개인 단행본에서는 〈거울애〉와 마찬가지로 처음 판본으로 되돌렸다. 어떻게 해도 쉬워지지 않는 기분이라 이 단행본에서는 뺄까 했지만 출판사의 독려로 남기게 되었다. 이번에는 서술을 정리하고 웹진 〈거울〉에 올렸던 외전을 추가했다.

그래도 이 소설의 많은 부분이 후에 장편 《7인의 집행관》과 《저 이승의 선지자》로 이어진다. 우리가 사는 현실 우주 전체가 누군가가 꾸는 하룻밤의 꿈이라는 생각은 장자 이래로 고전적인 상상이다.

＊

여전히 이 책은 내 첫 독자였던 친구 구지은과 한소영 씨께 바친다. 구지은은 십 대 시절 내 독자였고, 작가가 될 수 없다는 확신 속에서 방황하던 내게 만날 때마다 소설을 쓰라고 해주었다. 때로는 놀러 와서는 방에 죽치고 앉아 얼른 쓰라고 재촉하기도 했다. 기다려주는 그 친구에게 한 편이라도 소설을 선물하겠다는 결심에서 내 집필이 새로 시작되었다. 한소영 씨는 내가 데뷔하기 전부터, 가장 처음 내 초고를 읽어주며 진심 어린 감상을 전해주셨다. 그 감상을 통해 나는 소설을 다듬고 고쳐갈 수 있었다.

긴 세월이 지났지만 여전히 두 분께 감사한다. 두 분은 한 명의 독자가 한 명의 작가를 만들 수 있음을 알게 해주었다. 더해서 내 오랜 소설을 모아 출간해준 아작과 늘 함께해주시는 그린북 에이전시에 감사드린다.

다섯 번째 감각

초판 1쇄 발행   2022년 2월 10일
초판 5쇄 발행   2023년 12월 20일

지은이   김보영
펴낸이   박은주
편집   설재인, 최지혜
일러스트   변영근
디자인   김선예, 이수정
마케팅   박동준

발행처   (주)아작
등록   2015년 9월 9일(제2023-000057호)
주소   07236 서울특별시 영등포구 의사당대로 38 102동 1309호
전화   02.324.3945-6 **팩스** 02.324.3947
이메일   arzaklivres@gmail.com
홈페이지   www.arzak.co.kr

ISBN   979-11-6668-660-3 03810